◎中华传统文化观止丛书◎

學林出版社

中华传统文化观止丛书

ZHONGHUA CHUANTONG WENHUA GUANZHI CONGSHU

明清戏曲观止

本书编委会 编

学林出版社
www.xuelinpress.com

新版前言

《中华传统文化观止丛书》是学林出版社于1995年12月出版的一套大型选本，包括《中华古诗观止》《中华古文观止》《中华古词观止》《中华古曲观止》共四部。1996年，本丛书荣获第十届中国图书奖。

在这套丛书出版二十年之际，我社决定在原书的基础上做增补校订，重新出版。古诗部分，约请骆玉明教授撰写了导读，李梦生编审补充了一些注释，其余各册，一仍其旧。为了方便读者的阅读，本丛书的版式也作了大幅度的调整，注释从尾注全部改为脚注；以作者为纲，以作品为目，按朝代分体，依序排列，每篇都附以题记。然后，将原来四大部的丛书重新排列成二十四本，详见总目。

本丛书之所以称为观止，按原出版前言的说法：一是“叹为观止”，所收的内容皆为精华，且具代表性；二是“观到此为止”，亦即一般的中等文化水平以上的读者读了它便可对中国传统文化有一个概略的了解，即可到此为止。此次出版，除了这两点想法不变之外，更想让广大中小学生在这些变得相对浅近而短小简洁的单本中，做一学生时代的“观到此为止”，庶几不至有数典忘祖的危险，若能做到此，本丛书也算达成了它的又一次的历史功能。二十年后，作者还是那批作者，编辑还是那些编辑，读者却从广大读者延伸向中小学生。愿再过二十年，这套丛书还能让那时的中小学生接着使用，而他们的父辈又可以跟他们讲：瞧，这就是我当年读过的书。

学林出版社

2015年8月

原版前言

中共中央关于《爱国主义教育实施纲要》提出，要让广大干部群众，尤其是广大青少年了解历史，了解祖国，知我中华，爱我中华，兴我中华，激发爱国主义的热烈情感，增强历史使命感和社会责任感。要进行中华民族优秀传统文化教育，用中华民族灿烂文明中所蕴含的崇高的民族精神、民族气节和传统美德，教育、感染广大青少年。为此，我社决定出版一套中华传统文化观止系列丛书。

中国有五千年有文字可考的历史。这五千年中，先人给我们积累了数以十万计的文化典籍。这是我们的光荣和骄傲，但一不小心，也可能成为我们的包袱。早在两千多年前，古人面对比我们少得不知多少的典籍，已经发出了这样的慨叹："吾生也有涯而智也无涯，以有涯随无涯，殆矣。"如果我们剔除其中的消极成分，应该承认，这话说得很有道理。试想，以几十年匆匆的生命，要想览尽无涯的历代典籍，吸尽知识海洋，怎么可能？更何况我们处在"知识爆炸"的今天，有那么多现代知识需要我们去学习，去吸收。

我们要珍视五千年文明史积累下来的文化遗产，因此，需要了解，需要继承；

我们又不能全盘照收五千年积累的文化遗产，因此，需要选择，需要剔除。

这是一种矛盾，是一种必须进行的艰难的选择。

试着解决这种矛盾，我们策划了这套观止丛书。

所谓"观止"，包含两层意思：一是"叹为观止"，即所收的内容应是中国传统文化的精华，是有充分代表性的东西。二是"观到此为止"，即一般的中等文化水平及以上的读者，只要拥有它，便可"尝一脔而知全味"，对中国传统文化有一个概略的了解，如果不想作专门的研究，即可到此为止，庶几不至于有"数典忘祖"的危险。如果有人要继续深造，也可以此为出发点，登堂入室，到传统文化的大海中去搏击遨游。

为此，我们设想，这套观止丛书的选收范围上自先秦，下迄清末民初，以古典文学为主，兼及艺术、音乐、美术、历史、科学等，分专题出版，总计约收一千万字。以每天读五千字计，大约七年时间即可从头到尾读完。对普通读者来说，也许还是太多了一点。但中华传统的文化宝库实在过于丰富，再少便很难反映其真实面貌。好在对于不同的读者，仍完全可以有选择、有重点地读，或把它们当作准工具书查阅，还是有着相当广阔的选择自由的。

为了保证这套观止丛书的代表性与权威性，编选者与本社同人努力做到：一、选目尽量求精。除各书均由中青年骨干学者实际操作外，还特聘全国著名的学者、专家主持选目工作。不仅收入脍炙人口的名作，还努力发掘新的内容。二、评注尽量简明。以原作为主，不搞喧宾夺主的“鉴赏”，也不搞“今译”，让读者享受一种自己咀嚼、消化的乐趣。三、适当加入附录。主要是资料性的内容，与正文互为补充，藉以为读者提供方便。四、装帧尽量精美，使之既可供实用，又能成为居室的美化装潢品和赠送的礼品和奖品。

这套观止丛书将分批推出，现在呈献给读者的是第一辑：《中华古文观止》、《中华古诗观止》、《中华古词观止》、《中华古曲观止》。这里所说的“古”，是“古代”的意思，想必读者一定能够理解。

希望这套书能为全国的爱国主义教育做出小小的贡献。热诚欢迎广大读者多提意见和建议，以便不断修订，做到精益求精。

学林出版社

选　目

吴国钦

撰　稿

景李虎　　谢柏梁

吴国钦　　康保成

目　录

高明（约1305—1370） 字则诚，号菜根道人，浙江瑞安人，人称永嘉先生。元至正五年（1345）进士，仕元，历任处州录事、绍兴府判官、江南行台掾、福建行省都事等职。高明富有才干，因秉性耿直，屡忤权贵，一直沉沦下僚。元末方国珍在江南起事，受招安后欲聘高明为幕僚，高明力辞不从，寓明州（今浙江宁波）栎社，作《琵琶记》。明朝建立，朱元璋召请编写《元史》，高明辞以病老，后卒于家。所著除《琵琶记》外，尚有《柔克斋集》20卷。

琵　琶　記①

【题解】

陈留人蔡伯喈，新婚不久，被逼赴京应试。状元及第后，又被牛丞相逼赘府中。蔡伯喈离家后，家乡发生灾荒，妻子赵五娘历尽辛苦侍养翁姑，蔡公、蔡婆还是相继去世。赵五娘怀抱琵琶，行乞上京，寻找丈夫。新婚的牛小姐得悉事情真相后，与丈夫、五娘一同回家奔丧。牛丞相幡然悔悟，为蔡伯喈讨得一门旌表。

蔡伯喈故事很早就在民间流传，南宋戏文有《赵贞女蔡二郎》。高明作传奇提出“不关风化体，纵好也徒然”，《琵琶记》存在着较多的封建糟粕，但也在一定程度上揭露了社会的黑暗，鞭挞了各级封建官吏的残暴蛮横。这里选的《糟糠自厌》、《琴诉荷池》两出戏，从文字、语言风格乃至内容都形成强烈对比，成功地刻画出不同的环境、不同的人物心态。

---

①《琵琶记》：这里所选两出以汲古阁本《六十种曲》为底本，并参考了钱南扬先生校注本《琵琶记》。

第二十一出　糟糠自厌

（旦上，唱）

【山坡羊】　乱荒荒不丰稔的年岁，远迢迢不回来的夫婿，急煎煎不耐烦的二亲，软怯怯不济事的孤身己[②]。苦！衣尽典，寸丝不挂体。几番拚死了奴身己，争奈没主公婆，教谁看取。（合）思之，虚飘飘命怎期？难捱，实丕丕灾共危[③]。

【前腔】　滴溜溜难穷尽的珠泪，乱纷纷难宽解的愁绪，骨崖崖难扶持的病体[④]，战兢兢难捱过的时和岁。这糠，我待不吃你呵，教奴怎忍饥？我待吃你呵，教奴怎么吃？思量起来，不如奴先死，图得不知他亲死时。（合前）思之，虚飘飘命怎期？难捱，实丕丕灾共危。

奴家早上安排些饭与公婆，非不欲买些鲑菜[⑤]，争奈无钱可买。不想婆婆抵死埋怨，只道奴家背地自吃了什么东西，不知奴家吃的是米膜糠秕。又不敢教他知道，只得回避。便做他埋怨杀我，我也不分说。苦！这糠秕怎的吃得下？（吃吐介）（唱）

【孝顺歌】　呕得我肝肠痛，珠泪垂，喉咙尚兀自牢嗄住。糠那！你遭砻被舂杵[⑥]，筛你簸飏你，吃尽控持[⑦]。好似奴家身狼狈，千辛万苦皆经历。苦人吃着苦味，两苦相逢，可知道欲吞不去。

---

② 身己：身体，自己。③ 实丕丕：实实在在。④ 骨崖崖：骨瘦如柴。⑤ 鲑菜：鱼菜的总称。⑥ 砻（lóng）：磨碾。⑦ 控持：苦难，磨难。

（外、净潜上，探觑介）（旦唱）

【前腔】 糠和米本是相倚依，被簸飏作两处飞。一贱与一贵，好似奴家与夫婿。终无见期。丈夫，你便是米呵，米在他方没寻处。奴家恰便似糠呵，怎的把糠来救得人饥馁？好似儿夫出去，怎的教奴供给得公婆甘旨[⑧]？

（外、净潜下介）（旦唱）

【前腔】 思量我生无益，死又值甚的！不如忍饥死了为怨鬼。只一件，公婆年纪老，靠奴家相依倚，只得苟活片时。片时苟活虽容易，到底日久也难相聚。漫把糠来相比，这糠呵，尚兀自有人吃，奴家的骨头，知他埋在何处？

（外、净上）（净）媳妇。你在这里吃什么？（旦）奴家不曾吃什么。（净搜夺介）（旦）婆婆，你吃不得。（外）咳！这是什么东西？（旦唱）

【前腔】 这是谷中膜，米上皮。（外）呀！这便是糠，要他何用？（旦唱）将来馎饦堪疗饥[⑨]。（净）咦！这糠只好将去喂猪狗，如何把来自吃？（旦唱）尝闻古贤书，狗彘食人食[⑩]，也强如草根树皮。（外、净）恁的苦涩东西，怕不噎坏了你！（旦唱）啮雪吞毡，苏卿犹健[⑪]；餐松食柏，倒做得神仙侣[⑫]。这糠呵，纵然吃些何虑？（净）阿公，你休听

⑧ 甘旨：本指美好的食物，后多指供奉父母的食物。⑨ 馎饦（bì luó）：古代的一种食品。⑩ 狗彘食人食：语出《孟子·梁惠王》，原指用人吃的食物喂猪狗，这里反其意而用之，意为猪狗吃的东西人也可以吃。⑪ “啮（niè）雪吞毡”两句：苏卿，指苏武。汉武帝时，苏武出使匈奴，匈奴逼他投降，苏武坚强不屈，被拘至北海牧羊，他饥餐毡，渴吃雪，得不死，后终归汉朝。事见《汉书·苏武传》。⑫ “餐松食柏”一句：传说神仙以松柏籽为食，故云。

他说谎，糠秕如何吃得？（旦唱）爹妈休疑，奴须是你孩儿的糟糠妻室[13]。

（外、净看哭介）媳妇，我原来错埋冤了你。兀的不痛杀我也！（闷倒，旦叫哭介，唱）

【雁过沙】 苦！他沉沉向冥途，空教我耳边呼。公公婆婆！我不能够尽心相奉事，反教你为我归黄土，教人道你死缘何故？公公婆婆，怎生割舍得抛弃了奴！

（外醒介，旦）谢天谢地，公公醒了。公公你挣扎。（外唱）

【前腔】 媳妇，你担饥事姑舅，媳妇，你担饥怎生度？（旦）公公且自宽心，不要烦恼。（外唱）媳妇，我错埋冤了你，你也不推辞，到如今始信有糟糠妇。媳妇，料应我不久归阴府，也省得为我死的，累你生的受苦。

（旦扶外起介）公公且在床上安息，待我看婆婆如何？（叫不醒介）呀，婆婆不济事了，如何是好？（唱）

【前腔】 婆婆气全无，教奴怎支吾？咳，丈夫呵，我千辛万苦，为你相看顾，如今到此难回护。我只愁母死难留父，况衣衫尽解，囊箧又无。

（外）媳妇，婆婆还好么？（旦）婆婆不好了。（外唱）

---

⑬ 糟糠妻室：贫贱时的妻子。事出《后汉书·宋弘传》，光武帝想以其姊湖阳公主嫁宋弘，

【前腔】 天那！我当初不寻思，教孩儿往帝都，把媳妇闪得苦又孤，把婆婆送入黄泉路。算来是我相耽误，不如我死，免把你再辜负。

(旦)公公休说这话，请自将息。(外)媳妇，婆婆死了，衣衾棺椁，是件皆无[14]，如何是好？(旦)公公宽心，待奴家区处。(末上)福无双降犹难信，祸不单行却是真。老夫为何道此两句？为邻家蔡伯喈妻房赵氏五娘，他嫁得伯喈，方才两月，伯喈便出去赴选。自去之后，连遭饥荒，公婆年纪皆在八十之上，家里更没个相扶持的。甘旨之奉，亏杀这五娘子，把些衣服首饰之类，尽皆典卖，办些粮米，供给公婆。却背地里把糠秕饽饦充饥。这般荒年饥岁，少甚么有三五个孩儿的人家[15]，供膳不得爹娘。这个小娘子，真个今人中少有，古人中难得。那婆婆不知道，颠倒把他埋冤。适来听得他公婆知道，却又痛心，都害了病。如今不免到他家里探望则个。呀！五娘子，你为甚的慌慌张张。(旦)公公，天有不测风云，人有旦夕祸福。奴家婆婆死了。(末)咳，你婆婆既死了，你公公如今在那里？(旦)在床上睡着。(末)待我看一看。(外)太公休怪，我起来不得了。(末)老员外快不要劳动。(旦)太公，我婆婆衣衾棺椁，是件皆无，如何是好？(末)五娘子，你不要愁烦，我自有区处。(旦唱)

【玉包肚】 千般生受[16]，教奴家如何措手[17]？终不然把他骸骨，没棺材送在荒丘。(合)相看到此，不由人不泪珠流，正是不是冤家不聚头。(末唱)

【前腔】 五娘子不必多忧，资送婆婆，在我身上有。但你小心承值公公[18]，莫

宋辞以“贫贱之交不可忘，糟糠之妻不下堂”。⑭ 是件：件件。⑮ 少甚么：即不少。⑯ 生受：这里意指为难。⑰ 措手：处理，应付。⑱ 承值：照料，侍奉。

教他又成不救。(合前)(外唱)

【前腔】 张公护救,我媳妇实难启口。孩儿去后,又遇饥荒,把衣衫典卖无留。

(合前)(末)老员外,你请进里面去歇息,待我一霎时叫家僮讨棺木来,把老安人殡敛了,选个吉日,送在南山安葬去。(旦)如此,多谢太公周济。

(旦)只为无钱送老娘,(末)须知此事有商量;
(合)归家不敢高声哭,惟恐猿闻也断肠。
(并下)

第二十二出 琴诉荷池

(生上,唱)

【一枝花】 闲庭槐影转,深院荷香满。帘垂清昼永,怎消遣?十二栏杆,无事闲凭遍。闷来把湘簟展[①],梦到家山,又被翠竹敲风惊断。

〔南乡子〕翠竹影摇金,水殿帘栊映碧阴。人静昼长无外事,沉吟,碧酒金樽懒去斟。幽恨苦相寻,离别经年没信音。寒暑相催人易老,关心,却把闲愁付玉琴。院子,将琴书过来。(末将琴书上)黄卷看来消白日[②],朱弦动处引清

① 湘簟(diàn):湘妃竹编的席子。② 黄卷:即书,因书上涂雌黄以防虫蛀,故云。

风；炎蒸不到珠帘下，人在瑶池阆苑中[③]。相公，琴书在此。(生)院子，你与我唤那两个学童过来。(末叫介，净执扇、丑持香炉上)(净、丑唱)

【金钱花】 自少承值书房，书房。快活其实难当，难当。只管打扇与烧香，荷亭畔，好乘凉，吃饱饭，上眠床。

(参见介，生)我在先得此材于爨下，斫成此琴，即名焦尾[④]。自来此间，久不整理，今日当此清凉境界，试操一曲，以舒闷怀。你三人一个打扇，一个烧香，一个管文书，休得慢误。(众)领钧旨。(生操琴介，唱)

【懒画眉】 强对南薰奏虞弦[⑤]，只觉指下余音不似前，那些个流水共高山[⑥]？呀，只见满眼风波恶，似离别当年怀水仙[⑦]。

(净困掉扇介，末)告相公，打扇的坏了扇。(生)背起打十三。那厮不中用，只教他烧香。(末)领钧旨。(生唱)

【前腔】 顿觉余音转愁烦，似寡鹄孤鸿和断猿，又如别凤乍离鸾。呀！只见

---

③ 瑶池阆苑：传说中神仙的居所。④ “我在先得此材于爨下”三句：《后汉书·蔡邕传》载，有人把桐木当柴烧，蔡邕听见火爆声，知是制琴的好材料，便要来制琴。因琴尾仍带有烧焦的痕迹，因名为“焦尾”。爨下，即灶下。⑤ 强对南薰奏虞弦：《礼记·乐记》载，舜曾弹五弦琴，歌《南风》诗，中有“南风之薰兮，可以解吾民之愠兮”句。⑥ 流水共高山：指高超的琴艺。《列子》载，春秋时伯牙善鼓琴，琴声中可表现高山、流水。⑦ “只见满眼风波恶”一句：意为眼前处境险恶，不禁怀念起当年离别的亲人。水仙，即《水仙操》，古

杀声在弦中见，敢只是螳螂来捕蝉[⑧]。

（丑困灭香介，净）告相公，烧香的灭了香。（生）背起打十三。那厮不中用，只教他管文书。（末）领钧旨。（生唱）

【前腔】 蓝田日暖玉生烟，似望帝春心托杜鹃[⑨]。好姻缘翻做恶姻缘，只怕眼底知音少，争得鸾胶续断弦[⑩]。

（末掉文书介，丑）告相公，管文书的乱了文书。（生）背起打十三，（贴上，生）左右，夫人来也，且各回避。（众）正是：有福之人人服事，无福之人服事人。（末、丑、净下）（贴唱）

【满江红】 嫩绿池塘，梅雨歇，薰风乍转。瞥然见新凉华屋，已飞乳燕。簟

琴曲名。《乐府古题解》载，伯牙学琴于成连，成连将伯牙带至蓬莱山中谒见他的老师。既至，令伯牙稍候，自己先往。伯牙久候不见成连出，只闻得波涛怒吼，悲风萧萧，因感而作琴曲《水仙操》。⑧“似寡鹄孤鸿和断猿”四句：前两句中“寡鹄孤鸿”、“断猿”、“别凤离鸾”似与《孤鸾寡鹄》、《别鹤怨》等琴曲名有双关的含义，意指琴声中表现出蔡伯喈远离亲人、身不由己的孤苦。后两句暗示琴声中流露出了他不安的心情。《后汉书·蔡邕传》载，蔡邕访友，友人正在家里弹琴，琴声中流露出杀机，蔡邕不入而返。后来就此事问及友人，友人云，当时弹琴见螳螂捕蝉，蝉将飞走，心中替螳螂着急，无意间琴声中流露出了这种心情。⑨“蓝田日暖玉生烟”两句：出自李商隐诗《锦瑟》。蓝田，在今陕西蓝田，产美玉。玉生烟，阳光下玉山散发出的迷蒙烟霭，可望而不可即。望帝，传说古蜀国之主，名杜宇，死后思念故国，魂魄化为杜鹃。全句表达蔡伯喈欲归不能的惆怅心情。⑩ 鸾胶续断弦：鸾胶，粘性很强的胶。《汉武外传》载，西海献鸾胶，武帝以粘断弦。后来引申为续娶。这里意

展湘波纨扇冷，歌传金缕琼卮暖⑪。是炎蒸不到水亭中，珠帘卷。

（贴）相公原来在此操琴呵。（生）夫人，我当此清凉，聊托此以散闷怀。（贴）奴家久闻相公高于音乐，如何来到此间，丝竹之音，杳然绝响？斗胆请再操一曲，相公肯么？（生）夫人待要听琴，弹甚么曲好？我弹一曲《雉朝飞》何如⑫？（贴）这是无妻的曲，不好。（生）呀！说错了。如今弹一曲《孤鸾寡鹄》何如？（贴）两个夫妻正团圆，说什么孤寡！（生）不然弹一曲《昭君怨》何如？（贴）两个夫妻正和美，说甚么宫怨！相公，当此夏景，只弹一曲《风入松》好。（生）这个却好。（弹介，贴）相公，你弹错了。（生）呀！倒弹出《思归引》来。待我再弹。（贴）相公，你又弹错了。（生）呀！又弹出个《别鹤怨》来。（贴）相公，你如何恁的会差，莫不是故意卖弄，欺侮奴家？（生）岂有此心，只是这弦不中用。（贴）这弦怎的不中用？（生）俺只弹得旧弦惯，这是新弦⑬，俺弹不惯。（贴）旧弦在那里？（生）旧弦撇下多时了。（贴）为甚撇了？（生）只为有了这新弦，便撇了那旧弦。（贴）相公何不撇了新弦，用那旧弦？（生）夫人，我心里岂不想那旧弦，只是新弦又撇不下。（贴）你新弦既撇不下，还思量那旧弦怎的？我想起来，只是你心不在焉，特地有许多说话。（生唱）

【桂枝香】 夫人，旧弦已断，新弦不惯；旧弦再上不能，待撇了新弦难弃。我

指蔡伯喈想与赵五娘重聚。⑪ 金缕，金缕曲，曲调名。琼卮，玉制酒器。⑫《雉朝飞》：琴曲名。《古今注》载，牧犊子七十无妻，慕雉鸟雄雌相随，感而作此曲。下文提及的《孤鸾寡鹄》、《昭君怨》、《思归引》、《别鹤怨》都是表现思念恋人、感伤离别的琴曲。⑬ 俺只弹得

一弹再鼓，一弹再鼓，又被宫商错乱。（贴）相公，你敢是心变了么？（生唱）非干心变，这般好凉天，正是此曲才堪听，又被风吹别调间。（贴唱）

【前腔】 相公，非弹不惯，只是你意慵心懒。既道是《寡鹄孤鸾》，又道是《昭君宫怨》，那更《思归别鹤》，无非愁叹。相公，我看你多敢是想着谁？（生）夫人，我不是想着甚么人。（贴唱）相公，有何难见，你既不然，我理会得了，你道是除了知音听，道我不是知音不与弹。

（生）夫人，那有此意？（贴）相公，这个也由你，毕竟你无心去弹他，何似教惜春和老姥姥安排酒过来，与你消遣何如？（生）我懒饮酒，待去睡也。（贴）相公休阻妾意。老姥姥，惜春，看酒来。（净、丑持酒上）（净唱）

【烧夜香】 楼台倒影入池塘，绿树阴浓夏日长。（丑唱）一架荼蘼满院香。（合）满院香，和你捧霞觞，纳晚凉，卷起珠帘，明月正上。

（贴）将酒过来。（唱）

【梁州序】 新篁池阁⑭，槐阴庭院，日永红尘隔断。碧栏杆外，寒飞漱玉清泉。自觉香肌无暑，素质生风，小簟琅玕展⑮。昼长人困也，好清闲，忽被棋声惊昼眠。（合）金缕唱，碧筒劝，向冰山雪巘排佳宴⑯，清世界，几人见？（生唱）

【前腔】 蔷薇帘箔，荷花池馆，一阵风来香满。湘帘日永，香消宝篆沉烟⑰。

旧弦惯，这是新弦：旧弦，指原妻赵五娘。新弦，指新娶之妻牛小姐。语义双关。⑭ 新篁：嫩竹。⑮ 小簟琅玕展：琅玕，玉石。全句意为展开那玉石般光洁的席子。⑯ 巘：大山上的小丘。⑰ 宝篆沉烟：印有篆文的沉檀香。

谩有枕欹寒玉，扇动齐纨[18]，怎遂黄香愿[19]。（作悲介，贴）相公，你为甚的下泪？（生唱）猛然心地热，透香汗，我欲向南窗一醉眠。（合前）（贴唱）

【前腔】 向晚来雨过南轩，见池面红妆零乱。渐轻雷隐隐，雨收云散。只觉荷香十里，新月一钩，此景佳无限。兰汤初浴罢，晚妆残，深院黄昏懒去眠。（合前）（生唱）

【前腔】 柳阴中忽噪新蝉，见流萤飞来庭院。听菱歌何处，画船归晚。只见玉绳低度[20]，朱户无声，此景尤堪恋。起来携素手，鬓云乱，月照纱厨人未眠。（合前）（净唱）

【节节高】 涟漪戏彩鸳，把露荷翻，清香泻下琼珠溅。香风扇，芳沼边，闲亭畔，坐来不觉神清健，蓬莱阆苑何足羡？（合）只恐西风又惊秋，不觉暗中流年换。（丑唱）

【前腔】 清宵思爽然，好凉天，瑶台月下清虚殿[21]。神仙眷，开玳筵，重欢宴。任教玉漏催银箭，水晶宫里把笙歌按。（合前）（众唱）

【余文】 光阴迅速如飞电，好良宵可惜渐阑，管取欢娱歌笑喧。

（生）樵楼上几鼓了？（净）三鼓了。

（贴）欢娱休问夜如何，此景良宵能几何？

（合）遇饮酒时须饮酒，得高歌处且高歌。

（并下）

---

⑱ 齐纨：齐地所产白绢，古人常用以做团扇。⑲ 黄香：后汉时人，夏天将席扇凉，冬天以身暖被，才让父亲上床睡觉，事亲至孝。⑳ 玉绳，星名。㉑ 清虚殿：传说中月亮上的宫殿。

（景李虎）

施惠　元代戏曲作家，关于他的生平，曹楝亭本《录鬼簿》载："施惠，字君美，杭州人，居吴山城隍庙前，以坐贾为业。公巨目美髯，好谈笑，……诗酒之暇，惟以填词和曲为事，有《古今砌话》，亦成一集。"《幽闺记》相传出自他手，但并无确凿凭据，钟嗣成所记未提到他曾作《幽闺记》，吕天成也认为"云此记出于施君美笔，亦无的据"。

幽　闺　记[①]

【题解】

《幽闺记》又名《拜月记》，元末"四大南戏"之一，是以关汉卿杂剧《拜月亭》为蓝本改写而成的。事述金末战乱，书生蒋世隆和妹妹瑞莲、尚书夫人王夫人和女儿瑞兰在奔逃中双双失散，患难中王夫人遇瑞莲收为义女，蒋世隆遇瑞兰配成夫妻。战乱过后，尚书不愿女儿嫁穷秀才，逼女儿、世隆相分离，不久奉旨招文武状元为女婿，而文状元即世隆，于是世隆、瑞兰、瑞莲夫妇兄妹得团圆。

《幽闺记》成功地歌颂了青年男女在患难中建立起来的爱情，具有积极的思想意义。这里选的《招商谐偶》一出戏写蒋世隆急于成婚，瑞兰则忐忑不安，半推半就，惟妙惟肖地描绘出人物的心曲。

第二十二出　招 商 谐 偶

（末上）

---

①《幽闺记》：这里所选以容与堂本《李卓吾批评幽闺记》为底本，参校世德堂本《重

【临江仙】 调和面蘖多加料[②]，酿成上等香醪。篱边风旆似相招[③]。三杯倾竹叶[④]，两脸晕红桃。不饮傍人应笑，百钱斗酒非高。莫言村店客难邀，神仙留玉珮，卿相解金貂[⑤]。

且喜兵火已平，民安盗息。不免叫货卖出来，分付他仍旧开张铺面，迎接客商，多少是好。货卖那里？（丑上）忙把店门开，安排待客来。不将辛苦艺，难近世间财[⑥]。家长老官儿有何分付？（末）货卖，如今且喜兵火已平，民安盗息，你可与我开张铺面，迎接客商。你在外面发卖，我在里面会钞记帐。（丑）说得是。我在外面发卖，你在里面会钞记帐。我一卖还他一卖[⑦]，两卖还他成双。（末）说得是。奉饶加一二[⑧]，自有客人来。（下）（丑）好招商店，前临官道，后靠野溪。几株杨柳绿阴浓，一架蔷薇清影乱。古壁上绘刘伶裸卧[⑨]，小窗前画李白醉眠[⑩]。知味停舟，果是开埕香十里[⑪]；闻香驻马，真个隔壁醉三家。但有南北二京、福建、江西、湖广、襄阳、山东、山西、云南、贵州、广东、广西客商，都来买好酒。自古道："牙关不开，利市不来。"不免把酒来尝一尝。好酒！一生吃不惯闷酒，得个朋友来同酌一杯才好。（生旦上，生唱）

【驻马听】 一路里奔驰，多少艰辛，来到这里。且喜路途肃静，渐次平安，稍

订拜月亭记》。② 面蘖（niè）：酿酒用的发酵剂。③ 风旆：酒旗、酒幌。④ 竹叶：酒名。⑤ 卿相解金貂：貂袍换酒。晋阮孚，性好酒，曾以貂袍换酒。⑥ 难近：即难赚，今温州方言尚如此。⑦ 一卖还他一卖：买卖公平。一卖，指一份买卖。⑧ 奉饶：额外赠送。⑨ 刘伶：晋人，性好饮酒，《世说新语·任诞》说他"恒纵酒放达，或脱衣裸形在屋中"。⑩ 李白醉眠：李白好饮酒，杜甫《饮中八仙歌》有"李白一斗诗百篇，长安市上酒家眠"句。⑪ 埕（chéng）：酒缸。

尔宁息。(旦唱)恨悠悠千里旅情悲，苦恹恹一片乡心碎。感叹咨嗟，伤情满眼关山泪。(丑唱)

【前腔】 草舍茅檐，门面不装酒味美。真个杯浮绿蚁⑫，酢滴珍珠⑬，瓮泼新醅⑭。(生唱)酒旗斜挂小窗西，布帘儿招飐在疏篱际。和你共饮三杯，今朝有酒今朝醉。

(生)娘子，此间是广阳镇招商店，且沽一壶，少解旅况，再行如何？(旦)但凭秀才。(生叫酒保，丑)官儿买酒吃的？(生)是买酒吃的。(丑)请坐！(生)还有浑家在外面。(丑)浑家请！(生)咄！你这酒保好野。(丑)我小人不野。(生)夫妻才称得浑家，你怎么也叫浑家？(丑)官儿，我闻古人云："人之父母，就是我之父母。"官儿的浑家，也就是我的浑家。一般大家浑一浑。(生)胡说，称娘子才是。(丑)便是，娘子请，如何？(叫科)两杯茶来。(生)酒保，你家有甚么好酒？(丑)有好酒。(生)有甚么好下饭？(丑)有好下饭。(生)只把好的拿来，吃了算帐。(丑叫科)那官儿脚上带黄泥，必定远来的。多着抛尸露，少着父娘皮。一卖当两卖，不要少他的。(生)酒保，你说"多着抛尸露，少着父娘皮"。"父娘皮"是甚么？(丑)父娘皮是骨。(生)抛尸露是骨。(丑)抛尸露是肉。(生)父娘皮是肉，你怎么哄我？(丑叫科)这官儿是老江湖，不要哄他。抛尸露少放些，画眉青多放些。(生)酒保，画眉青是什么？(丑)画眉青是肉。(生)画眉青是菜。(丑叫科)不要哄他了。一卖肉，一卖鸡，一卖烧鹅，一卖匾食。快着呵！(生)看酒过来！(丑)好酒在此。(生)这是新篘⑮，可有窨

---

⑫ 绿蚁：酒面上浮起的绿色泡沫。⑬ 酢(zuò)：以酒回敬。这里指酒。⑭ 新醅：没有过滤的新酒。⑮ 新篘(chōu)：即新篘之酒。篘，滤酒器。

下[16]？（丑）我这里来往人多，没有窨下，只是新篘。（生）也罢。酒保与我斟一斟。（丑）不要说一针，八针也会。（生）休闲说。娘子请！（唱）

【驻云飞】 村酿新篘，要解愁肠须是酒。壶内馨香透，盏内清光溜。（旦作羞不饮科）（生）嗏！何必恁多羞？（旦）非是奴家害羞，天性不会饮。（生）但略沾口，勉意休推，莫把眉儿皱。一醉能消心上愁。

娘子不曾饮得一杯，为何脸就红了？（旦唱）

【前腔】 盏落归台，却早两朵桃花上脸来。酒保将酒过来，待我也回那秀才一杯。（丑背云）跷蹊，待我问他。官儿，方才娘子说："酒保看酒过来，待我也回那秀才一杯。""那"者是怎么说？（生）这是我那里乡音，"那"者是好也。（丑背云）待我也打腔儿哄他。（叫科）伙计看那酒来，那下饭来。（生）酒保，甚么"那酒""那下饭"？（丑）官儿就不记得了，我这里也是"'那'者，好也。"（生）休取笑。（旦把酒科）多感君相带。（生）多谢心相爱。（旦）嗏！擎樽奉多才。（生）小生也不会饮。（旦）你量如沧海。（生）酒保减一减我吃。（丑）什么说话，吃一个满面杯。（旦）满饮一杯，暂把愁怀解，乐以忘忧须放怀。

（生）酒保，我与娘子一路来，因有几句言语[17]，不肯吃酒。你若劝得娘子吃一杯酒，我就与你一钱银子。（丑）官儿，我劝娘子吃一杯酒，就是一钱银子，若吃十杯？（生）就是一两。（丑）若吃了一百杯，就是十两。待我去奉。娘子

---

⑯ 窨下：即窨下之酒，陈酒。窨，地窖。⑰ 有几句言语：指有争吵、有争执。

请酒。(作掩须科，唱)

【前腔】 潋滟流霞[18]。(生)酒保，你怎么把脸儿遮了？(丑)小人脸儿不那个，恐娘子见了不肯吃酒。不比寻常卖酒家。娘子请一杯。(旦)我不会吃。(丑)小人跪了。(旦)请起，我吃。(丑)娘子出路人，不要吃单杯，吃一个双杯。(把酒科)村店多潇洒，坐起极幽雅[19]。(旦)我再吃不得了。(丑)没奈何，小人又跪下。(旦)也罢，起来，我再吃一杯。(丑)嗏！何必论杯斝[20]，试尝酬价？爱饮神仙，玉珮曾留下，今后逢人吃甚茶？(旦唱)

【前腔】 闷可消除，只怕醉倒黄公旧酒垆[21]。秀才，天色晚了，去罢。(生)天晚催人去。(丑)好热酒在此。(生)好酒留人住。嗏！香醪岂寻俗，味若醍醐[22]。曾向江心，点滴在波深处，慢橹摇船捉醉鱼。

(旦)秀才，我猜着你了。(生)你猜着我甚么？(旦)你哄我吃醉了，要捉那醉鱼，只怕你"满船空载月明归"[23]。(生)娘子，这是唐明皇与杨贵妃在采石江边饮宴的故事[24]。(丑)着了，正是那唐明皇与杨贵妃在采石江边饮宴的故事。我小人亲眼见的，也是我斟酒劝他。(生)酒保，你多少年纪？(丑)我四十岁了。(生)唐明皇开元到今，有四百余年，你怎么说亲眼见？(丑)自不曾说谎，略谎得一谎，就露出马脚来。(旦)秀才，天色晚了，去罢。(生)酒保，天色晚了，会钞罢。(丑叫科)官儿，娘子不吃酒了，会钞。(生)酒保，这里到宿客馆中还有多少路？(丑)还有三十里，你问他怎么？(生)我要去借宿。(丑)这等去

---

⑱ 潋滟流霞：这里指美酒。潋滟，满溢的样子。⑲ 坐起：坐起之处。指环境。⑳ 斝(jiǎ)：酒器名。㉑ 黄公旧酒垆：即黄公酒垆。《世说新语》载王戎、嵇康、阮籍等人常在黄公酒垆饮酒。㉒ 醍醐：酥酪上凝聚的油，古人认为是无上妙品。㉓ 满船空载月明归：华亭舡子和尚的诗，载《冷斋夜话》。㉔ 唐明皇与杨贵妃在采石江边饮宴的故事：相传唐

不到了。官儿，我这里广阳镇招商店，前面吃酒，后面宿客。这里不歇往那里歇？（生）娘子，方才酒保说，到旅馆中还有三十里路，去不到了，就在此安歇了罢。（旦）但凭秀才。（生）酒保，一发明日会钞罢。与我打扫一间房，铺下一张床。（丑叫科）那官儿不去了，一发明日会钞。打扫一间房。铺下一张床，一个联二枕头，一个大马子㉕。（旦）酒保，那秀才与你说什么？（丑）那官儿叫我打扫一间房，铺下一张床。（旦）不要依他，只依我。与我打扫两个房间，铺下两张床。（丑叫科）不依前头了。打扫两间房，铺下两张床，两个短枕头，一个马子，一个尿鳖㉖。（生）酒保，娘子叫你怎么？（丑）叫我打扫两间房，铺下两张床。（生）酒钱饭钱都是我还，你怎么不听我说？还只是打扫一间房，铺下一张床。（丑）是。酒钱饭钱都是官儿还，只依官儿。（叫科）不依后头了。照旧依前。打扫一间房，铺下一张床，一个联二枕头，一个大马子。（旦）酒保，那秀才又与你说甚么？（丑）那官儿还叫我打扫一间房，铺下一张床。（旦）你这酒保只依我就罢了，有这许多更变！（丑）你两个只管咭力骨碌，骨碌咭力。（末上，打丑科）狗东西，成甚么规矩，一张又是两张，两张又是一张，叫我老人家，端到东，端到西，费许多气力。走出去！不用你了。（丑）咦，老官儿，我在此也是好的。畚灰刮镬㉗，担柴挑水，门前招接，店中买卖。不用我，我往江西人馄饨店中去。（末指丑欲下，丑）老不死。（末转身上）你骂我老不死？（丑）我说你牛一般健，老了不死的。（末下。丑）你两个果来得跷蹊，怪不得那老儿，如今也不依官儿，也不依娘子，依了我罢。（生）怎么依你？（丑）依我便打扫一间房，

玄宗与杨贵妃在采石江边游乐宴饮，贵妃醉而呕吐，江里的鱼吃了杨贵妃呕吐之物，也都醉了。㉕ 马子：即马桶。㉖ 尿鳖：尿壶。㉗ 畚灰刮镬：指在厨房帮忙。镬，无足的鼎，锅。

依着官儿，铺下两张床……（生）一张！（丑）也依娘子一半，床却丁字铺了。（生）怎么丁字铺？（丑）官儿的床铺在这里，娘子的床铺在这里，上了床，吹灭了灯，一个筋斗就过了。（生）休取笑，张灯来。（丑叫科）看灯来，看洗脚水来。（下。生）娘子，请睡了罢。（旦）你自请睡。（生）请睡了罢。（旦）秀才，你自睡，我自睡，只管问我怎么？（生唱）

【绛都春】 担烦受恼，岂容易，共伊得到今朝？有分忧愁，无缘恩爱，何时了？（旦）他那长吁短叹，我心自晓。（生）娘子，你晓得我甚么？（旦）有甚的真情深奥？（生）正要娘子晓得。（旦）礼法所制，人非土木，待说也难道。

（生）寻踪访迹遇林中，（旦）受苦扶危出祸丛。（生）我和你有缘千里能相会，（旦）我只是无缘对面不相逢。（生）娘子，你怎么把言语都说远了，你敢是忘了？（旦）奴家不曾忘了甚么。（生）既不曾忘；可记得林桺中的言语来[28]？（旦）林桺中曾与秀才说兄妹同行。（生）这也有来。我说面貌不同，语言各别，娘子又怎么说？（旦）奴家再不曾说甚么。（生）正是贵人多忘事。娘子再想。（旦）奴家想起来了，说怕有人盘问，权说做夫妻。（生）却又来，别的便好权，做夫妻可是权得的？我也不问娘子别的，可晓得仁、义、礼、智、信？不要说仁、义、礼、智，只说一个“信”字。（旦）“信”字怎么说？（生）天若爽信，云雾不生；地若爽信，草木不长。为人可失得信么？（旦）奴家也不曾失信与秀才。（生）既不失信，如何不依林桺中的言语？（旦）秀才，你送我回去，多多将些金银谢你吧。

㉘ 林桺：丛林。

（生）岂不闻"书中自有黄金屋"，要你那金银何用？（旦）也罢，你送我回去，我与爹爹说与你个官儿做罢。（生）呀！官是朝廷的，是你家的？我一路来，倒不曾问得娘子，不知娘子是何等人家？（旦）秀才，你不问起也罢，若问我家中事情，不要说与你同行同坐，就是立站的去处，也没有你的。（生）韩景阳大来头㉙，你却是何等人家？愿闻。（旦）奴家祖公是王和，父亲见任兵部王镇尚书，母亲是王太国夫人，奴家是守节操的千金小姐。（生）既是千金小姐，怎么随着个穷秀才走？（旦）不知你妹子随着那个哩。（生）你自身顾不得，那管得别人？且住。不要与他硬，若硬，两下里就硬开了，还要放软些。娘子原来是官家之女，我蒋世隆低眼觑画堂，尚然消受不起，倒与娘子同行同坐，望娘子高抬贵手，饶恕蒋世隆之罪。（跪科，旦亦跪科）大恩人请起。（生）咳，你既知我是大恩人，（唱）

【降黄龙】 说甚么宦室门楣，寒士寻常，望若云霄？时移事迁，为地覆天翻，君去民逃。多娇，此时相遇，料应我和你姻缘非小。做夫妻相呼厮唤，怎生忘了？（旦唱）

【前腔】 秀才，何劳、奖誉过高。昔日荣华，眼前穷暴。身无所倚，幸然遇君家，危途相保。（拜科）英豪，念孤恤寡，再生之恩难报。久以后衔环结草㉚，敢忘分毫。（生唱）

㉙ 韩景阳：未详待考。明代王骥德《曲律·杂论第三十九上》："世有不可解之诗，而不可令有不可解之曲。曲之不可解，非入方言，则用僻事故也。……'韩景阳'、'大来头'，此僻事也。"可以参考。㉚ 衔环结草：报答恩德。衔环，传说汉代杨宝救一受伤黄雀，后一夜梦有黄衣少年称为西王母使者向他拜谢，并赠白玉环四枚，许其四世位至三公。结草，事出《左传》，晋大夫魏颗父死嘱以爱妾殉葬。魏颗使父之妾改嫁，后魏颗与秦之杜回交战，一老人结草绊倒了杜回之马，使杜回被俘，魏颗大败秦师。入夜梦老人自述是妾之父，向他报恩。

【前腔】 听告。你身到行朝[31]，与父母团圆，再同欢笑。那时节呵，你在深沉院宇，要见你除非是梦魂来到。(旦)我禀过父亲，那时与你成亲也未迟。(生)那时节你还要我？攀高，选择佳婿，卑人呵，命蹇时乖，实是难招。我与娘子一路同行到此，便是三岁孩童，也说一对好夫妻。这虚名人前自说，听着偏好。(旦唱)

【前腔】 休焦，所许前词，侍枕之私，敢惜微眇[32]。(生)既如此，却又推三阻四怎么？(旦唱)怕仁人累德，娶而不告[33]，朋友相嘲。

(生)娘子，你晓得"瓜田不纳履，李下不整冠"么？(旦)"瓜田不纳履"怎么说？(生)假如人家一园瓜正熟，有人打从瓜园中经过，曲腰纳其履，隔远人望见，只说偷其瓜。(旦)"李下不整冠"怎么说？(生)假如人家一园李子正熟，有人打从他李树下过，欲待伸手整其冠，人见只说盗其李。从教整冠李下，此嫌疑实亦难逃。(旦)秀才，你送我到行朝，与爹爹说知，教个媒人说合成亲，却不全了奴家的节操？(生怒击桌科)你前日在虎头寨上，若没有蒋世隆呵，乱军中遭驱被虏，怎全节操？(净内叫)老儿起来，盘儿碗儿都打碎了。(末、净上唱)

【太平令】 曲径非遥，深夜柴门带月敲。邮亭一宿姻缘好，又何故语叨叨？

(生、旦见科)(生唱)

【前腔】 旅邸萧条，回首乡关路转遥。寒灯照影伤怀抱，因此上话通宵。

㉛ 行朝：行都，皇帝在外地临时听政的地方。㉜ 微眇：卑微之躯。这里是自称之谦词。㉝ 娶而不告：未告知父母而私自成婚。

（末）官人，娘子，我两口在隔壁听得许久，颇知一二，你也不要瞒我了。（生）既如此，瞒不得公公、婆婆了。（末）秀才官人，他是宦族名流，深闺处子，自非桑间之约，濮上之期[34]，焉肯钻穴相窥，逾墙相从[35]。秀才官人，你是读书之人，岂不闻柳下惠之事[36]？（生）惶恐，惶恐。（末）秀才官人莫怪，请到前楼去坐一坐，老夫别有话说。（生）是如此。（下。末）小姐在上，老夫有一言相告："男女授受不亲，礼也。嫂溺援之以手，权也[37]。"权者反经合理之谓[38]。且如小姐处于深闺，衣不见里，言不及外，事之常也。今日奔驰道途，风餐水宿，事之变也。况急遽苟且之时，倾覆流离之际，失母从人二百余里。虽小姐冰清玉洁，惟天可表。清白谁人肯信，是非谁人与辨？正所谓"昆冈失火，玉石俱焚"[39]。今小姐坚执不从，那秀才被我道了几句言语，两下出门，各不相顾，若遇不良之人，无赖之辈，强逼为婚，非惟玷污了身子，抑且所配非人。不若反经行权，成就了好事罢。（旦）望公公、婆婆收留奴家在此。倘或父母有相见之日，那时重重相谢，决不虚言。（末）呀，收留人家迷失子女，律有明条；况小店中来往人多，不当稳便。既然不从，小姐，请出去罢。（旦悲科。净）老儿，他只因无父母之命，又无媒妁之言，我两人年纪高大，权做主婚之人，安排一樽薄

㉞ 桑间之约，濮上之期：指男女自由幽会结合。桑间、濮上，古卫国地名，为男女幽会之所。㉟ 钻穴相窥，逾墙相从：语出《孟子》"钻穴隙相窥，逾墙相从"、"逾东家之墙而搂其处子"，指男女私合。㊱ 柳下惠：春秋时鲁国人，相传一次他夜宿城门，遇一女子，怕她受冻，用自己的衣服把她裹在怀里而无任何越轨行为。"坐怀不乱"的成语即出于此。㊲"男女授受不亲"四句：语出《孟子·离娄》，意思是说，按照礼教规定，男女之间不能接触，但如果嫂子掉到河里，小叔就可伸手援救。比喻在特殊情况下可灵活变通。权，变通。㊳ 反经合理：违背常规而符合情理。㊴ 昆冈失火，玉石俱焚：语出《尚书·胤征》，昆冈，即昆

酒，权为合卺之杯[40]。所谓礼由义起，不为苟从。我老两口主张不差，小姐依顺了罢。（旦）我如今没奈何了，但凭公公、婆婆主张。（净）老儿，小姐也是看上这秀才的，他也要拿些班儿[41]。（末）你去看酒来，待我请那秀才官人来。秀才官人，有请。（生上。末）被老夫劝从了。（生揖科）多谢公公。（净上）老儿，酒在此了。（末把酒科）（末、净唱）

【扑灯蛾】 才郎殊美好，佳人正年少。相逢邂逅间，姻缘会合非小也。天然凑巧，把招商店权做个蓝桥[42]。翠帏中风清月皎，算欢娱，千金难买是今宵。（旦唱）

【前腔】 礼仪谨化源，《关雎》始风教[43]。一时见君子，匆匆遽成人道也[44]。（生）我是山鸡野鸟，配青鸾无福难消。仗冰人一言已定[45]，此生此德，何以报琼瑶[46]？

（末、净）官人，娘子，请稳便罢。夜深了，明日再取一樽酒，与你暖房。姻缘本无意，天遣偶相逢；剩把银釭照，犹疑是梦中[47]。（末、净下）（旦唱）

【衮遍】 不肯负情薄，不肯负情薄，随顺教人笑。空使我意沉吟，眉留目乱羞难道[48]。（生）看他喜时模样，愁时容貌，灯儿下，越看着越波俏。（旦唱）

仑山，相传山上出产玉石。昆仑山一旦失火，美玉和石头均被烧毁，比喻好坏同归于尽。[40] 合卺（jǐn）：成婚。古时风俗，夫妻成婚，将一匏分为两半，夫妇两人各执一半盛酒而饮，称为合卺。[41] 拿些班儿：装样子，摆架子。[42] 蓝桥：即蓝桥驿，在陕西蓝田附近，唐传奇《裴航》载，秀才裴航在蓝桥驿遇仙女云英，结为夫妇。[43] 礼仪谨化源，《关雎》始风教：礼仪是风俗教化的根本，必须遵守，《关雎》是提倡风化的开端。谨，恭敬，遵从。《关雎》，《诗经》第一篇。[44] 匆匆遽成人道：这里指仓卒成婚。[45] 冰人：媒人。[46] 报琼瑶：酬报。语出《诗经·卫风》"投我以木瓜，报之以琼瑶。"[47] 剩把银釭照，犹疑是梦中：语出宋晏几道《鹧鸪天》词"今宵剩把银釭照，犹恐相逢是梦中。"银釭，即银灯。[48] 眉留目乱：形容心

【前腔】 才郎意坚牢，才郎意坚牢，贱妾难推调[49]。只恐容易间，把恩情心事都忘了。（生）蒋世隆若有此心，与你星前月下去罚下誓来。（旦）你自去罚。（生）蒋世隆若忘了小姐厚恩，永远前程不吉。海誓山盟，神天须表。辨至诚，图久远同谐老。（旦唱）

【尾声】 恩情岂比闲花草？（生）往常恨更长寂寥，今夜只愁天易晓。

（生）野外芳葩并蒂开，（旦）村边连理共枝栽。

（合）百年夫妇途中合，一段姻缘天上来。

（并下）

神不定。㊾ 推调：推辞。

（景李虎）

无名氏

古　城　记①

【题解】

《古城记》是三国故事戏，写刘备、张飞夜袭曹营失败逃散，关羽为保护刘备二妻，不得已假降曹操，曹操想方设法收买他，但关羽不为高官、美女、重金所动，探明刘备去向后，毅然"封金挂印"，冲破重重阻碍，到古城与刘备、张飞相聚。全剧集中笔墨表现关羽忠义勇猛的英雄性格。这里选的《团圆》是《古城记》的最后一出，写关羽向曾误会他的张飞诉说自己的千辛万苦和赤胆忠心，关目紧凑，感情激昂，人物风貌跃然纸上。

第二十九出　团　　圆

（生上，唱）

【中吕引】　结义桃园，徐州分散，古城中又得团圆。夫妻会合，弟兄重见。

叫军校开了城门，迎接二位皇夫人进城。（卒应科）（旦、贴上，唱）

【二犯令】　移莲步，整弓鞋，迢遥千里而来。（相见哭、拜科）夫妻幸喜重相会，

① 《古城记》：今以《古本戏曲丛刊》影印明刊本为底本，参校清周祥钰、邹金生传奇

犹如枯木逢春花再开。

（生）孤穷不利，多亏二位夫人耽惊受怕。今日相逢，实出望外。（旦、贴）夫身流落，姊妹自分无生，赖得神天护祐，相逢犹如梦寐。只是一路而来，多多亏了二叔，若非他义勇忠心，夫妻焉有今日。皇叔不思报德，反把城门紧闭，不容进见，此何意也？（生）孤审军士，已得其详。昨闭城门，乃三弟张飞之罪。今见二弟，自当表白。（张飞上科，唱）

【生查引】 当初只道无情汉，今日方知义勇忠。

（相见揖科）二位皇嫂拜揖，小叔失于远迎，望勿介意。（旦、贴）你为何这等莽撞？不加详察，妄怪他人。（张）小叔知罪了。（旦、贴）三叔，少刻二叔来时，须当陪个小心②。（张）劣弟晓得。大哥，俺昨日触犯二哥，望大哥方便方便③。（生）你若要他欢喜，须分付满城大排香烛，远接进城，陪个小心。他乃知礼之人，宽洪大度，不念旧恶。（张）小校，分付满城大排香案，整齐队伍，迎接二爷入城。（众应科）（众扶羽上科）桃园结义誓难忘，千里单刀出许昌；寻归真主完名节，不愧烈日与秋霜。关某别了曹操，一路而来，指望与大哥相会，谁想昨日来到古城，反被三弟疑猜，道咱降了曹操，不容进城。又谁知蔡阳追兵来到，激得我怒满胸膛，把他斩了。此乃是我云长命不当绝，倘遭他人之手，焉有今日之会。正是：西风百战起尘埃，千里寻兄到此来，今朝才得干戈静，我想昨日呵，（唱）

《鼎峙春秋》。② 陪个小心：犹言陪不是，陪礼认错。③ 方便方便：行方便，从中调解。

【双调新水令】 征夫塞满了太平街[④]。小校，二位皇夫人可进城否？（丑）先进城了。（羽）众军可曾卸甲否？（丑）二爷不曾卸甲，众军不敢擅解。（羽）传令叫众军卸甲。（丑）得令。（羽）关某自离许昌，今日里才得卸戎衣，换了这紫袍金带。（内作喊科）（羽惊科）小校，是那里呐喊？快看马取刀来。（丑）是蔡阳领来军士，无主可归。（羽）既然如此，你将我令旗一面，招他投入在我部下。若不愿者，教他各自归农。（众应科）（羽）你教他把旌旗云外卷，（内长号科）（羽）小校，是那里吹打长号？（丑）禀二爷，是三爷摆队伍出城迎接。（羽）昨日不须厮杀，今日也不劳他迎接。小校，你与我传令说：二爷心下恼，叫他不要摆。（丑分付科）（羽）分付他戈戟不须排，不念咱千里而来。（内鸟鸣科，羽）小校，甚么鸟儿叫？（丑）是一只孤雁。（羽）一路而来，皇嫂愁苦无聊，你又哀叫；今日俺兄弟相逢，你又叫甚么？差矣！自古道征雁失群，哀鸣凄惨。想俺兄弟常在一处，今被曹操设计分散东西，俺关某一人在此，就如此雁一般，咱关某就如这失伴孤鸿，流落在碧天云外。

【驻马听】[⑤] 拂尽尘埃，（内又作鸟鸣科，羽）小校，又是甚么鸟儿叫？（丑）是催归杜鹃。（羽）此鸟尚怀归计？何况人乎？俺云长一天愁闷，却被此鸟解去一半了。听啼鹃遣闷怀，徐步进城来。自下许昌将近一载，蒙曹操待吾甚厚，莫说大哥、三弟疑我降曹，就是外人，那一个不道我真心降了曹操？难怪大哥三弟不疑猜，且做个朦胧佯不睬[⑥]。（张上跪接羽科，羽见作不理科）叫小校，我那马可曾卸鞍么？（丑）卸了鞍。（羽）既解了鞍，把些好料与他吃。我此来亏了这一骑马，出许昌，过五关，诛六将，古城边斩蔡阳，受了多少的苦楚。我想今世的人，还不如此马有义，好生看守此马。大爷如今在那里？（丑）在中堂立地而等。（羽急行科，张自起科）二哥恼，全不看在我身上来，反把马来讥诮我。没奈何，是我做得不是些，还要陪个小心，跪在那阶下，去要他认了我才好。（生、羽相见同下跪，哭科。张复跪科，羽）见哥哥就跪在阶，参兄长恭身拜。

---

④ 太平街：原本作“太平垓”，据《鼎峙春秋》第四本第十四出改。⑤【驻马听】：原本此下曲牌均脱，据《鼎峙春秋》补出。⑥ 且做个朦胧佯不睬：原本作“却也难怪哥弟不疑猜”，

【乔木查】 哥，一自徐州失散两分开，喜今日古城中你我依然在。大哥，关羽乃铁甲征夫，何愁千里？只亏了二位皇嫂，幼长深闺，那识路途之苦，受了多少风霜，耽了多少惊恐。今到古城，不容进见，全不念皇嫂与你结发恩和爱，你也把城门儿不放开。你道小弟真心降曹了，哥，怎知俺汉云长，一点丹心不改？

大哥端坐，容关某把昔日分散事情说与大哥知道。(生)二弟同坐，试说一番与我听着。(羽)当初曹操领兵百万之众，打战书到徐州，大哥与三弟商议去偷营劫寨，着某保守家眷。谁想三弟去到那边，不探虚实，只管高声呐喊，曹兵四散杀出，兄弟各自逃生。探子报道，大哥、三弟俱被曹兵所害。二位皇嫂闻得此言，闷倒在地。彼时关某披挂出城，要与曹兵决一死战。去到半路之间，想曹操那贼多用诡诈之计，恐赚吾出城，以绝归路。那时又叫探子来，仔细问他。他说不曾亲眼看见，只在五里之外，传来消息。慌忙带转马，复入下邳城去宽慰二位嫂嫂⑦，谁想张辽即来说我降曹。彼时不降于他，关某一人一骑，料无阻碍，只恐二位嫂嫂难脱虎口。以此假说降他，一边打听哥弟消息，又作道理。因此上去许昌。蒙曹公待我甚厚，上马提金，下马提银，三日小宴，五日大宴，黄金百镒⑧，美女十人，封为寿亭侯之职。后不知大哥在袁绍驾下，借得颜良文丑，前来报仇。却被张辽用激将之计，赚我出军，误杀了此二将。彼时阵上才知大哥消息，就要辞曹归汉。谁知曹操意欲拘留，不容面别。故此挂印封金，留书作别，过关斩将而来。来到古城下，呀，遇着猛弟张飞。(张)小弟在此请罪。(生)二弟看我薄面，叫三弟起来

据《鼎峙春秋》改，以使更符合剧情。⑦ 下邳：古地名，在今江苏邳县东。⑧ 镒：重量单

罢！（羽唱）

【梅花酒】 大哥，张飞自疑猜，全不想月明千里故人来。只教我单身独自把曹兵败。堪笑三弟心量窄，险些把桃园结义声名坏。三弟，你道我受曹的恩惠，这都是真的。比如你受了他的，还肯想大哥和我，辞曹来寻否？想一想你二哥是什么样人？俺本是英雄猛烈栋梁材，怎肯贪淫恋酒色？

我前日在黄河渡，杀了蔡阳的外甥秦琪，谁想蔡阳起兵赶来报仇。你把城门紧闭，不容我进来，要我斩了蔡阳首级，方许相见。教你助我些人马，你说半个也没有，只在城上助我三通鼓，十面小旗。大哥，还是鼓杀得人？还是旗杀得人？三弟，莫说你我结义兄弟，就是一面之交，见蔡阳兵来，也有恻隐之心，开门与我进来。幸喜昨日蔡阳被吾所害，若是失手于他人，三弟，你今日还去跪那一个？

【水仙子】 谁似你狠心肠，没见识，将咱怪，紧闭城门不放开，怎提防蔡阳兵赶来⑨？若不是俺关云长有气概，施英勇，展奇才⑩，滑喇喇把蔡阳头斩在尘埃⑪，怎能够弟兄相会，他夫妇团圆，喜笑颜开。

大哥，我想当初桃园结义，日子不利，时落空亡⑫，以致兄弟如此。（唱）

【得胜令】 想是桃园结义罹兵灾，东西南北两分开。提将起揾不住英雄泪，

位，一镒等于二十四两。⑨ 兵赶来：原本作“兵来”，据《鼎峙春秋》改。⑩ 展奇才：原本作“威风浩大”，据《鼎峙春秋》改。⑪ 滑喇喇：光滑，细腻。这里形容顺利、容易。⑫ 空亡：

舒不开愁闷怀。哀哉嗟叹杀愁无奈,伤也么怀,伤也么怀,也是俺兄和弟时运乖。

(生)二弟,三弟自知其罪,你与他相认才是。(羽)大哥尊坐,待我请他起来。我想三弟平日上不跪天,下不跪地,今日跪在阶前,任我讲说,他低头半声不应。三弟请起。(同下跪科)莫怪君无理,缘因我命招。(唱)

【搅筝琶】 这场鏖战乃是天差,三兄弟你请起来。(张)二哥你不怪我了,请笑一笑才是。(羽笑科)这足见桃园生死交,方显得汉云长大节精忠在。想大哥泪滴江淮,思翼德恨低眉黛。因此上不避关山独自前来。贤弟,正是不受苦中苦,难为人上人。受尽了千般苦,苦尽甘来。(张唱)

【滚煞】 古城聚义把筵排,准备着破曹瞒⑬,大会垓⑭,平空踹破中原地,把长安城攻战开,将曹操一家儿扫作尘埃。

(众)今喜兄弟相会,夫妇团圆,就此古城之中,招军买马,积草屯粮,相时而动,以报前仇。这是两片菱花重会合⑮,一轮明月再团圆。

兄弟喜相逢,浑如一梦中;
古城重聚义,方显是英雄。
(并下)

星命家语,指不吉利的时辰。⑬ 曹瞒:即曹操。曹操乳名曰阿瞒,故云。⑭ 大会垓:大会战。⑮ 菱花:指镜。

(景李虎)

康海(1475—1540)　字德涵，号对山、浒东渔父，陕西武功(今陕西咸阳)人，弘治十五年(1502)状元及第，授翰林院修撰。武宗时宦官刘瑾被诛，他被牵连免官。康海是明代文坛“前七子”之一，工诗文，善制曲，所作杂剧除《中山狼》外，还有《王兰卿》，另有诗文集《对山集》、散曲集《浒东乐府》。

中　山　狼[1]

【题解】

《中山狼》杂剧取材于明马中锡寓言《中山狼传》，演东郭先生中山救狼，后几被狼食的故事，告诫人们对坏人绝不可有恻隐之心，否则将祸及自身。史载明正德初年，李梦阳因忤怒宦官刘瑾下狱，康海救之；后康海因刘瑾事被免官，李梦阳坐视不救，于是康海作《中山狼》杂剧讥刺之。明代以中山狼为题材的剧作较多，王九思、陈与郊均有杂剧《中山狼》，汪廷讷有《中山救狼》，其中康海所作最出色。这里所选第三折表现东郭先生的迂腐和中山狼恩将仇报的凶残，结构紧凑，扣人心弦。

第　三　折

(末上)俺东郭先生好惭愧也！把这书囊藏着中山狼，险些儿被赵卿看出破绽来[2]。好惭愧也！俺不敢久停久住，鞭着驴儿快走者。您看这古怪的畜

---

①《中山狼》：这里所选以《盛明杂剧》为底本，以《酹江集》本作参校。② 赵卿：赵

生么，偏是今日百般的鞭打不肯走。好慌杀俺也！驴儿！俺把你这鞴金鞍、嚼玉勒③、披绣鞯④、挂红缨的龙驹骏骑央及，你快些儿挪一步咱！（唱）

【越调斗鹌鹑】 乱纷纷叶满空山，淡氤氲烟迷野渡。渺茫茫白草黄榆，静萧萧枯藤老树。昏惨惨远岫残霞，疎刺刺寒汀暮雨。骑着这骨稜稜瘦驽骀⑤，走着这远迢迢屈曲路。冷凄凄只影孤形，急穰穰千辛万苦。

您看羽旄之影渐没⑥，车马之音不闻。那赵卿敢去的远了。不知这中山狼在囊里是如何的，怎的不动一动？不是箭射伤死了，那多敢是囊儿里一时的闷杀来。怎的再不则声咱？（看囊科）（狼）先生留意者。想那赵卿去的远了。俺在囊中紧紧的缚得好不苦也！俺臂上的流矢煞是痛哩。先生，快解开囊来放俺者！（末唱）

【紫花儿序】 霎时间车尘儿隐隐，马足儿腾腾，旗影儿疏疏。依旧是清秋远树，旷野平芜。（狼）先生快些儿放的俺出来罢！好不耐烦也。（末）徐徐！把似您划地的心慌，怎待这半日余。险些儿早狗烹锜釜，做不得脱颖囊锥，尚兀自曳尾泥涂⑦。

俺打开囊儿，与你解了这缚，拔了这箭，您好不自在哩。（开囊解缚拔箭

简子，赵鞅，晋国正卿。③ 玉勒：玉制的马口衔。④ 鞯（jiān）：衬托马鞍的垫子。⑤ 驽骀（tái）：劣马。⑥ 羽旄：指旗幡。⑦“险些儿早狗烹锜釜”三句：意为差点儿藏不住，被赵简子抓去。锜，有脚的铁锅。脱颖囊锥，锥置囊中，锥尖必会穿囊而出，即难以掩藏之意。

科)(唱)

【金蕉叶】 只见他头和尾蛇盘蜎缩,着箭处淋漓血污。止不住连声叫苦,俺和您疾忙救取。

(狼出囊科)惭愧也!险些儿俺的性命被赵卿断送了!先生,谢得您救俺也。只俺有句不知高下的语儿敢说么?(末)有甚话说来。(狼)俺被赵卿赶来,走的路途遥远。这囊儿里又受了一日的苦。虽则是先生救活俺的性命,只是肚儿里饿的慌。倘然饿死在路上,却被乌鹊啄,蝼蚁攒呵,不如送与赵卿拿去,倒也死的干净。先生可怜见,权把您来充饥罢!(狼扑科)(末躲驴后科)呀呀呀,兀的不唬杀俺也!(唱)

【小桃红】 唬的俺浑身冷汗湿模糊,把不定头梢竖,遍体皮肤似钩住。这命须臾,也是年该月值前生注。来到这山溪野路,只见些愁云惨雾,则谁是俺护身符。

俺把书囊救您,险被赵卿看破,把俺性命几乎送在一剑之下。担惊受怕救得你时,怎得倒要吃俺?天下有这般负心的么?(唱)

【天净沙】 俺为您拚了身躯,俺为您受了忧虞⑧。刚把您残生救取,早把俺十分饱觑,这瘦形骸打点充铺⑨。

语出《战国策·毛遂说平原君》。曳尾泥涂,语出《庄子·秋水》,原指乌龟在泥涂中爬行,此喻获得残生。⑧ 忧虞:忧虑。⑨ 充铺:充饥。

（狼）先生，您是墨者[10]，俺闻得“摩顶放踵，利天下为之”[11]，何惜您一身，却不救了俺的性命咱？（末唱）

【调笑令】 您馋眼脑天生毒，狠辣的心肠和那胆底儿虚。才得个皮毛抖擞，便把恩来负。也是俺两眼儿无珠，谁引得狼来屋里居？今日里懊悔何如！

（狼）您缚俺在囊里，受的苦来不耐烦。您是甚好意？您向赵卿说俺恁的不好，要助他所算了俺[12]，怎的不该吃您么？（末唱）

【秃厮儿】 好教俺闷腾腾心头气蛊[13]，忿嗔嗔手拍胸脯。俺担惊受怕的撩虎须，救得您泼贱躯，几乎……

（狼）不要闲讲，俺肚儿里饿得来慌了，快些儿与俺权作充饥者！（狼扑科）（末躲科）（唱）

【圣药王】 您吻儿鼓[14]，爪儿露。这是蛇衔径寸的报恩珠[15]；俺怎对付？好凄楚。手忙脚乱紧支吾，不住的把天呼。

天那！是俺自己的不是也？（唱）

---

⑩ 墨者：信仰墨家学说的人。⑪ 摩顶放踵，利天下为之：语出《孟子·尽心上》，原为“墨子兼爱，摩顶放踵，利天下为之。”意为墨子主张兼爱，愿从头到脚牺牲自己，以利天下。⑫ 所算：算计，阴谋加害。⑬ 气蛊（gǔ）：气愤，气恼。蛊，毒虫。⑭ 吻儿鼓：鼓起两腮。⑮ 蛇衔径寸的报恩珠：《搜神记》载，隋侯出游，遇一蛇受伤，救之，后蛇衔一大珠来报。这里反其意

【麻郎儿】 也是俺寻差道路，撞着恁饿虎妖狐。諕的来后退前趋，紧靠着瘦驴儿遮护。

【幺】 起初不如冷觑，索性做个陌路区区⑯。似这般衔冤负屈，头直上青天鉴取。

(狼扑科)(末躲科)(狼)随您那里去，决然躲不过俺。不吃您也决不干休。(末)您好负俺也，您好负俺也！这如何是好！怎得人来救俺也！罢罢罢，俺救了您，倒要吃俺，世上有这奇事么？常言道："若要好，问三老。"俺与您去寻着三个老的，问他道是该吃俺也不该吃。他若道是该吃呵，俺便死也是甘心哩。(狼)恁的也说得是也。(同行科)(狼)您看俺的造物，头里走的来这多时，再没个人儿撞着者。俺肚里又饿得慌，口儿里馋涎早汩都都的淋下也。呀，好了好了，您看那里不是一株老树，快问他来。(末)这是一株老树，僵立在路傍。俺想草木乃无知之物，怎生问他来？(狼)您不要管，只顾问他，他定然回答您者。(末揖树科)老树老树，兀那中山狼被赵卿一箭射着，追赶的有地皮没躲处。是俺把书囊救了他。如今出得囊来，倒要把俺吃，世上有这样负心的？老树呵，您道是可该吃不该吃么？(末唱)

【东原乐】 这的是沟中断，爨下余⑰，怎便做千年的灵椿觑⑱？哎，俺好痴也！把草木无知不住的呼。只索自暗付⑲。老树老树，您若救得俺呵，再重生真是花开铁树。

而用之，指东郭先生救了中山狼，所得报应是狼要吃他。⑯ 陌路区区：犹言陌路相逢，不予理睬。⑰ 爨下余：锅灶下烧剩的木柴。⑱ 千年的灵椿：《庄子·逍遥游》载："上古有大椿者，以八千岁为春，八千岁为秋。"⑲ 自暗付：自己思量。

（树上）俺老杏是也。想那当时老圃种下俺，不过费得他一个核儿。一年开花，二年结果，三年拱把，十年合抱。到今三十年来，老圃和那妻子儿女，走使奴仆，往来宾客，都是俺供养。他当时又摘俺的果儿往街市里去觅些利息。似俺这般有恩与老圃的，如今见俺老来不能结实，老圃划地里发怒，伐去俺条枚，芟落俺枝叶[20]，又要卖俺与匠氏[21]。是这般负心的。您却有甚恩到这狼来？该吃您，该吃您。（下）（末唱）

【绵搭絮】 俺道您琼林玉树，却原是朽木枯株。只好做顽桩儿系马，短橛儿拴驴。您道是结子开花，枉做了木奴[22]，今日里断梗除根，只当是折蒲[23]。哎，罢了，罢了！都似这义负恩辜，俺索做钼麑触槐根一命殂[24]。（狼扑科）（末避科）呀，性急怎的！方才不曾说来，要问三老。只问得一老，怎便就要吃俺？（狼）快走些儿。好了，有一个老牸在那里曝日[25]，您去问他。（末）俺被那万刀砍千斧斫的蠢木顽柴，几乎丧了俺性命。这牛是披毛带角的禽兽，问他何用？（狼）您只管去问他，您再不问，俺便吃您了。（末揖牛科）老牸老牸，这中山狼被赵卿所射，是俺救了他的一命，如今反要吃俺，您道可是该吃俺不该吃俺么？（末唱）

【络丝娘】 您花阴处一犁绿雨，笛声中斜阳陇树。为甚崚嶒瘦骨西风暮[26]，只见他垂头无语。

（牛上）俺乃老牸是也。俺做牛犊子时，筋力猛健，老农最是爱惜。老农出

---

⑳ 芟（shān）落：这里指剪落、除去。㉑ 匠氏：即木匠。㉒ 木奴：柑橘，泛指果实。㉓ 折蒲：这里意为杏树毫无用处，应像折断蒲草一样砍掉。㉔ 钼麑触槐根：事出《左传》，春秋时晋灵公无道，赵盾屡谏之，灵公使钼麑往而杀之，钼麑知赵盾无罪，触槐而死。㉕ 老牸（zì）：老母牛。㉖ 崚嶒瘦骨：骨瘦如柴。崚嶒，这里形容牛身上的骨头特别突出。

入是俺驾车，老农耕田是俺引犁，把俺做手足一般的相看。他穿的衣，吃的食，男女婚姻，公私赋税，那一件不在俺身上资助他。如今见俺老来力弱，赶逐俺在旷野荒郊，这般的风霜寒冷，瘦骨难熬，行走不动，皮毛枯瘁。您可道是不苦么？昨日听得那老农和他妻儿所算俺，道“老牛身上都是有用的，肉刈来做脯吃，皮剥来好做革，骨和角又好切磋成器用”。教他孩儿要磨刀宰俺，好不苦哩！俺与老农有许多功劳，尚然有谋害，您却有甚恩到这狼来？该吃您，该吃您。（下）（末唱）

【拙鲁速】 您道是急巴巴的荷犁锄，只剩得影岩岩的瘦身躯。今日里受的酸风苦雨，倒在颓垣败堵，尚兀待掀皮剜肉费踌蹰。哎，罢了罢了！俺好命穷也！这场儿的冤苦，向谁行来分诉，唬的俺似吴牛见月儿喘吁吁㉗。

天那，眼见得没人来救俺也！（唱）

【尾声】 这里是条条一荡官塘路，怎没个人儿北来南去。眼见得一命儿掩泉途，死的来怎能够着坟墓。

（狼扑科）（末避科）性急怎的，俺和您有言在先，且再问第三个老的，他道是该吃，只索由您罢了。（狼）饿得来不耐烦了，快走些儿。凭着俺一片好心，天也与俺半碗饭吃。（同下）

㉗ 吴牛见月儿喘吁吁：即吴牛喘月，语出《世说新语》，江南水牛怕热，见月即喘，以为日出。

（景李虎）

徐霖（1462—1538） 字子仁，号髯仙、九峰道人，江宁（今江苏南京）人。工诗文、精书画、善制曲，自小有才名，性情倜傥不羁。明武宗南巡，曾夜至其家与共饮。

绣 襦 记[1]

【题解】

《绣襦记》，一说是薛近兖的作品，演郑元和、李亚仙故事。这一题材最早见于唐白行简《李娃传》，元石君宝、明初朱有燉均作有《曲江池》杂剧，《绣襦记》是在这些作品的基础上改编敷衍而成的传奇作品。剧叙书生郑元和上京应试，与妓女李亚仙恩爱日深，后囊中金尽，被鸨母设计逐出。郑元和贫病交加，不得已以唱挽歌为生，其父恨儿堕落，将他打至气绝，抛尸郊外，乞儿救之，沦为乞丐。后李亚仙偶然间遇到郑元和，不顾鸨母阻挠，将他留在家中，悉心调养，并鼓励他发奋读书，郑元和状元及第，李亚仙被封汧国夫人。这里选的《襦护郎寒》一出戏写郑元和的落魄与李亚仙的正直善良，沈德符称"以乞儿家口头语熔铸浑成，不见斧凿痕迹"，十分贴切。

第三十出 襦 护 郎 寒

（旦、小旦上，旦唱）

【一江风】 雪儿飘，四野彤云罩，万径人踪杳。想多才流落何方，天那，应做

---

①《绣襦记》：此以《古本戏曲丛刊》影印明朱墨刊本为底本，以《乐府群玉》载曲参校。

穷途殍。恩情一旦抛，恩情一旦抛，鳞鸿万里遥。细思量，似把心肠绞。

倦倚绣床愁不寐，缓垂绿带鬓鬟低；玉郎一去无消息，一日相思十二时。自从郑郎被赚，不知下落，奴家日夜萦心。前日崔尚书说他在外求乞，银筝，不知此言果否？（小旦）姐姐，崔老爹见你想他，故意哄你，姐姐如何就认真？（旦）银筝，今日大雪，求乞的甚多，倘有叫街的门首过，叫个进来，我问他一声。或得郑郎消息，未可知也。（小旦）姐姐，你听鼓板咚咚，又是一起叫化的来了。（旦）取针线箱来，我做些针指，待他门首过，叫个来我问他。（生同净、丑、众乞丐上）（生唱）

【沽美酒】 鹅毛雪，满空飞，破草荐盖着羊皮[②]。残羹剩饭口中吃，李亚仙你怎知？破帽子在头上搭，破布衫露出肩胛，腰间系一条烂丝麻，脚下穿一双歪乌辣[③]，上长街又丢抹[④]。咱便是郑元和，家业使尽待如何，劝郎君休似我。（众唱）

【莲花落】 小乞儿捧定一个瓢，自不曾有软饱[⑤]。肚皮中捱饥饿，头顶上瑞雪飘。最苦冷难熬，正遇着严冬严冬天道。凛凛的似水浇，冻得咱来曲折了腰。呀！有那个官人每穿破了的棉袄，戴破了的旧帽，残羹剩饭，舍些与小乞儿嚼。因此打上一回哩哩莲花哩哩莲花落也。（众唱）

【前腔】 一年才过，不觉又是一年春，哩哩莲花哩哩莲花落也。小乞儿也曾到东岳西庙里赛灵神，哈哈莲花落也。小乞儿摇槌象板不离身[⑥]，哩哩莲花哩哩莲花落也。只听锣儿汤汤汤、鼓儿咚咚咚、板儿喳喳喳、笛儿支支支。伙里伙里伙

---

② 草荐：即草席。③ 乌辣：指乌剌靴，是用乌剌草衬垫的靴子。④ 丢抹：装模作样地打扮。⑤ 软饱：以流食填饱肚子为“软饱”，今北方方言中仍用此语。⑥ 摇槌象板：摇槌，即

伙里伙里伙，小乞儿便也曾闹过了正阳门[⑦]，哈哈莲花落也。只见那柳阴之下，香车宝马，高挑着闹竿儿[⑧]，挨挨拶拶，哭哭啼啼，都是女妖娆，哩哩莲花哩哩莲花落也。又见那财主每，荒郊野外，摆着杯盘，列着纸钱，都去上新坟，哈哈莲花落也。（生唱）

【醉太平】[⑨] 卑田院的下司[⑩]，刘九儿宗枝。郑元和当日拜为师，传与俺莲花落的稿儿。抱拄杖走尽了烟花市，挥笔写就了龙蛇字，把摇槌唱一个鹧鸪词。这的不是贫虽贫的浪子[⑪]！（众唱）

【莲花落】 一年春尽不觉又是一年夏，哩哩莲花哩哩莲花落也。只见那财主每，凉亭水阁，散发披襟，手执纨扇，冰盘沉李赏浮瓜，哈哈莲花落也。又只见一只小舟儿轻摇漫棹，短缆孤蓬，提着鲜草，穿着鱼颙，手执莲台赏荷花[⑫]，哩哩莲花哩哩莲花落也。惊起那水面上鸳鸯儿，一双双、一对对，忒楞楞腾[⑬]，忒楞楞腾，飞过了浪淘沙，哈哈莲花落也。镂金的破瓢，碾玉装成金系腰，这话教人笑。我在莺花市上打围高[⑭]，叫化些马打郎羊背皮通行钞[⑮]，叫化些赤金白银珍珠玛瑙，叫化些双凤斜飞白玉搔[⑯]，教化些八宝装成镶嵌绦。叫化一个十七十八女妖娆，在怀儿中搂着，因此打上一回哩哩莲花哩哩莲花落也。（众唱）

【前腔】 一年夏尽不觉又是一年秋，哩哩莲花哩哩莲花落也。只见那财主每插着黄花，簪着红叶，饮金瓯，哈哈莲花落也。可怜那小乞儿寂寂寞寞夜间愁，哩哩莲花哩哩莲花落也。又见那北来的孤雁，咿咿哑哑过南楼，哈哈莲花落也。叫着那个官人

爻槌，唱莲花落时击鼓的槌。象板，即拍板。⑦ 正阳门：此指唐长安城门。⑧ 闹竿儿：货郎挂各种玩具及诸色杂货的竹竿。⑨【醉太平】：此出中三支【醉太平】曲见《乐府群玉》，文字有脱误处，据以校正。⑩ 卑田院：乞丐收容所。⑪ 这的不是贫虽贫的浪子：意为我虽贫于财富，但不贫于才华。郑元和自我解嘲之词。⑫ 莲台：此处指莲蓬。⑬ 忒楞楞腾：形容鸟飞拍翅声。⑭ 莺花市上打围：在娼妓中厮混。打围，旧时嫖客到妓院中喝茶称打茶围。⑮ 马打郎羊背皮通行钞：马打郎，未详。羊背皮通行钞，以羊皮纸印制的钞票。⑯ 白玉搔：

每，娘子每，有甚么吃不尽的馒头皮儿，包子嘴儿，麻饼屑儿，馓子股儿[17]，共馍馍，哩哩莲花哩哩莲花落也。舍些与小乞儿，也强似南寺烧香，北寺看经，请着和尚，唤着尼姑，洴洴澎澎，叮叮咚咚，打着铙钹，持斋把素念弥陀，哈哈莲花落也。（生唱）

【醉太平】 绕前街后街，近大院深宅，那一个慈悲好善女裙钗，与乞儿一顿饱斋？与乞儿换一床新铺盖，与乞儿绣一付合欢带，与乞儿携手上阳台？这的不是救贫的奶奶！（众唱）

【莲花落】 一年秋尽不觉又是一年冬，哩哩莲花哩哩莲花落也。只见揉绵下絮舞长空，哈哈莲花落也。可怜见小乞儿曲曲深深把身躬，哩哩莲花落也。只见那个头顶上淅淅索索，起了几阵腊梅风，哈哈莲花落也。只见那财主每红炉暖阁，羊羔美酒拥娇娥，哩哩莲花哩哩莲花落也。我想有时节羢毛毯儿、高丽席儿、红绫被儿，那些铺盖睡了好快活，哈哈莲花落也。（生唱）

【醉太平】 贫穷的志高，村沙的难交[18]，教乞儿苦熬。戴一顶半新不旧乌纱帽，穿一领半长不短黄麻罩，系一条半连不断旧丝绦。这的不是风流每的下梢[19]！（净）如今各人分路去。郑元和，你今日往安邑东门去。（众下）（生）老爹奶奶好冷！（旦）银筝，你听外面叫街的声音，好似郑郎的。（小旦）待我看来。叫街的转来！（生）奶奶求讨些。（小旦）看你不像叫化的。（生唱）

【莲花落】 娘行每、娘行每听告，叫化的也有些低高，远在山林近市朝。有钱时也曾象板鸾笙间着凤箫。俺也曾月夜花朝，凤友鸾交。结猔帽儿戴着[20]，白玉钩儿束着，琥珀珠儿垂着，纻丝袄儿穿着，斜皮靴儿登着，袜子也是羢毛。五花马儿骑着，獬犺狗儿随着[21]，来兴童儿跟着，身边带着宝钞，撞着一个妖娆。他把咱来相招，引入了窝巢。日日花朝，夜夜元宵，乐乐陶陶，快活逍遥。（小旦）既是这般受用，怎么出来叫化？

白玉搔头。⑰ 馓子：面制油炸食品。⑱ 村沙的难交：原本作“村杀我俏难学”，据《乐府群玉》改。村沙，粗俗笨拙。⑲ 下梢：结果。⑳ 结猔帽儿：用马鬃结为缨饰的帽子。㉑ 獬犺狗儿：

（生）今日里身子嫖得穷了，结骔帽儿坏了，白玉钩儿断了，琥珀珠儿撒了，纻丝袄儿当了，斜皮靴儿绽了，羢毛袜子破了，五花马儿杀了，獬狇狗儿死了，来兴童儿卖了，单单剩得个躯劳[22]，身边没了宝钞。老鸨儿将我絮絮叨叨，把我赶出门来，受了多少苦恼。李亚仙不知那里去了，郑元和不得已了，因此打上一回哩哩莲花哩哩莲花落也。

（小旦）你敢是荥阳郑公子么[23]？（生）我就是郑元和。（小旦）呀！姐姐，郑姐夫在此。（旦）在那里？（小旦）这不是他！（生）奶奶求讨些。（旦）这就是他，天那！（旦唱）

【香柳娘】 看他似饥鸢叫号[24]，看他似饥鸢叫号，恁般苦恼。（生）皇天！好冷，求讨些！（旦）我闻言不觉心惊跳。你不认得我了，我是李亚仙！（生）原来是大姐。（旦）你怎么这般模样了？看肌肉尽消，看肌肉尽消。（生）皇天！好冷！病骨冷难熬，遮身无破袄。（旦）解绣襦裹包，解绣襦裹包，且扶入西厢暖阁，免教冻倒。

（生）我这般模样，大姐，我不进去。（旦）令你一朝及此，妾之罪也。快进去不妨。（生）只怕累你受气。（旦）今日弄得你这般模样，我就死也无怨恨。请进去。（小旦）姐姐，待我去看些火来。（贴上）甚么人喧嚷？（贴唱）

【前腔】 听西厢暖阁，听西厢暖阁，为何闹吵？（小旦）妈妈，郑姐夫在此。（贴）这冤家谁引他来到？（生）妈妈可怜。（贴）你看他枯瘠疥癞[25]，殆非人状。快推出市曹，

即哈巴狗。㉒ 躯劳：身躯。㉓ 荥阳：古地名，在今河南荥阳。㉔ 鸢（yuān）：猛禽名，似鹰。㉕ 枯瘠疥癞：形容槁枯。枯瘠，瘦弱不堪。疥癞，恶疮。

快推出市曹。遍体臭腥臊，蓬头一饿殍。这般模样呵，想死期将到，想死期将到，若有人知，官司怎了。

快赶那叫化头出去。（旦）娘听儿告禀：他乃是宦家子也，昔日驱高车，持金装，至孩儿家，不逾年而荡尽。你与贾二妈互设诡计，舍而逐之，殆非人行。令其失志，不得齿于人伦。父子之道，天性也，使其情绝，杀而弃之，又困踬若此㉖。天下之人，尽知为孩儿所害也。况此子亲戚满朝，一旦当权者熟察其本末，祸将及矣。况欺天负人，鬼神不佑，徒自贻其殃耳！请细思之。（贴）你待要怎么？（旦）孩儿今年已二十岁矣，计其资不啻值千金㉗。今娘年六十有余，愿计二十年衣食之用以赎身，当与此子别卜所居。所居非遥，晨昏得以温清㉘，儿愿足矣。（小旦）妈妈，姐姐不接客，立志坚贞；你虽不容他，他也不肯干休。况那郑姐夫呵，（小旦唱）

【前腔】 他是儒林中俊髦㉙、他是儒林中俊髦。他父亲呵，官居当道，倘一朝事露娘圈套，这罪名怎逃？这罪名怎逃？寻出祸根苗，撰钱树皆倒㉚。愿救他潦倒，愿救他潦倒，从姐所言，不须推调。

（贴）决不容他。（旦）娘若不从，孩儿投金于水，寻个自尽，看你靠谁？（贴）咳！看这丫头行径呵，（贴唱）

㉖ 困踬：贫困潦倒。踬，困顿，挫折。㉗ 不啻：不止。㉘ 温清（qìng）：侍奉照料。旧时子女孝敬父母，要使其冬天温暖，夏天凉爽。清，凉，寒。㉙ 俊髦：杰出之士。髦，俊杰。㉚ 撰钱树：

【前腔】 想立志已牢，想立志已牢，只得凭伊计较。依便依了你，把黄金囊橐须倾倒。丫头，你好痴心，觑他人形貌，觑他人形貌，似蛇虺不成蛟[31]，龙门怎高跳？贱人，你只图旌表[32]，你只图旌表，要做夫人位高，五花官诰。

你既如此，离北隅四五家，有一隙院，可税而居[33]。

（旦）谨依尊命。

（贴）贫寒冷彻骨，（生）保养愿施恩；

（旦）受尽苦中苦，方为人上人。

（并下）

犹言赚钱树。撰，即赚，赚钱。㉛ 蛇虺（huǐ）：小蛇。㉜ 旌表：表彰。㉝ 税：指租赁。

（景李虎）

李开先(1502—1568)　字伯华,号中麓,山东章丘人。嘉靖间进士,官至太常寺少卿,因抨击时政被罢官,闲居林下近三十年。李开先少小能文,尤谙金元词曲,“知填词,知小令,知长套,知杂剧,知戏文,知院本,……善作能歌”,是明代较重要的戏曲作家,流传至今的戏曲作品有《园林午梦》、《打哑禅》、《宝剑记》等,另有诗文《闲居集》,散曲有《中麓小令》、《卧病江皋》、《四时悼内》,杂著有《词谑》、《画品》、《诗禅》。

宝　剑　记①

【题解】

《宝剑记》是著名的水浒戏,写边关统制林冲屡立战功,因上书弹劾童贯、高俅,处处遭陷害,终于被逼上梁山。林冲与梁山英雄带兵攻打京城,迫使皇帝将高俅父子交梁山军前处死,然后接受招安。这里选的《夜奔》一出,词曲悲壮沉郁,表现了林冲投奔梁山途中悲愤、紧张、矛盾、痛苦的心情。

第三十七出　林 冲 夜 奔

（生上,唱）

【点绛唇】　数尽更筹②,听残银漏③。逃秦寇④,好教我有国难投,那搭儿相

---

①《宝剑记》:这里所选采用《古本戏曲丛刊》影印明刻本。② 更筹:古代夜间报更的牌。这里指打更声。③ 银漏:银箭、漏壶,都是古代报时的工具。④ 秦寇:秦兵,这里指追

求救?

(白)欲送登高千里目,愁云低锁衡阳路。鱼书不至雁无凭,几番欲作悲秋赋[5]。回首西山日又斜,天涯孤客真难度。丈夫有泪不轻弹,只因未到伤心处。念我一时忿怒,杀死奸细,幸得深夜无人知觉,密投柴大官人庄上隐藏。昨闻故人公孙胜使人报知:今遣指挥徐宁领兵沧州地界捉拿。亏承柴大官大怜我孤穷,写书荐达,径往梁山逃命。日里不敢前行,今夜路经济州地界[6],恰才天明月朗,霎时雾暗云迷,况山路崎岖,高低不辨,教我怎生行蓦!那前边黑洞洞的,想是村店,只得紧行几步。呀,原来是一座禅林。夜深无人,我向伽蓝殿前暂憩片时[7]。(生作睡介)(净扮神上,白)生前能护国,没世号伽蓝。眼观十万里,日赴九千坛。吾乃本庙护法之神。今有上界武曲星受难[8],官兵追急,恐伤他性命。兀那林冲,休推睡梦,今有官兵过了黄河,咫尺赶上,急急起来逃命去罢!吾神去也。凡人心不昧,处处有灵神。但愿人行早,神天不负人。(生,醒白)唬死我也?刚才合眼,忽见神像指着道:"林冲急急起来,官兵到了!"想是伽蓝神圣指引迷途。我林冲若得一步之地[9],重修宝殿,再塑金身。撒开脚步去也!(唱)

兵。⑤"欲送登高千里目"四句:写思念家乡亲人的痛苦心情。登高,指登高望故乡。衡阳路,衡阳有回雁峰,相传雁飞至此要回返。鱼书,指书信,语出古乐府《饮马长城窟行》。雁无凭,指收不到书信。《汉书·苏武传》载苏武使汉使对单于称武帝射于上林,得雁足帛书,知苏武在某泽中,于是得归。后以雁足称书信。悲秋赋,宋玉《九辨》中有"悲哉秋之为气也"句。⑥ 济州:古地名,在今山东济宁。⑦ 伽蓝殿:即佛殿。⑧ 武曲星:星名,旧时人们认为此星主管人间武事,有些武艺高超者被认为是武曲星下凡。⑨ 得一步之地:这

【双调新水令】 按龙泉血泪洒征袍[⑩]，恨天涯一身流落。专心投水浒，回首望天朝。急走忙逃，顾不的忠和孝。

【驻马听】 良夜迢迢，投宿休将门户敲。遥瞻残月，暗度重关，急步荒郊。身轻不惮路迢遥，心忙只恐人惊觉。魄散魂消，魄散魂消，红尘误了武陵年少[⑪]。

【水仙子】 一朝谏诤触权豪，百战勋名做草茅，半生勤苦无功效。名不将青史标，为家国总是徒劳。再不得倒金樽杯盘欢笑，再不得歌金缕筝琶络索[⑫]，再不得谒金门环珮逍遥[⑬]！

【折桂令】 封侯万里班超[⑭]，生逼做叛国的红巾[⑮]，背主的黄巢。恰便似脱扣苍鹰，离笼狡兔，摘网腾蛟。救急难谁诛正卯[⑯]？掌刑罚难得皋陶[⑰]！鬓发萧骚，行李萧条。这一去，博得个斗转天回，须教他海沸山摇。

【雁儿落】 望家乡去路遥，想妻母将谁靠？我这里吉凶未可知，他那里生死应难料。

【得胜令】 呀！唬的我汗浸浸身上似汤浇，急煎煎心内类油调。幼妻室今何

里意为情况好转，发达得势。⑩ 龙泉：宝剑。《晋书·张华传》载，张华见斗、牛两星之间有紫气，后使人于丰城狱中掘地得两剑，一曰龙泉，一曰太阿。⑪ 武陵年少：即五陵少年。汉时侠士少年多呼鹰走马于五陵。⑫ 歌金缕筝琶络索：指尽情地歌唱享乐。金缕，曲名。络索，繁多。⑬ 谒金门环珮逍遥：指在朝为官。金门，即金马门，汉代的宫门，后泛指朝廷。⑭ 班超：汉扶风人，少贫，为人抄书，投笔叹曰："大丈夫无它志略，当效傅介子、张骞立功异域以取封侯。"遂从戎，立功西域，封定远侯。⑮ 红巾：元代农民起义军。或以为是"黄巾"之误。⑯ 正卯：即少正卯，春秋时鲁国大夫，传说此人有"五恶"："心逆而险，行僻而坚，言伪而辨，记丑而博，顺非而泽。"孔子为鲁司寇时杀之。这里用以指奸佞之臣。⑰ 皋陶（yáo）：一作咎繇，相传为舜时掌管刑法的官。这里用以指像皋陶那样严明的、执掌刑法的官。

在？老尊堂恐丧了！劬劳[18],父母恩难报；悲嚎,英雄气怎消。

【沽美酒】 怀揣着雪刃刀,行一步哭号咷。拽长裾急急蓦羊肠路绕,且喜这灿灿明星下照。忽然间昏惨惨云迷雾罩,疏喇喇风吹叶落,振山林声声虎啸,绕溪涧哀哀猿叫。吓的我魂飘、胆消,百忙里走不出山前古庙。

【收江南】 呀！又只见乌鸦阵阵起松梢,数声残角断渔樵。忙投村店伴寂寥。想亲帏梦杳,空随风雨度良宵！

故国徒劳梦,思归未得归。

此身无所托,空有泪沾衣。

（下）

---

⑱ 劬（qú）劳:《诗经·蓼莪》中有“哀哀父母,生我劬劳”句,指父母养育儿女的辛劳。

（景李虎）

梁辰鱼（约1521—1594） 字伯龙，号少白、仇池外史，江苏昆山人。梁辰鱼风流自赏，爱好游览，足迹遍及吴楚，在魏良辅加工整理昆山腔的同时，他首先用昆山腔创作传奇《浣纱记》，一时广为传播，对推动昆山腔的发展起了巨大的作用。王世贞有诗述及当时盛况："吴阊白面冶游儿，争唱梁郎雪艳词。"其作品除《浣纱记》外，还有杂剧《红线女》、《红绡》，散曲集《江东白苎》。

浣　纱　记[①]

【题解】

《浣纱记》写吴越兴亡故事：越大夫范蠡微服出游，遇浣纱女西施，两人一见钟情，共订终身。吴越交战，越王勾践被囚。为复故国，范蠡用美人计，将西施献于吴王，使吴王夫差沉迷酒色，荒淫无道，终为越国所败。范蠡迎回西施，双双泛舟而去。作者将范蠡、西施的爱情与国家兴亡融为一体，歌颂了他们为国牺牲的高尚品德，揭露了吴王、伯嚭昏君佞臣荒淫误国的丑恶嘴脸，借以对明代社会的黑暗政治进行批判。这里选的《泛湖》是《浣纱记》的最后一出，作者一洗戏文以大团圆结尾的陈习，用苍凉凝重的笔法写范蠡、西施归隐，给人余音不绝、回味悠长之感。

第四十五出　泛　湖

（净、丑扮渔翁唱渔歌上）我两人都是太湖中的渔翁，昨日范老爷分付要

---

①《浣纱记》：这里所选以《古本戏曲丛刊》载明刊本为底本，参校《六十种曲》本。

几个渔船，泊在胥口[②]，想要到湖上去耍子，怎么这时候还不见到来？只得在此伺候。（生上）功成不受上将军，一艇归来笠泽云[③]。载去西施岂无意，恐留倾国更迷君。自家范蠡，辅我弱越，破彼强吴，名遂功成，国安民乐，平生志愿于此毕矣！正当见机祸福之先，脱屣尘埃之外，若少留滞，焉知今日之范蠡，不为昔日之伍胥也。向已告过主公，今当远遁。昨日分付渔船，泊在湖口，专等西施美人到来，即便同行。（旦上）双眉颦处恨匆匆，转眼兴亡一夔中，若泛扁舟湖上去，不宜重过馆娃宫[④]。相公万福！（生）美人少礼。美人，我本楚人，久作越客，昔遇倾城于溪路，常遭患难于邻邦。自分宿世难逢，谁料今生复合，兹具舟中之花烛，聊结湖上之姻盟，事出匆匆，莫嫌草草。（旦）妾乃白屋寒娥，黄茅下妾。惟冀德配君子，不意苟合吴王。摧残风雨，已破荳蔻之梢；断送韶华，遂折芙蓉之蒂[⑤]。不堪奉尔中馈[⑥]，未可充君下陈。（生）我实霄殿金童[⑦]，卿乃天宫玉女，双遭微谴[⑧]，两谪人间。故鄙人为奴石室[⑨]，本是夙缘；芳卿作妾吴宫，实由尘劫[⑩]。今续百世已断之契，要结三生未了之姻。始离迷途，方归正道。（旦）既蒙恩谊，敢不祗承。但旧家姊妹，久缺音书，晚景椿萱[⑪]，杳无

② 胥口：在今江苏苏州西南太湖靠胥山处。③ 功成不受上将军，一艇归来笠泽云：指范蠡助越王复国后不受封赏，归太湖而去。《史记·越王勾践世家》载："勾践以霸，而范蠡称上将军，……装其轻宝珠玉，自与其私徒属，乘舟浮海以行，终不返。"笠泽，太湖的别称。④ 馆娃宫：吴宫名，遗址在今江苏苏州西南灵岩山，是吴王为西施所建。⑤"摧残风雨"四句：指失去少女的贞洁和美好的青春年华。豆蔻之梢，指未嫁少女。杜牧诗《赠别》："娉娉袅袅十三余，豆蔻梢头二月初。"韶华，春光，美好时光。⑥ 中馈：古时指女子在家主持饮食之事，后引申为妻子。⑦ 霄殿金童：即灵霄宝殿中的金童。⑧ 微谴：因过失而谪降。⑨ 为奴石室：吴灭越后，范蠡曾随勾践入吴为奴，在石室养马。⑩ 尘劫：劫难。佛教称一世为一劫，无量无边劫为尘劫，后泛指尘世的苦难。⑪ 椿萱：父母的

消耗⑫。欲暂返山中之驾，方相从湖上之舟。未知尊意何如？（生）我已差人前往诸暨⑬，令尊令堂，同载舟航，东施北威，并赐金帛。（旦）相公，你既无仇不雪，无恩不报，但有一故人，尚未相酬，君何忘之也？（生）卿但言之。（旦）当初若无溪纱，我与你那有今日。（生）你那纱在何处？（旦）妾朝夕爱护，佩在心胸，君试观之。（生）我的纱也在此。千丛万结乱如堆，曾系吴宫合卺杯；今日两归溪水上，方知一缕是良媒。美人，我和你早早登舟去罢。渔翁那里？（丑、净）相公有何分付？（生）我要下船，过湖口往海上去。（丑、净）不知相公海上要到那一方？若出了海，北风往广东，西风往日本，南风往齐国。今日恰是南风。（生）既是南风，就往齐国去罢！（丑、净）请相公夫人登舟。（生唱）

【北新水令】 问扁舟何处恰才归？叹飘流常在万重波里。当日个浪翻千丈急，今日个风息一帆迟。烟景迷离，望不断太湖水。（旦唱）

【南步步娇】 忆昔持纱溪边洗，正遇春初霁，芳心不自持。谁料多才，忽然相值。伫立不多时，急忙里便许成佳配。（生唱）

【北雁儿落】 谢娘行能谐子女姻，羞杀我未有儿夫气。乱丛丛邦家多苦辛，急攘攘军旅常留滞。（旦唱）

【南沈醉东风】 为君家寥寥旦夕，为君家淹淹憔悴。奈彻夜患心疼，奈彻夜患心疼，日高未起，空留下数行珠泪。山深地僻，花飞鸟啼，伤心过处，双双蹙着翠眉。（生唱）

【北得胜令】 呀，非是我冷淡了相识，非是我奚落了新知。只为那国主亲遭辱，只为那夫人尽被羁。奔驰，千里价难相会。栖迟，三年犹未回。（旦唱）

代称。⑫ 消耗：消息，音讯。⑬ 诸暨：在今浙江杭州南，为西施的故乡。

【南忒忒令】 你流落他乡未回，我寂寞深山无倚。莺儿燕子，眼望亲成对。谁知道命飘蓬，谁知道命飘蓬，君恰归，妾又行，做浮花浪蕊！（生唱）

【北沽美酒】 为邦家轻别离，为邦家轻别离。为国主撇夫妻，割爱分恩送与谁？负娘行心痛悲，望姑苏泪沾臆，望姑苏泪沾臆！（旦唱）

【南好姐姐】 路歧，城郭半非。去故国云山千里，残香破玉，颜厚有忸怩。藏深计，迷花恋酒拚沈醉，断送苏台只废基。（生唱）

【北川拨棹】 古和今此会稽，古和今此会稽，旧和新一范蠡。谁知道戈挽斜晖[14]，龙起春雷，风卷潮回，地转天随。霎时间驱戎破敌，因此上喜卿卿北归矣。（旦唱）

【南园林好】 谢君王将前姻再提，谢伊家把初心不移，谢一缕溪纱相系。谐匹配作良媒，谐匹配作良媒。（生唱）

【北太平令】 早离了尘凡浊世，空回首骇弩危机[15]。伴浮鸥溪头沙嘴，学冥鸿寻双逐对。我呵，从今后车儿马儿，好一回辞伊谢伊[16]。呀！趁风帆海天无际。（旦唱）

【南川拨棹】 烟波里，傍汀蘋，依岸苇，任飘飖海北天西，任飘飖海北天西！趁人间贤愚是非，跨鲸游，驾鹤飞，跨鲸游，驾鹤飞！（生唱）

【北梅花酒】 笑燕秦楚共齐，笑燕秦楚共齐。耀干戈整旌旗，军共马露水泥，兵和将釜中食。酒席间森剑戟，庙堂中坐刀笔[17]，一霎时见凶吉。（旦唱）

【南锦衣香】 你看馆娃宫荆榛蔽，响屧廊莓苔翳[18]。可惜剩水残山，断崖高寺[19]，

---

⑭ 戈挽斜晖：用鲁阳挥戈事。《淮南子·览冥》载："鲁阳公与韩构难，战酣，日暮，援戈而挥之，日为之反三舍。"这里指力挽狂澜，救国家于危难。⑮ 骇弩危机：意指担惊受怕。弩，弓。机，弩机。⑯ 从今后车儿马儿，好一回辞伊谢伊：辞别车马，过安定生活。⑰ 刀笔：指刀笔吏。刀、笔，古代的记事工具。最早用刀在龟甲兽骨上刻字以记事。⑱ 响屧（xiè）廊：也称屧廊。吴宫中廊名，遗址在今江苏苏州西灵岩山。相传吴王令西施等人步屧，廊虚而响。⑲ 断崖高寺：指灵岩山灵岩寺。

百花深处一僧归。空遗旧迹，走狗斗鸡，想当年僭祭[20]。望郊台凄凉云树[21]，香水鸳鸯去[22]，酒城倾坠[23]。茫茫练渎[24]，无边秋水！（生唱）

【北收江南】 呀！看满目兴亡真惨凄，笑吴是何人越是谁？功名到手未嫌迟。从今号子皮[25]，从今号子皮，今来古往，不许外人知。（旦唱）

【南浆水令】 采莲泾红芳尽死[26]，越来溪吴歌惨凄[27]。宫中鹿走草萋萋[28]，黍离故墟，过客伤悲[29]。离宫废，谁避暑？琼姬墓冷苍烟蔽[30]。空园滴，空园滴，梧桐夜雨。台城上[31]，台城上，夜乌啼！（生唱）

【北清江引】 人生聚散皆如此，莫论兴和废。富贵似浮云，世事如儿戏。唯愿普天下做夫妻，都是咱共你。（合）

尽道梁郎识见无[32]，反编勾践破姑苏。

大明今日归一统，安问当年越与吴。

（同下）

---

⑳ 僭（jiàn）祭：频繁的祭祀。僭，过分。㉑ 郊台：天子祭天地的台。㉒ 香水：指香水溪，在今江苏苏州西南，相传西施在此沐浴。㉓ 酒城：又称共酒城，在今江苏苏州西南，相传吴王筑以酿酒。㉔ 练渎：水名，在今江苏苏州西南。㉕ 子皮：范蠡归隐后改名换姓，自号鸱夷子皮。㉖ 采莲泾：地名，在今江苏苏州城内。㉗ 越来溪：水名，在今江苏苏州西南，相传越兵自此入吴，因名。㉘ 宫中鹿走草萋萋：宫殿变为废墟。相传伍子胥谏吴王，吴王不听，他伤痛地说："臣今见麋鹿游姑苏之台也。"㉙ 黍离故墟，过客伤悲：此指吴国已亡，宫苑颓废。《诗经·王风》有《黍离》篇，《诗序》解云："闵（悯）宗周（西周国都）也。周大夫行役于宗周，过故宗庙宫室，尽为禾黍，闵周室之颠覆，彷徨不忍去而作诗。"㉚ 琼姬墓：《吴郡志》载："阳山（在今江苏苏州西）有琼姬墓，吴王女也。"㉛ 台城：地名，一名苑城，吴国的后苑城，故址在今南京玄武湖旁。㉜ 梁郎：即此剧作者梁辰鱼。

（景李虎）

徐渭(1521—1593)　初字文清，后改字文长，号天池山人、青藤道士，或署田水月，山阴（今浙江绍兴）人。12岁为诸生，屡应乡试不中，曾为浙闽总督胡宗宪幕客，参加抗击倭军战争。后因胡宗宪下狱受牵连，以致一度发狂。徐渭的诗文书画都独树一帜，作品有《徐文长全集》、《南词叙录》、《四声猿》等。相传《歌代箫》亦为他所作。

狂鼓吏渔阳三弄①

【题解】

《四声猿》是徐渭四种杂剧的合称，即《狂鼓吏渔阳三弄》、《玉禅师翠乡一梦》、《雌木兰替父从军》、《女状元辞凰得凤》，四个戏在思想内容和表现技巧上都有奇绝之处。《狂鼓吏渔阳三弄》是一个只有一折的短剧，写阎罗殿中祢衡应判官之请，再演生前击鼓骂曹的情景，关目奇特，语言痛快淋漓，如“怒龙挟雨”、“冷水浇背”，对封建当权者草菅人命、滥杀无辜的行径表现了强烈不满，流露出对理想世界的向往。

（外扮判官引鬼上）咱这里算子忒明白，善恶到头来撒不得赖。就如那少债的会躲也躲不得几多时，却从来没有不还的债。咱家姓蔡名幽，字能平，别号火珠道人。平生以善断持公，在第五殿阎罗天子殿下，做一个明白洒落的好判官。当日祢正平先生与曹操老瞒对讦那一宗案卷②，是咱家所掌。俺殿主向来以祢先生气概超群，才华出众，凡一应文字，皆属他起草，待以上

①《狂鼓吏渔阳三弄》：这里所选以《盛明杂剧》为底本。② 祢正平：即祢衡(173—

宾。昨日晚衙，殿主对咱家说：上帝旧用一伙修文郎[3]，并皆迁次别用。今拟召劫满应补之人[4]，祢生亦在数中，汝可预备装送之资。万一来召不得，有误时刻。我想起来，当时曹瞒召客，令祢生奏鼓为欢；却被他横睛裸体，掉板掀槌，翻古调作《渔阳三弄》[5]，借狂发愤，推哑装聋，数落得他一个有地皮没躲闪。此乃岂不是踢弄乾坤、提大傀儡的一场奇观！他如今不久要上天去了，俺待要请将他来，一并放出曹瞒，把旧日骂座的情状，两下里演述一番，留在阴司中做个千古的话靶。又见得善恶到头，就是少债还债一般，有何不可？手下，与我请过祢先生，就一面放出曹操，并他旧使唤的一两个人，在左壁厢伺候指挥。（鬼）领台旨。（下）（引生扮祢，净扮曹，从二人上）（曹、从留左边）（鬼）禀上爷，祢先生请到了。（相见介，祢上座，判下陪云）先生当日借打鼓骂曹操，此乃天下大奇。下官虽从鞫问时左证得闻一二[6]，终以未曾亲睹为歉。（判立云）又一件，而今恭喜先生为上帝所知，有请召修文的消息，不久当行，而此事缺然，终为一生耿耿。这一件尚是小事。阴司僚属并那些诸鬼众，传流激劝，更是少此一桩不可。下官斗胆敢请先生权做旧日行径，把曹操也扮做旧日规模，演述那旧日骂座的光景，了此夙愿。先生意下如何？（祢）这个有何不可。只是一件，小生骂座之时，那曹瞒罪恶尚未如此之多，骂将来冷淡寂寥，不甚好听。今日要骂呵，须直捣到铜雀台分香卖

---

198)，山东临邑人，足智多才，性情刚傲。曹操召为鼓吏以侮之，因当众击鼓骂曹，被送与荆州刘表，又因侮慢刘表被转送江夏太守黄祖，后因当众辱骂黄祖被杀。今有其《鹦鹉赋》一篇传世。对讦（jié）：犹言对质，对证。讦，揭露，发人隐私。③ 修文郎：传说中在天上或阴司中起草文书的官员。④ 劫满：犹言厄运已满。劫，佛教用语，一世为一劫，泛指苦难。⑤《渔阳三弄》：鼓曲名，即《渔阳参挝》。⑥ 鞫（jū）问：审问犯人。

履[7]，方痛快人心。（判）更妙，更妙。手下，带曹操与他的从人过来。曹操，今日要你仍旧扮做丞相，与祢先生演述旧日打鼓骂座那一桩事。你若是乔做那等小心畏惧，藏过了那狠恶的模样，手下就与他一百铁鞭，再从头做起。（曹众扮介）（祢）判翁大人，你一向谦厚，必不肯坐观，就不成一场戏耍。当日骂座，原有宾客在座，今日就权屈大人为曹瞒之宾，坐以观之，方成一个体面。（判）这也见教得是。（揖云）先生告罪，却斗胆了也。（判左曹右举酒坐，祢以常衣进前将鼓）（曹喝云）野生，你为鼓吏，自有本等服色，怎么不穿？快换！（校喝云）还不快换！（祢脱旧衣，裸体向曹立）（校喝云）禽兽，丞相跟前可是你裸体赤身的所在？却不道驴膝子朝东，马膝子朝西[8]？（祢）你那颓丞相膝子朝南，我的膝子朝北。（校喝云）还不换上衣服，买什么嘴！（祢换锦巾、绣服、扁绦介）（唱）

【点绛唇】 俺本是避乱辞家，遨游许下。登楼罢。回首天涯，不想道屈身躯扒出他们胯[9]。

【混江龙】 他那里开筵下榻，教俺操槌按板把鼓来挝。正好俺借槌来打落，又合着鸣鼓攻他。俺这骂一句句锋铓飞剑戟，俺这鼓一声声霹雳卷风沙。曹操，这皮是你身儿上躯壳，这槌是你肘儿下肋巴，这钉孔儿是你心窝里毛窍，这板杖儿是你嘴儿上獠牙。两头蒙总打得你泼皮穿，一时间也酬不尽你亏心大。且从头数起，洗耳听咱。（鼓一通）

---

⑦ 铜雀台分香卖履：铜雀台，曹操于建安十五年(210)在邺城（今河北临漳西南）所建，因楼顶铸大铜雀得名。曹操临终遗命："余香可分与诸夫人，不命祭。诸舍中无所为，学作履组卖也。"全句指直讲到曹操死时。⑧ 驴膝子朝东，马膝子朝西：浙东民间谚语，意指各人应守本分。⑨ "俺本是避乱辞家"五句：祢衡自叙身世经历。避乱辞家，《后汉书·祢衡传》载："兴平中避难荆州，建安初来游许下。"登楼罢，指王粲避难荆州作《登楼赋》事。屈

（曹）狂生，我教你打鼓，你怎么指东话西，将人比畜？我这里铜槌铁刃，好不厉害！你仔细你那舌头和那牙齿！（判）这生果是无礼。（祢唱）

【油葫芦】 第一来逼献帝迁都又将伏后来杀，使郗虑去拿[10]。唉，可怜那九重天子救不得一浑家！帝道："后，少不得你先行，咱也只在目下。"更有那两个儿，又不是别树上花，都总是姓刘的亲骨血，在宫中长大，却怎生把龙雏凤种，做一瓮鲊鱼虾[11]。（鼓一通）（曹）说着我那一桩事了？（祢唱）

【天下乐】 有一个董贵人，是汉天子第二位美娇娃，他该什么刑罚，你差也不差。他肚子里又怀着两三月小娃娃，既杀了他的娘，又连着胞一搭，把娘儿们两口砍做血虾蟆。（鼓一通）

（曹）狂生，自古道风来树动，人害虎，虎也要害人。伏后与董承等阴谋害俺[12]，我故有此举。终不然是俺先怀歹意害他？（判）丞相说得是。（祢）你也想着他们要害你，为着什么来？你把汉天子逼迁来许昌，禁得就是这里的鬼一般，要穿没有，要吃没有，要使用的没有；要传三指大一块纸条儿，鬼也没得理他。你又先杀了董贵人，他们急了，不谋你待几时！你且说，就是天子无故要杀一个臣下，那臣下可好就去当面一把手采将他妈妈过来，一刀就砍做两段？世上可有这等事么？（判）这又是狂生说得有理，且请一杯解嘲。（祢唱）

身躯扒出他们胯，用韩信曾为"胯下之夫"的事比喻自己怀才不遇。⑩ 将伏后来杀，使郗虑去拿：伏后，汉献帝皇后。曹操杀董贵人，伏后传信与其父，使密除曹，事情败露后，曹操逼献帝废伏后，并将她幽杀。郗虑，汉末高平人，依附曹操，与华歆统兵入宫废伏后。⑪ 鲊：腌鱼。⑫ 董承：汉献帝之舅，董贵人之父，受献帝密诏，使刘备诛曹操，事败，为曹操所杀。

【那吒令】 他若讨吃么，你与他几块歪剌[13]。他若讨穿么，你与他一疋䔛麻[14]。他有时传旨么，教鬼来与拿。是石人也动心，总痴人也害怕，羊也咬人家。（鼓一通）

（判）丞相，这却说他不过。（曹）说得他过，我倒不到这田地了。（祢唱）

【鹊踏枝】 袁公那两家，不留他片甲。刘琮那一答，又逼他来献纳[15]。那孙权呵，几遍几乎。玄德呵，两遍价抢他妈妈。是处儿城空战马，递年来尸满啼鸦。（鼓一通）

（曹）大人，那时节乱纷纷，非只我曹操一人如此。（判）这个俺阴司各衙门也都有案卷。（祢唱）

【寄生草】 仗威风只自假，进官爵不由他。一个女孩儿竟坐中宫驾，骑中郎直做了侯王霸[16]，铜雀台直把那云烟架，僭车旗直按例朝廷铐[17]。在当时险夺了玉皇尊，到如今还使得阎罗怕。（鼓一通）（判低声吩咐小鬼，令扮女乐鼓吹介）（判）丞相，女儿嫁做皇后，造房子大了些，这还较不妨。打鼓的，且停了鼓，俺闻得丞相有好女乐，请出来劳一劳。（曹）这是往事，如今那里讨？（判）你莫管，叫就有。只要你好生纵放着使用他，（曹）领台命，吩咐手下叫我那女乐出来。（二女持乌悲词乐器上[18]）（曹）你两人今日却要自造一个

---

⑬ 歪剌：即臭东西。⑭ 䔛（qǐng）麻：亦称白麻，一种粗麻，可用来织布。⑮“袁公那两家”四句：前两句指袁绍的两个儿子袁谭、袁尚，均为曹操所杀。后两句中，刘琮为刘表次子，刘表死后据荆州。曹操兴兵来伐，刘琮举州请降。⑯“一个女孩儿竟坐中宫驾”两句：指曹操女儿为献帝皇后，曹丕以五官中郎将袭封魏王。⑰ 僭车旗直按例朝廷铐：指曹操擅自使用皇帝的车驾仪仗。铐，革带上的饰物，按官品不同而有别。⑱ 乌悲词：即火不思，一

小令，好生弹唱着，劝俺们三杯酒。（祢对曹蹋地坐介）（女唱）那里一个大鹈鹕，呀一个低都，呀一个低都。变一个花猪低打都，打低都，唱鹧鸪。呀一个低都，呀一个低都。唱得好时犹自可，呀一个低都，呀一个低都。不好之时低打都，打低都，唤王屠。呀一个低都，呀一个低都。（曹）怎说唤王屠？（女）王屠杀猪。（进判酒）（又一女唱）丞相做事太心欺，呀一个跷蹊，呀一个跷蹊。引惹得旁人跷打蹊，打跷蹊，说是非。呀一个跷蹊。呀一个跷蹊。雪隐鹭鸶飞始见，呀一个跷蹊，呀一个跷蹊。柳藏鹦鹉跷打蹊，打跷蹊，语方知。呀一个跷蹊，呀一个跷蹊。（曹）这两句是旧话。（女）虽是旧话却贴题。（曹）这妮子朝外叫。（女）也是道其实，我先首免罪[19]。（进曹酒）（一女又唱）抹粉搽脂只一会儿红，呀一个冬烘，呀二个冬烘。（又一女唱）报恩结怨烘打冬，打冬烘，落花的风。呀一个冬烘，呀一个冬烘。（二女合唱）万事不由人计较，呀一个冬烘，呀一个冬烘。算来都是烘打冬，打冬烘，一场空。呀一个冬烘，呀一个冬烘。

（二女各进酒）（判）这一曲才妙。合着咱们天机。（曹）女乐且退，我倦了。（判笑介，祢起立云）你倦了，我的鼓儿骂儿可还不了。（唱）

【六幺序】 哄他人口似蜜，害贤良只当耍。把一个杨德祖立断在辕门下[20]，磅可可血唬零喇[21]。孔先生是丹鼎灵砂[22]，月邸金蟆，仙观琼花。《易》奇而法，《诗》正而葩[23]。他两人嫌隙于你只有针尖大，不过是口唠噪有甚争差。一个为忒聪明参透了“鸡肋”话[24]，一个则是一言不洽，都双双命掩黄沙。（鼓一通）

种类似琵琶的乐器。⑲ 先首：先行出首。⑳ 杨德祖：即杨修，汉末文学家，弘农华阴（今属陕西）人。有才智，任曹操主簿，积极为曹植谋，使得太子位，曹植失宠，曹操借故杀之。㉑ 磅可可血唬零喇：形容血肉模糊的惨象。㉒ 孔先生：孔融。字文举，汉献帝时为北海相，后入朝，对曹操多所非议，为操所杀。㉓《易》奇而法，《诗》正而葩：语出韩愈《进学解》。意为《易经》文辞奇突，内容所讲是天理法则，《诗经》内容雅正而辞藻华美。㉔“鸡肋”话：

（判）丞相，这一桩却去不得。（曹）俺醉了，要睡了。（打盹介）（判）手下采将下去，与他一百铁鞭，再从头做起。（曹慌介，云）我醒我醒。（判）你才省得哩。（祢唱）

【幺】 哎，我的根儿也没大兜搭[25]，都则为文字儿奇拔，气概儿豪达，拜帖儿长拿，没处儿投纳。绣斧金挝，东阁西华，世不曾挂齿沾牙[26]。唉，那孔北海没来由也！说有些缘法，送在他家[27]。井底虾蟆，也一言不洽，怒气相加。早难道投机少话，因此上暗藏刀，把我送与黄江夏。又逢着鹦鹉撩咱，彩毫端满纸高声价。竞躬身持觞劝酒，俺掷笔还未了杯茶[28]。（鼓一通）

（判）这祸从这上头起，咳，仔细《鹦鹉赋》害事！（祢唱）

【青哥儿】 白影移窗棂，窗棂一罅[29]，赋草掷金声[30]，金声一下。黄祖的心肠太狠辣，陡起鳞甲，放出楂枒[31]。香怕风刮，粉怪娼搽，士忌才华，女妒娇娃，昨日菩萨，顷刻罗刹[32]。哎，可怜俺祢衡的头呵！似秋尽壶瓜，断藤无计再生发，霜檐挂。（鼓一通）

《三国志·魏志·武帝纪》载，曹操攻汉中，不能取胜，意欲还军。时来请令，即出令曰："鸡肋"。杨修便自严装，人问之，修曰："夫鸡肋，弃之如可惜，食之无所得，以比汉中，知王欲还也。"曹操因此嫉之，将其杀死。㉕ 大兜搭：纠缠，难对付。这里引申为难以相处。㉖ "拜帖儿长拿"五句：写祢衡性格高傲。《后汉书·祢衡传》载，祢衡初到许昌时，怀中藏一名刺，直至上面字迹模糊了仍觉没有可谒见的人。绣斧金挝、东阁西华，均指朝廷权贵。㉗ "那孔北海没来由也"三句：这里指孔融向曹操推荐祢衡。㉘ "又逢着鹦鹉撩咱"四句：指祢衡在黄祖之子黄射大宴宾客时作《鹦鹉赋》的事。㉙ 窗棂一罅（xià）：指时间极短。㉚ 赋草掷金声：语出《世说新语》。孙绰作《天台山赋》成，示友人云："卿试掷地，当作金石声也。"此是祢衡自称《鹦鹉赋》极精美。㉛ 楂枒：枝叉，意指找麻烦，无中生有。㉜ 罗刹：

（判）这贼原来这么巧弄了这生。（曹）大人，这也听他不得，俺前日也是屈招的。（判）这般说，这生的头也是自家掉下来的。（曹）祢的爷，饶了吧么！（判）还要这等虚小心，手下铁鞭在那里！（曹慌作怒介）狂生，俺也有好处来。俺下令求贤，让还三州县[33]，也埋没了俺。（祢唱）

【寄生草】 你狠求贤为自家，让三州值什么。大缸中去几粒芝麻吧，馋猫哭一会慈悲诈，饥鹰饶半截肝肠挂，凶屠放片刻猪羊假。你如今还要哄谁人，就还魂改不过精油滑。（鼓一通）

（判）痛快，痛快，大杯来一杯，先生尽着说。（祢唱）

【葫芦草混】 你害生灵呵，有百万来的还添上七八。杀公卿呵，那里查，借廒仓的大斗来斛芝麻。恶心肝生就在刀枪上挂，狠规模描不出丹青的画，狡机关我也拈不尽仓猝里骂。曹操，你怎生不再来牵犬上东门[34]，闲听唳鹤华亭坝[35]？却出乖弄丑，带锁披枷。（鼓一通）

（判）老瞒，就教你自家处此，也饶自家不过了。先生尽着说。（祢唱）

【赚煞】 你造铜雀要锁二乔[36]，谁想道梦巫峡羞杀，靠赤壁那火烧一把。你临死时和那些歪剌们话离别[37]，又卖履分香待怎么？亏你不害羞，初一十五

恶鬼。㉝ 俺下令求贤，让还三州县：指建安十五年曹操下令求贤及让还阳夏、柘、苦三县之事。㉞ 牵犬上东门：李斯临刑对儿子说，我想与你再牵黄犬出上蔡东门打猎，难道还有可能吗？ ㉟ 唳鹤华亭：陆机临刑时说："华亭鹤唳，岂可复闻乎？"华亭，在今上海松江，是陆机故乡。㊱ 你造铜雀要锁二乔：二乔，指汉太守乔玄二女，杜牧诗有"东风不与周郎便，铜雀春深锁二乔"。㊲ 歪剌们：不正经的下贱女人。

教望着西陵月月的哭他[38]。不想这些歪剌们呵，带衣麻就搂别家[39]。曹操，你自说么，且休提你一世的贤达，只临了这一桩呵，也该几管笔题跋。咳，俺且饶你吧，争奈我《渔阳三弄》的鼓槌儿乏。

（末扮阎罗、鬼使上）手下，快把曹操等收监。（鬼）禀上老爹，玉帝差人召祢先生。殿主爷说刻限甚急，教老爹这里径自厚赍远饯，记在殿主爷的支应簿上。爷呵会勘事忙[40]，不得亲送，教老爹爹上复先生，他日朝天，自当谢过。（判）知道了，你自去回话。（鬼应下）（判）叫掌簿的，快备第一号的金帛，与饯送果酒伺候。（内应介）（小生扮童，旦扮女，捧书节上云）汉阳江草摇春日，天帝亲闻鹦鹉笔；可知昨夜玉楼成，不用陇西李长吉[41]。咱两人奉玉帝符命，到此召请祢衡，不免径入宣旨。那一个是第五殿判官？（判跪介）（二使）有旨召祢衡先生，你请他过来，待俺好宣旨。（祢同判跪，二使付书介）祢先生，上帝有旨召见，你可受了这符册自看，临到却要拜还。就此起行，不得有违时刻。（童唱）

【耍孩儿】 文章自古真无价，动天廷玉皇亲迓。飞凫降鹤踏红霞，请先生即便登遐[42]。脩葺了旧衔螭首黄金阁，准办着新鲊麟羔白玉叉，倒琼浆三奏钧天罢[43]。校书郎侍玉京香案，支机女倚银汉仙槎。（内作细乐）（女唱）

㊳ 初一十五教望着西陵月月的哭他：曹操临死遗命要侍妾们“月旦十五日……汝等时时登铜雀台，望吾西陵墓田。”㊴ 带衣麻：穿丧服。送葬时死者亲属要披麻戴孝。㊵ 会勘：议定，审核。㊶ 李长吉：唐李贺。传李贺将死，梦人传上帝旨，云白玉楼成，召贺作文，遂卒。㊷ 登遐：升天。㊸ 钧天：钧天广乐，传为天上的音乐。

【三煞】 祢先生，你挟鸿名懒去投，赋鹦哥点不加，文光直透俺三台下。奇禽瑞兽虽嘉兆，倚马雕龙却祸芽[44]。祢先生，谁似你这般前凶后吉？这好花样谁能拓[45]，待枣儿甜口，已橄榄酸牙。（祢唱）

【二煞】 向天门渐不遥，辞地主痛愈加，几时再得陪清话？叹风波满狱君为主，以后呵。倘裘马朝天我即家。小生有一句说话。（判）愿闻。（祢）大包容饶了曹瞒吧。（判）这个可凭下官不得。（祢）我想眼前业景，尽雨后春花。（判唱）

【一煞】 谅先生本泰山，如电目一似瞎[46]。俺此后呵，扫清斋图一幅尊容挂。你那里飞仙作队游春圃，俺这里押鬼成群闹晚衙。怎再得邀文驾，又一件，倘三彭诬枉[47]，望一笔涂抹。

这里已到阴阳交界之处，下官不敢越境再送，（祢）就请回。（判）俺殿主有薄赆[48]，令下官奉上，伏望俯纳。下官自有一个小果酒，也要仰屈三杯，表一向侍教的薄意。（祢）小生叨向天廷[49]，要赆物何用？仰烦带回。多多拜上殿主，携榼该领[50]，却不敢稽留天使。（判）这等就此拜别了。（各磕头共唱）

【尾】 自古道胜读十年书，与君一席话，提醒人多因指驴说马。方信道曼倩

㊹ 倚马:《世说新语》载，桓温北征，令袁虎作露布。虎倚马前手不停笔，立作七纸，后因以喻文才敏捷。雕龙：指文笔华美。㊺ 拓：用纸墨从铸刻器物上捶印出其文字或图案。㊻ 如电目一似瞎：判官自谦语，有眼如瞎。㊼ 三彭：三尸神。传说三尸神姓彭，居人身中，伺察功罪，每至庚申日，籍于上帝。㊽ 赆（jìn）：送别时赠给的财物。㊾ 叨向天廷：意为本无足够才能而被擢升上天。叨，自谦之词。㊿ 榼：古代盛酒或贮水的器具，这里指酒。

诙谐不是要[51]。(称下)

(判白)看了这祢正平渔阳三弄,
笑得我察判官眼睛一缝。
若没有狠阎罗刑法千条,
都只道曹丞相神仙八洞。(下)

---

[51] 曼倩:东方朔,字曼倩,汉武帝时侍从之臣,性诙谐滑稽。

(景李虎)

雌木兰替父从军[1]

【题解】

木兰替父从军是我国著名的民间故事,自南北朝乐府民歌《木兰诗》出现后广泛流传,杂剧《雌木兰替父从军》就是在此基础上创作而成的。剧作写花木兰因父亲年迈,兄弟幼小,毅然替父从军,征战疆场,建立功勋,荣返故里的故事,其中"辨雌雄的不靠眼"的观点表现了对封建礼教的叛逆和对男女平等的追求。从这里所选第一出中,可以看到木兰从军时英姿勃发的形象。

---

[1]《雌木兰替父从军》:这里所选以《盛明杂剧》为底本。

第一出

（旦扮木兰女上）妾身姓花名木兰。祖上在西汉时，以六郡良家子②，世住河北魏郡。俺父亲名弧，字桑之，平生好武能文，旧时也做一个有名的千夫长③。娶过俺母亲贾氏，生下妾身，今年才一十七岁。虽有一个妹子木难，和小兄弟咬儿，可都不曾成人长大。昨日闻得黑山贼首豹子皮，领着十来万人马，造反称王。俺大魏拓跋克汗④下郡征兵，军书络绎，有十二卷来的，卷卷有俺家爷的名字。俺想起来，俺爷又老了，以下又再没一人。况且俺小时节一了有些小气力⑤，又有些小聪明，就随着俺的爷也读过书，学过些武艺。这就是俺今日该替爷的报头了⑥。你且看那书上说，秦休和那缇萦两个⑦：一个拼着死，一个拼着入官为奴，都只为着父亲。终不然，这两个都是包网儿、带帽儿、不穿两截裙袄的么？只是一件，若要替呵，这弓马、枪刀、衣鞋等项，却须索从新另做一番，也要略略的演习一二，才好把这要替的情由，告诉他们得知。他岂不知事出无奈，一定也不苦苦留俺。叫小鬟那里？（丑扮小鬟上）（木）小鬟，你瞒过老爷和奶奶，随着俺到街坊上走一回者。（向内买诸物介，引鬟持诸物上）（鬟）大姑娘，把马拴在那里？（木）且寄养在对门王三家。（唱）

【点绛唇】 休女身拼，缇萦命判；这都是裙钗伴，立地撑天，说什么男儿汉！

---

② 六郡良家子：六郡，指汉代的陇西、天水、安定、北地、上郡、西河六郡。良家子，即良家子弟，清白人家子弟。③ 千夫长：古代官名，二千五百人为师，师帅称千夫长。④ 拓跋克汗（hán）：北朝时北魏君主。北魏统治者是鲜卑族，姓拓跋。克汗，鲜卑族对君王的称呼。⑤ 一了：一向，向来。⑥ 报头：犹言报答。⑦ 秦休和那缇萦：秦休，古乐府有《秦女休行》，

【混江龙】 军书十卷，书书卷卷把俺爷来填。他年华已老，衰病多缠。想当初搭箭追雕穿白羽，今日呵，扶藜看雁数青天。呼鸡喂狗，守堡看田；调鹰手软，打兔腰拳⑧。提携咱姊妹，梳掠咱丫环⑨。见对镜添妆开口笑，听提刀厮杀把眉攒。长嗟叹，道两口儿北邙近也⑩，女孩儿东坦萧然⑪。

要演武艺，先要放掉了这双脚⑫，换上那双鞋儿，才中用哩。（换鞋作痛楚状）（唱）

【油葫芦】 生脱下半折凌波袜一弯，好些难。几年价才收拾得凤头尖⑬，急忙得改抹做航儿泛⑭。怎生就凑得满帮儿楦⑮。回来俺还要嫁人，却怎生？这也不愁他，俺家有个漱金莲方子⑯，只用一味硝，煮汤一洗，比偌咱还小些哩⑰。（唱）把生硝提得似雪花白，可不霎时间漱瘪了金莲瓣。

鞋儿倒七八也稳了，且换上这衣服者。（换衣，戴一军毡帽介）（唱）

【天下乐】 穿起来怕不是从军一长官，行间，正好瞒。紧绦钩，厮称这细褶子系刀环。软哝哝衬锁子甲，暖烘烘当夹被单，带回来又好脱与咬儿穿。

衣鞋都换了，试演一会刀看。（演刀介）（唱）

写秦女休为父报仇，杀人于市，后被赦免。缇萦，汉文帝时淳于意之女。淳于意下狱，缇萦上书，愿替父赎罪为奴婢，文帝被感动，赦免其父。⑧ 腰拳：腰弯。⑨ 梳掠：梳理，梳妆。⑩ 北邙：北邙山，在今河南洛阳北，汉魏王侯多葬于此，后泛指墓地。⑪ 东坦萧然：指无丈夫。东坦，坦腹东床，用晋王羲之坦腹东床事。⑫ 先要放掉了这双脚：北魏时女子尚未缠足，这里所写与史实有出入。⑬ 凤头尖：指妇女被缠小的脚尖。⑭ 航儿：言脚大如船。⑮ 怎生就凑得满帮儿楦（xuàn）：犹言刚放开缠脚布，那小脚怎么能放满大鞋子呢？楦，即楥，木制鞋楦，又称楦头。⑯ 漱金莲方子：使妇女缠成小脚的药方。⑰ 偌咱：现在，这

【那吒令】 这刀呵，这多时不拈，俺则道不便；才提起一翻，也比旧一般。为何的手不酸，习惯了锦梭穿。越国女尚要白猿教[18]，俺替爷军怎不捉青蛇炼[19]？绕红裙一股霜抟[20]。

演了刀，少不得也要演枪。（演枪介）（唱）

【鹊踏枝】 打磨出苗叶鲜[21]，栽排上绵木杆，抵多少月舞梨花，丈八蛇钻[22]。等待得脚儿松，大步重挪撚，直翻身戳倒黑山尖。

箭呵，这里演不得，也则把弓来拉一拉，看俺那机关和那绑子[23]，比旧日如何。（拉弓介）（唱）

【寄生草】 指决儿薄[24]，鞘靶儿圆；一拳头搭住黄蛇撣[25]，一胶翎拔尽了乌雕扇[26]，一肐膊挺做白猿健。长歌壮士入关来，那时方显天山箭[27]。

俺这骑驴跨马，倒不生疏，可也要做个撒手登鞍的势儿。（跨马势）（唱）

时候。⑱ 越国女尚要白猿教：春秋时吴越交战，一越女精剑术，与一老者比试，后老者纵身上树变为白猿。⑲ 青蛇炼：指宝刀。⑳ 霜抟（tuán）：舞刀时发出的白光。㉑ 苗叶鲜：指枪头。㉒ 月舞梨花、丈八蛇钻：即梨花枪、长矛。㉓ 机关：指弩机。绑子：又称帮子，弓弦与弓背相连接的地方。㉔ 指决儿：拉弓扣指的地方。㉕ 黄蛇撣：形容弓弧像弯曲的黄蛇。㉖ 一胶翎：指箭。㉗ 长歌壮士入关来，那时方显天山箭：唐时，猛将薛仁贵与敌交战于天山，薛仁贵三箭射倒敌首将三人，敌军望风而逃。当时军中有歌唱云："将军三箭定天

【幺】 绣裲裆坐马衣[28]，嵌珊瑚掉马鞭，这行装不是俺兵家办。则与他两条皮生捆出麒麟汗[29]，万山中活捉个猢狲伴，一辔头平踹了狐狸堑[30]。到门庭才显出女多娇，坐鞍轿谁不道英雄汉。

所事儿都已停当，却请出老爷和奶奶来，才与他说话。（向内请父、母、弟、妹介）（外扮爷、老扮娘、小生扮弟、贴扮妹同上，见旦惊介，云）儿，今日呵，你怎的那等样打扮？一双脚又放大了，好怪也，好怪也！（木）娘，爷该从军，怎么不去？（娘）他老了，怎么去得？（木）妹子、兄弟也就去不得了？（娘）你疯了，他两个多大的人，去得？（木）这等样儿，都不去吧。（娘）正为此没个法儿，你的爷急得要上吊。（木）似孩儿这等样儿，去得去不得？（娘）儿，娘晓得你的本事，去倒去得。（哭介）只是俺两老口怎么舍得你去！又一桩，便去呵，你又是个女孩儿，千乡万里，同行搭伴，朝食暮宿，你保得不露出那话儿么？[31]这成什么勾当？（木）娘，你尽放心，还你一个闺女儿回来。（众哭介。扮二军上，云）这里可是花家么？（外）你问怎么？（军）俺们也是从征的，俺本官说这坊厢里有个花弧，教俺们来催发他一同走路，快着些。（木）哥儿们少坐，待我略收拾些儿，就好同行。小鬟，你去带回马来。（木收拾器械介）（众看介，云）好马，好器械。（娘）儿，你去一定成功喝彩回来，好歹信儿可要长捎一封，也免得俺老两口儿作念。偌咱要递你一杯酒儿，又忙劫劫的[32]。才叫小鬟买得几个热波波[33]，你拿着，路上也好嚼一嚼。有些针儿线儿，也安在你搭连里

山，战士长歌入汉关。”㉘ 裲裆：半臂，形似今之背心，前幅当胸，后幅当背，故名。㉙ 两条皮：指捆马鞍的肚带。麒麟：指马。㉚ 辔头：驭马的笼头与缰绳。平踹：踏平。狐狸堑：这里指狐狸窝。㉛ 话儿：隐语，指阴部。㉜ 忙劫劫：急急忙忙。㉝ 热波波：即热馍馍。

了。也预备着，也好连些破衣断甲[34]。（二军叫云）快着些！（众哭别，先下）（木出见军介，云）大哥们，劳久待了，请就上马趱行[35]。（作上马行介）（二军私云）这花弧倒生得好个模样儿，倒不像个长官，倒是个秫秫[36]，明日倒好拿来应应急。（木唱）

【幺】离家来没一箭，远听黄河流水溅。马头低遥指落芦花雁，铁衣单忽点上霜花片，别情浓就瘦损桃花面。一时价想起密缝衣[37]，两行儿泪脱珍珠线。

【六幺序】呀，这粉香儿犹带在脸，那翠窝儿抹也连日不曾干[38]。却扭做生就的丁添[39]。百忙里跨马登鞍，靴插金鞭，脚踹铜环，丢下针尖，挂上弓弦。未逢人先准备弯腰见，使不得站堂堂矬倒裙边[40]。不怕他鸳鸯作对求姻眷，只愁这水火熬煎[41]，这些儿要使机关。

【幺】哥儿们说话之间，不待加鞭；过万点青山，近五丈红关，映一座城栏，竖儿手旗竿。破帽残衫，不甚威严，敢是个把守权官，兀的不你我一般。趁着青年，靠着苍天，不惮艰难，不爱金钱，倒有个阁上凌烟[42]，不强似谋差夺掌把声名换[43]，抵多少富贵由天。便做道黑山贼寇犯了弥天案，也无多些子，差一念心田。（指问介，唱）

【赚煞】那一答是那些？咫尺间如天半，趄坡子长蛇倒绾[44]。敢是大帅登坛坐此间，小缇萦礼合参官。这些儿略觉心寒，久已后习弄得雄心惯。领人马一千，

㉞ 连：即缝。㉟ 趱行：急行。㊱ 秫秫（shú）：粘高粱，可酿酒。这里似以喻木兰为解馋之物。㊲ 密缝衣：指父母之情。语出孟郊《游子吟》："临行密密缝，意恐迟迟归。"㊳ 翠窝儿：古时妇女脸上贴翠钿的地方。㊴ 丁添：疑指疤痕。㊵ 使不得站堂堂矬（cuó）倒裙边：指不习惯如男子一般行礼。站堂堂，犹言直挺挺。矬，矮。矬倒裙边，下跪在别人脚下。㊶ 水火熬煎：解大小便的苦恼。水火，大小便的隐语。㊷ 阁上凌烟：即凌烟阁。唐太宗贞观十七年，图画开国功臣二十四人于凌烟阁。这里指建立功勋。㊸ 谋差夺掌：犹言争权夺利。㊹ 趄坡子长蛇倒绾：指山坡太陡，不易攀登。趄，脚步不稳。长蛇倒

扫黑山一战，俺则教花腮上旧粉扑貂蝉[45]。（众）

说话之间，且喜到主帅驻扎的地方了，俺们且先寻下了安顿的所在，明日一齐见主帅者。（下）

绾，山坡像缠绕的蛇一样崎岖。绾，旋绕打结。㊺ 花腮上旧粉扑貂蝉：指再恢复旧时女儿打扮。貂蝉，美女，这里木兰以之自比。

（景李虎）

汤显祖(1550—1616)　字义仍，号若士、清远道人，江西临川人。隆庆四年(1570)举人。因不愿趋奉宰相张居正，在13年中参加第5次考试方中进士。先任南京太常寺博士，后官至礼部主事。万历十九年(1591)上疏抨击首辅申时行，被贬至广东徐闻县任典史，后迁浙江遂昌知县。因不依附权贵被议，终于在万历二十六年(1598)毅然弃官返家，潜心创作。晚年自号茧翁。

他是明代著名戏曲家，以"玉茗堂四梦"(又称"临川四梦"，即《紫钗记》、《牡丹亭》、《邯郸记》、《南柯记》四剧)饮誉剧坛，诗文也睥睨一时。

牡　丹　亭[①]

【题解】

《牡丹亭》一名《还魂记》，是继《西厢记》后的又一部戏曲杰作。全剧依明话本《杜丽娘慕色还魂》等材料改编，叙南宋时南安太守杜宝聘老塾师陈最良教女丽娘读《诗经》，杜丽娘在对《诗经》的领悟及对大自然的倾慕中，深感封建家庭与礼法拘束身心，遂在游园春梦中与书生柳梦梅欢爱。梦醒之后，欲寻书生而不得，感伤而亡。后广州书生柳梦梅游学至此，拾到丽娘的生前自画像，朝夕呼唤画中人，终与鬼魂结合，并使之还生为人，结为夫妻。最后，柳梦梅考中状元，他们的奇婚情缘才被承认。该剧赞颂了爱情起死回生的力量，也反映了封建礼教对人性人情的摧残和迫害。全剧文辞华美精警，描写人物心理十分细致传神。他的创作风格，被近一个世纪的剧作家们所摹仿，称为"临川派"。这里所选第七出《闺塾》、第十出《惊梦》、第十二出《寻梦》等三

---

① 《牡丹亭》：本剧根据徐朔方先生《牡丹亭》校注本移录原文，注释也汲取了包括徐

出，都是蜚声梨园、久演不衰的折目。

第七出　闺　塾

（末上）吟余改抹前春句，饭后寻思午晌茶。蚁上案头沿砚水，蜂穿窗眼咂瓶花。我陈最良，杜衙设帐，杜小姐家传《毛诗》[②]，极承老夫人管待。今日早膳已过，我且把毛注潜玩一遍。（念介）“关关雎鸠，在河之洲。窈窕淑女，君子好逑。”[③]好者，好也；逑者，求也。（看介）这早晚了，还不见女学生进馆，却也娇养的凶，待我敲三声云板。（敲云板介）春香，请小姐解书。（旦引贴捧书上，唱）

【绕池游】 素妆才罢，款步书堂下，对净几明窗潇洒。（贴）《昔氏贤文》[④]，把人禁杀，恁时节则好教鹦哥唤茶。

（见介）（旦）先生万福。（贴）先生少怪！（末）凡为女子，鸡初鸣，咸盥漱栉笄，问安于父母。日出之后，各供其事[⑤]。如今女学生以读书为事，须要早起。（旦）以后不敢了。（贴）知道了，今夜不睡，三更时分，请先生上书。（末）昨日上的《毛诗》，可温习？（旦）温习了，则待讲解。（末）你念来。（旦念书介）

本在内的多家成果。② 毛诗：即《诗经》。《诗》被秦火所焚后，汉代传《诗》尊经的有齐辕固，鲁申培、燕韩婴及毛亨和毛苌四家。魏晋后，只有传讲《诗经》的《毛诗》一派留存下来。③ “关关雎鸠”四句：系《诗经》中首篇《关雎》里的第一节。④ 昔氏贤文：旧时用格言编成的一种启蒙课本，很枯燥无味。⑤ “鸡初鸣”五句：出于《礼记·内则》。

"关关雎鸠，在河之洲。窈窕淑女，君子好逑。"（末）听讲：关关雎鸠，雎鸠，是个鸟；关关，鸟声也。（贴）怎样声儿？（末作鸠声）（贴学鸠声，诨介）（末）此鸟性喜幽静，在河之洲。（贴）是了。不是昨日是前日，不是今年是去年，俺衙内关着个斑鸠儿，被小姐放去，一去去在何知州家。（末）胡说！这是兴⑥。（贴）兴个甚的那？（末）兴者，起也，起那下头。窈窕淑女，是幽闲女子，有那等君子好好的来求他。（贴）为甚好好的求他？（末）多嘴哩。（旦）师父，依注解书，学生自会。但把诗经大意，敷演一番。（末唱）

【掉角儿】 论六经《诗经》最葩⑦，闺门内许多风雅。有指证姜嫄产哇⑧，不嫉妒后妃贤达。更有那咏鸡鸣，伤燕羽，泣江皋，思《汉广》，洗净铅华⑨。有风有化，宜室宜家⑩。（旦）这经文偌多？（末）诗三百，一言以蔽之，没多些，只"无邪"两字⑪，付与儿家。

书讲了，春香，取文房四宝来模字。（贴下取上）纸笔墨砚在此。（末）这甚么墨？（旦）丫头，错拿了。这是螺子黛⑫，画眉的。（末）这甚么笔？（旦作笑介）这便是画眉的细笔。（末）俺从不曾见，拿去，拿去。这是什么纸？（旦）薛

---

⑥ 兴：《诗经》的修辞手法之一，先言它物以引起所咏之词。⑦《诗经》最葩（pā）：语出韩愈《进学解》："诗正而葩。"葩，文采华美。⑧ 姜嫄产哇：据《诗经·生民》，帝喾之妃姜嫄因踩到天帝的脚趾印而怀孕，生下后稷。哇，同"娃"，指后稷。⑨ "咏鸡鸣"五句：《诗经》有《鸡鸣》、《燕燕》、《江有汜》、《汉广》等篇。《诗序》认为前三篇都是状后妃之德，《汉广》是写周文王的教化。洗净铅华，是说这几首诗有不事粉饰的朴素美。⑩ 宜室宜家：语出《诗经·周南·桃夭》，言女子在夫家调理得家庭和顺。⑪ "诗三百"四句：语出《论语·为政》："子曰：《诗》三百，一言以蔽之，曰：思无邪。"⑫ 螺子黛：一种青黑色的画眉颜

涛笺[13]。(末)拿去,拿去,只拿那蔡伦造的来[14]。这是什么砚?是一个?是两个?(旦)鸳鸯砚。(末)许多眼?(旦)泪眼[15]。(末)哭什么子?一发换了来。(贴背介)好个标老儿[16],待换去。(下换上)这可好?(末看介)着!(旦)学生自会临书,春香还劳把笔。(末)看你临,(旦写字介)(末看惊介)我从不曾见这样好字,这甚么格?(旦)是卫夫人传下美女簪花之格[17]。(贴)待俺写个奴婢学夫人[18]。(旦)还早哩。(贴)先生,学生领出恭牌[19]。(下)(旦)敢问师母尊年?(末)目下平头六十。(旦)待学生绣对鞋儿上寿,请个样儿。(末)生受了!依《孟子》上样儿,做个"不知足而为屦"[20]罢了。(旦)还不见春香来。(末)要唤他么?(末叫三度介)(贴上)害淋的[21]!(旦作恼介)劣、丫头!那里来?(贴笑介)溺尿去来。原来有座大花园,花明柳绿,好耍子哩!(末)哎也!不攻书,花园去,待俺取荆条来。(贴)荆条做甚么?(唱)

【前腔】 女郎行那里应文科判衙,止不过识字儿书涂嫩鸦。(起介)(末)古人读书,有囊萤的[22],趁月亮[23]的,(贴)待映月耀蟾蜍眼花,待囊萤把虫蚁儿活

料。⑬ 薛涛笺:一种用来写诗的纸笺,较狭小,上有图案底色,又称松花笺。因唐薛涛首创而名之,后多在闺阁中使用。⑭ 蔡伦:汉代人,传说他发明了造纸术。⑮ 泪眼:广东端溪所产端砚上的眼状斑点。⑯ 标老儿:刁老头,凶老汉。⑰ 卫夫人:名铄,字茂漪,晋卫恒从女,相传为王羲之的老师。美女簪花:形容书法娟秀。梁代袁昂评卫夫人叔父卫恒的书法体格,称"如插花美女,舞笑镜台",卫夫人正得卫恒之真传。⑱ 奴婢学夫人:语出《古今书评》,形容难以学像。⑲ 出恭牌:明代国子监上课、考试,及上厕所要认领"出恭入敬"牌。后将出恭专指如厕。⑳ "不知足而为屦":见《孟子·告子上》,此形容陈最良迂腐。㉑ 害淋的:骂人语,淋病是性病的一种。㉒ 囊萤:《晋书·车胤传》载,车胤买不起灯油,将一些萤火虫放在透明口袋里照着看书。㉓ 趁月亮:《南齐书·江泌传》载,江泌家贫无法点灯,

支煞[24]。(末)悬梁刺股呢[25]？(贴)比似你悬了梁，损头发；刺了股，添疤纳；有甚光华？(内叫卖花介)(贴)小姐，你听一声声卖花，把读书声差。(末)又引逗小姐哩，待俺当真打一下！(末作打介)(贴闪介)你待打、打这哇哇，桃李门墙[26]，险把负荆人諕煞[27]。

(贴抢荆条投地介)(旦)死丫头！唐突了师父，快跪下。(贴跪介)(旦)师父恕他初犯，容学生责认一遭儿。(唱)

【前腔】 手不许把秋千索拿，脚不许把花园路踏。(贴)则瞧罢。(旦)还嘴，这招风嘴把香头来绰疤，招花眼把绣针儿签瞎[28]。(贴)瞎了中甚用！(旦)则要你守砚台，跟书案，伴诗云，陪子曰，没的争差。(贴)争差些罢。(旦挦贴发介)[29]则问你几丝儿头发？几条背花[30]？敢也怕些些夫人堂上，那些家法[31]？

(贴)再不敢了！(旦)可知道。(末)也罢，松这一遭儿，起来。(贴起介)(末唱)

【尾声】 女弟子则争个不求闻达[32]，和男学生一般儿教法。你们工课完了，方可回衙，咱和公相陪话去。(合)怎辜负的这一弄明窗新绛纱。(末下)

(贴作从背后指末骂介)村老牛！痴老狗！一些趣也不知。(旦作扯介)死

常在月下攻读书籍。㉔ 活支煞：活活弄死。㉕ 悬梁刺股：苏秦、孙敬事。孙敬勤苦读书，担心自己睡着，把头发牵吊在梁上。苏秦读书至倦时用锥刺大腿。㉖ 桃李门墙：指设教处，语出《论语·子罕》。桃李泛指学生，门墙指师门。㉗ 负荆人：知道自己过错并当面道歉的人。战国时廉颇曾背着荆条向蔺相如请罪。㉘ 签，刺。㉙ 挦：扯。㉚ 背花：背上鞭印。㉛ 家法：封建家庭里打人的工具。㉜ 不求闻达：语出诸葛亮《出师表》，指不去追求

丫头！一日为师，终身为父，他打不的你？俺且问你：那花园在那里？（贴作不说）（旦笑问介）（贴指介）兀那不是？（旦）可有什么景致？（贴）景致么？有亭台六七座，秋千一两架，绕的流觞曲水[33]，面着太湖山石，名花异草，委实华丽。（旦）原来有这等一个所在。且回衙去。

（旦）也曾飞絮谢家庭[34]，（贴）欲化西园蝶未成。

（旦）无限春愁莫相问，（合）绿阴终借暂时行。

（同下）

名誉官禄。㉝ 流觞曲水：古人每逢三月三日，在水湾中放置盛好酒的杯子。酒杯流到谁的面前，谁就取而饮之。这里指弯曲的小溪。㉞ 飞絮谢家庭：《世说新语》载，晋谢道蕴曾用"柳絮因风起"咏雪。

（谢柏梁）

第十出　惊　　梦

（旦上，唱）

【绕地游】　梦回莺啭，乱煞年光遍[1]，人立小庭深院。（贴）炷尽沉

---

① "梦回莺啭"两句：黄莺儿把人从混沌痴迷中唤醒，又见到一年一度的春色无限，迷

烟[2],抛残绣线,恁今春关情似去年[3]。

〔乌夜啼〕(旦)晓来望断梅关[4],宿妆残。(贴)你侧着宜春髻子[5],恰凭阑。(旦)翦不断,理还乱,闷无端。(贴)已分咐催花莺燕,借春看。(旦)春香,可曾叫人扫除花径?(贴)分付了。(旦)取镜台衣服来。(贴取镜台衣服上)云髻罢梳还对镜,罗衣欲换更添香[6]。镜台衣服在此。(旦唱)

【步步娇】 袅晴丝吹来闲庭院[7],摇漾春如线。停半晌整花钿,没揣菱花[8],偷人半面,迤逗的彩云偏[9]。(行介)步香闺怎便把全身现?(贴)今日穿插的好。(旦唱)

【醉扶归】 你道翠生生出落的裙衫儿茜[10],艳晶晶花簪八宝填[11],可知我常一生儿爱好是天然,恰三春好处无人见[12]。不堤防沉鱼落雁鸟惊喧[13],则怕的羞花闭月花愁颤。

(贴)早茶时了,请行。(行介)你看:画廊金粉半零星,池馆苍苔一片青。踏草怕泥新绣袜,惜花疼煞小金铃[14]。(旦)不到园林,怎知春色如许?(唱)

乱了自家芳心。② 沉烟:沉香。③ 恁:即恁么,意为“为什么”。似:此有深过之意。④ 梅关:在大庾岭,为往来广东与江西的通道。⑤ 宜春髻:古代女性于立春时剪燕形绸,贴“宜春”字,扎于髻上,故名。⑥ “云髻”两句:引自唐薛逢《宫词》。⑦ 袅晴丝:昆虫吐的丝在日光下幽幽飘荡。⑧ 没揣:不料,没想到。菱花:镜子。⑨ 迤逗:惹起,挑引。彩云:指头发。⑩ 翠生生:色彩鲜明状,茜:鲜明。⑪ 艳晶晶:光彩绚丽状。填:镶嵌。⑫ 三春好处:比喻自己正值青春的美貌。⑬ 沉鱼落雁鸟惊喧:《庄子·齐物论》有“毛嫱、丽姬,人之所美者;鱼见之深入,鸟见之高飞”句。后以沉鱼落雁之容、闭月羞花之貌称绝色美人。⑭ 惜花疼煞小金铃:据《开元天宝遗事》,宁王将金铃用红丝绳系在花梢上,牵动发

【皂罗袍】 原来姹紫嫣红开遍，似这般都付与断井颓垣。良辰美景奈何天，赏心乐事谁家院。恁般景致，我老爷和奶奶再不提起。（合）朝飞暮卷⑮，云霞翠轩；雨丝风片，烟波画船。锦屏人忒看的这韶光贱⑯。

（贴）是花都放了，那牡丹还早。（旦唱）

【好姐姐】 遍青山啼红了杜鹃⑰，荼蘼外烟丝醉软⑱。春香呵，牡丹虽好，他春归怎占的先⑲？（贴）成对儿莺燕呵。（合）闲凝眄，生生燕语明如剪，呖呖莺歌溜的圆。

（旦）去罢。（贴）这园子委是观之不足也。（旦）提他怎的？（行介，唱）

【隔尾】 观之不足由他缱⑳，便赏遍了十二亭台是枉然，到不如兴尽回家闲过遣。

（作到介）（贴）开我西阁门，展我东阁床。瓶插映山紫，炉添沈水香。小姐，你歇息片时，俺瞧老夫人去也。（下）（旦叹介）默地游春转，小试宜春面。春呵，得和你两留连，春去如何遣？咳！恁般天气，好困人也。春香那里？（左右瞧介）（又低首沉吟介）天呵！春色恼人，信有之乎？常观诗词乐府，古之女

声用以赶跑踩啄花朵的鸟鹊。⑮ 朝飞暮卷：语出王勃《滕王阁》诗："画栋朝飞南浦云，珠帘暮卷西山雨。"⑯ 锦屏人：此指幽居深闺的人。⑰ 啼红了杜鹃：杜鹃鸟啼血，染红了杜鹃花。⑱ 荼蘼：落叶小灌木，春末开花，黄白色，有香味。⑲ "牡丹虽好"两句：皮日休《牡丹》诗有"独占人间第一春"句。⑳ 缱：缠绵、留恋。

子，因春感情，遇秋成恨，诚不谬矣。吾今年已二八，未逢折桂之夫㉑；忽慕春情，怎得蟾宫之客？昔日韩夫人得遇于郎，张生偶逢崔氏，曾有《题红记》、《崔徽传》二书㉒。此佳人才子，前以密约偷期，后皆得成秦晋㉓。（长叹介）吾生于宦族，长在名门，年已及笄㉔，不得早成佳配，诚为虚度青春。光阴如过隙耳，（泪介）可惜妾身颜色如花，岂料命如一叶乎㉕！（唱）

【山坡羊】 没乱里春情难遣，蓦地里怀人幽怨。则为俺生小婵娟，拣名门一例一例里神仙眷，甚良缘把青春抛的远！俺的睡情谁见？则索因循腼腆，想幽梦谁边，和春光暗流转。迁延，这衷怀那处言？淹煎㉖，泼残生除问天。

身子困乏了，且自隐儿而眠。（睡介）（梦生介）（生持柳枝上）莺逢日暖歌声滑，人遇风情笑口开。一径落花随水入，今朝阮肇到天台㉗。小生顺路儿跟着杜小姐回来，怎生不见？（回看介）呀！小姐，小姐。（旦作惊起相见介）（生）小生那一处不寻访小姐来，却在这里。（旦作斜视不语介）（生）恰好花园内折取垂柳半枝，姐姐，你既淹通书史，可作诗以赏此柳枝乎？（旦作惊喜，欲言又止介）（背云）这生素昧平生，何因到此？（生笑介）小姐，咱爱杀你哩。（唱）

㉑ 折桂：比喻科举及第。下句蟾宫客同此意。㉒“韩夫人得遇于郎”三句：唐宫女韩夫人红叶题诗，流出宫外。书生于祐拾得后，又以红叶题诗流入宫内，被韩夫人拾到。后唐僖宗放宫女出宫，韩于结为夫妻。张子京作有《流红记》故事。张生偶逢崔氏，即元稹《会真记》所写张生、崔莺莺事，《崔徽传》应为《莺莺传》。㉓ 秦晋：指夫妻。春秋时秦、晋二国联姻较多，后人因用秦晋之好指婚姻事。㉔ 及笄：古时女子长到十五始用笄（簪）挽发，标志已到婚嫁之年。㉕“可惜”两句：化用元好问《鹧鸪天·妾薄命》：“颜色如花画不成，命如叶薄可怜生。”㉖ 淹煎：处于水深火热之中。极状心境恶劣愁怨。㉗ 阮肇到天台：刘义庆

【山桃红】 则为你如花美眷，似水流年。是答儿闲寻遍，在幽闺自怜。小姐，和你那答儿讲话去。（旦作含笑不行）（生作牵衣介）（旦低问介）那边去？（生）转过这芍药栏前，紧靠着湖山石边。（旦低问）秀才，去怎的？（生低答）和你把领扣松，衣带宽，袖梢儿揾着牙儿苫也[28]，则待你忍耐温存一晌眠。（旦作羞）（生前抱）（旦推介）（合）是那处曾相见，相看俨然，早难道这好处相逢无一言。

（生强抱旦下）

（末扮花神束发冠红衣插花上）催花御史惜花天[29]，检点春工又一年。蘸客伤心红雨下[30]，勾人悬梦彩云边。吾乃掌管南安府后花园花神是也。因杜知府小姐丽娘，与柳梦梅秀才，后日有姻缘之分。杜小姐游春感伤，致使柳秀才入梦。咱花神专掌惜玉怜香，竟来保护他，要他云雨十分欢幸也。（唱）

【鲍老催】 单则是混阳蒸变，看他似虫儿般蠢动把风情扇，一般儿娇凝翠绽魂儿颤。这是景上缘，想内成，因中见[31]。呀！淫邪展污了花台殿。咱待拈片落花儿惊醒他。（向鬼门丢花介）他梦酣春透了怎留连？拈花闪碎的红如片。

秀才，才到得半梦儿，梦毕之时，好送杜小姐仍归香阁。吾神去也。（下）

（生旦携手上）（生唱）

《幽明录》及《天台山志》均有晋刘晨、阮肇入山采药，迷路遇两仙女，欢会结合之说。㉘ 揾（wèn）：按着。苫（shàn）：遮盖。全句言用衣袖角儿遮盖着亲吻。㉙ 催花御史：相传唐穆宗专设惜花御史，用帐幕为花挡风。这里系借用。㉚ 蘸客伤心红雨下：落红如雨披在客中人身上，使之动情。蘸：沾着。㉛“这是景上缘”三句：景，同“影”，意为影中缘份，梦想中成事，因缘中幻现。借用佛语说明欢会虽虚却有缘。

【山桃红】 这一霎天留人便，草藉花眠。（白）小姐可好？（旦低头介）（生）则把云鬟点，红松翠偏。小姐，休忘了呵，见了你紧相偎，慢厮连，恨不得肉儿般团成片也。逗的个日下胭脂雨上鲜。（旦）秀才，你可去呵？（合）是那处曾相见，相看俨然，早难道这好处相逢无一言。

（生）姐姐，你身子乏了，将息将息。（送旦依前作睡介）（轻拍旦介）姐姐，俺去了。（作回顾介）姐姐，你可十分将息，我再来瞧你那。行来春色三分雨，睡去巫山一片云。（下）（旦作惊醒，低叫介）秀才，秀才，你去了也。（又作痴睡介）（老旦上）夫婿坐黄堂，娇娃立绣窗。怪他裙衩上，花鸟绣双双。孩儿，孩儿，你为甚瞌睡在此？（旦作醒，叫秀才介）咳也！（老旦）孩儿怎的来？（旦作惊起介）奶奶到此。（老旦）我儿何不做些针指，或观玩书史，舒展情怀？因何昼寝于此？（旦）儿适花园中闲玩，忽值春暄恼人，故此回房。无可消遣，不觉困倦少息。有失迎接，望母亲恕儿之罪！（老旦）孩儿，这后花园中冷静，少去闲行。（旦）领母亲严命。（老旦）孩儿，学堂看书去。（旦）先生不在，且自消停。（老旦叹介）女孩儿家长成，自有许多情态，且自由他。正是，宛转随儿女，辛勤做老娘。（下）（旦长叹介）（看老旦下介）哎也，天那！今日杜丽娘有些侥幸也。偶到后花园中，百花开遍，睹景伤情。没兴而回，昼眠香阁。忽见一生，年可弱冠，丰姿俊妍。于园中折得柳丝一枝，笑对奴家说：姐姐既淹通书史，何不将柳枝题赏一篇？那时待要应他一声，心中自忖，素昧平生，不知名姓，何得轻与交言。正如此想间，只见那生向前说了几句伤心话儿，将奴搂抱去牡丹亭畔，芍药栏边，共成云雨之欢。两情和合，真个是千般爱惜，万种温存。欢毕之时，又送我睡眠，几声将息。正待自送那生出门，忽值母亲来到，唤醒将来。我一身冷汗，乃是南柯一梦。忙身参礼母亲，又被母亲絮了许多闲话。奴家口虽无言答应，心内思想梦中之事，何曾放怀？行坐不宁，自觉如有所失。娘呵，你叫我学堂看书，知他看那一种书消闷也？（作掩泪介）（唱）

【绵搭絮】 雨香云片，才到梦儿边。无奈高堂，唤醒纱窗睡不便。泼新鲜，冷汗黏煎。闪的俺心悠步亸，意软鬟偏。不争多费尽神情，坐起谁忺㉜，则待去眠。

（贴上）晚妆销粉印，春润费香篝㉝。小姐，熏了被窝睡罢。（旦唱）

【尾声】 困春心，游赏倦，也不索香熏绣被眠。天呵，有心情那梦儿还去不远。

春望逍遥出画堂，间梅遮柳不胜芳。
可知刘阮逢人处，回首东风一断肠。
（同下）

㉜ 坐起谁忺（xiān）：坐立不安，忺，适意。㉝ 香篝：薰笼。

（谢柏梁）

第十二出　寻　梦

（贴上，唱）

【夜游宫】 腻脸朝云罢盥，倒犀簪斜插双鬟。侍香闺起早，睡意阑珊。衣桁前[1]，妆阁畔，画屏间。

伏侍千金小姐，丫环一位春香。请过猫儿师父，不许老鼠放光。侥幸《毛诗》感动，小姐吉日时良。拖带春香遣闷，后花园里游芳。谁知小姐瞌睡，恰遇着夫人间当[2]。絮了小姐一会，要与春香一场[3]。春香无言知罪，以后劝止娘行。夫人还是不放，少不得发咒禁当[4]。（内介）春香姐，发个甚咒来？（贴）敢再跟娘胡撞，教春香即世里不见儿郎。虽然一时抵对，乌鸦管的凤凰？一夜小姐乇躁，起来促水朝妆。由他自言自语，日高花影纱窗。（内介）快请小姐早膳。（贴）报道官厨饭熟，且去传递茶汤。（下）（旦上，唱）

【月儿高】 几曲屏山展，残眉黛深浅。为甚衾儿里，不住的柔肠转？这憔悴非关爱月眠迟倦。可为惜花，朝起庭院？

忽忽花间起梦情，女儿心性未分明。无眠一夜灯明灭，分煞梅香唤不醒[5]。昨日偶尔春游，何人见梦，绸缪顾盼，如遇平生。独坐思量，情殊怅恍，真个可怜人也！（闷介）（贴捧茶食上）香饭盛来鹦鹉粒，清茶擎出鹧鸪斑。小姐，早膳哩。（旦）咱有甚心情也？（唱）

【前腔】 梳洗了才匀面，照台儿未收展[6]。睡起无滋味，茶饭怎生咽？（贴）

---

① 衣桁：衣架。② 问当：盘问。③ 一场：这里指受到一场责骂。④ 禁当：抵挡，承受。⑤ 分煞：忿煞，气愤之极。⑥ 照台儿：镜台。

夫人分付：早饭要早。（旦）你猛说夫人，则待把饥人劝。你说为人在世，怎生叫做吃饭？（贴）一日三餐。（旦）咳！甚瓯儿气力与擎拳，生生的了前件⑦。

你自拿去吃便了。（贴）受用余杯冷炙，胜如剩粉残膏。（下）（旦）春香已去。天呵！昨日所梦，池亭俨然。只图旧梦重来，其奈新愁一段！寻思展转，竟夜无眠。咱待乘此空闲，背却春香，悄向花园寻看。（悲介）哎也！似咱这般，正是：梦无彩凤双飞翼，心有灵犀一点通⑧。（行介）一径行来，喜的园门洞开，守花的都不在，则这残红满地呵。（唱）

【懒画眉】 最撩人春色是今年，少甚么低就高来粉画垣⑨，原来春心无处不飞悬。（绊介）哎，睡荼蘼抓住裙衩线，恰便是花似人心好处牵。

这一湾流水呵，（唱）

【前腔】 为甚呵，玉真重溯武陵源⑩？也则为水点花飞在眼前。是天公不费买花钱，则咱人心上有啼红怨。咳，孤负了春三二月天。

（贴上）吃饭去，不见了小姐，则得一径寻来。呀！小姐，你在这里。（唱）

---

⑦“甚瓯儿气力与擎拳”两句：哪里还有力气拿碗吃饭，只想着前番欢会的事。擎拳，举手的力气。⑧“梦无”两句：化用李商隐《无题》“身无彩凤双飞翼，心有灵犀一点通”句。⑨少甚么低就高来粉画垣：谓春意满园，岂是粉墙所能阻挡。少甚么，犹“多的是”。⑩玉真重溯武陵源：合用刘晨、阮肇事及《桃花源记》事，指重寻旧梦。玉真，仙女。

【不是路】 何意婵娟，小立在垂垂花树边[11]？才朝膳，个人无伴怎游园？(旦)画廊前，深深蓦见衔泥燕，随步名园是偶然。(贴)娘回转，幽闺窣地教人见[12]：那些儿闲串[13]？那些儿闲串？(旦作恼介，唱)

【前腔】 哇！偶尔来前，道的咱偷闲学少年[14]。(贴)咳，不偷闲，偷淡。(旦)欺奴善，把护春台都猜做谎桃源。(贴)敢胡言！这是夫人命，道春多刺绣宜添线，润逼炉香好腻笺[15]。(旦)还说甚来？(贴)这荒园堑，怕花妖木客寻常见[16]，去小庭深院，去小庭深院。

(旦)知道了，你好生答应夫人去，俺随后便来。(贴)闲花傍砌如依主，娇鸟嫌笼会骂人。(下)(旦)丫头去了，正好寻梦哩。(唱)

【忒忒令】 那一答可是湖山石边？这一答似牡丹亭畔。嵌雕阑芍药芽儿浅，一丝丝垂杨线，一丢丢榆荚钱。线儿春甚金钱吊转！

呀！昨日那书生，将柳枝要我题咏、强我欢会之时，好不话长。(唱)

【嘉庆子】 是谁家少俊来近远？敢迤逗这香闺去沁园[17]。话到其间腼腆，他捏这眼，奈烦也天，咱噷这口，待酬言。

---

⑪ 垂垂花树：即梅树。杜甫有“江边一树垂垂发”句咏早梅。⑫ 窣(sū)地：突然间。⑬ 那些儿闲串：又去闲逛了。这是春香摹仿老夫人口气。⑭ 偷闲学少年：程颢《春日偶成》有“时人不识余心乐，将谓偷闲学少年。”下句打诨说“不偷闲(咸)偷淡”，是谐音打趣。⑮ 腻笺：使纸张润滑。⑯ 花妖木客寻常见：荒园深堑内，恐怕有花妖树精等鬼怪出没。⑰ 迤逗：挑逗，拖曳。香闺：此指闺中少女。沁园：本系东汉明帝女沁水公主的园林，这里指代

【尹令】 那书生可意呵，咱不是前生爱眷，又素乏平生半面。则道来生出现，乍便今生梦见。生就个书生，恰恰生生抱咱去眠。

那些好不动人春意也。（唱）

【品令】 他倚太湖石，立着咱玉婵娟。待把俺玉山推倒[18]，便日暖玉生烟[19]。捱过雕阑，转过秋千，掯着裙花展[20]。敢席着地，怕天瞧见。好一会分明，美满幽香不可言。

梦到正好时节，甚花片儿吊下来也。（唱）

【豆叶黄】 他兴心儿紧咽咽[21]，呜着咱香肩[22]；俺可也慢掂掂做意儿周旋[23]。等闲间把一个照人儿昏善[24]，那般形现，那般软绵。忑一片撒花心的红影儿，吊将来半天，敢是咱梦魂儿厮缠。

咳！寻来寻去，都不见了。牡丹亭，芍药阑，怎生这般凄凉冷落，杳无人迹？好不伤心也！（泪介）（唱）

【玉交枝】 是这等荒凉地面，没多半亭台靠边，好是咱眯暖色眼寻难见[25]。明放着白日青天，猛教人抓不到魂梦前。霎时间有如活现，打方旋再得俄延[26]。

欢会处。⑱ 玉山：此处比拟身躯。⑲ 便日暖玉生烟：便成其好事。李商隐《锦瑟》诗："蓝田日暖玉生烟。"⑳ 掯：勒着，迫使。㉑ 兴心儿：着意，激动而用心地。㉒ 呜：吮，吻。㉓ 慢掂掂：慢吞吞。㉔ 等闲间把一个照人儿昏善：刹时间把一个明白的聪明人弄得昏沉沉、软绵绵的。㉕ 眯暖：眼睛半开半合，迷迷糊糊的。欢爱之极时的眼神。㉖ 打方旋：兜圈子。

呀，是这答儿压黄金钏匾。

要再见那书生呵，(唱)

【月上海棠】 怎赚骗？依稀想象人儿见。那来时荏苒，去也迁延。非远，那雨迹云踪才一转，敢依花傍柳还重现。昨日今朝，眼下心前，阳台一座登时变。

再消停一番。(望介)呀，无人之处，忽然大梅树一株，梅子磊磊可爱。(唱)

【二犯幺令】 偏则他暗香清远，伞儿般盖的周全。他趁这，他趁这春三月红绽雨肥天[27]，叶儿青，偏迸着苦仁儿里撒圆[28]。爱煞这昼阴便，再得到罗浮梦边[29]。

罢了，这梅树依依可人，我杜丽娘若死后得葬于此，幸矣。(唱)

【江儿水】 偶然间心似缱，梅树边。这般花花草草由人恋，生生死死随人愿，便酸酸楚楚无人怨。待打并香魂一片，阴雨梅天，守的个梅根相见。

(倦坐介)(贴上)佳人拾翠春亭远[30]，侍女添香午院清。咳，小姐走乏了，

㉗ 春三月红绽雨肥天：指正是三月雨催梅熟的季节。杜甫《陪郑广文游何将军山林》："绿垂风折笋，红绽雨肥梅。"㉘ 偏迸着苦仁儿里撒圆：苦仁儿即苦人儿。梅子的核是苦的。意谓这些圆满的果实反惹得我苦人儿伤情。㉙ 罗浮梦：《龙城录》载，隋代赵师雄贬罗浮山，在酒家旁遇一美女，但觉芳香袭人，语言清丽，就请她同饮美酒，直到醉倒。醒来发现自己倒在梅树下，知为梅精所惑。㉚ 拾翠：拾取翠鸟羽毛，这里指游园踏青。

梅树下眠。(唱)

【川拨棹】 你游花院，怎靠着梅树偃？(旦)一时间望，一时间望眼连天，忽忽地伤心自怜。(泣介)(合)知怎生情怅然？知怎生泪暗悬？

(贴)小姐甚意儿？(旦唱)

【前腔】 春归人面，整相看无一言。我待要折，我待要折的那柳枝儿问天，我如今悔，我如今悔不与题笺。(贴)这一句猜头儿是怎言[31]？(合)知怎生情怅然，知怎生泪暗悬？

(贴)去罢。(旦作行又住介)(唱)

【前腔】 为我慢归休，缓留连，(内鸟啼介)听，听这不如归春暮天[32]。难道我再，难道我再到这亭园，则挣的个长眠和短眠[33]？(合)知怎生情怅然，知怎生泪暗悬？

(贴)到了，和小姐瞧奶奶去。(旦)罢了(唱)

【意不尽】 软咍咍刚扶到画阑偏[34]，报堂上夫人稳便。咱杜丽娘呵，少不得楼上花枝也则是照独眠[35]。

㉛ 猜头儿：谜底。㉜ 不如归：杜鹃啼声。㉝ “难道我再到这亭园”两句：难道我只有在短眠(梦中)和长眠(死后)才能在园中重寻旧欢吗？这里已暗寓不久于人世。㉞ 软咍咍：软绵绵。㉟ “少不得”句：化用皇甫冉《春思》：“楼上花枝笑独眠。”

(旦)武陵何处访仙郎?(贴)只怪游人思易忘。

(旦)从此时时春梦里,(贴)一生遗恨系心肠。

(同下)

(谢柏梁)

邯　郸　记[①]

【题解】

《邯郸记》系据唐沈既济的《枕中记》传奇改编而成。该剧叙士子卢生在邯郸道上遇见仙人吕洞宾。吕送卢生磁枕,卢生枕之熟睡,梦娶大家闺秀崔氏,又行贿中状元,享尽荣华。后受宇文融排挤,放至陕州知州治河,终获成功;复挂印征吐蕃而获胜,任兵部尚书。宇文融诬其通番人,被处极刑,改贬广南鬼门关为囚。后得以平反,取代宇文融,为宰相二十年。梦醒后大觉悟,随吕洞宾学道成仙。此剧有浓厚的世事无常、富贵虚幻情绪,也对科考黑暗和社会腐朽进行了讥刺。这里选的是第二十九出《生寤》。

第二十九出　生　　寤

(旦愁容上,唱)

① 《邯郸记》:录自钱南扬、徐朔方校点《汤显祖全集》,注释参考了王起主编《中国戏

【金蕉叶】 愁长恨长，天样大门庭怎放？就其间有话难详。天，天，天，怎的我老相公一时无恙？

事不三思，终有后悔。我老相公夫妇齐眉，极富极贵；年过八十，五子十孙，此亦人间至乐矣。以前止是几个丫环劝酒，老身时时照管，不致疏虞。近因皇帝老儿没缘没故送下几个教坊中人，歌舞吹弹，则道他老人家饮酒作乐而已。谁想听了个官儿，他希求进用，献了个采战之术[2]。三月以前，偶然一失，因而一病跷蹊[3]。所仗圣眷转深，分遣礼部官于各宫观建醮祈祷。王公国戚以次上香，可谓得君之至矣。只恐福过灾生，未肯天从人愿。天呵，不敢望他百岁，活到九十九也罢了。（儿子走上报介）老夫人，老夫人，老爷不好了！分付请他出堂而坐。（儿子、梅香扶生病上）（生唱）

【小蓬莱】 八十身为将相，如今几刻时光。猛然惆怅，丹青易老，舟楫难藏[4]。

（集唐）将相兼权似武侯[5]，谁人肯向死前休？临阶一盏悲春酒，野草闲花满地愁。夫人，我病势沉沉，精魂散乱，多应罢了[6]。思想当初，孤苦一身，与夫人相遇。登科及第，掌握丝纶[7]。出典大州，入参机务。一窜岭表，再登台辅。出入中外，回旋台阁，五十余年。前后恩赐，子孙官荫，甲第田园，佳人名

曲选》。②采战之术：即指导男女交接的房中术，古时曾有人认为运用得当可延年益寿。③ 跷蹊：跛足不稳状，引申为病情危急。④ 舟楫难藏：《庄子·大宗师》云："藏舟于壑，藏山于泽，谓之固矣，然而夜半有力者负之而走。"意谓万事万物都难保全。⑤ 武侯：指诸葛亮。⑥ 多应罢了：（其性命）应该是难以挽回了。⑦ 丝纶：帝王诏书。此指官翰林。

马，不可胜数。贵盛赫然，举朝无比。圣恩未报，一病郎当。夫人，我和你以前历过酸辛，儿子都不知道。岂知我八十而终，皆天赐也。（唱）

【胜如花】 寒窗苦，滞选场，瘦田中蹇驴来往。猛然间撞入卿门，平白地天门看榜。命值着簸箕无状，手爬沙去开河运粮，手提刀去胡沙战场。险些儿剑死云阳[⑧]，贬炎方受瘴。又富贵八旬之上。（合）算从前劳役惊伤，到如今疾病灾殃。

（旦）老相公，你此病虽然天数，也是自取其然。八十岁老人家，怎生采战那？（生恼介）采战，采战，我也则是图些寿算，看护子孙，难道是瞒着你取乐？（旦唱）

【前腔】 你年过迈，自忖量，说采战混元修养。为朝廷燮理阴阳，自体上不知消长。这一病可能停当？老相公平安罢了，有些差池，就要那二十四个丫头偿命。（生恼介）少道，少道。（众子）老夫人言词太抢，老相公尊性儿斯强。俺孝顺儿郎，爹爹，拣口儿咱尽情供养。（生）不想吃呵。（众子）这等有汤药在此。（跪进药介）尝了药进些无恙。（生恼介）还吃甚药！（合）算从前劳役惊伤，到如今疾病灾殃。

（内报介）报，报，报，阁下裴老爷、萧老爷问安到堂[⑨]。（旦）怎好相待？（生）长儿子答应去。你说有劳萧叔叔裴叔叔，晚些下朝，请来有话。（长子应下）（内介）公侯、驸马、伯各位老皇亲问安到堂。（生）次儿子答应去。这都是

⑧ 云阳：传说秦李斯于云阳市被斩，后因用作行刑地的代称。⑨ 裴老爷、萧老爷：即与卢

四门亲家，说有劳了，容病起叩谢。（次应下）（内介）五府六部都通大堂上官共八十员名[⑩]，禀帖问安到堂。（生）三的儿答应去。你说有劳了。（三子应下）（内介）小九卿堂上官共一百八十员名脚色[⑪]，问安到堂。（生）第四的答应去。你说知道了。（小应下）（内介）合京大小各衙门官三千七百员名，连名手本问安[⑫]，门外伺候。（生）堂候官，分付都知道了。（官应下）（内介）报，报，报，万岁爷钦差高公公，领了御医来到。（旦慌介）（生）快取冠带加身，夫人接旨。（高领御医上，唱）

【滴溜子】 骠骑的[⑬]，骠骑的，驾前排当[⑭]。领圣旨，领圣旨，御医前往。直到平章宅上[⑮]，他病患有干系，无虚诳。俺比他富贵无聊，他百寮之上。

（到介）圣旨到，跪听宣读。诏曰：卿以俊德，作朕元辅。出镇藩服，入赞缉熙[⑯]。升平二纪，实卿是赖。比因疾累，日谓痊除。岂遽沈顿，良深悯默。今遣骠骑大将军高力士就第省候，卿其勉加针灸，为朕自爱。深冀无妄，期于有喜。谢恩！（旦谢恩，起介）（生）老公公，学生多蒙圣恩，有劳贵步，何以为报！（高）宫监事烦，不得频来看望老先生。万岁爷甚是悬挂，以前虽遣中使时常问安，还不放心。以此特差本监，领这御医视药调膳。叫你千万宽养，以

生同理朝事的裴光庭、萧嵩。⑩ 五府六部都通：五府指殿内、尚书、门下、内史、秘书五省。六部包括吏、兵、户、刑、礼、工各部。都指都察院，通指通政司。⑪ 小九卿：太常寺卿、太仆寺卿、光禄寺卿、詹事、翰林学士、鸿胪寺卿、国子监祭酒、苑马寺卿、尚宝司卿。脚色：通“角色”，也指出身履历。⑫ 手本：即名刺，略等于今天的名片。此指下属求见上司、门生见老师时所用名帖，举凡姓名、履历和官衔均书写于上。⑬ 骠骑的：高力士官至骠骑大将军，曾权重一时。⑭ 驾前排当：皇帝身边任职。⑮ 平章：宰相。⑯ 入赞缉熙：襄理朝事的政

副春怀。且着御医诊视。(御医诊脉介,唱)

【榴花泣】 贵人抬手,指下细端详,手背上汗亡阳。呀,鱼游雀啄去佯佯[17],喜心经有脉弦长。老爷,下官太素最精[18],老爷心脉洪大,眼下有加官荫子之喜,下官不胜欣贺!(生笑介)难道,难道。(御背高介)卢老爷脉欠好了,魂飞散扬,争些儿要得身亡丧。(高哭介)可怜卢老先,几十载里外同心,霎儿间形影分张。

(御医)老爷,容下官处方呈上。可怜医国手,空费药笼心。(下)(生)老公公,俺高年病重,医疗多难。顶戴皇恩,没身无报,(唱)

【前腔】 书生何德,毫发圣恩光。垂老病,赐仙方。微臣要挣扎做姜公望[19],八旬外恁的郎当。老公公,老臣不能下床,只在枕头上叩首谢恩了。(三叩首介)万岁万岁万万岁!天恩敢忘,愿来生做鬼也向丹墀傍[20]。老公公,萧、裴二公里系同年同官,还仗老公公青目。(高)这是交情在前了。(生)要紧一事,俺六十年勤劳功绩,老公公所知。怕身后萧、裴二公总裁国史,编载不全。(高)这个朝家自有功劳簿,逐一比对,谁敢遗漏?(生)保家门全仗高公,纪功劳借重同堂。

(生)请问老公公:身后加官赠谥何如?(高)自有圣眷,不必挂心。咱去也。(生哭介)哎哟!还有话:老夫有个孽生之子卢倚[21],年小,叫来拜了公公。(扮小公子出拜介)好个公公,好个公公,公公青目你孙子些儿。(生笑介)孩子

绩。缉熙,光明。⑰ 鱼游雀啄:脉博细微欲逝,把握不准。⑱ 太素:这里指医道。《太素》即我国最早的医书《素问》。⑲ 姜公望:姜太公吕望。⑳ 丹墀:指皇宫。皇宫前石阶用红色涂饰。㉑ 孽生之子:妾媵所生的儿子。

倒贼哩。(高)小哥注选尚宝中书[22]了。(生)本爵止叙边功，还有河功未叙，意欲和这小的儿再讨个小小荫袭，望公公主持。(高)谨记在心，不敢久停了(生叩头哭介)千万奏知圣上，老臣再不能够瞻天仰圣了。(哭介)(高)要知忍死求恩泽，且尽余生答圣明。(下)(生)哎哟，哎哟！我汗珠儿滚下来了。丝筋寸骨都是疼的，好冷，好冷哩。是了，这叫做风刀解体，谁替得我呵？叫大儿子，将文房四宝，扫席焚香，待我写下遗表，谢了朝廷，便死瞑目矣。(旦)相公不烦自写。(生)你不知，俺的字是锺繇法帖[23]，皇上最所爱重。俺写下一通，也留与大唐家作镇世之宝。(长儿上)老得文园病[24]，还留《封禅书》。焚香在此，老爷草表。(生叩头，旦扶头，正衣冠，写介)(生唱)

【急板令】 尽余生丹心注香，盼阶前斜阳寸光。呀，手战写不得了。罢了，起个草，儿子代书。待亲题奏章，待亲题奏章，俺战战兢兢，写不成行。你整整齐齐，记了休忘。(长叹落笔介)(合)从今后大古里分张[25]，穷富贵，在何方？

(生短气介)不要聒噪，大儿子念表文俺听。(长念介)臣本山东书生，以田圃为娱。偶逢圣运，得列官序。过蒙荣奖，特受鸿私。出拥旌钺，入升鼎辅。周旋中外，绵历岁年。有忝恩造，无裨圣化。负乘致寇[26]，履薄临兢[27]。日极一日，不知老之将至。今年八十余，位历三公。钟漏并歇[28]，筋骸俱敝。弥留

㉒ 尚宝中书：此指掌管宝玺、印章的官职。㉓ 锺繇：三国时魏人，“隶行入神，八分入妙”，是著名书法家。㉔ 文园：汉司马相如，曾拜为孝文园令，有消渴病，《封禅书》是其遗稿。㉕ 大古里：永远。分张：分手。㉖ 负乘致寇：《易经·解》：“负且乘，致寇至。”意为若不在其位负起责任，则盗寇必至。㉗ 履薄临兢：语出《诗经》，意为像在薄冰旁行走一般小心尽职。㉘ 钟漏并歇：生命之钟已停。三国魏田豫有云：“年过七十而居位，譬犹钟鸣漏尽

沉困，殆将溘尽。顾无诚效，上答休明。空负深恩，永辞圣代。臣无任感恋之至！谨奉表称谢以闻。(生)是了，俺气尽之后，端正写了奏上。夫人，你和俺解了朝衣朝冠，收在容堂之上㉙，永远与子孙观看。(换旧衣巾，叹介)人生到此足矣。呀，怎生俺眼光都落了？俺去了也。(死，向旧睡处倒介)(众哭介)(唱)

【前腔】 老天天把相公命亡，老爷爷俺天公寿丧。且立起容堂，且立起容堂，把一品夫人，哭在中央；列位官生，哭在边傍。(合)从今后大古里分张，穷富贵，在何方？

(众哭介)(旦暗去生须，拍生背哭介)卢郎好醒呵。(下)(生作惊醒，看介)哎哟，好一身冷汗。夫人那里？(丑扮前店主上)甚么夫人？(生叫介)卢传、卢倜、卢俭、卢位、小的卢倚呢？咳，都在那里去了？(丑)叫谁那？(生)我的儿子。(丑)你有几个儿子那？(生)五个哩。咳，都往前面敕书阁、宝翰楼耍子。(丑)便只是小店。(内驴鸣介)(生)三十匹御赐的名马，可喂些料？(丑)只一个蹇驴在放屁。(生)啊，我脱下了朝衣朝冠。(丑)破羊裘在身上。(生)嗄！好怪，好怪，连我白须胡子那里去了？(看介)你是谁？不是崔家院公么？(丑)甚么崔家院公。赵州桥店小二，煮黄粱饭你吃哩。(生想介)是哩，饭熟了么？(丑)还饶一把火儿。(生起介)有这等事！(唱)

【二郎神】 难酬想，眼根前不尽的繁华相。当初是打从这枕儿里去。(提枕

而夜行不衰。”㉙ 容堂：祖宗牌位所在。

介）枕儿内有路分明留去向，向其间打滚，影儿历历端详。难道这一星星都是谎[30]？怎教人不护着这枕儿心快？（叹介）忽突帐[31]，六十年光景，熟不的半箸黄粱。

（吕上笑介）山静似太古，日长如小年[32]。卢生，睡的可得意么？（生）老翁，太奇，太奇。俺一径的抢中了唐家状元，替唐天子开了三百里河路，打过了一千里边关哩。（吕笑介）咦，多少功劳！（生）老翁不知，小生也不敢诉闻。恁大功劳，还听个谗臣宇文丞相之言，赐斩咸阳都市。喜得妻儿哭救，远窜岭南，直走到崖州鬼门关外。（吕）侥幸，侥幸，后来？（生）后来有得萧、裴二位年兄辩救，钦取还朝，依旧拜为首相。金屋名园，歌儿舞女，不记其数。亲戚俱是王侯，子孙无非恩荫。仕宦五十余年，整整的活到八十多岁。（吕）你说大丈夫当建功树名，出将入相，列鼎而食，选声而听，使宗族茂盛而家用肥饶，然后可言得意。如子所遇，岂不然乎？此际寻思，得意何在？（生想介）便是呢，黄粱饭好香也。（吕）子方列鼎而食，希罕此黄粱饭乎？（唱）

【玉莺啼】 你堂餐多饱，鼻尖头还新厨饭香。（生）黄粱恁般难熟。（吕）这黄粱是水火勾当，好枕儿边问你那崔氏糟糠[33]。可还挑黄粱半箸，与你那儿郎豢养。（生想介）好多时候哩。（吕笑介）终不然水米无交，早滚熟了山河半饷。你希迷想，怎不把来时路玉真重访[34]？

㉚ 一星星：一件件。㉛ 忽突帐：糊涂帐。㉜“山静”两句：宋唐庚《醉眠》诗句。㉝ 糟糠：结发原配妻。㉞玉真：指仙境中女子。

（生笑介）老翁教我把玉真重访，难道来时路还在这枕眼里？（再看枕，叹介）咳！枕儿，枕儿，你把我卢生有家难奔，有国难投。别的罢了，则可惜俺那几个官生儿子呵！（吕笑介）你那儿子，难道是你养的？（生）谁养的？（吕）是那店中鸡儿狗儿变的。（生）咳，明明的有妻，清河崔氏，坐堂招夫。（吕）便是崔氏也是你那胯下青驴变的。卢配马为驴。（生想介）这等，一辈儿君王臣宰，从何而来？（吕）都是妄想游魂，参成世界。（生叹介）老翁，老翁，卢生如今醒悟了。人生眷属，亦犹是耳，岂有真实相乎？其间宠辱之数，得丧之理，生死之情，尽知之矣。（唱）

【簇御林】 风流帐，难算场；死生情，空跳浪。埋头午梦人胡撞。刚等得花阴过窗，鸡声过墙，说甚么张灯吃饭才停留？罢了，功名身外事，俺都不去料理他，只拜了师父罢。（拜介）似黄粱，浮生稊米㉟，都付与滚锅汤。（生唱）

【啄木儿】 成惊恍，忒遽忙，敲破了枕函，我也无伎俩。你拜了我，便要跟我云游了。（生）便跟师父云游去。（吕）求道之人，草衣木食，露宿风餐，你做功臣的人怎生享用的？（生）师父又取笑了。（吕）还一件，徒弟有参差的所在，师父当头拄杖，就打死了，眉也不许皱一皱。（生）弟子云阳市上都不曾皱个眉，怎怕的师父打？（吕笑介）你虽然是寐语星星，怕猛然间旧梦游扬。（生）白日青天，还做甚么梦也？师父。（吕）你果然比黄齑苦辣能供养，比餐刀痛涩能回向，也还要请个盟证先生和你议久长。

（生）便随师父寻个证盟师去。（唱）

㉟ 浮生稊米：浮生喻世事无定而生命短促，因此人生实在有如稊（草）米一般渺小。

【滴溜子】 跟师父，跟师父，山悠水长。那证盟的，证盟的，他何人那方？不离了邯郸道上，一匝眼，煮黄粱，锅未响。六十载光阴唱好是忙。

【尾声】 俺识破了去求仙日夜忙。师父，证盟师在那里？（吕）有个小庵儿唤做蓬莱方丈。（生）这等快行，快行。（丑）黄粱饭熟，可吃了去。（生）罢了，罢了，待你熟黄粱又把俺那一枕游仙担误的广。（下）

（丑）好笑，好笑，一个活神仙度了卢秀才去了。

生死长安道，邯郸正午炊。
早知灯是火，饭熟几多时[36]。（下）

---

[36]“早知”两句：出自禅宗语录：“早知灯是火，饭熟已多时。”

（谢柏梁）

沈璟（1553—1610） 字伯英，号宁庵，江苏吴江人。明代著名戏曲理论家和剧作家。历任吏部员外郎、光禄寺丞等职。37岁时被迫辞官返乡，自号词隐生，家居20年，潜心于戏曲创作与研究。所作传奇有《属玉堂传奇》17种，包括《义侠记》、《博笑记》、《埋剑记》等名剧。他还改编汤显祖《牡丹亭》为《同梦记》，改编《紫钗记》为《新钗记》。他的戏曲论著中，较重要的有《南九宫十三调曲谱》和《博笑记》卷首所附《词隐先生论曲》。沈璟提倡剧本语言的本色和朴素，十分讲究音律。他的理论思想和曲律要求被王骥德、吕天成、冯梦龙等人所拥戴，形成了以沈璟为领袖的吴江派作家群。

义 侠 记①

【题解】

《义侠记》是沈璟的代表作之一。全剧取材于小说《水浒传》中的武松故事，以武松打虎、杀嫂、醉打蒋门神、血溅鸳鸯楼为主要情节，以梁山泊好汉接受朝廷招安诏书、武松夫妻完娶这两大喜事作为收束。全剧以阐扬忠义、点缀太平为宗旨，对西门庆与潘金莲、张都监与蒋门神等人，都采取了批判的笔法。但武松性格中的叛逆方面被淡化、置换成忠义，朝廷最终对梁山泊起义军采取了招安而非镇压的行动，这都不如小说处理得恰当。这部戏的语言十分通俗浅易，印证了沈璟填词重视本色的主张。全剧共分三十六出，把复杂的情节次第安排，交替发展，颇见匠心。自此剧出后，演唱不绝，成为改编《水浒》的戏曲剧本中最具生命力的本子、演不绝的底本或据以改编的祖本。

---

①《义侠记》：现存版本有明万历四十年（1612）继志斋重刻本、汲古阁《六十种曲》刊

这里选的第四出《除凶》，渲染武松的勇武和胆魄。整出戏分三个层次，先是猎户和酒保谈虎色变，再是武松知难而进打杀老虎，三是众猎户簇拥英雄去邀功。从轻重铺排上看，这出戏重在刻画打虎前后人们的心理变化和不同感受，富于对比感和描叙性，而对打虎行动本身不作重头抒写。词句安排较为妥帖，唱腔浅显而启人共鸣。"老天何苦困英雄"等句，尤为人所称道。

第四出　除　　凶

【商调过曲】【水红花】（净、末扮猎户上）官司悬赏有明文，捕山君[②]，看看着紧。咱们猎户受灾迍[③]，枉艰辛，徘徊难进。退则恐违严限，进又恐亡身，算来总是命难存也啰。

（末）我们是阳谷县猎户。只为景阳冈上有吊睛白额虎为害，本县大爷立限与俺们，务要捉获。但此虎猛恶异常，俺们如何拿得！（净）哥，俺们只得穿着虎皮，伏在岭下，各处多摆些窝弓、药箭，待他自来纳命便了。（末）说得有理。正是：路狭难回避。（净）官差不自由。（应下）（生上）道傍车马日缤纷，行路悠悠何足云。未知肝胆向谁是，令人却忆平原君[④]。俺，武松。久住柴皇亲庄上[⑤]，欲投宋公明去，恐他到此，又等了几日。如今只得别了皇亲，打听宋兄消息。就往阳谷县，寻俺哥哥走一遭去也呵！

本，本书所选为傅惜华于《水浒戏曲集》中据继志斋本重校的《义侠记》本。②山君：老虎为山中之王，故称其为山君。③迍（tún），意同迍邅，处境艰难意。④平原君：战国时赵武灵王子，惠文王弟。三任赵相，据云有门客三千人。与其食客毛遂有破秦救赵之壮举。此处以平原君暗比宋江。⑤柴皇亲：柴进系五代后周世宗柴荣之后，故称。

【北双调新水令】 老天何苦困英雄？二十年一场春梦！不能勾奋云程九万里，则落得沸尘海数千重。浪迹浮踪，任乌兔枉搬弄。

说话中间，早来到景阳冈下。行路饥渴，这里有个酒肆，酒望子上写着“三碗不过冈”，这怎么说？且进去少坐一回。酒保那里？（丑应上）酒酒酒，有有有。赊赊赊，走走走。客官里面请坐。（生）且问你，怎么唤做“三碗不过冈”？（丑）客官，俺这里造得好酒，人若吃了三碗，就醉倒了，上这景阳冈不得，因此唤做“三碗不过冈”。（生笑科）待俺吃上十来碗，看过得冈过不得冈！（丑斟酒科）我这里只有一样牛肉，只怕不中吃些。

【折桂令】 （生）又何须炙凤烹龙⑥？（已下一句一碗）鹦鹉杯浮，琥珀光浓。却不道五斗消酲⑦，三杯合道，自有神功。（丑）你吃过十二三碗了，就在此宿了罢。（生醉唱）何用你虚担怕恐？俺偏要去。（走科，丑扯云）还了俺个酒钱，俺有话对你说。（生背云）前日柴大官人送的盘缠，一路用来，剩不多了。酒保，连这包儿与你罢。好叫人羞涩囊空！你还有什么话？（丑）你看前面榜文，为这冈上有一吊睛白额虎为害，但有单身客人，不许过冈，恐伤性命。（生做醒科，怒云）不说猛虎，俺便不去也罢；若说有虎为害，不觉精神抖擞，毛发倒竖，一定要去拿他。（丑）看你不出，倒是一个吃老虎肉的！俺劝你，性命还是值钱的，不去罢。（生走科）嗳，按不住恶气忡忡。（丑扯科，生推丑一筋斗科）（生）则是行色匆匆。（丑）他自要去送性命，干俺甚事！各人自扫门前雪，休管他家瓦上霜。（下）（生醉走唱）趁着这落日熹微，醉眼的这朦胧。

---

⑥ 炙凤烹龙：又作烹龙炮凤，比喻烹调珍贵菜肴。唐李贺《将进酒》中有“烹龙炮凤玉脂泣”句。⑦ 消酲：又作解酲，解酒，清醒状。酲（chéng）：醒酒后的困态、倦态和病态。

已到冈子上，为何不见什么大虫？这厮们都是胡说，连那官府榜文也是混帐！酒涌上来，待俺少睡片时。(做要睡科)(内做虎啸，生醒科)呀，果然有个大虫来了！(虎跳上科)

【雁儿落】 (生)觑泼毛团体势凶。(棍打在树上，折科)呀！这狼牙棍行摧迸。(内鸣锣，生略住口。虎三扑，生三躲科)俺这里趋前退后忙，这孽畜舞爪张牙横。

(内又鸣锣，生又住口)(虎三扑，生三躲科)

【得胜令】 呀！闪的他回身处扑着空，转眼处乱着踪。(拿住虎打科)这的是虎有伤人意，因此上冤家对面逢。(内又鸣锣，生又住口)(虎又扑，虎挣脱走科)你要显神通，便做道力有千斤重。(拿住虎，打死科)你今日途也么穷，抵多少花无百日红，花无那百日红。

虎已打死了，且乘这酒兴，往前去罢。(净、末穿虎皮跳上)(生)呀，又有两个来了，俺今番死也！

【沽美酒兼太平令】 则索逞余威，斗晚风；逞余威，斗晚风。(净、末行走科)(生)呀，则见双举步，两挪踪。(净、末)咄，你是人是鬼？敢在此独行！(生)俺是盖世英豪唤武松。(净、末)你曾遇虎么？(生)试言他凶猛。(净、末)你试说一遍。(生)负隅处，恁威风。(净、末)咦！(生)身一扑，山来般重。(净、末)咦！(生)尾一翦，钢刀般横。(净、末)咦！(生)一声高，千人惊恐。(净、末)咦！(生)数步远，众生含痛。(净、末)咦！你怎么不被他害了？(生)俺呵，凭着这胆雄，气雄，空拳儿结果了这大虫。(净、末)咦！如此多谢了，壮士。(生)呀，教众口将咱称颂。

（净、末）好教壮士得知，俺们是阳谷县猎户。官府立了限期，要拿这大虫。又近他不得，只得摆下窝弓、药箭，在此等候。既然壮士打死了他，如今在那里？（生）你们跟了来！（走回科，净、末远望怕科）

【鸳鸯煞】（生）早难道岩前虎瘦雄心横。（净、末）这等一个大虫，被你精拳头打死了，就是卞庄、存孝⑧，也不如你。（生）俺笑那卞庄、存孝皆无用。（净、末）如今你来得，去不得了。（生）怎么说？（净、末）少不得送你到县里去请赏。（生）俺本是逆旅经商，谁想着奏绩呈功。（净、末）一定要你同去。（生背云）少不得要往阳谷县寻俺哥哥，便同去罢。（转身云）俺去是要去，则怕那六巷三街，前遮后拥，沸沸扬扬，教人道：阳谷县没人拿得这虎，被清河县人打死了。（净、末相对）真个真个羞，羞。（生）把阳谷人讥讽。（净、末）壮士，你是天下豪杰，也教阳谷县人认你一认。（生）罢、罢、罢！（走科）只得相从，怎当得他们恁趋捧。

（下）（净）壮士先去了，待俺打这虎几拳。（末）死的打他怎的？（净）是这等只会打死老虎的。（抬虎下）

《诗·毛传》：病酒曰醒。⑧ 卞庄：卞庄子，为鲁大夫，谥庄，以勇武著名。《史记》中《陈轸传》记有卞庄刺双虎事。存孝：李存孝，后唐飞狐人。本名安敬思，李克用收为义子。传李克用在雁门行围遇虎，存孝奋勇打虎，因此为克用赏识。见《五代史平话》、元陈以仁《雁门关存孝打虎杂剧》。

（谢柏梁）

高濂 字深甫，号瑞南道人、湖上桃花渔，钱塘（今浙江杭州）人。明代戏曲作家，大约生活在万历年间。曾任鸿胪寺官，“才誉腾于仕籍”（吕天成《曲品》）。有传奇《玉簪记》、《节孝记》传世。诗文集有《雅尚斋诗草》、《芳芷楼词》、《遵生八笺》等。

玉簪记①

【题解】

本剧的故事梗概最早见于《古今女史》，明无名氏改编成《张于湖误宿女贞观》，高濂又据杂剧改写创作成传奇《玉簪记》，使之成为三个世纪以来备受观众欢迎的名剧。剧叙南宋书生潘必正在临安应试落第，到金陵女贞观探访姑母（女贞观主）。大家闺秀陈妙常因避靖康之乱，与家人失散，已投至观中为女道士。在琴声和诗才的相互感发下，潘陈互通情愫。观主得知后，督促侄儿再赴科考，并亲自送潘必正登舟启行。陈妙常雇舟追赶恋人，两人互赠玉簪和鸳鸯扇坠为信物。后来潘必正考中得官，与妙常结为夫妻。

这是一本具备浓厚喜剧色彩的戏，借琴曲以传情，氛围营造得温馨自然，人物心理描绘得较细致，在羞涩与谨慎的试探中，逐步涌现出爱的暖流。这里选的《秋江哭别》一出戏，写陈妙常大胆追求爱情、捍卫爱情的“出格”举动，表现她一经爱上潘必正后生死不渝的决心。通过信物誓盟，使情愫进一步巩固，这也显示出她细致稳当、寓坚毅于牢靠之中的个性。

---

①《玉簪记》：本剧明刊本较多，通行的是《六十种曲》本。现据《古本戏曲丛刊》影明本为

第二十三出　秋江哭别

(生、老旦、丑上②)(生唱)

【水红花】 天空云淡蓼风寒，透衣单。江声凄惨，晚潮时带夕阳还。泪珠弹，离愁千万。(生背科)欲待将言遮掩，怎禁他恶狠狠话儿劖③，只得赴江关也啰。

落木静秋色，残辉浮暮云。不知人别后，多少事关心。(丑)已到关口，梢子看船。(净扮梢子上)船在此。(丑)相公上京赴试，叫你船到临安。这一两银子作船钱。(净)就去，就去。(老旦)就此开船，休得转来。我在阅江楼施主人家看你，明日才回。(生)谨依姑娘严命。叶落眼中泪，风催江上船(老旦)明年春得意，早报锦云笺④。(生、丑下)(老旦立场上高处科)(旦上场⑤，望老旦科)(旦唱)

【前腔】 霎时间云雨暗巫山，闷无言，不茶不饭。满口儿何处诉愁烦，隔江关，怕他心淡。顾不得脚儿勤赶。(作惊科)前面楼上，好似我观主模样。又早是我先看见他，若还撞见好羞惭。(作躲科)且躲在人家竹院也啰。

(老旦)我想侄儿去远，不免回观则个。从今割断藕丝长，免系鲲鹏飞不去⑥。(下)(旦上哭科)潘郎，潘郎！君去也，我来迟，两下相思只自知。心呆意似痴。行不动，瘦腰肢。且将心事托舟师，见他强似寄封书。梢子那里？(净)听得

底本，用《群音类选》卷六校正。② 生、老旦、丑：本剧中生扮潘必正，老旦扮女贞观主潘法成，丑扮潘必正书僮进安。③ 劖(chán)：凿，此处比喻讲话伤人。④ 锦云笺：此指中试捷报。⑤ 旦：本剧中旦扮陈妙常。⑥ “从今割断藕丝长”两句：就此割断了潘陈间的爱情之

谁人叫，梢子就来到。到那里去？有何见教？（旦）我要买你一只小船，赶着前面相公，寄封家书到临安。船钱重谢。（净）风大去不得。（旦）不要推辞，趁早行船赶上，宁可多送你些船钱。（净）这等，下船下船！（净歌嘲）风打船头雨欲来，漫天雪浪，那行叫我把船开。白云阵阵催黄叶，惟有江上芙蓉独自开。（旦唱）

【红衲袄】 奴好似江上芙蓉独自开。只落得冷凄凄飘泊轻盈态。恨当初，与他曾结鸳鸯带，到如今，怎生的分开鸾凤钗。别时节羞答答怕人瞧，头怎抬。到如今，闷昏昏独自个耽着害。爱杀我一对对鸳鸯波上也；羞杀我哭啼啼今宵独自捱。

（下）（生同梢公上）（梢歌）漫天风舞叶声干，远浦林疏日影寒。个些江声是南来北往流不尽个相思泪[⑦]，只为那别时容易见时难。（生唱）

【前腔】 我只为别时容易见时难。你看那碧澄澄，断送行人江上晚。昨宵呵，醉醺醺欢会知多少；今日里，情脉脉离愁有万千。莫不是锦堂欢，缘分浅，莫不是蓝桥倒[⑧]，时运悭？伤心怕向篷窗看也，堆积相思是两岸山。

（生吊）（旦与梢子急上）

【侥侥令】 忙追赶去人船，见风里正开帆。（梢子叫）潘相公，潘相公！（生）忽听得人呼声声近，住兰桡，定眼看。是何人，且上前。

丝，以免妨碍了侄儿的万里鹏程。⑦ 个些：吴语，这些。⑧ 蓝桥倒：指姻缘变故。蓝桥，据

（旦）是奴家。（对哭科，唱）

【哭相思】 半日里将伊不见，泪珠儿湿染红衫。

事无端，恨无端。平白地风波拆锦鸳，羞将泪眼对人前。（生）那其间，到其间，我那姑娘呵，恶话儿将人紧紧拦，狠心直送我到江关。（旦）早晨叫我们送你上京。听得一声，好不惊死人也！不知何人走漏消息？敢是你的口儿不紧，以致漏泄如此？（生）小生对着何人说来！平白地风波，痛肠难尽。（旦）别时节，众人面前，有话难提，有情难尽。因此赶来送你。只是我心中千言万语，一时难尽。（生）多谢厚情，感铭肺腑。早晨众姑在前，不曾一言相别，方抱痛伤。今又见你，如得珍宝。我与你同行一程如何？（旦）甚好。（唱）

【小桃红】 你看秋江一望泪潸潸。怕向那孤篷看也，这别离中生出一种苦难言。自拆散在霎时间。心儿上，眼儿边，血儿流，把我的香肌减也。恨杀那野水平川，生隔断银河水⑨，断送我春老啼鹃。（生唱）

【下山虎】 黄昏月下，意惹情牵。才照得个双鸾镜，又早买别离船。哭得我两岸枫林都做了相思泪斑。打叠凄凉今夜眠⑩。喜见我的多情面，花谢重开月再圆。又怕你难留恋，好一似梦里相逢，教我愁怎言。（旦唱）

【醉归迟】 意儿中无别见，忙来不为贪欢恋。只怕你新旧相看心变，追欢别院，怕不想旧有姻缘。那其间拚个死口含冤，到癸灵庙诉出，灯前和你双双罚

《传奇·裴航》记载：裴航在蓝桥驿遇云英，终结为夫妻。⑨ 生隔断银河水：活活地用银河水把牛郎织女分开。以牛郎织女比自家分离之苦。⑩ 打叠：准备着。

愿[11]。(生唱)

【前腔】 想着你初相见,心甜意甜;想着你乍别时,山前水前。我怎敢转眼负盟言;我怎敢忘却些儿灯边枕边。只愁你形单影单,只愁你衾寒枕寒。哭得我哽咽喉干,一似西风断猿。

(旦)奴别君家,自当离却空门,洗心待君。君家休得忘了。奴有碧玉鸾簪一枝,原是奴家簪冠之物,送君为加冠之兆[12],伏乞笑纳,聊表别情。(生)多谢多谢。我有白玉鸳鸯扇坠一枚,原是我家君所赐。今日将来赠伊,期为双鸳之兆。(旦唱)

【忆多娇】 两意坚,月正圆。执手丁宁苦挂牵。(生)我与你同上临安如何?(旦)我岂不欲,恐人嚷开是非,反害大事。欲共你同行难上难。早寄鸾笺、早寄鸾笺,免得我心肠挂牵。

也罢,就此拜别。(同唱)

【哭相思】 夕阳古道催行晚,听江声泪染心寒。要知郎眼赤,只在望中看。(生拜别科)(生先下)(旦)重伫望,更盘桓。千愁万恨别离间。只教我青灯夜雨香销鸭[13],暮雨西风泣断猿。(下)

---

⑪ "那其间拚个死口含冤"三句:宋元戏曲载,王魁中状元后,抛弃患难之妻敫桂英,桂英自缢,魂灵到癸灵神庙(当初与王魁盟誓处),控诉王魁负心。⑫ 加冠:冠谐音为官,加官进爵意。⑬ 鸭:指鸭形香炉。

(谢柏梁)

周朝俊 字夷玉，鄞县（今浙江宁波）人。诸生。约为明隆庆、万历年间人。所作传奇有《红梅记》、《李丹记》、《香玉人》三种，前两种存世。

红　梅　记①

【题解】

本剧写南宋末年太学生裴禹与李慧娘、卢昭容的恋爱故事。李慧娘事取材于明初瞿佑《剪灯新话·绿衣人传》。剧写南宋权相贾似道带领李慧娘等姬妾游西湖，适遇书生裴禹。李慧娘见其英姿大度，气宇不凡，脱口叫出："美哉少年！"贾似道因此怀恨在心，将李慧娘斩首示众。裴禹与卢昭容有折梅相赠之情，适遇贾府要抢昭容为妾，便以其夫婿名义拒之。后贾似道恼怒，将裴生拘押在贾府，欲行谋刺。李慧娘鬼魂先与裴生欢会，后又掩护裴生逃出贾府，并与贾似道当面争辩。最后，贾似道祸国罪发，裴生中探花，与卢昭容成婚。

这里选的《鬼辩》一出戏，叙李慧娘当面羞辱并怒斥贾似道，致使众姬妾得救。

第十七出　鬼　辩

（净扮贾平章上②）

---

①《红梅记》：有明末刊本，《古本戏曲丛刊》据以影印。明末剑啸阁曾根据舞台要求予以修订，本书所选《鬼辩》即为剑啸阁改订本。② 贾平章：贾似道时任宰相，唐宋时称宰

【挂真儿】 烂醉归来明月下，看两行绛蜡笼纱。才罢堂餐[3]，又排家宴，早是三更初打。

圣上召进宫中赏月，不觉大醉。出的朝来，你看月色转明，再作通宵之饮，有何不可。（小净上）拆破玉笼飞采凤，顿开金锁走蛟龙。廖莹中见[4]。（净四顾介）所干的事却如何了？（小净）特来回复，廖莹中一承太师分付，即便走到西廊。只见书房中悄无人影，急忙提灯寻觅，只见后花园内同一妇人站着。正待下手，被一阵大风吹灭了灯，黑地里被他闪过。再点灯照看，但见园门大开，便不知那一路去了。廖莹中飞也似追寻，并没踪影。（净惊怒介）呀呀，有这等异事！你见是那一个妇人？（小净）急忙里那里认得真切。（净）可恼！可恼！老廖请回，我自有处置。（小净）嗄。（下）（净）众姬们那里？（旦、小旦、老旦、丑上）笙歌归院落，灯火下楼台[5]。众侍妾叩头。（净）哇，都跪下了！你这班贱人，是那个放了裴秀才去？从实招来！（众惊介）呀，十院都在房里听老爷呼唤，那里敢到外边去做这样大胆的事？（净）管家婆子那里？快取刑具出来！（小净）拶子和夹棍，竹片共荆条，都在此了。（净）你与我一个个都先拶起来[6]。（婆作拶介）（众）其实没有放裴生出来的。（叫痛介）望老爷详察。（净唱）

【琐窗郎】 恨无知泼妇淫娃，胆如天不畏法。私通秀士，放走官衙。把咱夙恨，弄成虚话。（众）贱妾那敢做这样歹事！（净）哇！看他每巴巴铁嘴还奸诈。老婆子，与我着实拶，下力打。（婆打，众叫痛介）（唱）

相为平章。③ 堂餐：在政事堂进餐称为堂餐。④ 廖莹中：邵武（今属福建）人，贾似道门客。本剧中的廖莹中，是贾似道差遣去刺杀裴生的凶手。⑤ "笙歌归院落"两句：系白居易《宴散》句。⑥ 拶：即拶指，用夹棍夹手指的酷刑。

【香柳娘】 望雷霆暂息，望雷霆暂息，少停敲打。(净)顷刻间死在头上了。(众)命悬顷刻谁不怕。(净)既怕死，为何开了园门，放裴生出去？(众)有谁行见来？有谁行见来？(净)怎的没有人见？(众)老爷竟唤那见的人来，若是认得咱，当堂辩真假。(净)还要胡说！再不招，有杀李慧娘的剑在此。(唤小净取剑)(众)便浑身碎剐，便浑身碎剐，(净)难道碎剐也不招么？(众)没甚争差，如何招下？

(贴扮李慧娘阴魂，红纱兜头，立鬼门道)(云)放出裴生应有故，如何连累众钗裙？若将庭下都开释，细向灯前说与君。(净听自语)咦，空中若有人言，听他说起，不干这班事。且放了拶，再作区处。(向小净云)你可把这班贱人暂时放拶，都拘在一间房内，听我停回复审。(小净应，放拶，领众下)(贴上，唱)

【北点绛唇】 俺本待懊恨平章，兀的又肆行狂妄。咱小可把裴生放，他恰便拷打红妆，不免去明开着供状。

(净)起初但闻人声，如今渐见人形，头上兜红，身上穿青，不知什么妖怪。(贴)贾平章。(净)阿呀！你是个妖魔，还是个天将？(贴唱)

【北混江龙】 咱不是妖魔，也非神将，却是个旧相知，怎待要费端详。(净惊介)你与我甚么相知？(贴)也有时追欢买笑，也有时共枕同床。(净怕介)说起来是个妇人了，我姬妾如云，那里认得你？(贴)不记得清盼空招一少年⑦，险些儿红颜随葬半闲堂⑧。(净惊觑)莫非李慧娘的阴魂么？我且问你，怎的还在这里？(贴)咱是你，紧对头，

⑦ 清盼空招一少年：即李慧娘在游船上顾盼裴禹，失口赞叹“美哉少年”事。⑧ 半闲堂：

怎相忘？（净）你在这里做甚？（贴）伴那裴秀士在西廊。（净）你还与他有帐吗？（贴）休欺做鬼的少风光。（净）有甚风光？（贴）学那巫山女恋襄王。（净）可恶，可恶！原来那裴秀才是你放出去的。（贴）也差不多儿。则听得廖莹中密议，待做出险行藏，咱便去后花园引路，把他来私发放。早累着娇滴滴如花姊妹，特回复怒狠狠似虎平章。（净）（怒介）哇！贱人这等无状！（贴）在生时贱，死后也不分贵贱了。（唱）

【北油葫芦】 咱是你，守死冤魂狠无常⑨。（净）我有朝廷威命在身，不知杀了千万官民，害了多少男女，那在你幺麽小鬼，辄敢作怪。你不怕我吗？（贴）甚不足怕，你则道秉威权将生杀掌，你则凭着五行八字吃尽宰官粮。却不道前因后果，有部轮回帐。（净）我生为宰相，死去料不落寞。（贴笑介）黄泉路，伶仃苦，与我只一样，贾似道怎跳出别伎俩。（净怒）哇！料想你这样孤鬼，也不敢见我。（贴）那时节撞着李慧娘，这的是相逢狭路难轻放。紧些儿的相扭，看那个强？

（净）不许多言，只今夜里我与你谁弱谁强？（贴唱）

【北天下乐】 咱本是生死冤家，论甚弱共强。（净）你不思量前日的宝剑吗？（贴）若教人思也么量，思量转断肠。（净）那教你看上了裴生？（贴）西湖上，偶赞扬，甚淫奔乱纪纲？不详察，不细商，握吴钩，便斫的莽。埋我在牡丹根⑩，谁人不怅快！

（净）再在此胡缠，我就把宝剑又砍将来了。（贴）人只有一死，那有两死。（唱）

贾似道别墅名，原址在今杭州西湖葛岭上。⑨ 无常：传说中人将死时前来索命勾魂的地狱使者。⑩ 埋我在牡丹根：在第四出中，李慧娘被贾似道杀后，埋在牡丹花丛旁。

【北金盏儿】 待杀咱无头鬼，直甚逞豪强。似风儿踪迹在那边厢。（净按剑介）（贴指介）（净）咦，怎的砍不下去？好古怪，好蹊跷！（贴）好教你手提着三尺剑，只在空中晃。早知是这般的伎俩，休再把威怪逞，势虚张。

（净）怎的不容我动手？（贴）我不曾大犯，如何就要动手。（净）也罢，还哄那裴生到西廊下来，我饶了你罢。（贴）咳！（唱）

【北寄生草】 咱若肯笼鹦鹉，却怎的放凤凰？救裴生怎的又把裴生诳？（净怒）你不还我裴生，又在此无礼，我明日牒你到酆都城里去受苦[11]，再不得来了。（贴）屈死游魂有甚的难来往？（净）难道地狱里不拘管？（贴）数不绝差来与您胡缠帐[12]。（净）越该牒去了。（贴笑）笑君王一时错认好平章，阴司里却全然不睬贼丞相。

（净怒喝，赶贴介）（贴作鬼叫）（舞起旋风介）（净作欲前复却介）（向内叫）管家婆，十院歌姬那里？快些来，有鬼有鬼！（内）十院歌姬都拶打坏了，睡倒爬不起来。（净）婆子自来吧。（内）有阵鬼头风推住，一步也走不上。（贴唱）

【北煞尾】 才见你东西四顾恁惊惶，唤着婆子来堂上。可这一阵旋风将人拦挡，众姬们哭哀哀只叫枉，一一的磕倒象牙床。只丢下一个寡平章，断头的有甚么商量。（净）只管絮叨。（贴）说得个月华惨淡灯不亮，冤家眼却觑得甚详[13]。（走上看净）（净怕介）（贴）再请你认咱们半晌，咱待把血头颅向心窝一撞。（净作慌避，摇手介）这使不得！（贴）方始信李慧娘做鬼强梁。（净）你不要作怪，我明日唤高僧招你魂来超度

---

⑪ 酆都城：传说中阴间地狱所在地。⑫ 数：气数，命运。⑬ 冤家眼却觑得甚详：即“仇人

吧。(贴)受用过无情剑,不劳赐返魂香[14]。(撞净下)(净跌介)(小净急上,唱)

【南扑灯蛾】 画堂烛有辉,倏然见魑魅。(净在地发谵语介[15])(小净)諕得太师爷,霎瞬便教跌地也。阴风透髓,却使人一步难移。慢行来将他救起,(扶净起介)看他醒来时,面皮还是纸钱灰。

(净醒介)奇怪奇怪,却是李慧娘魂灵放出裴生。见我拷打众姬,特来认明此事。见恐吓他太过了,就显个神通把我一交跌了。(小净)老爷叫时,就走将来,一阵鬼风,把婆子也是一跌,酥麻在地,那里走得动。(净)如今掘开牡丹花下,看其尸骸是怎生了?(杂持锹掘介)(净惊介)原来面色如生,衣裳不毁。院子,快买棺木重葬他,待我生日念经超度他便了。

头颅虽已断,阴灵未易磨。
宁可信其有,不可信其无。
(并下)

相见,分外眼明"的意思。⑭"受用过无情剑"两句:我已经挨过你斩首的宝剑了,当然不需要再劳动你超度返魂。⑮谵语:说胡话。

(谢柏梁)

孙仁儒 名钟龄，字仁儒，号峨眉子、白雪道人、白雪楼主人。明末戏曲作家，生卒年不详。有传奇《东郭记》、《醉乡记》，合刻为《白雪楼二种曲》。

东 郭 记①

【题解】

《东郭记》是晚明的一部著名喜剧作品。系撷取《孟子》中《齐人有一妻一妾》的故事，再汇之以王驩、淳于髡、陈仲子等人的事迹衍化而成。齐人、王驩、淳于髡等凭借种种吹牛和诈骗手段，居然步步得逞，最终爬上齐国将相的宝座，这正是对明末官场黑暗、吏治荒唐的变相讽刺和深刻揭露。这里所选《妾妇之道》这出戏，写王驩经田戴引见，官至齐国右师。景丑和陈贾前来拜谒送礼，酒席宴中陈贾竟装成妇人侑酒献媚。景丑亦不甘落后，死命拔去脸上胡须，抢着为王驩斟酒。为了博得达官青睐，这两位狗官竟投其所好，忸怩作态扮成女子讨取其欢心，这在舞台上极具效果，也是官场中那些溜须拍马、无所不至的腐败习气的真实写照，使人在笑骂之余，感慨万分。

第二十六出 妾 妇 之 道

（王驩引众上，唱）

【小蓬莱】 自笑权奸得主，一时威震齐都。城狐有势②，骊龙可豢③，群

---

①《东郭记》：有明末原刊本及《六十种曲》本。全剧共32出。现以《六十种曲》本为底本。② 城狐：城墙上的狐狸。比喻坏人得势。语出《晋书·谢鲲传》。③ 骊龙：

羊竞趋。

金多职显任横行，自美男儿名利成。欲断扫门那可得[4]，世人煞是会逢迎。下官齐国右师王驩是也。俺自田师荐引之后[5]，君王特简，拜为今职。举前之人，无出吾上。（笑介）真不负王子敖也。近者这些势利老兄，时时拜谒，却也懒于交接。但难为他每来意，索与倾倒一番。左右，如有人来，即便通报。（扮陈贾、景丑共田戴上）（唱）

【紫苏丸】 同朝臭味偏无妒，结就了一番党与。而今显者是谁欤？索与高攀去。

（贾）下官下大夫陈贾是也。（景）下官下大夫景丑是也。（田）下官盖大夫田戴是也。（贾）田老先生，今王右师大人当朝第一，却在老先生门下。俺与景老先生因此借重吹嘘，约同进谒。（田）少停见子敖，便与导达二位盛意便了[6]。（景）些须礼物，都是俺二人薄敬，烦老先生一言，须得右师全纳。（田入，众禀介）禀爷，田爷和两个官儿来到。（王）便请进，（田逊见介，王迎介）老师请转。（田）今日右师尊贵，朝廷序爵，区区师生名分，不必提了。（王）岂敢。这二位一向未会。（贾）晚生陈贾。（景）晚生景丑。（田）二君久仰子敖高谊，特以礼币为贽[7]，央不佞导达[8]，幸为俯存。（王）老师见教，便当权领，二君多谢了！（贾、景）些须孝敬，愧不成礼。（王）二君初会，杯酒一谈，不知可屈留否[9]？（贾、景）不敢，右师老大人留酌，晚生辈为荣多矣！（王）

《庄子·列御寇》载，骊龙居于九重之渊，颔下有宝珠。④ 扫门：汉魏勃欲拜见相国曹参，乃早晚扫曹府门外，因得见参，荐为内史。故以“扫门”指求见权贵。⑤ 田师：即田戴，为齐国的世卿。⑥ 导达：传达。⑦ 贽：古人初次拜见前辈师长所送礼物。⑧ 不佞（nìng）：不才，自谦语。古语中不贤、不孝等不同场合下的自谦语很多。⑨ 屈留：屈

如此教左右看酒过来。(王把酒,众逊谢介。王)不佞菲才,何当厚雅!(唱)

【排歌】 市井凡才,穿窬鄙夫[⑩],何当长者之车[⑪]。更多仪斐叠灿金珠,礼意周旋敬有余。羞当路,惭要枢,高贤不识是余辜[⑫]。须脱略[⑬],休过拘,高歌畅饮属吾徒。

陈郎少年,美如冠玉,若作妇人,不知得人多少爱也。(贾)既明公过爱,便当改作红妆,以侑明公之酒。(贾去冠带作妇扮介)(王)妙人!妙人!怎就晓得俺子敖酷爱南风[⑭],备此物色?(贾奉酒介)右师爷请酒。(王笑饮介)(贾唱)

【前腔】 喜值青年,全然未须,何妨巾帼罗襦。搽脂抹粉媚如狐,不数龙阳和子都[⑮]。深深拜,款款趋,衾裯愿抱夜深余。无阳气,不丈夫,朝中仕宦尽如奴。

(田)王子敖,就将陈卿作如夫人何如?(王笑介)(田唱)

【前腔】 何物陈娘,偏教美都[⑯],浑身腻滑如酥。丰肌弱骨是名姝,皓齿明眸女不如。须垂盼,还借嘘,使君有妇愿为夫。怜新妾,存小奴,齐卿唾手笑姑姑。

(景)俺原与陈兄同来拜谒,倒冷淡我没趣了。难道他会作妇人,我不会

尊留饮。⑩ 穿窬(yú):本意为穿墙破洞行窃。此处指自己出身卑微。⑪ 长者之车:对来访者的尊称。《史记·陈丞相世家》云陈平居穷巷,门外多长者车辙。⑫ "羞当路"三句:意为我虽高居官位却不识贤者,这太为疏漏不敬了。⑬ 脱略:摆脱俗套。⑭ 南风:指男色,男子同性恋。⑮ 龙阳和子都:这两位古代美男子,皆为国君所宠的弄臣。⑯ 美都:美好。都的

作妇人么？不免也扮作妇人着。(田)你却多几根胡须了。(景)这何难拔而去之。(拔须扮妇介)右师爷请酒。(唱)

【前腔】 腐鼠堪惊⑰,黔驴技孤,也应狼跋其胡⑱。便教摇尾竹篱呼⑲,何似簪笄枕席娱？名节扫,廉耻无,一班儿妾妇笑谁乎。看颜色,躬起居,门前常有妇人舆。

(贾、景)晚生暂此告退,惟愿大人清目。(王)中心藏之,何日忘之。(田)一日不见,如三月兮。(王、田先下)(景)小陈,你委实标致,可惜多了那话儿。(贾)老婆子莫胡说,看你这般行状,一发丑了。(景)我每如此模样,怎生家去？路上旁观不雅。(贾)怕他甚的,遮了扇儿,只作女子走去便了。

两个大老先生,忽然妾妇其行。

莫笑陈娘景姥,而今都是卿卿。

(同下)

意思为美。⑰ 腐鼠堪惊:《庄子·秋水》说猫头鹰得到腐鼠后,生怕给飞过的鹓雏抢走了。⑱ 狼跋其胡:语出《诗经·豳风·狼跋》。跋,践踩。胡,颔下之肉。这里谐音为“狼拔其胡(须)”。⑲ 便教摇尾竹篱呼:南宋韩侂胄造南园,竹篱茅舍,一派农家景象。转忆陶渊明田园诗中的鸡鸣狗吠的热闹,不免觉得南园太寂静些。忽闻园中起了鸡犬之声,循声望去,原来是临安府尹赵师䍐在作鸡狗鸣叫。

(谢柏梁)

李梅实 浙江杭州人。生平不详。

精 忠 旗①

【题解】

岳飞抗金的故事自南宋以来，便在民间广为流传。话本、戏曲中的岳飞形象，愈来愈深入人心。明代传奇中的岳飞，往往带有愚忠愚孝的色彩，很令一些文人学子不满。李梅实对姚茂良所作的《精忠记》，便评价为“俚而失实”。他以正史本传为据，又参考了《汤阴庙记》，编成了《精忠旗》新剧。冯梦龙《墨憨斋定本传奇》又对李作加以润色，并增添了《湖中遇鬼》和《岳庙进香》两出戏。

《精忠旗》写岳飞率部与金朝四太子金兀术部交战，用计大败金兵的铁浮图、拐子马。正待乘胜追击时，南宋丞相秦桧与金兀术相互勾结，狼狈为奸。秦桧迫使岳飞撤军回朝。随后，秦桧又与张俊、万俟卨等人，构筑了“莫须有”的罪名，杀害了岳飞父子，使岳家军十年抗金的事业毁于一旦。秦桧后来遇鬼病死，岳飞孙子岳珂投书皇帝，申诉祖父冤情，岳飞冤案最终得以平反，被追封为鄂王。

这里选的《金牌伪召》一场戏，是全剧中情感激烈、冲突尖锐的重点场次，对人物的刻绘、场景的渲染均极具感染力。

第十五出 金 牌 伪 召

（生戎妆，二卒随上）（生唱）

---

①《精忠旗》：本剧有《古本戏曲丛刊》二集据明墨憨斋本影印本，今即以之为底本。

【新水令】 寒烟一缕随线长，对陵京转添惆怅[②]。虽然暂喜边尘荡[③]，只是二帝呵[④]，未还京，望燕云尚有千重障[⑤]。

【满江红】[⑥] 怒发冲冠，凭栏处潇潇雨歇。抬望眼，仰天长啸，壮怀激烈。三十功名尘与土，八千里路云和月。莫等闲白了少年头，空悲切。靖康耻，犹未雪；臣子恨，何时灭。驾长车踏破、贺兰山缺[⑦]。壮志饥餐胡虏肉，笑谈渴饮匈奴血。待从头收拾旧山河，朝天阙。自家领兵到此，幸得屡战屡胜。那兀术所恃铁浮图[⑧]，拐子马[⑨]，都被我破尽。眼见这厮往北逃遁。且住扎朱仙镇[⑩]。只是二帝未回，寸心如割。正是古人云："草中狐兔尽何益，天子不在咸阳宫[⑪]。"言之不觉泪下。且待孩儿众将到来，一同商议。

(小生岳云、末张宪上)(小生唱)

【五供养引】 家猷远壮[⑫]，指幽燕威凛秋霜。(末)浮图连拐骑，最为强，一朝尽倒，他伎俩顿然消丧。(合)还须整旧冠裳，这番衣锦尽还乡。

(见介)(生)连日屡破金兵，皆将士同心之力。闻得诸陵残毁，不觉痛心。可一面差人修理，一面谨守营垒，用心哨探，以便进兵，勿得怠玩。(众)元帅用

---

② 陵京：指北宋首都汴京，即今开封。③ 边尘荡：荡平入侵敌人。④ 二帝：即宋徽宗与宋钦宗。靖康二年(1127)，金人俘虏了徽、钦二帝及后妃、宗室等三千人北去，北宋灭亡。⑤ 燕云：今河北、山西北部及内蒙古南部。此泛指金人所统治的北方地区。⑥ 满江红：一般认为此词系岳飞本人所作，但也有人提出过疑问。⑦ 贺兰山：在今甘肃省。此泛指金国关隘。⑧ 铁浮图：金兵以铁盔铁甲裹身，自称"铁浮图"，有刀枪不入之效。⑨ 拐子马：金军骑兵以三马为一组，用索勾连，称拐子马。⑩ 朱仙镇：古代四大镇之一，在今河南开封西南，为水陆交通要道。⑪"草中"两句：出自杜甫《冬狩行》。⑫ 家猷：这里指岳飞的远

兵如神，兀术那厮伎俩已穷，想不日便可成擒也。（生）那两河豪杰[13]俱要好生看待，重以金币犒赏。其他老弱妇女，各要加意安抚他，不可有疏。（众）是。（卒报）远远望见朝使飞马而来了。（生）安排香案接旨。（外扮使臣捧一号金牌上）（唱）

【园林好】 紧风雷金牌手将，到朱仙镇欢声闹嚷。

圣旨已到，跪听宣读。诏曰：尔河北制置武昌郡公少保岳飞，久在行间[14]，屡建奇绩。今特加尔太尉，同知枢密院事，即日班师回京，以副朕眷。钦此。（生叩头起接旨，与外揖介）请问天使大人，贼势方张，下官连战俱胜，飞报朝廷去了。汴京计日可复，便当奉迎二帝还朝，如何忽有班师之说？（外）这是朝廷旨意，小官不过捧之而来。太尉呵，你克日里班师行赏，还领取姓名扬。（生）羞讲起姓名扬。先生且请馆驿暂住，容下官从容商议。（外）正是：朝中天子三宣，阃外将军一令[15]。（下）（生叹介）（小生、末叫介）这是怎么说！（生）十年之功，废于一旦。皇上皇上，不是我岳飞没用，是奸臣误了你也！（唱）

【嘉庆子】 我一生事主空肮脏[16]，只后土皇天鉴满腔。愁绝纶音忽降[17]。凭义胆报君王，将热血洒疆场。

大谋略。“家”指家父，“猷”指谋划。⑬ 两河豪杰：指黄河中下游协同岳家军抗金的武装力量。⑭ 行间：行伍军旅之中。⑮ 阃外将军一令：古代称城郭门界为阃，阃外即为城外。《史记·冯唐列传》云：“阃以外者，将军制之。”这句话带有“将在外，君命有所不受”的含义。⑯ 肮脏（kàng zhuàng）：倔犟刚直。⑰ 纶音：皇上诏书。《礼记·缁衣》：“王言如

（丑扮使臣捧二号金牌上）（唱）

【尹令】 后来更催前仗。（生将接介，又报）又有一位使臣来了。（净、外扮使臣捧三号四号金牌上）置邮道途相望，金牌亲传不爽。（生接介）（丑）奉圣旨，敌势稍缓，安静为福。今发二号金牌，即催岳飞班师。钦此。（净、外）奉圣旨，连发三号四号金牌，速催岳飞回京，勿得逗留生事。钦此。（生叩头接介）（生向丑、净、外揖）（贴扮探子飞报上）报，报，报！兀术领残兵复来交战。（生对丑、净、外）列位先生少停，非是下官有违圣旨，只是贼势迫近。你看征尘满天，事系兵机要忖量。

（丑、净、外）这使不得，朝廷只教太尉班师，不教出战。（众怒介）敌已到前，岂可束手待毙！（生上马）（丑、净、外阻介）（众争介）（生迟疑介）（众）朝廷发金牌之时，不知兵情若此。今事势已急，定须出战。三位使臣，且请馆驿安下。一战之后，班师来迟。（外、净、丑俱下）（众唱）

【品令】 安危瞬息，他鼾睡倚庐旁⑱。元帅，古人有云：安国家利社稷者，专之可也。权宜制阃，一战有何妨。摩拳擦掌，谁敢来拦挡。（众作愤恨介）各各争勇，那肯逗留观望。只待二圣还朝，方显我将军境外强。

（内报）兀术到了。（小净领兵上）（众拥生交战介）（小净败）（小生、末追下）（生）且喜兀术大败，孩儿同将士追去，想便可乘势擒他了。（外、净扮父老上）（集句）城中钟鼓四天闻，路上行人欲断魂。衢路纵横填白骨，千家今有百

纶，其出如綍”。⑱“安危瞬息”两句：指三位使臣于军机紧急之时，尚在一旁安然自在。

家存。自家河北父老便是。我每久陷北朝，才得岳太尉兵到，收复燕云，复见天日。近闻朝廷唤取班师，不知是何缘故？特来挽留。（见生伏地哭介）我每情愿跟着爷爷去杀兀术，大家求见二帝一面，切不可轻回。（生）我亦不愿回朝，要在此杀贼。无奈朝廷金牌下来。（外、净）爷爷也管不得甚么金牌，朝廷也是主上，二帝也是主上。爷爷纵不肯救我每百姓，也看二帝面上，再住一住。（生哭介）你每说起二帝，吾心折矣。（外、净）正宜趁此机会，杀往前去，庶可即见二帝。（内报）使臣又到了。（小生、末扮二使捧五号六号金牌齐上）曾闻"君命召，不俟驾而行。"（宣旨介）奉圣旨，五号六号金牌，召取岳飞班师。如违，取罪未便。钦此。（生叩头介）（小生、末）太尉呵，（唱）

【豆叶黄】 你权收去驾，速整归缰。（众哭介）忍平白地坏、忍平白地坏却长城，（向小生、末叩头介）只得向前稽颡[19]。（小生、末）可恶，可恶！我捧的如纶如綍，你说的胡言老伧。快赶去！（外、净哭介）还望天使转奏吾皇，我每呵，恰好似燕归原宅，恰好似燕归原宅，忍夺取依栖画栋雕梁。

（外、净虚下）（生）使臣请到馆驿，下官即便与众将商议班师。（小生、末）太尉不必计议，只是班师便了。虽然阃外将军令，须信从来天子尊。（下）（又报）枢密院差官又捧七号金牌到了[20]。（又报）中书省又差官捧八号金牌到了[21]。（小净、外扮二使上）塞垣万里无飞鸟，马首东来知是谁？自家奉旨到此，速与通报。（生迎介）（小净、外宣旨）奉圣旨，说与中书省枢密院，都将发去七

---

⑲ 稽颡（sǎng）：磕头。⑳ 枢密院：宋代枢密院与中书省分掌军权，号为两府。㉑ 中书

号八号金牌，速召岳飞还朝，不许停缓时刻。钦此。（生叩头介）（小净、外唱）

【三月海棠】 奉诏往，驾言络绎如翻浪。太尉呵，有内廷秘旨，指与行藏[22]。（附耳介）此是秦丞相主意，明明说与太尉罢。非诳，不是耳畔亲遵丞相指，谁人敢来轻撤将军帐？你每这些人，倒不是爱太尉了。好好依钦降，快束装。若不归去呵，怕伊立地有灾殃。

丞相分付我每守著班师，暂往馆驿，专等太尉收拾回京。请了，正是：无限塞鸿飞不得，又驱羸马向天衢。（下）（贴、丑扮二内臣上）拖玉腰金报主身，数通和好净烟尘。北极转愁龙虎气，早开高阁画麒麟。自家奉九号十号金牌而来，已到辕门，通报迎旨。（宣旨）奉圣旨：韩世忠、刘锜等俱已班师[23]，岳飞孤军，决难独进。特差印绶监太监一员、司礼监太监一员，同往军前，催取回京，不得少延取罪。钦此。（生叩头介）（贴、丑）老先儿，莫怪学生说。（唱）

【二犯六幺令】 韩刘老将，半札书传，便改南鞅[24]。（生哭介）罢了，罢了！如今孤掌难鸣了。（外、净仍扮父老哭上）老爷怎么了？（生）我的此身何足恤，任穹苍。只你每呵，怎下得赤子肉，填虎狼！（众低禀介）老爷，只怕是假金牌，还要仔细。（生叹介）不用细推详，自古道天威难犯，这才是莽精忠的散场。

（贴、丑）你每这些黄黄子少打[25]，平不达儿的有这些饶道[26]！上边法度一

省：总管国家政事的机构，宋时也分掌部分兵权。㉒ 行藏：行止。语出《论语·述而》："用之则行，舍之则藏。"㉓ 韩世忠、刘琦：两人均是与岳飞相为策应的南宋名将。㉔ 南鞅：班师南归。马颈裹革为鞅。㉕ 黄黄子：骂人语。㉖ 饶道：饶舌，多余的话。

些也不知，只管胡缠。回去奏知官里，看你每禁得起不！（生哭介）我那二帝呵！（贴、丑）老先儿，开口就说二帝，二帝是大家的，难道是老先儿一个人的？俺每先去了，由你来也罢，不来也罢，只怕圣怒不测，悔之晚矣。你每众人也要撺掇你家爷回才是。请了，请了。（生）二位先行，下官随后回兵就是。（贴、丑）这才是。正是令如风火急，莫作等闲看。（下）（小生、末上）晓风长路起埃尘，夜半妖星照渭滨㉗。黄蘖馆中心自苦，行藏由兴不由身。（见介）（小生）孩儿与张宪追赶兀术，他逃遁远去。孩儿因圣旨班师事，放心不下，是以不敢前进，只得回来。（生叹介）事势如此，眼见得金运未衰，就追他也没干了。（内报）司农少卿李老爷随传牌到了。（小净扮李若虚上）时征俊义入，莫虑虎狼侵。愿戒兵犹火，恩加四海深。自家司农少卿李若虚是也。蒙朝命奉十一号金牌而来，已到军前，速与通报。（生接介）（小净）奉圣旨：敌方议和，留兵不便。今差司农少卿李若虚，亲到军前，守催岳飞回京，不得稍迟，有误大计。钦此。（生叩头介）（外、净跪禀）老爷乃国家大臣，今敌势屡败，二帝可回，如何频取岳爷回京，有误国家大事？老爷还与我每百姓做主，回奏朝廷。（小净唱）

【玉交枝】 休来喧嚷，秦丞相呵，主通和为谋最良。况兵家胜负难揣量，幸两国俱免刀枪。（向生介）老先生，事已至此，不必迟疑。（生向北痛哭介）英雄泪垂三两行，（众俱哭介）旄头光掩三千丈。（父老哭介）任幽燕沉沦北方，（小净感动哭介）岳老先，学生此行，也出无奈。叹铜驼空埋故乡㉘。

㉗ 夜半妖星照渭滨：语出温庭筠《过五丈原》诗。传说诸葛亮屯兵渭滨时，有星坠其营，诸葛亮随后亡故。㉘ 叹铜驼空埋故乡：西晋时洛阳宫门前有铜驼，索靖对铜驼叹息说：以后

（生）也罢，老先生请行，学生在此再住五日，等父老妇女束装随去，庶免陷于贼手。（小净）学生知道，就此先行。和边称上策，心折大刀头㉙。（下）（贴、丑扮两河豪杰上）（集句）咸阳一火便成原，鼓角阴风白草翻。试看千村几家在，身留一剑答君恩。自家两河豪杰韦铨、李通便是，（禀介）我每两河豪杰数十万人，俱依靠著老爷，一齐破贼。如今一旦班师，我每不如伏剑先死。（生哭介）你每且随往南朝，另图再举罢。（贴、净）我每后生的还跟得上，那些老幼如何去得？金人复来，都拿去哈喇了㉚。求爷爷多住几日，我每扶老携幼，情愿随行。（生）还怕金人闻俺班师，便来追袭。（众）他每但闻个岳字，也吓散了魂，还敢来追赶。爷爷，救我每残生罢！（大哭介）（生顿足大哭介）这壁厢呵，

【江儿棹】　痛哭人民泪，那壁厢呵，飞来诏旨忙。我不好说得，这中间别有冤魔障。可将香案来辞二帝。（生哭拜，倒地介）（小生、末、众将俱哭倒介）（生大叫介）二帝，二帝，臣飞一去，不知乘舆何日还京也！狩北龙车空凝望，（又拜陵寝介）（哭倒同前）陵宫王气成林莽。（起对父老哭介）又把苍黎撇漾。（父老哭倒介）爷爷救我每性命，怎舍得爷爷回了！（生）马虽南，泪满眶；霎欢声，成恨怏。（哭叫介）我那二帝呵，你悬悬望，又谁知成妄想。大丈夫一片忠肠，大丈夫一片忠肠，奈中朝秦头掩光㉛。按吴钩，尚吐芒，忆遥天，一雁翔。

你每父老即刻先行，我随后起马。（外、净哭介）（唱）

【其二】　（换头）我的家园已尽荒，（贴、丑）我的衷肠没处商。（生）费你每箪食

铜驼将要与荆棘野草为伍了！后洛阳果然沦陷。这里指故都沦陷。㉙ 心折大刀头：大刀头皆有环，谐“还”音，指岳飞必死于秦桧召还的算计。㉚ 哈喇：砍头。㉛ 秦头掩光：秦

壶浆[32]，费你每箪食壶浆。（众哭介）爷爷是我每的一个再生父母了。（生掩泣介）羞杀我也！休说是重生父娘。可怜他男和女，天一方；妇和夫，拆道傍。

（外、净、贴、丑）俺每不要啼哭了，少不得收拾包裹，跟随元帅去。正是：宁为太平犬，莫作乱离人。（下）（生）分付众将官，大小三军，即刻班师回去！（众将皆愤叹介）老爷真正回去了！（生唱）

【尾声】 我万分不忍前功丧。（杂报）朝使又到了。（净上）奉朝命频加责让。（宣介）奉圣旨：发下十二号金牌，勒取岳飞还朝。如再迟延，即以抗违论罪。钦此。（生叩头介）分付大小三军，即刻班师。（众应介）（生）待回朝面疏君王。

（集句）眼前人事只堪哀，驿使从前走马来。
独想征车过巩洛[33]，寝园无主野棠开。
（俱下）

桧一手遮天，蒙蔽了当今皇帝。㉜ 箪食壶浆：送茶饭以劳军。《孟子·梁惠王下》："箪食壶浆，以迎王师。"㉝ 巩洛：今河南巩义市及洛阳。北宋诸陵墓在此处。

（谢柏梁）

无名氏

钵中莲①

【题解】

《钵中莲》为明代人所作，作者系万历中或万历前人。这是一部带有浓重恐怖色彩的宗教劝化剧，写江西九江人王合瑞外出做生意，海运翻船，流落至浙江奉化烧窑为生。王妻殷凤珠在家中青春独守，苦等丈夫多年仍无音讯，遂与湖口县捕快韩成勾搭成奸。后韩成奉命赴浙江公干，途经王合瑞土窑，酒后道出与殷凤珠相好情事。王合瑞于是杀死韩成，将其尸骨焚化，和着泥土烧成一口缸。随后，王合瑞返回家乡，逼其妻殷氏服毒自尽，殷氏死后化为僵尸，仍要与情人韩成再叙旧情，并向王合瑞索命。后诸神用五雷电火烧毁殷氏僵尸，王合瑞被佛家点化，成为观音菩萨座前捧钵使者。剧末有钵中生出莲花之象，王合瑞自道"金莲一朵开，肯受淤泥污"，表明其出污泥而不染之志。全剧以此得名。此剧本意在惩戒男女奸情，阐扬礼佛登天。实则暴露了佛门弟子的虚伪、毒辣和残酷，佛前侍者的双手沾满鲜血。王合瑞接连杀害两条人命，非但没有受到法律的惩处，反而名列仙班，这是耐人寻味的。这里选的是第九出《神哄》。

第九出　神　　哄

（旦扮井泉童子，执如意；外扮东厨司命，执圭；小生扮门丞，执单鞭；老

---

①《钵中莲》：本剧存万历玉霜簃藏钞本，今即以之为底本。

旦扮户尉，执单锏；末扮瓦将军，执手旗；副扮住宅土地，执拂尘上[②]。）

【四边静】 本天班官尹，咫尺里驻节良家，各定一尊。羡正直为神，猛可也循职把门庭镇，生受他年少苾芬[③]，早降下了福泽时常稳。

（旦）夏冷冬温天运周。（外）燃薪执爨顺时谋。（小生、老旦）从来启闭招仁惠。（副、末）镇宅平安并瓦头。（旦）小圣井泉童子。（外）小圣东厨司命。（小生）小圣门丞。（老旦）小圣户尉。（末）小圣瓦将军。（副）小圣住宅土地。（合）请了。（外）某等家堂六神，专主王门家政。（旦）职事虽然各掌，官阶共有常尊。（小生）王门世代贤良，屡屡阳行善事。（老旦）每遇春秋祭享，举家明德荐馨[④]。（末）某等转奏天廷，上帝准行赐福。（副）因此百灵呵护，一门永远平安。（合）说话之间，后门锺馗来也。（净扮锺馗执宝剑象笏上[⑤]）

【临江仙】 忆自金门赴试，中途忽变芳颜，胪传惊驾落孙山；捐躯魂缥缈，后宰沐恩颁。职掌降妖伏怪，平安永镇人间。六神虽算是同班，一般图祭祀，谁破半钱悭？

（外、旦、小生、老旦、末、副）今从何来？（净）小圣呵！

---

② “旦扮井泉童子”等六句：即以旦、外、小生、老旦、末、副等角色分别扮演王思诚家堂六神。井泉童子为水神，东厨司命为灶神，门丞为门神，户尉为守卫房间的神（一般认为门神是门上所贴唐太宗时秦叔宝、胡敬德两将军像），瓦将军为房顶神，住宅土地神为执管王家一方土地的神。③ 苾（bì）芬：苾，芬芳。苾芬，指祭品及祭品的芳香。《诗经·小雅·楚茨》：“苾芬孝祀，神嗜饮食。”④ 明德荐馨：称颂神德，献上馨香供品。⑤ 钟馗：传云唐玄宗生病时，梦一大鬼捉拿小鬼，尽数吃掉。玄宗问大鬼为谁，大鬼自称是终南进士钟馗，因

【耍孩儿】 四时肸蚃多无分[⑥]，倒碌碌守获朝昏，偶偷闲一刻息辛勤，莫辜负他美景良辰。(旦、外、小生、老旦、末、副)作何消遣？乞道其详。(净)不过箫吹月下聊消痞[⑦]，剑舞风前当受餐。(俺与你六神呵，)猛可也悬殊很。(旦、外、小生、老旦、末、副)某等虽受一家祭享，并非庙食千秋，与你锺仙不差累黍[⑧]。(净)好笑恁贪饕庙，争如俺断绝香熏[⑨]。

(外、旦、小生、老旦、末、副)

【五煞】 恁道是杳沉沉断宝香，冷清清守后门，天中像挂华堂镇，芽茶蕴玉偕花献，角黍包金杂俎陈[⑩]。

(净)

俺不过望到端阳，领教他几个粽子，怎如你三牲福礼[⑪]，一年有几顿饱餐！

(旦、外、小生、老旦、末、副)

多和寡，争分匀，须知俺同餐祭品，怎如你独享佳辰？

(丑扮土地执拂尘上)

应举不第，触阶而亡。玄宗梦醒时，病已痊愈。遂令吴道子画钟馗像，作为镇鬼之神赐与大臣。⑥ 肸蚃(xī xiǎng)：散布，弥漫。此指四时贡品发出的清香。⑦ 痞(pǐ)：胸中愤懑结块之病，亦钟馗落第时积怨不伸，触阶而亡的动因。⑧ 累黍：古时的计量以黍粒为基本单位。不差累黍，意为相差甚远。⑨"好笑恁贪饕(tāo)庙"两句：贪饕庙，指贪慕世间香火供奉、贪欲无厌的神庙。全句意为你们这几尊贪得无厌的小神，哪比得上我清廉自守，不受香火呢？ ⑩ 杂俎(zǔ)：俎是放肉的几。杂俎即不同种类的肉食。⑪ 三牲：指

【四煞】 蓦地里逆焰留，虽未有劣迹陈，奈分文不破还兀自无柔顺，因此上专诚往会同僚辈，协力来除幻化身。

阿唷！嗯璱才拉几里[12]，请哉请哉！（旦、外、小生、老旦、末、副、净）请了。（丑）嗯璱阿晓得我勾来意介[13]？（旦、外、小生、老旦、末、副、净）某等不知。（丑）呵唷！看嗯璱勾付式样[14]，好自在璱。（旦、外、小生、老旦、末、副、净）为何？（丑）那间隔壁园里哈持子一个僵尸出来，嗯璱吃粮弗管事，倒又是介装聋作哑，那道理？（旦、外、小生、老旦、末、副、净）隔壁园内出了僵尸，这是你土地的该管，与某等何干？（丑）好，说得倒干净璱！我且问嗯璱，今日之间，嗯璱受倷人家香火个？[15]（旦、外、小生、老旦、末、副、净）不消问得，是王家庄上王思诚家里香火。（丑）可又来！难道隔壁勾所空园，弗是王思诚勾？那间出子僵尸，嗯璱该坐视弗管勾？哙！一家生意，弗要做两样价钱嗄！（旦、外、小生、老旦、末、副、净）某等各有专职，不能越俎代庖[16]。（丑）哎！

直恁的忘思忖，一谜的推三阻四[17]，枉了我负屈求伸。

（旦、外、小生、老旦、末、副、净）

【三煞】 可笑凭意见痴，枉费尔口舌纷。尸僵纵出桐棺混，却没有些些款迹

牛、羊、猪三类供品。⑫ 嗯璱：吴语，你们。璱为语助词。⑬ 我勾：吴语，我的。勾，语助词。⑭ 勾付：吴语，这付。⑮ 倷：吴语，什么。⑯ 越俎代庖：《庄子·逍遥游》有“庖人虽不治庖，尸祝不越樽俎而代之矣。”后人称越俎代庖为超越一定的职分做事，大可不必。⑰ 一谜

应诛戮,何用着赫赫神灵去并吞?

(丑)有数说勾,小节不知戒,因循成大殃。那间虽无傣尴尬事务了,倘然到子后来勾日脚弄点未完出来,那呢?(旦、外、小生、老旦、副、末、净)某等闻知殷氏,

也还是知安分,不问我猖狂犯界,怎为你勉强行军?

(丑)呣!

【二煞】 虽则是不一心,早难道尽闭门。哦,有拉里哉!且随人问去,终有个安然肯。

哙!井泉童子,自古英雄出少年。嗯替我灭僵尸去。(旦)只晓坐井观天,不会降妖伏鬼;况且年幼,难以领教。(丑)咳!只恨自己麻绳短,弗怪他家枯井深。吓哙!灶君皇帝,嗯是一家之主,拿灶主点主意出来。(外)嗯!安静!乱动不得。(丑)哦,嗯怕倒灶了。(外)嗯什么说话,要晓得灶前管不得灶后,灶上管不得灶下。(丑)搁答勾嗯是冷灶里一把[18],热灶里一把,弗肯做恶人勾原故吓。阿呀,勾里越一介一段,嗯是神是鬼嗳!(末)呸!我是冠冠冕冕一位瓦将军。(丑)吓唷,将军将军,虽则烟熏,僵尸作祟,定会解纷。(末)不会,不会。(丑)为傣有其名而无其实?(末)岂不闻:将军不下马,各自奔前程?(丑)阿唷,倒推得干净虱!罢

的:一味的。⑱ 搁答勾:原来,这么说。

嘘。哙，门丞户尉，我搭嗯一门里出入，个个也再勿好推托勾哉！（小生、老旦）到底各家门，各家户，与某等何干？你还是寻锺老仙去。（丑）勿差吓，个倒也是一句喷蛆。哙，锺老仙，降妖伏怪勾，请你飞，你不行，快点去。（净）论起来，拿捉僵尸，是俺的本等；只是还有一讲，我职守后门，不管你园中之事。不瞒你说，我自从端午消受了他几个粽子，直到如今，饿得来有气无力，干不得什么事来。另请高明！（丑）阿呀，又傍子空头哉。偖咦！嗯是住宅土地嗳！（副）便是。（丑）和你事一体个呷，嗯要替我老大个哉，看同寅面上，替我拿僵尸去。（副）咳！与你同病相怜。（丑）那了？（副）荒山土地，做不得主。（丑）呸！出来连我也拉嗯倒子锐气哉！

似这般循环党锢拴连到[19]，还倩谁扑灭妖气杀我真？（咳！）端的无时运，全没甚青龙护体，倒撞着白虎缠身[20]。

（旦、外、小生、老旦、末、副、净）

【一煞】 见只恁闷昏昏好感怀，惨凄凄欲断魂，好教我同舟谊重生怜悯。

（丑）只可恨勾勾僵尸[21]，硬头硬脑，百勿得一味天壳后盖地生子个样式[22]，嗯乱勿要一相情愿个，两相答平子介千分顽梗，嗯乱首发慈心，相帮拿子里来，装我勾威势，摆摆我勾门头[23]，直脚感激弗尽哉[24]！请请请！（旦、外、

---

⑲ 循环党锢拴连到：指众人个个口执一词，推三托四。党锢，东汉末士大夫李膺反对宦官专政，宦官言李膺与太学生勾结，牵连二百多人，禁锢终身。此借以言六神等攀连扯皮。⑳“全没甚青龙护体”两句：青龙为吉神，白虎为凶神。大意为没遇到顺当的事，反碰到倒霉鬼。㉑ 勾勾：这个。㉒ 百勿得：摆脱不了。天壳后盖地生子：意为倔强顽劣。㉓ 门头：门面。㉔ 直脚：

小生、老旦、末、副、净）知道他什么来历，不可冒昧行事！（丑）介没倒要请教据嗯乪个尊裁那嚧[25]。

（旦、外、小生、老旦、末、副、净）

也只好观伊风色如为祸，助你声灵代解纷；若果无瑕衅，且一任寸丝暂系，总不令尺蠖求伸[26]。

（丑）阿呀，桥得来昏天黑[27]，是介一桩事物竟忘记哉。（旦、外、小生、老旦、末、副、净）忘了什么？（丑）有数说句：万恶淫为首，勾个冷魂在生勾晨光[28]，搭韩成云云等情，了拨勾家主公，逼里服卤死勾，勾就是犯条款勾事物，那哼还容得里介！（旦、外、小生、老旦、末、副、净）生前已彰恶报，再看死后如何。某等此去，相机行事便了。（丑）有理勾。（合）

【煞尾】 且将这色相开一般向苑囿陈，但观风望气无轻进[29]。（某等今夜呵！）把割不断的魔缘，共在暗儿里仔细认。

（同下）

实在，简直。㉕ 介没：如此，那么。尊裁：你们几位的裁断。㉖“若果无瑕衅”三句：如果（殷氏）真的没有作祟，且暂时任她一息尚存，总不会让她像尺蠖一样先屈后伸，有所动作的。㉗ 桥：搞，弄得，纠缠意。㉘ 在生勾晨光：在活着的时候。㉙ 无轻进：不要轻举妄动。

（谢柏梁）

吴炳(1595—1648) 字可先,号石渠,又号粲花主人,宜兴(今属江苏)人。万历四十七年进士,历官福州知府、江西提学副使。南明永历时任兵部侍郎兼东阁大学士。清军南下时被俘,绝食自尽于衡州。著有传奇《绿牡丹》、《疗妒羹》、《画中人》、《西园记》、《情邮记》,合称《粲花别墅五种》,又称《石渠五种曲》,今俱存。

绿 牡 丹①

【题解】

《绿牡丹》是一出构思精巧的轻喜剧。全剧叙翰林学士沈重欲为女儿婉娥选择娇婿,便以绿牡丹为题,请柳希潜、车本高和顾粲等人各作诗一首,以显示才情高下。三人当中,柳、车两人分别请馆师谢英、妹妹车静芳代笔,只有顾粲是自己写的诗。沈重父女的评判结果以柳、车伪作为佳,顾粲仅名列榜末。为了慎重起见,沈重父女再请柳、车两人面试,这才发现他俩的作弊实情,因而产生了对顾粲的好感。这是第一重姻缘。第二重姻缘发生在柳、谢与车本高之妹静芳之间。为了减少情敌,车本高在争当沈家娇婿之时,情愿将其妹嫁给柳希潜,借以减去竞争者。但才女车静芳一向对柳生的人品不满意,就又以绿牡丹为题,隔帘面试。柳又故伎重演,再请谢英代作。谢英惟恐才女静芳受骗,为之作了打油诗一首。柳希潜将打油诗照抄交卷,惹得车静芳在哈哈大笑之余,愈加佩服代笔者谢英的聪明、促狭。后谢英与顾粲都在乡试时高中,分别与车静芳、沈婉娥得成婚配。此戏以曲折的情节,巧合误会、冒名顶替的艺术手法,揭露了明末假名士们瞒天过海、招摇撞骗的种种丑态,歌颂了才学对等、智慧超群的真挚爱情。

---

①《绿牡丹》: 本剧有明刊本,《古本戏曲丛刊》据之影印,今即以之为底本,校以《暖

第十八出　帘　　试

（场上先摆试桌）（净上）不是一番寒彻骨，怎得梅花扑鼻香[2]？我柳五柳为小姐亲事，只得早来听考。出的题目原是"绿牡丹"，已付苍头叫小谢做去了。只恐小姐利害，一双娇滴滴的秋波，端端只射着帘外，不比前次会长老人家，凭我朦胧。若再叫苍头传送，可不自露破绽？不免就叫车大做这件事，小姐定不疑心。好计，好计！（叫介）车大！（丑应上）若要娶妻皆面考，今生情愿再无妻。你做文字罢了，叫唤怎的？（净）有事奉央。少停苍头拿一绺纸来，烦你悄悄送来与我。（丑笑介）这是传递了。（净）不要则声，恐令妹听见。（丑）还不曾出来。（净）没奈何，只得央及，成就此事，沈家的亲准准让与你了。（丑笑介）也罢，将就帮衬你一遭儿。（净望介）帘内影动，想是令妹来了。（丑闪下）

（旦同老旦上，唱）

【北新水令】　今日个绛帷高揭新创的女开科[3]，颤金钗至公堂坐[4]。主司推姐姐，少不得巡绰就是你老婆娑[5]。这帘影低挪，可便似贡举院花阴锁。（净唱）

【南步步娇】　只见他珠翠香风都在我身旁裹，坐起真无那[6]。（窥介）偷凭扇底睃。（起介）待我走个俏步儿，扭捏身躯，也做得风魔过[7]。（老旦出帘高叫介）兀那生员，不归号房，出外闲走，不怕瞭高的拿犯规么？（净急坐介）生员在，规矩敢言苛？告宗师，初犯从轻可。

红室汇刻传奇》本。② "不是"两句：《琵琶记》末折的唱词。③ 女开科：由女子主持的科考。④ 至公堂：试院大堂。⑤ 巡绰：巡视监考者。⑥ 无那：无奈。⑦ 风魔：此指风流潇

（老旦）相公用心做。（净）晓得。（老旦入介）（净大声吟哦介）（旦唱）

【北折桂令】 学蚊声聚夜成讹。（笑介）保母，你看他日里影儿，笑映日虬髯，弄影婆娑。（老旦笑介）真是好笑，倒好像羊子吃草。（净揉眼、搥腰、摩腹，作倦态介）（旦）为甚的把深眼频摩，围腰虚簸，伟腹轻挪？（老旦）这等光景，像是要睡了。（旦）再休想东床稳卧[8]，一凭你梦到南柯。（净睡，作鼾声介）（旦）你听鼻息如何？试问江郎彩笔[9]，可送到他呵？

（老旦出帘拍案介）（净惊介）苍头，谢相公文字可完了？（老旦高叫介）柳相公，不要睡，起来作文！（净）学生原不曾睡，正在此静想提神。（唱）

【南江儿水】 隐几穷非想，那里是弯肱惹睡魔？妈妈，不是我文心一霎能灰堕，则我这春心一点难安妥，怎能够把琴心一谜都猜破[10]？（老旦）快做完了罢！（净）少不得还你今朝功课，掌号筛锣，免费催场烦琐。

（末上）文章已就催誊录，关节难通怕内帘[11]。谢相公的诗，催完在此，不免传将进去。（老旦）分付门上，闲人不许放入。（作入帘介）（末）怎么处？（丑上，手招末介）这里来！相公与我说过了，传递的东西，待我转送。（末）如此甚

洒。⑧ 东床稳卧：晋郗鉴派人到王导丞相家选婿，王家诸郎皆作矜持状，只有王羲之坦腹（露着肚皮）睡在床上，若无其事。郗鉴就把女儿嫁给了王羲之。后称人婿为东床或令坦。⑨ 江郎彩笔：《南史·江淹传》载，江淹曾梦见郭璞赠他五色笔，以后文章也随之写得很漂亮。⑩ 琴心：司马相如曾通过琴曲向卓文君表达爱慕之意，此用以指无法知道车静芳的心事。⑪ 内帘：乡试时阅卷诸官。

好。做文章的说，叫俺相公凭他盘问，只要认定自家做的。（作付文与丑介）眼望旌捷旗，耳听好消息。（下）（丑进净桌边介）柳兄，可得意么？（净）也想在肚里了，尚未写出。（各丢眼色做照会介）（旦唱）

【北雁儿落带得胜令】 为甚的眉梢故打睃？（净、丑耳语介）（旦）为甚的耳畔频相撮？（丑近净作私付文介）（旦）为甚的殷勤直靠他？（净一面收文，一面望帘内介）（旦）为甚的忙遽来瞧我？（丑仍立开，作看草稿介）这草稿头一个字就妙起了。（净假谦介）（旦）保母，他两个唧唧哝哝像是传递了。（老旦作褰帘大叫介）小姐说有人传递！（丑急下介）（净）那个传递？方才就是你家大官人在此看文。（老旦）小姐，难道大官人倒替他传递？（旦）不提备自家哥，怕反打入他家伙。保母，你出去搜他一搜，莫怪我检点用心多，看不的机关当面做。摩挲，休指望针眼里轻偷过。（老旦）怎好去搜他？（旦）保母，你也好啰呵，则怕你懒巡拦自犯科，懒巡拦自犯科。

（老旦出帘介）柳相公，方才真个像有弊病。（净）若疑有弊，请搜。（作伸袖解衣与老旦看介）（老旦）不见有些甚么。（高报介）搜检无弊。（入介）（旦）明明是有弊的，既搜不出，且看他诗，就是果佳，还要再考。（净私抄，低唱介）

【南侥侥令】 任你清官能挣扎[12]，怎当得猾吏巧腾挪[13]。无赃只恐难悬坐[14]。你看我扫千军快写波[15]，扫千军快写波。

（作写完，大叫介）生员交卷！（丑上）尊作完了？（看赞介）（净作得意介）

---

⑫ 挣扎：努力，尽力而为。⑬ 腾挪：设计蒙骗。⑭ 悬坐：定罪。⑮ 扫千军：下笔千言，气

小弟自家也觉得这次文字不十分出丑,只怕难入令妹尊目。(丑)待小弟袖进去看。(净)小弟拱听发落。(丑入送旦看介)(旦大笑介,唱)

【北收江南】 呀!看来是这般精妙呵,可知道破工夫值得费延俄。(丑)是用心做的了。(旦)也亏他善抄誊一字不差讹。(丑)果然誊得清。(旦)比前番佳制好还多。(丑)前番已考案首,这次该超等了。(旦)好便好,只怕不是他自己做的。(丑)妹子,你亲自监场,是谁与他传递来?(旦)你且把真情问他,把真情问他,是何人代做这首打油歌?

(丑出介)舍妹见了尊作,只管哈哈的笑。(净)想是欢喜了。可说道好?(丑)一头笑,一头说,比前番的更好。(净)这等着实中意了?(丑)只是疑心你央人做的。(净)小弟这样才学,人不来央也够了,反去央人?(旦笑介)他只道真正称赏,抵死承认。保母,你出去问来。(老旦出介)柳相公,若不是亲做的,也要直说。(净)你们三个人、六只眼看的,搜又搜过了,难道文章会平空里飞进来?(丑)你若没有弊病,赌一咒何如?(净)我就赌咒。(作罚誓介)我晓得了。(唱)

【南园林好】 假言词无端诮诃,可是要赖婚姻生端撒科⑯?妈妈,我实对你说,亲事是赖不成的。(老旦)柳相公,不要这等焦躁。(净)不是我要来考,是你家小姐约我来的。文章不好也罢了,既拙作蒙加许可,为甚的重勒掯起风波⑰?重勒掯起风波?

势流畅。杜甫《醉歌行》:"词源倒流三峡水,笔陈横扫千人军。"⑯ 生端撒科:故意生事。⑰ 勒掯:留难。

（丑）待我进去，替你恳求。（丑、老旦入帘介）（老旦）你可听见他发作么？（旦笑介，唱）

【北沽美酒带太平令】 他只道真个值千金七字吪[18]，便恁般弄斤两轻颠簸。只怕不辨璋獐笔底讹[19]，惹胡卢满坐[20]。详诗意果如何？（丑）这等说起来，不当好了。妹子，你实说怎么样的？（旦笑介）他被代笔的人骗了，跳猴狲随人牵磨，演傀儡借机挑拨。受骗的，忒糊涂没些裁夺；那骗人的，太聪明也难辞罪过。（老旦）小姐只说好笑，怕他不服。明把好笑的缘故，说与大官人知道，也好回复他去。（旦笑念介）“牡丹花色甚奇特”。（丑）也明白。（旦）“非红非紫非黄白”。（丑）不是红紫，又不是黄白，准是绿的了。切题，切题。（旦）后面二句好笑得紧，说“绿毛乌龟爬上花，恐怕娘行看不出”，分明自骂是乌龟了。（丑、老旦俱笑介）（旦）呵，呵，真么，假么，但由他认么。细思量，还认作倩人犹可。

（同老旦下）（丑出介）（净）令妹想没得说了。（丑笑介）我且问你，这首诗怎么样解？（净）总是极妙的了，何消解得？（丑）舍妹说你被人哄了，诗中把乌龟骂你。（净）那有此话？（丑）方才听舍妹念了一遍，还略有些影响，大家念一念看。（作共念介）（丑笑介）已后只叫你柳乌龟便了。这卷子是你自家供状，待我收好在那里。（净作夺破介）（丑）这头亲事，替你费了多少心机，在中说合，今日又相帮传递，大段是成的了。谁着你抄这样诗，自打破鬼！不要说你没面，连我也没面了。请了，正是：任教挽尽西江水，难洗今朝满面羞。（下）

---

⑱ 七字吪：七字指七言诗。吪为语助词。⑲ 不辨璋獐：宋钱易《南部新书》称李林甫贺人生子，错把惯用语“弄璋”写成“弄獐”。⑳ 惹胡卢满座：惹得满堂哄笑。胡卢为笑的样

（净）小谢这个畜生，吃了我的饭，得了我的束脩[21]，倒来捉弄我！立时就赶他出门了！早晨来赴考时，何等兴头，如今冷冷淡淡，教我怎生回去？不免唱只曲儿消遣则个。（唱）

【北清江引】 俏娘行强占了文昌座[22]，举子才一个。夸扬识鉴精，做作威风大。只怕不中得我这俊门生也是错。（下）

子。㉑ 束脩：古代交给老师的报酬。束脩为十条干肉。后指一般学费。㉒ 文昌座：传说文昌帝君管理人间科考之事。

（谢柏梁）

疗 妒 羹[1]

【题解】

《疗妒羹》是吴炳依据明末才女冯小青的故事而创作的一部力作。相传冯小青为广陵人，嫁人为妾，被大妇妒忌，抑郁而亡。死前有诗曰："冷雨敲窗不可听，挑灯闲看《牡丹亭》。人间亦有痴于我，岂独伤心是小青。"汤显祖笔下的才女苦闷，在无数少女

---

① 《疗妒羹》：此剧有明刊本，《古本戏曲丛刊》据以影印。今即以之为底本。

心中激起了波澜回旋，这正是小青抑郁而亡的动因之一。吴炳此剧在剧情上较传说略有变化，写冯小青愁闷而亡后，经医生韩向宸以神丹相救，起死复生，嫁与中年无子的杨不器为妾，后与杨妻颜氏各生一子，以与前妒妇苗婆相对照，突出疗妒主旨，同时也反映了封建时代婚姻制度所滋生出的种种致人于死命的毒菌，再现出弱女孤苦无靠、苦闷忧郁的凄惨境况。

明清之际写冯小青的戏曲，除此剧外，徐刿也作了《小青娘情死春波影》杂剧。清代曲家李渔和梁廷枏都把抒写小青故事的《疗妒羹》与汤显祖《牡丹亭》相比，认为这里所选《题曲》一折"置之《还魂记》中，几无复可辨"。

第九出　题　　曲

（小旦手持《牡丹亭》上）雨深花事想应捐②，小阁孤灯人未眠。不怕读书书易尽，可知度夜夜如年。我乔小青空负俊才，竟遭奇妒。自分桐灰爨下③，骥死枥中；何期杨夫人一见如故，慰安怜惜，绰有深情。敢谓惟贤知贤，还是不幸之幸。借得许多书籍，五车夸富④，二酉争奇⑤，诵读之余，愁苦若失。内有《牡丹亭》剧本，是汤若士手笔。柳梦梅画边遇鬼，杜丽娘梦里逢夫。有境有情，转幻转艳。草草急读一过，止悉大凡。（内打一鼓介）今夜雨滴空阶，愁心欲碎，便勉就枕函，终难合眼，不免把它再三咏玩。（一面看一面唱介）

② 捐：捐弃，此指凋零。③ 桐灰爨下：爨下，灶下。据《后汉书·蔡邕传》，蔡邕见人用桐木作柴烧，就要来制琴。因琴尾尚存烧焦痕迹，故名为"焦尾琴"。④ 五车夸富：即学富五车，读书很多。⑤ 二酉争奇：传说湖南沅陵县西北有大酉、小酉两山洞，洞中各藏许多奇

【桂枝香】 杜公名守，请这陈生宿秀。俏书生小姐聪明，顽伴读梅香即溜⑥。刚念得《毛诗》一首，咏关雎好逑，关雎好逑。（笑介）好笑杜丽娘，悄然废书而叹，道圣人之情，见乎词矣。春心拖逗，向花园行走。感得那梦绸缪，你看柳梦梅，悄地把他抱去。软款真难得，绵缠不自由。

【前腔】 虽则想边虚构，也是缘中原有。梦得正好，那不凑趣的花片，偏要闪觉他来。似这小花神妒色惊回，到不如后面的老冥判原情宽宥。最妙是《寻梦》一出，恨风光不留，风光不留，把死生参透，只要与梦魂厮守。（又看，笑介）痴丫头，做了个梦，就害起病来。甚来由，假际犹担害，真是怎着愁！（内打二更介）

【前腔】 这是相思症候，谁识得个中机彀⑦？石姑姑禁术无灵，陈教授医功莫奏。他说，若不描画真容，流传于世，岂知西蜀杜丽娘有如此之美貌乎？把丹青自勾，丹青自勾，又题诗画上，道不在梅边相就，便在柳边重遘。（泪介）我那丽娘姐姐，你真个死了！下场头，院草成坟树，衙斋改寺楼。

你听窗外风雨，一发大了！（唱）

【前腔】 风声冬吼，雨情秋霤⑧。似同咱泪点飘零，敢也为娇娥僝僽？（又看介）后来柳生养病红梅观，恰好拾得此画，想情缘未酬，情缘未酬，湖山钻透，觅得个风魔消受。那柳生又是一个痴汉，只管美人小姐的，叫无休。直叫得冷骨心还热，僵魂意转柔。（内打三更介）

【前腔】 半年幽媾，少不得一言明剖。那时柳生听了鬼话，挖开坟冢，果然一个活的。那里是注重生阳寿还该，方信历万劫情肠不朽。妙在不通知陈最良，若一通知，便道世间没有此事，坟再开不成了。那杜平章也是一般见识。笑拘儒等俦，拘儒等俦，把生

书。⑥ 即溜：灵活，伶俐。⑦ 个中机彀：彀为使劲张弓。机彀即机关、圈套。⑧ 雨情秋

人活口，只认作子虚乌有。漫推求，相府开甥馆，还亏这天街报状头。

（作看完介）“第云理之所必无，安知情之所必有。”临川序语，大是解酲⑨。（唱）

【前腔】 魂还非谬，词传可久。若不信拔地能生，可听说和天都瘦⑩。似俺小青，今日怕不待临川泪流，临川泪流，可好趁你残香余酒，略写我慵妆疏绣。（内打四更介）数更筹，（遮灯介）烛闪褰衣护⑪，窗开剪纸修。

《牡丹亭》翻阅已完，再看别种。原来只这几本旧曲。（唱）

【长拍】 一任你拍断红牙⑫，拍断红牙，吹酸碧管，可赚得泪丝沾袖？总不如那《牡丹亭》，一声河满⑬，便潸然四壁如秋。（又看介）待我当做杜丽娘，摹想一回。这是芍药栏，这是太湖石。呀，梦中的人来了也。半晌好迷留，是那般憨爱，那般痨瘦。只见几阵阴风凉到骨，想又是梅月下俏魂游。天那！若都许死后自寻佳偶，岂惜留薄命活作羁囚！

只是他这样梦，我小青怎再不做一个儿？（唱）

【短拍】 便道今世缘悭，今世缘悭，难道来生信断，假华胥也不许轻游⑭？只

霤：取雨有苦情，人有泪雨之意。屋檐下滴、流下的雨水称为霤。⑨ 解酲：使人清醒。酲，酒醉不醒貌。⑩ 和天都瘦：移情于景的修辞手法。语出秦观《水龙吟》词：“天还知道，和天都瘦。”⑪ 褰衣：提起衣服（遮灯挡风）。⑫ 红牙：以紫红色檀木制成的音乐节奏拍板。⑬ 河满：河满子，本为一唐代歌者之名，被判死刑前唱曲求赦而不得。唐张祜《宫词》有“一声河满子，双泪落君前”之句。⑭ 华胥：《列子》载有黄帝梦游华胥国事。该国

怕世上没有柳梦梅，谁似他纳采挂坟头⑮，把画卷当彩球抛授。若未必痴情绝种，可容我偷识梦中愁。

偶有花笺，不免题诗一首。（题介）“冷雨幽窗不可听，挑灯闲看《牡丹亭》。人间亦有痴于我，何必伤心是小青。”（自吟数遍，掩卷泪介）（唱）

【尾声】 从今谱梦传奇后，添附新诗一首。杜丽娘，你可听语伤心也向梦里酬。（内打五更介）

读罢新词漫自评，飘飘风雨杂鸡鸣。
已知到枕终无寐，且剩残灯尽短檠。（下）

无欲无争。此用以代指梦境。⑮ 纳采：行聘定姻亲。

（谢柏梁）

孟称舜(生卒年不详) 字子若,一字子塞、子适,号卧云子。山阴(今浙江绍兴)人。崇祯时诸生,明末参加复社活动,入清后于顺治六年中贡生,在浙江松阳任教谕。著有传奇《娇红记》、《贞文记》、《二胥记》等6种,杂剧《桃花人面》、《英雄成败》、《死里逃生》等。他又编有《柳枝集》与《酹江集》,合称《古今名剧合选》,是研究元明杂剧的重要本子。

娇 红 记①

【题解】

《娇红记》是一个爱情悲剧,是汤显祖《牡丹亭》之后又一部爱情戏曲的杰作。题材来自元宋梅洞小说《娇红传》,明初刘东山曾将其改为杂剧《金童玉女娇红记》。本剧后出,而成就最高。

剧叙书生申纯热烈地爱着表妹王娇娘,娇娘为了试探对方是否"同心子",几经反复,最后情意相投,私自结合。但王娇娘的父亲屈服于帅节镇的权势,将娇娘许配帅公子。眼看结合无望,两人只好在舟中泣别,之后双双殉情而死。两家最后将他们合葬在鸳鸯冢里。所以本剧全名为《节义鸳鸯冢娇红记》。

本剧剧情缠绵悱恻,波诡云谲,曲辞自然而华美,明末著名画家陈洪绶评曰:"较汤若士'欲拗折天下人嗓子'者,又进一格。"(《〈节义鸳鸯冢娇红记〉序》)全剧上下两卷共五十出。现选第四十五出《泣舟》。

---

①《娇红记》:以《古本戏曲丛刊》影印明崇祯刊本为底本。

第四十五出　泣　　舟

（老旦上）床头相对病多娇，瘦影稜生骨半销[②]。恰似下弦天上月，五更吹逐楚峰高。俺小慧伏侍小姐，一向见他情思悠悠，欢喜时少，愁闷时多。今害病深沉，看他芳容尽改，幽艳都消，梦里如啼，醒时成醉。好可怜人也。道犹未了，飞红姐也到。（贴上云）花开花落流年度，世间只有愁偏驻。滚滚瞿塘三峡流[③]，终古几曾流恨去。好男好女不成双，月老注书无是处[④]。君不见名花娇艳欲倾城[⑤]，可怜长被狂风妒。鹃魂啼血已千年[⑥]，何时叫转回生路。俺小姐多才多貌，更是多情，一见申生，便以终身相托。自奶奶去世之后，我在老爷眼前，强捏成婚，不料又为帅家所夺，悔却前言，小姐因而抱恨。病渐伶仃，将次已是九分九了。（老[⑦]）咳，小姐病势沉重，怎生是好？（贴）我听小姐眠思梦语，只要一见申生。我潜书去唤申生，申生已到河下。不敢进见老爷，约小姐扶病，悄地往他舟中一见。小慧，你看着绣房，我扶小姐去。咳，小姐呵，你梦随杨柳晓风寒，（老）命逐梨花春画残。（贴）凭将一片贞魂化为石，（合）只愁你不堪重上望夫山。（同下）（外、丑扮梢公、梢婆上）濯锦江头风浪高[⑧]，一叶峨岢趁水子摇[⑨]。摇来摇去把弗子个橹[⑩]，恰便似昨夜梢婆在舱子里头撷折

---

② 稜生：骨瘦如柴的样子。③ 瞿塘三峡流：指长江三峡的瞿塘峡、巫峡、西陵峡，在今四川、湖北交界处。④ 月老注书：唐传奇《定婚店》载，世上男女一生下来，月老即为注明婚姻，以红丝系足。⑤ 名花娇艳欲倾城：化用李白《清平调》“名花倾国两相欢”句。⑥ 鹃魂啼血：传望帝失位，化作杜鹃，每啼不至流血不止。⑦ 老：老旦的省语。⑧ 濯锦江：水名，又名浣花溪，在今四川成都。⑨ 一叶峨岢（kě）趁水子摇：意为一叶小舟随水飘流。峨岢，本指山势高峭，这里形容船头高。⑩ 把弗子：把不住。弗，同“不”。

子腰。(丑)看你好嘴脸!(外)船已傍岸了,舱里相公来瞧着,王爷家在那里?(生上)

【梅花引】 幽情万种和谁说,猛伤嗟,泪成血。走向江头,经过几朝夜。一刻惊魂三四转,盼不的那玉人儿影见也。

心似秋来蕉上雨,身如春后树残花。相思滴滴愁难尽,病走天涯何处家。小生为父亲有恙,奔回家里。不料小姐患病将危,飞红潜书唤我,我不敢禀知父亲,夤夜买舟[11],私奔前来,约小姐舟中悄地一会。正是巫山怯雨逢秋夜,不似西楼待月时。(下)(旦病容,贴扶上)(旦)

【秋蕊香】 睡倒愁肠千摺,抬身起半晌痴呆。(贴)风里残花几开谢。(合)这病儿淹淹害也[12]。

〔乌夜啼〕(旦)新来病染千般,在眉湾。一自春光去后,见时难。(贴)饭不饭,无昏旦,命多艰。(旦)恨杀天边孤雁,带愁悭。飞红,我自申郎去后,已近一月,看看病势将沉。闻他到门首候我相见,已数日了。今日老爷远出郊外,我则索扶病走一遭也。(贴)姐姐气息如丝,身子瘦怯,却怎生行走的动也。(扶旦慢行介)(贴)

【步步娇】 看你瘦腰肢剩得无多摺,脚步儿行难趄[13],孤神恁害怯。半点幽

---

⑪ 夤夜:深夜。⑫ 淹淹:病重的样子。⑬ 趄(qiè):立脚不稳。

魂，似火明灭。姐姐，劝你毕罢了伤嗟，免轻轻的断送您残躯也。（旦叹介）飞红，你岂不知我心事呵。

【沉醉东风】 我为他香肌瘦怯，痛伤嗟无明无夜。便做道湘川竭，石灰山裂[14]，俺心儿怎生休歇。（合）枕边梦蝶[15]，花边泪血，拚的生生死死，随着天儿共灭。

（贴）那崖下住的船儿[16]，是申生的。姐姐，我扶你下了船，我瞧老爷去。（生上扶旦介）（贴下）（生）姐姐别来几时，怎病已到这等了！

【好姐姐】 自别多情姐姐，不上的三秋周月。怎生病影伶仃，害得直恁劣[17]。（合）腰肢怯，剩得翠裙儿刚三褶，较比黄花更瘦些[18]。

（旦）申郎，我和你别虽刚月，却胜似三秋了[19]。（执生手恸介）

【前腔】 叹嗟分离一月，恰胜过数年隔别。命闪残灯，待随着风儿便灭。（合）伤情切。觑着这满川上下飘红叶，不似我和你恁相看眼内血[20]。（旦）妾与郎相见，便以此身许之于郎，不料今日竟不能如愿也。

【三月海棠】 想着那情意惬，荼蘼架底相逢夜。可便似秦楼笑咏，玉管吹彻[21]。伤也，月老注不成鸾凤侣，天公拆散了鸳鸯帖。恨岳高，泪波竭，做的个参辰日月

---

⑭“便做道湘川竭”两句：意为江水干涸山崩裂。湘川，指湘江。⑮ 梦蝶：《庄子·齐物论》记庄子曾梦为蝴蝶，故后来以“梦蝶”代指梦。⑯ 住：停歇。⑰ 劣：程度副词，沉重，厉害。⑱ 较比黄花更瘦些：用李清照《醉花阴》“莫道不消魂，帘卷西风，人比黄花瘦”句意。⑲ 三秋：三年。出自《诗经·采葛》：“一日不见，如三秋兮。”⑳“觑着这满川上下飘红叶”两句：用董解元《西厢记诸宫调》句：“君不见满川红叶，尽是离人眼中血。”㉑ 秦楼笑咏，

不交接[22]。

（生）这都是小生命薄所致，姐姐休自嗟怨呵。

【前腔】 还不彻，前生夙债今生业。恰花开雾障，月满云遮。悲切，自古红颜多命薄，争似我书生命犯十分拙。风月担，早收迭，枉将年少成抛撇。（旦）

【忒忒令】 枉辜负星前誓设，空冷落神前香爇[23]。良辰恶夕，受过千磨灭。捱不满愁闷劫，破婚书，追魂牒，两般儿厮撞者。（生）

【五供养犯】 菱花碎跌[24]，带解同心[25]，甚日重结。（旦）小文君缘分薄，没福儿驾香车[26]。（出断袖介）谢郎厚爱，今日回思，此景可复得乎。交还你香罗翠袖[27]，恁风流今生休说。今此一见，遂成永诀了。你去也终须去，我别也怎生别。（合）真乃是颜色如花，命同一叶[28]。

（生）姐姐情意如山，我岂不晓。但既迫严父之命，便暂从他氏也罢了。（旦）申郎此话，再休题了。

【前腔】 姻缘分劣。俺和你不能勾，生与同衾，死与同穴。也怎做的两鞍鞴一马，单轮辗双辙。三贞七烈，拚残生都是夙缘前业。妾向时与郎拥炉，谓事若

玉管吹彻：《列仙传》记秦穆公女儿弄玉好吹箫，嫁给善吹箫的萧史，秦穆公为他们建造秦台。后两人双双乘龙跨凤升天而去。㉒ 参辰日月不交接：参辰，指参商两星，商星在东方，参星在西方。这句意为好像参商二星与日月一样碰不到一起。㉓ 爇（rè）：点燃。㉔ 菱花碎跌：指破镜，喻夫妻分别。菱花，指镜，古代铜镜上多刻菱花纹，故用菱花指代镜。㉕ 同心：同心结。以锦带结成连环回文状，以示爱情。㉖ "小文君缘分薄"两句：用汉代卓文君与司马相如事。㉗ 交还你香罗翠袖：指本剧第二十出《断袖》申纯剪袖赠王娇娘事。㉘ 颜

不济，当以死谢。如今死不得同伊死，教我撇也怎生撇。(合)记取笑掷梨花，拥炉时节。

【玉交枝】 拥炉时节，对花前把盟言共设。(生)盟言虽有，也则休题了。(旦)盟言要忘也怎忘得。我如今这红颜拚的为君绝，便死也有甚伤嗟。则一件呵，郎青云万里，厚择佳配，共享荣贵，妾不敢望。但郎气质孱弱，自来多病。身躯薄劣，怎当得千万折。怕误了你，误了你他年锦帐春风夜。(合)这情怀教人怎撇，我便向黄泉如何便贴㉙。

(生泪介)姐姐，你一身兀自不保，直恁顾念小生。小生此心，久已诉之老天了。

【前腔】 伤悲呜咽，你声声言辞痛切。从前旧事都抛舍，怨天公直恁、直恁将人磨折。我如今富贵二字，早置之度外。泼功名视做春昼雪。那婚姻事，一发休提了。业姻缘看比残宵月。(合)这衷肠谁行诉说，这冤恨何时断绝！

(贴上)相逢一字一行泪，说与哀猿哀断肠。姐姐郎君，省可啼哭，老爷将回，须以分手了。(生)飞红姐，我与你姐姐恩情，你所尽知。今此一见，恐成永休，却教怎生分手也。(贴)姻缘成毁，展转无常，安知此后，不可复合。只要俺姐姐善自将觑，保全身子罢了。(旦)休道盟言中变，难以再合。便得再合，今我身子狼狈如斯，谅也不能永延了。

色如花，命同一叶：借用汤显祖《牡丹亭·惊梦》句："可惜妾身颜色如花，岂料命如一叶乎！"㉙ 便贴：安宁妥帖。

【江儿水】 提起当初事，教人肠寸绝。今后呵，再休想咏梨花坐待南楼月，再休想题锦字流出深沟叶[30]。则落得点翠斑洒遍湘江血。死也波孤眠长夜，冷冢荒坟，有的、有的个谁来疼热。

（咽倒倚生怀介）（生叫介）小姐，小姐苏醒。

【豆叶黄】 看香销玉减，病体咋嗻[31]。再休想即世相逢，再休想即世相逢，做了波心捞月，镜中捉影，转转伤嗟。自如今、自如今义销恩断。则这衫上啼痕，积的有万层千叠。

（贴泪介）看了不由人不伤心也。

【园林好】 听一声声伤者痛者，看一点点还是血也泪也。（旦醒生合唱）不信我恶缘恶业，做的来恁周折，干受尽此磨灭。

（外丑上）相公，今时风顺，正好开船回去了。（贴）老爷要回，姐姐快些上崖罢。（旦扯生衣介）妾昔与郎泣别几次，只今日一别，便是永别了。

【川拨棹】 今日个生离别，比着死别离情更切。愿你此去，早寻佳配。休为我这数年间露柳风花，数年间露柳风花，误了你那一生的、一生的锦香绣月。（合）一声声，肠寸绝；一言言，愁万叠。

---

[30] 题锦字流出深沟叶：用《题红记》故事。唐僖宗时，宫女韩夫人用红叶题诗，从御沟中流出宫外，恰被儒生于祐拾获。后僖宗放宫女出宫，于祐与韩夫人结为夫妇。[31] 咋嗻（chē

（生）姐姐果为小生而死，小生断也不忍独生了。

【前腔】 掌上珍珠似我心上结，岂料今为了千古别。誓和你共死同生，誓和你共死同生，怎再向别人、别人行同欢共悦。（合）一声声，肠寸绝；一言言，愁万叠。

（旦）今生自是休了，只不知来生再得相会也否呵。

【前腔】 今日生离和死别，恰正似花不重开月永缺。我不能够与你、我不能够与你做的片晌夫妻，刚博得个三生话说。（合）一声声，肠寸绝；一言言，愁万叠。

（贴）千别万别，终须一别。老爷已回，快上崖去罢。（扯旦）（旦扯生哭介）

【哭相思】 是这等苦离恶别，要相逢则除梦中来也。

（贴扶旦下）（生泣望介）哎，小姐去了。罢罢罢，古云"乐莫乐兮新相知，悲莫悲兮生别离[32]。"我昔与小姐，共会西窗明月之下，指天立誓。岂料到头，如此结果。欲待再留数日，打听小姐病体安否，又恐家中老父知觉，只得疾忙转船回去。（外丑开船介）（生）你看舟人拨棹，蘋浪翻风，彩鹢急飞[33]，征鸿易断，目力有尽，江山无穷。教人怎不痛绝也呵。

---

zhē）：当时俗语，沉重、厉害。㉜"乐莫乐兮新相知"两句：语出屈原《九歌·少司命》。㉝ 彩鹢（yì）：船头上鹢鸟的彩画，借指船。鹢，水鸟。

【尾声】 归舟满眼伤愁绝，听何处离鸿哀咽？敢则是俺玉人呵，痛煞煞哭声儿还在也。

(生)佳人扶病到江头，(外)渭水生波咽不流。

(丑)一叫一回肠一断[34]，(合)哀猿个个助人愁。

㉞一叫一回肠一断：李白《宣城见杜鹃花》诗有“一叫一回肠一断，三春三月忆三巴”。

(吴国钦)

阮大铖(1587—1646)　字集之，号圆海，一号石巢，又号百子山樵。安徽怀宁人。万历四十四年(1616)进士。天启(1621—1627)年间，依附魏忠贤阉党，官至给事中。崇祯元年为光禄卿，后被罢斥。清军占领北京后，他与马士英迎立福王于南京，官至兵部尚书。次年南明覆亡，阮投降清兵，从攻仙霞岭而死。(一说为清兵所杀)他精通音律，家中养有戏班，撰有传奇约10种，今存《燕子笺》、《春灯谜》、《牟尼合》、《双金榜》4种。

燕　子　笺[①]

【题解】

这是晚明剧坛一部著名的喜剧，演霍都梁与妓女华行云、尚书郦安道之女郦飞云之间的爱情故事。剧叙扶风才子霍都梁与妓女华行云相爱，霍画了一幅画，装裱时被裱匠错送至郦飞云处。郦飞云为画题诗，诗成之后为燕子衔去，恰为霍都梁拾得。安史之乱后，郦飞云与华行云逃难，郦为节度使贾南仲所救，许配给正在军中服役的霍都梁；华行云为郦安道所救，并被收为义女。后霍都梁中状元，与华行云团圆。

本剧写才子配"双美"，情节关目则以燕子衔笺贯串全文，追求奇特巧合。某些场次颇具喜剧性，过去经常演出于舞台之上。如这里选的第三十八出《奸遁》，就是一段著名的折子戏，昆曲、京剧演出时易名为《状元钻狗洞》。

---

①《燕子笺》：全剧四十二出。现以《古本戏曲丛刊》影印的清初刊本为底本，校以诵

第三十八出　奸　遁

（外上唱）

【生查子】人彀混鱼珠[2]，惭主南宫试[3]。潦草点朱衣[4]，笑破刘蕡齿[5]。

老夫为场中误取了鲜于佶这厮，即负圣恩，兼生物议。连日心下十分懊恼。只这节事终无含糊之理，定须再加复试，自己检举方可。已曾着人唤那狗头去了。门官那里？（门官应介）小人在此。（外）你听我分付：鲜于佶若到了，便请到书房坐下；说我出衙门后，身子不快，到晚间出来相陪。有封口的帖一通，叫他亲自拆看。是要紧的几篇文字，烦他代作代作。他若要回去时，你说我分付的，恐他寓中事多，就在此做了罢。门要上锁，他倘若不容你锁门，你也说是我分付过的，恐闲人来搅扰，定要锁了。凡事小心在意！（门接帖介）理会得。（外）欲防曼倩偷桃手[6]，先试陈思煮豆吟[7]。（下介）（副净上，唱）

【前腔】酣饮玉堂回，浓抱龙阳睡[8]。相府疾忙催，想订红鸾喜。

芬室刊《石巢四种》本。② 入彀（gòu）混鱼珠：指鲜于佶舞弊考取状元，鱼目混珠。入彀，原指进入弓箭射程之内，《唐摭言》载太宗见新进士出，喜曰："天下英雄入吾彀中矣！"后遂以之称登第。③ 南宫试：指礼部主持的考试。④ 潦草点朱衣：《侯鲭录》记宋欧阳修作主考官时，每看到一份好的答卷，便觉背后似有穿朱衣的人在点头，于是就予以录取。这句意为自己粗心大意，把不学无术的鲜于佶点作状元。⑤ 刘蕡：唐代昌平（今北京）人。进士出身，官至秘书郎。后遭人诬陷，被贬而死。他在科举时曾以直言论政被放逐。⑥ 曼倩偷桃手：东方朔字曼倩，神话传说西王母种桃，三千年结一果，东方朔曾三次偷食。⑦ 陈思：建安时期著名诗人曹植，封陈思王，曾为曹丕所逼七步写成"煮豆持作羹"诗。⑧ 龙

今日同年中相邀，饮了几杯，与一两个惫赖莲子胡同的拐子头[9]，睡兴方浓。这些长班连报说郦老爷请讲话[10]，催了数次。我想老师请我，没别的话讲，多分是前日央他亲事一节，接我对面商量。老师也是个老聪明老在行，自然晓得我的意思了。郦飞云，郦飞云，你前日那首词儿，被那燕子衔去的，倒是替我老鲜作了媒了。我好快活快活！（长班）禀爷，到了郦老爷门首了。（门）老爷分付，状元爷到，径请进书房中坐。（副净笑介）这个意思就好起，比往常不同，分明是入幕的娇客相待了。（进书房介）（门）老爷拜上，这一会身子被缠倦了，说晚间出来相陪。有一个封口帖子在此，请状元爷亲行开折。（唱）

【一盆花】 老爷呵，连日衙门有事，刚转回私署，少息勤劬[11]，待晚来剪烛话心期[12]。这封书特烦亲启，便知就里端的。（副净接书，笑介）（唱）自然相体，果然作美。一见了这“亲开”二字，不胜之喜！

怎么说亲手开折，想必是他令爱庚帖了。我最喜的是这个“亲”字儿，待开来。（开看，做认不得字，惊介）这却不像庚帖，是些什么？唠唠叨叨，许多话说，我一字不懂得。（问门官介）你念与我听听。（门）你中了高魁，倒认不得字，反来问小人。（副净）不是这等说。我因连日多用了几杯了，这眼睛濛濛淞淞的，认得字不清楚。烦你念与我听了，就晓得帖中是甚么话题。（门念介）恭慰大驾西狩表一道，渔阳平鼓吹词一章[13]，笺释先世《水经注》叙一首[14]。老爷分

阳：战国时魏王宠幸的男色叫龙阳君，后因以指男色。⑨ 惫赖：泼皮无赖。⑩ 长班：仆役。⑪ 劬（qú）：劳苦。⑫ 剪烛话心期：谈心。化用李商隐《夜雨寄北》诗：“君问归期未有期，巴山夜雨涨秋池。何当共剪西窗烛，却话巴山夜雨时。”⑬ 渔阳平鼓吹词：赞颂平定安史之乱的乐府歌词。唐代安史之乱起于渔阳。鼓吹词，乐府曲名。⑭ 先世《水经注》：

付的，这三样文章是要紧的，烦状元爷大笔代作代作。（副净慌背语）罢了，罢了。我只说今日接来讲亲事，不料撞着这一件飞天祸事来了。这却怎么处？有了，门官，你多多禀上老爷，说我衙里有些事情回去。晚间如飞做就了，明早送来何如？（门）老爷分付过的，恐怕状元爷衙内事多，请在此处做了回去罢。文房四宝现成安排在北。（移桌拂椅介）请，请。（副净叫疼介）不好，不好。我这几时腹中不妥贴，不曾打点得，要去走动走动来方好。（门）不妨事，就是净桶也办得有现成在里面。（作锁门介）（副净嚷介）门是锁不得的！（门）也是老爷分付过，叫锁上门，不许闲人来此搅乱状元的文思。（副净）怎么只管说老爷分付分付的？你们松动些儿也好。（门）可知道，前日该与我们旧规[15]，你也何不松动些儿么？那样大模大样，好不怕杀人，今日也要求咱老子。（作锁介）（门下介）合了黄金锁，单磨白雪词。（副净跌足介）这却怎么处？我从来那里晓得干这桩事的么？苦苦！（唱）

【桂坡羊】 从来现世、文章不济。今朝打破砂锅，好待直穷到底。我心中自思，我心中自思，只得逾垣而避。上天无翅。不免爬过墙去罢。（作爬墙，跌下介）爬又爬不过去，怎生好？我想这桩事也忒杀欺心，天也有些不象意我了[16]。知之，青天不可欺。那恩师，变卦为怎的？

（门捧茶酒上介）未见成文字，先请吃茶汤。（敲门介）状元爷，你来你来。

《水经注》是南北朝时北魏人郦道元（?—527）撰写的一部著名的地理志。主考官郦安道称郦道元为自己的同姓先人，故说“先世”。⑮ 前日该与我们旧规：指日前鲜于佶拜见郦安道时，没有按旧规给门人赏钱。⑯ 象意：中意、合意。

(副净喜介)谢天地！造化造化！想是开门放我出去了。(做听介)(门)你来门边来，老爷里面送出茶壶手盒在此[17]。恐怕你费心，拿来润笔，差小人送在此。你可在转盘里接进去。(副净)你说我心中饱闷，吃不下，多谢不用了。(门官)吃了肚子里面有料。(笑介)这样好酒好茶不吃，待我拿去偏背了[18]，如何如何。(笑介)他的放不出来，我的收将进去。(下介)(副净唱)

【前腔】 茶汤频至，并无只字。分明识破机关，故作磨砻之计[19]。真无法可施，真无法可施，被龙门误事[20]。我想墙是爬不过去的了、只得往狗洞剥相一剥相何如[21]？(斜视介)腌臜得凶，这里不是我写到所的所在。没奈何，要脱此大难，也顾不得了。把犬门偷觑，且钻之。王婆烟—溜儿[22]。(内犬吠介)(跌足介)偏是这东西，又哰哰吠怎的[23]！

(做钻过，狗咬跌倒，起来又飞跳下介)(门上)怎么狗这样叫得凶，甚么缘故？呀！这洞门口的砖块，缘何塌下许多来了？(作开门寻不见介)状元爷那里去了？想是作不出文章，在这所在溜过去的。老爷有请。(外)不是一番寒彻骨，怎得春魁捉笔慌。状元文字完了不曾？(门跪禀介)【锦堂月】小人传宣台旨，请状元代作文章。见他意思有些慌，说自不曾受这般刑杖。(外笑)做文章怎么是刑杖？可笑，可笑！(门)他脚踏梅花树上，攀枝要跳东墙。吊下来又往大门张，(指大门介)溜走了不知去向。(外)原来竟日不成一字，场中明白是割卷无疑[24]，定要上疏检举了。书叫写本的何候。(杂上)不寝听金钥，因风

---

⑰ 手盒：食物盒。⑱ 偏背：或作偏倍，指背着别人自家受用。⑲ 磨砻：折磨。砻，石磨。⑳ 龙门：旧时谓科举高中为跳龙门。㉑ 剥相：不顾面子。㉒ 王婆：市井老婆子的通称。王婆烟——一溜儿，为当时歇后语。㉓ 哰哰（láo láo）：拟声词，犬吠声。㉔ 割卷：指考

想玉珂[25]。小的写本的叩头。(外)我为文场中误取榜首,要上检举疏,可取文房四宝来,起稿则个。(写介)(唱)

【黄莺带一封】 造次主春闱[26],被奸徒赚大魁,自行检举难回避。那霍都梁呵,是扶风大儒,将三场割取,明珠鱼目须更易。售奸欺,负恩私,请罢斥昏庸归故里。

这本稿已写完,你们可分定扣数,连夜写了,明早就拿个帖子,送与管金马门内相[27],说我有病,叫他上了号簿,作速传进便了。(杂)理会得。

珊瑚铁网网应稀[28],鱼目空疑明月辉。
不是功成疏宠位,将因卧病解朝衣。[29]
(同下)

试舞弊,偷换试卷号码。㉕“不寝听金钥”两句:引用杜甫《春宿左省》诗。意思为:夜里不敢深睡,时刻倾听到宫门开锁的声音;风吹檐间风铃,仿佛是百官入朝时玉珮撞击声。㉖造次主春闱:意为此次主持春季举行的礼部试实在太大意。㉗ 金马门内相:金马门,汉代宫门名,后泛指宫门。内相:太监。㉘ 珊瑚铁网:海外以铁网网珊瑚,后因以珊瑚铁网指收罗珍奇。此指网罗人才。㉙ 将因卧病解朝衣:王维《酬郭给事》诗中句。

(吴国钦)

李玉（1610？—1677以后） 字玄玉，号苏门啸侣，江苏苏州人。是明末清初“苏州派”戏曲家中的核心人物。少年时追求功名，但屡遭挫折，后来中了副榜举人。明亡后绝意仕进，专门从事戏曲创作。他一生著作极丰，著有戏曲数十种，完整存于世的有18种，其中明亡前创作的《一捧雪》、《占花魁》和明亡后写的《清忠谱》、《千钟禄》影响较大。他的剧作充分注意到案头与场上的结合，受到钱谦益、吴伟业等著名文人的称赞和演员、观众的欢迎。他精于曲律，曾编定《北词广正谱》18卷。

清 忠 谱①

【题解】

《清忠谱》是入清以后的作品。据顺治刊本，苏州派戏曲家毕魏、叶时章、朱素臣三人也参加了编写。明天启六年(1626)，魏忠贤派厂卫、缇骑到苏州逮捕东林党人周顺昌时，市民颜佩韦等聚众万余，至府衙请愿求赦，掀起一场轰轰烈烈的市民暴动。事后，颜佩韦等五人被判斩，周顺昌也被暗杀于狱中。思宗即位，魏忠贤被黜，周顺昌等诸臣冤案方得昭雪。苏州市民捣毁魏忠贤生祠，就地建起纪念颜佩韦等的五人墓。《清忠谱》传奇即写这一历史事件。吴伟业《清忠谱·序》说该剧“事俱按史，其词亦雅驯。虽云填词，目之信史可也”。全剧二十五折，这里选的第十一折《闹诏》，写逮捕周顺昌的诏书下达后，苏州百姓群情激愤，大闹都察院的情形。

---

① 本剧有顺治刊本流传，《古本戏曲丛刊》三集据以影印。今据该本选录。

第十一折　闹　　诏

（贴青衣、小帽上）苦差合县有，惟我独充当。自家吴县青带便是[②]。北京校尉来捉周乡宦[③]，该应吴县承值。校尉坐在西察院，本县老爷要拨人去听差。这些大阿哥[④]，都叮嘱了书房里，不开名字进去。竟拿我新着役苦恼子公人，点去承值，关在西察院内。那些校尉动不动叫差人，叫差人要长要短。偶然迟了，轻则靴尖乱踢，重则皮鞭乱打。一个钱也没处赚，倒受了无数的打骂！方才攮了一肚子烧酒[⑤]，如今在里边吆吆喝喝，又走出来了。不免躲在厢房，听他说些什么。（暗下）（付扮差官，丑、小生扮二校，喝上）

【梨花儿】（付）驾上差来天也塌，推托穷官没钱刮，恼得咱家心性发。嗏！拿到京中活打杀。

李老爷呢？（小生）李老爷睡在那里。（付）快请出来。（校向内介）张老爷请李老爷。（净内应介）来了！（净扮差官上）

【前腔】（净）久惯拿人手段滑，这番差使差了瞎。自家干儿不设法。嗏！一把松香便决撒[⑥]。

---

② 青带：衙役。衙役以青带缠腰，故名。③ 周乡宦：即周顺昌，号蓼洲，吴县（今苏州）人，官吏部员外郎。乡宦是对退休官员的称呼。④ 大阿哥：即大哥，此处指上等衙役。⑤ 攮（nǎng）：拼命吃。⑥ 决撒：败露、完蛋。这两句说，毛一鹭是咱上司魏忠贤的干儿子，如

(付)李老爷,咱们奉了驾帖,差千差万,到处拿人,不知赚了多少银子。如今差到苏州,又拿一个吏部。自古道:上说天堂,下说苏、杭。岂不晓得苏州是个富饶的所在?况且吏部是个美官,值不得拿万把银子,送与咱们?开口说是个穷官,一个钱也没有。你道恼也不恼!难道咱们三千七百里路来到这里,白白回去了不成?(净)可笑那毛一鹭⑦,做了咱家的官儿,咱们到来,他也该竭力设法,怎么丢咱们住在冷屋里边,自己来也不来?哥啊!若是周顺昌弄不出,咱们定要倒毛一鹭的包哩⑧!(付)李老爷说的是!差人那里?(连叫介)(丑)差人!差人!(贴走出跪介)老爷有何分付?(付)差你在这里伺候,脸面子也不见,不知躲在那里?(净)连连叫唤,才走出来,要你这里做什么!(付)李老爷不要与他说,只是打便了。(净)拿皮鞭来!(贴磕头介)小的在这里伺候,求老爷饶打。(付)你快去与毛一鹭说:俺老爷们奉了皇爷的圣旨,厂爷的钧旨⑨,到此拿人,你做那一家的官儿,不值得在犯官身上弄万把银子送俺们!若有银子,快快抬来;若没有银子,咱们也不要周顺昌了。咱们自上去,教他自己送周顺昌到京便了。快去说!就来回复。(贴)小的是个县差,怎敢去见都老爷?怎敢把许多言语去禀?(净、付大怒介)哇!你这狗头不走么?(贴拜介)小的委实不敢说。(付)要你这狗头何用?(将皮鞭乱打介)(净乱踢介)(贴在地乱滚,叫痛哀求介)(付)这样狗攮的,不中用。(贴爬下)(付向丑介)你照方才的言语,快去与毛一鹭说!俺们立等回话。(内众声喧喊介)

不替咱们想办法,这趟差使便像松香遇火般玩完。⑦ 毛一鹭:魏忠贤死党,当时的应天巡抚。故下文称他为"抚台"。又巡抚例兼副都御史或佥都御史,故又称"都老爷"。⑧ 倒毛一鹭的包:意为在魏忠贤面前说毛一鹭的坏话。倒包,捣乱,今河南洛阳一带尚习用。⑨ 厂爷:即魏忠贤。明熹宗时任司礼秉笔太监,并掌管东厂(特务组织),权势极重。

(丑望介)呀！门外人山人海，想是来看开读的。这般挨挤，如何走得！(付又与小生说介)你把皮鞭打开了路，送他出去便了。(向净介)咱家到里边喝杯凉酒。少不得毛一鹭定然自来回复。(净)有理。(付)只等飞廉传信去[10]，(净)管教贯索就擒来[11]。(同下)(小生)咄！百姓们闪开，闪开！咱家奉旨来拿犯官，什么好看！什么好看！(丑)闪开，闪开！让咱走路！(将皮鞭乱打下)(旦、贴扮二皂喝上)(外黑三髯[12]、冠带，扮寇太守上[13])

【西地锦】 (外)民愤雷呼辕下，泪飞血洒尘沙。(内众乱喊介)周吏部第一清廉乡宦，地方仰赖，众百姓专候太老爷做主，鼎言救援哩！(大哭介)(末短胡髯、冠带，扮陈知县急上[14])(向内摇手介)众百姓休得啼哭！休得啼哭！上司自有公平话。且从容，莫用喧哗。

(内众又喊介)陈老爷是周乡官第一门生，益发坐视不得的呢！爷爷嗄！(又哭介)(末见外介)老大人，众百姓执香号泣者，塞巷填街，哀声震地，这却怎么处？(外)足见周老先生平日深得人心，所以致此。贵县且去吩咐士民中一二老成的上前讲话。(末)是！(向内介)众百姓听着！寇太爷分付，士民中老成的，止唤一二人上前讲话。(小生、老旦，扮生员上)(作仓惶状介)(小生)生……生……生员王节。(老旦)生……生员刘羽仪。(小生、老旦)老……

---

⑩ 飞廉：也作蜚廉，殷人，据说善走。⑪ 贯索：原为星名，《晋书·天文志》："贯索九星，贱人之牢也。"此处代指囚犯，即周顺昌。⑫ 黑三髯：即三绺黑须，这是对演员髯口的舞台提示。⑬ 寇太守：寇慎，字礼亭，当时任苏州太守。⑭ 陈知县：陈文瑞，字应萃，当时任吴县

老……老公祖,老……老……老父母在上。周……周……周诠部居官侃侃[15],居乡表表[16]。如此品行,卓然千古。蓦罹奇冤[17],实实万姓怨恫。老公祖,老父母,在地方亲炙高风[18],若无一言主持公道,何以安慰民心?(净急上跪介)青天爷爷啊!周乡宦若果得罪朝廷,小的们情愿入京代死。(丑喊上)不是这样讲,不是这样讲!让我来说。青天爷爷阿!今日若是真正圣旨来拿周乡宦,就冤枉了周乡宦,小的们也不敢说了。今日是魏太监假传圣旨,杀害忠良,众百姓其实不服。就杀尽了满城百姓,再不放周乡宦去的。(大哭介)(内齐声号哭介)(外)众百姓听着!这桩事非府县所能主张。少刻都老爷到了,你们百姓齐声叩求,本府与吴县自然极力周旋。(内齐声应介)太爷是真正青天了。(内敲锣、喝道声介)(净、丑)都老爷来了!列位,大家上前号哭去!(喊介)(小生、老旦)全赖老公祖、老父母鼎力挽回。(外、末)自然、自然!(小生、老下)(外、末在场角伺候,打躬迎接介)(内喊介)(付胡髯、冠带,扮毛抚台,歪带纱帽,脱带撒袍,众百姓乱拥上)(众喊介)求宪天爷爷做主,出疏保留周乡宦呢!(外、末喝退众下介)(付作大怒乱喘,乱喘大叫介)反了,反了!有这等事!皇上拿人,百姓抗拒,地方大变了,大变了!罢了,罢了!做官不成了!(外、末跪介)老大人请息怒。周乡宦深得民心,也是平日正气所感。或者有一线可生之路,还望大人挽回。(付大怒介)咳!逆党聚众,抗提钦犯,叛逆显然了。有什么挽回?有什么挽回?(作怒状,冷笑介)

县令。剧中说陈文瑞曾是周顺昌的学生。⑮ 侃侃:刚直。⑯ 表表:优异。⑰ 蓦罹(lí):突然遭到。⑱ 亲炙(zhì):亲自承受、体会。

【风入松】 呼群鼓噪闹官衙，圣旨公然不怕。你府县有地方干系，可晓得官旗是那一家差来的？天家缇骑魂惊唬[19]，（作手势介）若抗拒，一齐搭咤[20]。（外、末拱介）是！（付低说介）且住了！逆了朝廷，还好弥缝。今日逆了厂公，（皱眉介）咦！比着抗圣旨，题目倍加。头颅上，怎好戴乌纱！

（内众又乱喊介）宪天爷爷，若不题疏力救周乡官，众百姓情愿一个个死在宪天台下。（外、末又跪介）老大人，卑职不敢多言。民情汹汹如此，还求老大人一言抚慰才是。（付）抚慰些什么来？抚慰些什么来？拿几个进来打罢了！（外、末又跪介）老大人息怒。众百姓呵，

【前腔】 （外、末）哭声震地惨嗟呀！卑职呵，不敢施威喝打。倘一言激变难禁架，定弄出祸来天大。（末又跪介）老大人若无一言抚慰，就是周乡官在外，卑职也不敢解进辕门。（付）为何？（末）人儿拥，纷乱如麻，就有几皂隶，也难拿。

（付沉思介）嗄！也罢！既如此，快去传谕百姓且散。若要保留周乡官，且具一公呈进来，或者另有商量。（外、末起介）是！领命！（即下）（付）哈哈哈！好个呆官儿。苦苦要本院保留，这本儿怎么样写？怎么样写？且待犯官进来，再作道理。（向内叫介）张爷那里？李爷那里？（叫下）（小生扮校尉上，扯住付立定介）毛老爷，不要乱叫。我们的心事怎么样了？到京去，还要咱们在厂爷面前讲些好话的哩！（付）知道了！知道了！自然从厚。（携手下）（生

---

⑲ 缇（tí）骑：这里指逮捕犯人的锦衣卫军士。⑳ 搭咤：杀头的声音。

青衣、小帽，旦、贴扮皂押上）（生）平生尽忠孝，今日任风波。（净、丑、末拥上）周老爷且慢。我们众百姓已禀过都爷，出疏保留了。（生拱谢介）列位素昧平生，多蒙过爱。我周顺昌自矢无他[21]，料到京师，决不殒命。列位请回。（净、丑、末）当今魏太监弄权，有天无日，决不放周爷去的。（哭，唱）

【前腔】（净、丑、末）权珰势焰把人挝[22]，到口便成肉鲊[23]。周老爷呵，死生交界应非耍，怎容向鬼门占卦？（老、小生急上）周老先生，好了！好了！晚生辈三学朋友[24]，已具公呈保留，台驾且回尊府。晚辈静候抚公批允便了。（生）多谢诸兄盛情。咳！诸兄，小弟与兄俱读圣书，君命召，驾且不俟[25]。今日奉旨来提，敢不趋赴。顺昌此去，有日还苏，再与诸兄相聚，万分有幸了。（小生、老旦）老先生说出此言，晚生辈愈觉心痛了。（大哭介）（净、丑、末，各抱生哭介）（小生、老旦）老先生，你看被逮诸君，那一个保全的？还是不去的是。投坑阱都成浪花，见那个得还家。（生）列位休得悲哀。我周顺昌呵。

【前腔】（生）打成草稿在唇牙，指佞庭前拚骂[26]。叠成满腹东林话，苦挣着正人声价。诸兄日后将我周顺昌呵，姑苏志休教谬夸。我只是完臣节，死非差。

（外扮中军上）都老爷吩咐开读且缓，传请周爷快进商议。（净、丑、小生、老旦、末）有何商量？（外）列位且具公呈，自然要议妥出本的。（众）出本保留，是士民公事，何消周爷自议？不要听他！（生）列位还是放学生进去的是。（众）不妨，料没后门走了。（外扶生入介）（内）分付掩门。（内付掩门介）（众）奇

㉑ 自矢无他：语出《诗经·柏舟》，意为自己发誓未做什么不好的事。矢，通“誓”。㉒ 珰（dāng）：汉代宦官充武职者的冠饰，后世即代指宦官。㉓ 肉鲊（zhǎ）：肉酱。㉔ 三学朋友：指苏州当地府学及长洲、吴县县学的生员。㉕ “君命召”两句：语出《论语·乡党》，意为君王召见，不等车马备好，立即动身。俟，等待。㉖ 指佞（nìng）：据说尧时有一种叫

怪！为何掩起门来？列位，大家守定大门，听着里边声息便是了。（作互相窥听介）（内念诏介）跪听开读。（众惊介）列位，不是了！为何开读起来？（又听介）（内高声喊介）犯官上刑具。（众怒介）益发不是了！列位，拚着性命，大家打进去！（打门介）（付扮差官执械上）咄！砍头的，皇帝也不怕；敢来抢犯人么？叫手下拿几个来，一并解京去砍头！

【前腔】（付）妖民结党起波查[27]，倡乱苏城独霸。抢咱钦犯思逆驾，擒将去千刀万剐。（众）咳！你传假旨，思量吓咱！（拍胸介）教众好汉，怎饶他！

（付）嗄！你这般狗头，这等放肆，都拿来砍！都拿来砍！（作拔刀介）（净）你这狗头，不知死活！可晓得苏州第一个好汉颜佩韦么？（末）可晓得真正杨家将杨念如么？（丑、旦、贴）可晓得十三太保周老男、马杰、沈扬么？（付）真正是一班强盗！杀！杀！杀！（将刀砍介）（净）众兄弟，大家动手！（打倒付介）（付奔进介）（众赶入打介）天花板上还有一个。（众打进打出三次介）（二旦扛一死尸上）打得好快活！这样不经打的，把尸骸抛在城脚下喂狗便了。（下）（外扮寇太守扶生上）（生）老公祖，此番大闹，我周顺昌倒无生路了。怎么处？怎么处？（外）老先生休虑。且到本府衙内，再有商量。（扶生下）（末扮陈知县扶付上）（付）这等放肆。快走！快走！各执事不知那里了，怎么处？（末）执事都在前面。只得步行前去。知县护送老大人。（付）走，走，走！（同末下）（净、丑、旦、贴内大喊。众复上）还有几个狗头，再去打！再去打！（作赶入介）

"屈轶"的草，逢佞人入朝，则屈而指之。后世故称识别奸伪为指佞。㉗ 波查：元曲中一般

（即出介）一个人也不见了，官府也去了，连周乡宦也不知那里去了。怎么处？快寻，快寻！（各奔介）

【前腔】 （合）凶徒打得尽成祖[28]，倒地翻天无那。逋逃没影真奇诧[29]，空察院止堪养马。周乡宦，深藏那家？细详察，觅根芽。（共奔下）

作折磨讲，此处解作风波。㉘ 祖（zhā）：木制的栏杆。又为水果，即山楂。此借其音，为渣滓之意。㉙ 逋（bū）逃：逃亡者。

（康保成）

朱素臣（1618左右—1701以后） 名㿥（hé），号笙庵，以字行。吴县（今属苏州）人。苏州派代表作家，与朱佐朝齐名，人称“二朱”。创作剧本20余种，今存《十五贯》、《秦楼月》、《翡翠园》等12种。还与李书云合作《音韵须知》，与李书云、汪蛟门、李书楼共同校订《西厢记演剧》，均存。

十　五　贯①

【题解】

《十五贯》又名《双熊梦》，根据《醒世恒言》中的《十五贯戏言成巧祸》改编。剧叙熊友兰、熊友蕙兄弟一人出外觅活计，一人在家读书。隔壁商人冯玉吾的十五贯钱夜晚被老鼠衔走，一个金环被拖到熊家。同时，冯子误吃了沾有鼠药的糖饼身亡。于是，熊友蕙被判为谋财害命罪。熊友兰听说此事很伤心，同船商人陶复朱好心助他十五贯钱，欲营救其弟。友兰身背铜钱，巧遇从家中逃出的苏戌娟，两人同行。苏的养父游葫芦也有十五贯钱，被无赖娄阿鼠偷去，游本人也被杀死。于是熊友兰也被问成死罪。行刑前，知府况钟夜梦双熊衔鼠哭诉冤情。他于是停刑勘察，又微服私访，终将两宗冤案查明。全剧二十六出，这里选的第十八出《廉访》，写况钟扮成测字先生，与真凶娄阿鼠智斗的情形。

第十八出　廉　　访②

（末上）

---

①《十五贯》：据《古本戏曲丛刊》三集影印清钞本为底本，以上海古籍出版社1983年出版的张燕瑾、弥松颐校注本参校。② 廉访：考察，查访。

【步步入园林】 浪逐蝇头江湖上[③]，挣不破英雄网[④]。老夫陶复朱。自从在枫江买货下船，指望到河南脱卸，不想遇着熊友兰之事，老夫怜恤奇冤，助钱十五贯，教他回家。谁想同舟客伴，尽道出门吉日，遇此蹭蹬之事，改舟南往，老夫只得随众到了闽南。一路且喜货物俱有利息，又买了些南货，依旧到苏发卖。讨完帐目，赶回家中，不觉又是仲冬了。叹劳生空自忙，喜得故国云山，归来无恙。今日乃是望日[⑤]，特来城隍庙去进香。办炷心香瞻仰，愿客况履嘉祥[⑥]，祈晚景获安安康。（下）

（外扮术士、臂悬招牌上写："天目山人观枚拆字神数泄天机"，[⑦]小旦门子扮道童[⑧]，背包裹随上）

【园林过江儿】 海中针寻来渺茫，糊涂事没些主张。下官淮安事竣[⑨]，返棹南回。打发各役先回浒墅关伺候；自己换过微服，假扮一个拆字先生，唤个小船，到这里无锡地方，停泊上崖，探访游二致死根由。一路行走，只听得那些人纷纷传说，本府即日按临本地，搜缉凶身。只是我想这宗公案，不比前边的事体，有些墙壁，可据踏勘得；如今无影无踪，怎生是了？前面是城隍庙，不免到彼闲坐片时，再作道理。（向小旦）过来。我在庙中闲坐，你可远远伺候，不必前来。（小旦应下）（外）岂大案终无影响，那镜影犀光[⑩]，照不出山魈伎俩[⑪]？（下）

---

③ 浪逐：漫逐。蝇头：谓微小之利。此句乃陶复朱自言是江湖逐利之商人。④ 英雄网：笼罩英雄之网，指名和利。⑤ 望日：农历十五日。⑥ 客况：出门在外的境况。履嘉祥：走好运。⑦ 观枚：一作猜枚，指猜手中藏物之名色、数量，此指依物断吉凶。拆字：以分析求问者所写或所说之字义、字形来测定吉凶的一种江湖术。⑧ 小旦门子扮道童：原来扮门子的小旦，现又改扮道童。⑨ 淮安事竣：指况钟勘察熊友蕙冤案，曾专程去淮安府调查。下文"前边的事体"亦讲此事。⑩ 镜影：据《西京杂记》卷三记载，传说秦始皇有一面镜子，能照见人的五脏六腑。犀光：据《晋书·温峤传》记载，温峤曾燃犀角照深水中的怪物。

（丑上）日间不作亏心事，半夜敲门不吃惊。我娄阿鼠，一生好赌，半世贪财。只因一时动了贪心，杀了游葫芦，把他十五贯铜钱偷回。凑巧得极，正撞着倒运的强遭瘟⑫，恰好也背了十五贯铜线，同了丫头走路，竟被地方追着，捉到当官。替我打，替我夹，替我坐监铺⑬，替我问斩罪，真正是十足替死鬼。这一掷倒盆⑭，十分得意。咳，只道打发过了铁⑮，再无人来发觉了。不道前日监斩官，竟委着了苏州府大爷况青天，竟要正一掷起来⑯，你道可是玩得的？万一献了底，怎么处？因此这两日心惶胆碎，肉跳心惊，躲在家里；坐不安，睡不稳，竟像掉了魂的一般，心上狐疑不定。今日是月半，到城隍庙求一条签，看吉凶如何？莫若远去高飞，免得喻气。一路行来，呀，来的是陶太公！（末上）慈悲胜念千声佛，造恶徒烧万炷香。原来娄鼠哥。（丑）陶太公，久违久违。几时归来的？（末）昨日打从姑苏回来。鼠哥，近日赌钱得采么？（丑）不要说起，竟到了六部衙门了——尚书⑰。（末）你每赌场上朋友，输赢常事，为何慌慌张张？（丑）你不晓得，我那敝邻，有这场官司，（低声介）恐防带累乡邻，所以有点着急；特来求一条签，看看吉凶如何？（末）你地方上有何事体？老夫一些也不晓得，就请你讲讲。（丑）说起话长。说是我隔壁游二家的事。

【江儿犯】 奸杀奇闻事，乡间到处扬。（末）甚么奸杀事？（丑）就是那游葫芦死

---

⑪ 山魈（xiāo）：一种似猿的山怪，此处指杀害游葫芦的真凶。⑫ 强遭瘟：倒霉鬼。此指熊友兰。⑬ 监铺：即监牢。⑭ 一掷倒盆：赌博术语，意为掷骰子赢了满盘。⑮ 过了铁：即过了刀，指斩首。⑯ 正一掷起来：赌博术语，借指认真查办起来。⑰ 六部衙门——尚书：当时流行的歇后语，谓常输。尚书是吏、户、兵、礼、刑、工六部的最高行政长官。

人糊涂帐。(末)那游二被人杀死了?(丑)是。(末)为甚事?(丑)游二有个拖油瓶女儿[18]。那日游二替他姐姐借了些钱回来做生意,为了这两个牢钱,倒送了性命。(末)多少钱钞就送了性命?(丑)十五贯青蚨将身丧[19],女孩儿认罪谁称枉。(末)不信是他的女儿杀死的!(丑)当夜杀了人,明朝地方晓得,追上去,正在高桥地方。只见女儿呵,和着孤男相傍,俨做出私情勾当。(末)私约汉子同走,有何证见?(丑)囊中十五贯是真赃,招成奸杀罪双双。

(外一面暗上)欲求明鸟语,不惮听狐冰[20]。看门首有人讲话,隐隐听得"十五贯"三字,且走去听他。(上前拱手介)二位要起数?作成作成。(末)用不着。(丑)起数?住了,替我起一数。(末)既如此,你且站一站,我每讲完了话,就总成你。(外)当得奉候。(末)你且说那汉子甚么样人?是何名姓?(丑)那人不是本地方人,叫甚么熊友兰。(末)熊友兰?(背介)呀!前日那船上当梢那人叫做熊友兰!(外暗听)他是那里人氏?(丑)听得说是淮安人。(末)淮安人?这是几时的事体?(丑)个是旧年秋里个事体。(末)呀呸,这是那说起!(丑)奇奇!为甚么跳将起来?(末)这熊友兰,乃是淮安胯下桥人。这十五贯钱,是老夫助他回去救兄弟熊友蕙的,怎么是游二家的起来?(顿足)哎!世上有这等样屈事?(丑惊背介)不信有这样。(转介)你且将助钱一事,说与我知道。(末)我旧年在苏州呵,

---

⑱ 拖油瓶女儿:旧指妇女携前夫子女再嫁为拖油瓶,此剧中即指苏戌娟。⑲ 青蚨:据《搜神记》卷十三,有一种名叫青蚨的虫子,母子相依,很难把它们分开。有人便在钱上分别涂上青蚨母子的血,买东西时仅用母钱或子钱,便能"皆复飞归,轮转无已"。后世因称钱为青蚨。⑳"欲求明鸟语"两句:明鸟语,据说孔子的弟子公冶长能解鸟语。听狐冰,狐性多

【五供养交枝】 片帆北上，客伴闲谈，话出端详。(丑)也就说这件事了。(末)我每同舟朋友，偶然晓得淮安熊友蕙，被屈遭刑，不想舟尾有个当梢之人，就是这个熊友兰了。他偶倾窗外耳，此际好惊惶。(丑)听得兄弟有事，着急了？(末)便是。听兄弟问成大辟㉑，在狱追比十五贯宝钞㉒，痛哭几亡。彼时老夫心怀恻隐，一力赠钱十五贯，教他回去代纳宝钞，以免追比。临歧遣归慰雁行㉓，早难道救冤反把奇冤酿！(外暗点头介)(丑)就是你的钱，也无证据。(末)怎么没有证据？现有客伴船家看见的。也罢，老夫竟到苏州府况太爷处，与他辨明这宗冤狱去。(拜介)神明在上：弟子今日进香，为因急往苏州，辩人冤枉，不能从容瞻礼，改日再来了愿罢。为辩人冤，不辞路忙。(丑)你要到那里去？(末)向黄堂申冤理枉㉔！

(丑作急状，拦末介)呀呸！

【玉交海棠】 伊休莽撞，怎出头撩锋拨铓？(末)我为人曝白明冤，也不算甚么撩拨。(丑)你还不晓得，我每地方上为出这件事来，见上司，解六院㉕，拖上拖下，不知吃了多少辛苦。况且况太守有些兜搭，笑你负薪救火招无妄，岂不虑林木贻殃㉖？(末怒)咳，此言差矣！当日指望救他兄弟，不想反害了哥哥，我陶复朱的罪过也不小。若将他穷骨冤埋，枉却我侠肠雄壮！(欲下)(丑扯住介)住了住了，熊友兰又不是你的亲故，甚么要紧，无事讨事做。常言道："是非只为多开口，烦恼皆因强出头。"倘然况太爷倒来你个身上要起凶身，怎么处？依我说，不要去！(末)咳，我怎肯良心丧？拚做救人从井，同溺何妨！(下)

疑，冬日必听河冰下无流水声才敢在冰上行走。这两句说，希望能明辨是非，便不怕狡猾的狐狸。㉑ 大辟：死刑，为古代五刑之一。㉒ 追比：限期追还。㉓ 临歧遣归慰雁行：临歧，在岔路分别处。雁行，喻兄弟。因雁飞行时排成行互相照应。㉔ 黄堂：太守办事的厅堂。㉕ 六院：泛指官府衙门。㉖ 林木贻殃：无辜受牵连，遭祸殃。杜弼《檄梁文》："但恐楚国亡猿，祸延林木；城门失火，殃及池鱼。"

（丑）不好了！不好了！这件事竟要做出来了。（急乱走介）（外）有这等事？

【海棠姐姐】 我自忖量，（看丑介）看他情词窘迫难堪状。为何那人欲去出首，他却如此着忙？其中情弊，却有跷蹊！看他心虚胆怯，露出乖张。（向丑介）老兄！你方才说要起数，就请说来。（丑）我是来求签的。也罢，就起数罢。怎么样起法？（外指招牌介）请看：观枚拆字，声名播四方。（丑）怎么叫观枚拆字？（外）要问甚么心事，随手写一字来，就可判吉凶了。（丑）区区木识字的，写不出来。（外）随口说一个也罢。（丑）就是学生贱名罢。老鼠的“鼠”字。（外）尊名叫“鼠”字么？（丑）不敢。贱名叫娄阿鼠，赌钱场上有名的。（外背介）呀！且住，野人衔鼠㉗，已应其一；他名唤阿鼠，莫非正是此人么？我私追想，葫芦已有前番样，哑谜须教此际详。

（丑背介）他自言自语，想是拆不来？（外）你这个“鼠”字，是那里用的么？（丑）官司。（外作手写介）一十四画。数遇成双，乃属阴爻㉘。况鼠又属阴，阴中之阴，乃幽晦之象，若占官司，急切不能明白哩。（丑）明白是不曾明白，看可有缠扰累及？（外）自己用，还是代占？（丑支吾介）代占。（外）依数看起来，只怕不是代占。这桩事体，是为祸之首。（丑）何以见得？（外）“鼠”为十二生肖之首，岂非你是造祸之端？（丑惊呆介）（外）况且竟像在里头窃取了东西，构起这桩事的。（丑）有些古怪，偷东西你那里看得出来？（外）鼠性善于偷窃，所以如此断。（丑呆介）（外）还有一说：这个人家可是姓游么？（丑）你是那里晓得？

㉗ 野人衔鼠：指况钟夜梦两熊衔鼠跪哭一事。在本剧中，熊又被叫做野人。㉘ 阴爻（yáo）：易卦符号的一种。阳爻为—，阴爻为--。故说“数遇成双，乃属阴爻”。

(外)老鼠最喜偷油,故尔晓得。(丑背介)这不是拆字的先生,竟是仙人了!(丑点头介)已先不要管他,只看目下,可有是非口舌连累得着?(外)怎么连累不着?如今正是败露之时了。(丑)怎见得?(外)你是鼠字,目下正交子月㉙,当令之时,自然要明白了。(丑)先生,意欲躲避外面度度,可避得过?(外)你只要实对我说,果然是代占,还是自家占?说得明白,我好指引你。(丑)实不相瞒,其实是自家用的。(外)这个好,避得脱的。(丑)避得脱,何以见得?(外)你若自占,本身不落空了。"空"字头着一个"鼠"字,岂不是个"竄"字?就是逃竄之"竄"。(又思介)咦,逃竄是逃竄得的,只是那老鼠多畏多疑,怕做了首鼠两端㉚,不能出去。(丑)先生妙数,效验非常,其实我疑惑不定,所以起数。今承指点,竟依了先生,外面躲避躲避何如?(外)若能走避,万无一失的。只是今日就走好,若到明日,就走不脱了。(丑)今日天色渐晚,有些不便。(外)又来了。鼠乃昼伏夜动之物,连夜逃最妙的。(丑)有理。还要请教,走到那一方去便好?(外)鼠属巽㉛,巽属南;东南方去好!(丑)还是水路走?旱路走?(外)鼠属子,子属水㉜,是水路去好。(丑)水路东南方去,只是一时那有便船?(外)你若要去,老夫倒有便船在此,正要今晚下船,到苏、杭一路去赶趁新年。若不弃嫌,同舟如何?(丑)如此极妙,若能逃脱,先生是小子大恩人了!请上,容小子一拜。

【姐姐拨棹】 仗伊姑容漏网,那怕他泼天风浪。(外)管前途稳步康庄,管前

㉙ 子月:古时以"寅"为正月,子月是十一月。㉚ 首鼠两端:鼠性多疑,出洞穴时,常探头探脑,左右回顾。㉛ 巽(xùn):八卦之一。与八方相配,巽属南方。㉜ 子属水:子月为十一月,属冬。古代以木配春,火配夏,金配秋,水配冬。故说子属水。

途稳步康庄，向天涯高飞远翔。(丑)你的船在那里？(外)就在河下。(丑)如此说，待我去拿了行李来。些些薄意相送。(外)这也罢了。快去快来。(丑)我欲归家，胆又慌；待离家，意转忙。(急下)

(外)门子快来！(小旦上)老爷怎么说？(外)少停那人下船，只可称我师父，不可泄露风声。(丑背包裹上)

【尾声】 逃灾陌路权依傍。(外)来了么？(丑)这是甚么人？(外)是小徒。(丑)好个标致小官。江湖上人，专会受用此道。(外)就此下船去罢。匆匆行色送斜阳，(合)远望吴山路正长。(下)

(康保成)

秦楼月①

【题解】

康熙初年，扬州妓女陈素素与书生姜学在恋爱，受尽苦楚，两情不渝，一时传为佳话。朱素臣的《秦楼月》传奇，即据此素材创作而成。剧叙妓女陈素素在虎丘真娘墓

①《秦楼月》：本剧有康熙刻本传世，《古本戏曲丛刊》三集据以影印，今以之为底本。

题《秦楼月》词一阕，书生吕贯（原型姜学在）一见惊服。在友人刘岳帮助下，两人订下终身。素素与另一妓女绣烟不幸被强盗劫上山寨。山大王威逼两人就范，不从，绣烟被杀。素素毫不畏惧，以头撞石，表示玉碎之志。最后，吕贯的好友袁皓率军攻下贼寨，救了素素；吕贯也考中状元，两人终得团圆。《秦楼月》写成付梓时，赢得著名文人吴绮、陈维崧、尤侗、李渔等人的称赞，纷纷为之题序题诗题词。75岁的老画家顾云臣特意绘了女主人公画像，由著名雕版匠人鲍承勋镌刻，置于剧前。由此可见此剧在当时影响之大。全剧共二十八出。这里选的第三出《泪吊》，是陈素素在真娘墓前凭吊、题词的一场戏，集中表现女主人公吊古自怜的悲苦心境。

第三出　泪　　吊

（小旦上）青粉墙头仙桂开，个人花下小徘徊。莫惊平地姮娥见②，为带杨州月色来③。奴家名唤绣烟，乃陈素娘身边的一个侍儿便是。俺家姐姐，生长隋堤④，偶来吴苑⑤。肤能比雪，恍如姑射仙人⑥；貌欲怜花，绝胜开元妃子⑦。吟成《团扇》⑧，多情更自多才；织就《回文》⑨，善病还因善怨。只因吹箫桥上⑩，拣不出可意儿郎；故来响屧廊前⑪，且试觅有心年少。只是他心

② 姮娥：即嫦娥，神话传说中的月中女神。③ 扬州月色：唐徐凝《忆扬州》诗："天下三分明月夜，二分无赖是扬州。"言天下明月三分，扬州占了二分。喻当时扬州的繁华。以上两句说陈素素是扬州名妓，像月中嫦娥般美丽。④ 隋堤：隋炀帝南巡扬州，开渠通舟，沿渠筑御道，植杨柳，后世称隋堤。此代指扬州。⑤ 吴苑：苏州为春秋时吴地，有宫阙苑囿之胜，后因以吴苑为苏州代称。⑥ 姑射仙人：《庄子·逍遥游》云，藐姑射山上有仙人，"肌肤若冰雪，绰约若处子"。⑦ 开元妃子：指杨贵妃，她生活在唐玄宗开元天宝年间。⑧ 团扇：即《团扇歌》。汉班婕妤《怨歌行》有"裁为合欢扇，团团似明月"句，后人因称为《团扇歌》。⑨ 回文：即《回文诗》。传说晋窦滔妻苏蕙为滔徙流沙，因创织锦回文诗。以上八句说陈素素才貌双全。⑩ 吹箫桥：指扬州。语出杜牧《寄扬川韩绰判官》："二十四桥明月夜，玉人何处教吹箫？"⑪ 响屧（xiè）廊：春秋时吴王宫中廊名，遗址在今苏州西灵岩山。

耽幽静，不容蝶使闲窥[12]；所以致户少逢迎，止共鹦哥独语。目下中秋节近，姐姐晓起促妆，命携樽酒，瞒过妈妈，欲往虎丘一行。我仔细想来，闻说有个山东刘将军[13]，侨寓山前，品题花史，一蒙前列，声价顿高。只道姐姐此行，必为夤缘附骥[14]，不意他将切己之事，置若罔闻，反要到真娘墓上[15]，题诗酹酒。嗳，姐姐，你空怀艳质，黄金不买画师[16]；浪掷闲情，青冢徒招异代[17]。似此痴肠，人间未有也。既蒙吩咐，止索伺候则个。(旦淡妆上唱)

【北端正好】 业风扇[18]，愁云砌；经多少业风扇，愁云砌。怯身躯，又早吹堕泥犁[19]。则看俺支离病骨扶难起，消得这泼湘江时湔洗[20]。

(小旦)姐姐，晓日未高，行人尚少，樽酒既备，便请移玉。(旦)名山在望，胜迹堪寻。趁妈妈暂往邻家，你便携了樽酒，并带笔砚，随我一行去。(小旦)姐姐请。(旦)呀，一路行来，又早虎丘渐近也。(唱)

【滚绣球】 奴不是爱鲜风逐马蹄，也不为斗新妆整凤屐[21]。一任他最牵情种

---

⑫ 蝶使：喻轻浮男子。古时常以花喻女子，以蜂、蝶比喻追逐少女的人。⑬ 山东刘将军：本剧中的镇国将军刘岳，他在虎丘主持品题名姬高下。⑭ 夤(yín)缘附骥：凭藉关系攀附，依附他人成名。多用为自谦之辞。⑮ 真娘墓：真娘，唐时名妓，时人比之苏小小。真娘墓在苏州虎丘，后来文人多往凭吊。⑯ 黄金不买画师：汉时王昭君不用金钱贿赂画师毛延寿，以致画像被丑化，遭到汉元帝的冷落。⑰ 青冢：汉王昭君的墓。此处指真娘墓。⑱ 业风：佛教语。谓善恶之业能使人轮回三界，故譬之为风。⑲ 泥犁：佛教语，意译为地狱，是佛教所说的十界中最恶劣的境界。⑳ 湔(jiān)洗：洗刷污秽，比喻改过自新。㉑ 凤屐(jī)：绣有凤纹的鞋。屐，一般为木制，底有两齿，以行泥地，后引申为鞋的泛称。以上两句说，我不像轻浮的妓女那样，打扮得花枝招展，去追随贵族阔少。

花成市，也不管惯撩人卖酒张旗[22]。奴则为惹朝朝冶艳愁，动年年摇落悲[23]。怕桃李颜镜中难驻，车马客户外终稀[24]。打算着红颜同调惟怜汝，除却了青冢知心更数谁。因此上独吊名姬。

（小旦）姐姐，上得山来，这搭儿就是真娘墓了。（旦）这就是真娘墓了？呀！你看青山寂寂，黄土累累。红粉如花，自昔情缘在否；绿云委地，而今冤债填无？真好怜人也。（唱）

【叨叨令】 俺则见花儿草儿，荆荆榛榛的废；那里觅碑儿碣儿，模模糊糊的记；早已是歌儿舞儿，深深沉沉的闭；只落得狐儿兔儿，纵纵横横的戏。兀的不痛杀人也么哥，兀的不惨杀人也么哥。少甚么风儿雨儿，杂杂沓沓的至。

（白）凭吊多时，不觉凄然泪下。绣烟，你可将此樽酒，墓前浇奠。容奴哭拜一回。（小旦奠酒，旦哭拜介）阿呀，我那真娘嗄！你在生时节呵，（唱）

【脱布衫】 想着你簇香车细骨柔肌，想着你溜金钗浅笑轻啼，想着你逗灵犀月冷灯微[25]，想着你扫长蛾粉浓脂腻。今日里呵。

【小梁州】 长夜冥冥磷火吹，半抔土渐不成堆[26]。（白）奴若与你比方，却有万分

㉒“一任他”两句：意为对市井繁华、歌舞冶游不感兴趣。㉓ 摇落悲：睹秋天到来，草木凋零而产生的悲哀。宋玉《九辩》：“悲哉秋之为气也，萧瑟兮草木摇落而变衰。”㉔ 车马客户外终稀：化用白居易《琵琶行》诗：“门前冷落车马稀，老大嫁作商人妇。”以上四句说，只怕岁月难驻，年老色衰，下场凄惨。㉕ 逗灵犀月冷灯微：灵犀，传说犀为神兽，犀角有白纹，感应灵敏，故以“灵犀”喻心意相通。此句说，真娘曾夜半与心意相通的情人厮守缱绻。㉖ 半抔土渐

不如你处。(唱)你当年存没有人知㉗,奴家呵,尘埃弃,谁把小名提?只是还有一件,既然你,珊衾夜夜呼连理㉘,怎便一概觑、露水夫妻。何不谢高名,收急泪,早得鸳鸯,并化梓树一双栖㉙。

也罢,不免就此颓垣之上,题词一首,一为奴家寄慨,一为真娘解嘲。(题介)香红歇,青山一闭无年月。无年月,松枯柏老,同心难结。东君不管花如雪㉚,消磨莺燕凭谁说。凭谁说,秋烟秋雨,几堆黄叶。右调〔秦楼月〕,寓虎丘维扬女子陈素素题㉛。(唱)

【快活三】 您那里芳魂逝,俺这里怨句题。奴是你九原知己㉜,不须疑。鉴取,这伤心一点青山泪。

(老旦上)巫峡行云得神女㉝,武陵流水赚仙郎㉞。老身钱氏,偶往邻家,归来不见素素孩儿,一径寻来,闻在真娘墓上,只得劝他回去。(见介)果然在此。呀,我儿好不痴也!从来无事而戚,谓之不祥。他是死鬼,你是生人,相隔

(chán):指坟墓。土渐:高耸的土山。渐,高峻貌。㉗ 存没:生死。㉘ 珊衾夜夜呼连理:珊衾,珊瑚制成的被子,谓卧具之华贵。连理,即连理枝,爱情的象征。㉙ “何不谢高名”四句:意为真娘何不舍弃妓女生涯,寻一个知己,过真正的夫妻生活呢? ㉚ 东君:司春之神。㉛ 维扬:即扬州。㉜ 九原:指墓地。原为山名,在山西新绛北,春秋时晋卿大夫坟墓所在地,后世因称墓地为九原。㉝ 巫峡行云得神女:宋玉《高唐赋》记楚怀王梦中与巫山神女相会,神女辞别时说:“妾在巫山之阳,高丘之阻。旦为朝云,暮为行雨。朝朝暮暮,阳台之下。”后称男女幽会为巫山、云雨、高唐、阳台。㉞ 武陵流水赚仙郎:东汉时刘晨、阮肇误入仙境,被仙女哄骗,半年后回家,子孙已过七代。见刘义庆《幽明录》。武陵,出自晋陶潜

千载，甚么要紧，在此啼啼哭哭？快些随我回去。（旦）阿呀娘嗄，你那里晓得孩儿的心事！（唱）

【朝天子】 痛青莲污泥，叹青春逝水，火轮中算不出抽身计。嗟嗟薄命，论心无地，只有这下泉人堪陪对㉟。（老旦白）你如此怨怅，意下待要怎么？（旦唱）则待舞扇潜抛，歌衣永弃，正不妨事空王㊱，湔夙罪。（老旦）哇，好胡说！你小小年纪，一朵鲜花，不曾开绽哩。正要及时行乐，买笑追欢，与做娘的赚取大块银子；却就想弃行改业，跳出这门限儿去，可不是做梦么！快些随我回去，省得我发起恼来，不好意思。（旦）罢，罢！只得别了真娘回去则个。阿呀，我那真娘嗄！（老旦）快些走罢了，又把眼泪儿找上几滴。（旦唱）三杯酒酹讫，一阕词写毕。从此价寒食梨花㊲，岁岁长相忆。

（老旦）黄昏哭向野田春，
（小旦）添得临岐泪满巾。
（旦）最是不堪回首望，
（合）青山无处不愁人。

《桃花源记》，后泛指清净幽美、避世隐居之地。以上两句上场诗，讲明鸨母职业。㉟ 下泉人：黄泉下的人，指墓中真娘。㊱ 事空王：指皈依佛教。空王即佛祖，因佛说世界一切皆空。㊲ 寒食：节令名，在农历清明前一日或二日。

（康保成）

吴伟业(1609—1672)　字骏公，号梅村，太仓人。明末师事张溥，为复社成员。崇祯进士，官至左庶子。弘光朝任少詹事，因与马士英、阮大铖不合，辞官归里。入清后官国子监祭酒。戏曲作品有《秣陵春》、《通天台》、《临春阁》3种，写亡国之痛，隐喻悲喟。

通　天　台①

【题解】

《通天台》杂剧共二折，卷首有总目："沈左丞醉哭通天台，汉武帝梦指函关道。"剧本写梁武帝时的尚书左丞沈炯，梁亡后寄留北方，终日思念家乡，痛忆梁朝。一日凭吊汉武帝营造的通天台遗迹，醉卧而睡。梦中武帝留他任官，炯力辞不就。又送丽娟奉侍，亦遭谢绝。武帝只得亲自送他出函谷关。作品曲折反映了清初亡国士大夫矛盾、痛苦的心情。主人公沈炯气节高尚，但一觉醒来，意识到千古兴亡，"总付之一江流水罢了"。这里选的是第二折，即沈炯梦中与汉武帝相遇的情景。

第二折

(外扮汉武帝，杂扮太监、从官，旦扮侍女上)(外)影娥池畔草芊绵②，青

---

①《通天台》：本剧有清邹式金编的《杂剧三集》本流传，中国戏剧出版社1958年影印，今以之作底本。② 影娥池：汉武帝所建，在俯月台下，月影可映入池中。

雀低飞辇路边[③]。忆卖玉箱曾入市[④]，别来铜狄又经年[⑤]。孤家汉武皇帝是也。穆天子觞我于盘石之上，戏赌吉光裘，倒亏巨灵指点，赢了他渠黄小驷[⑥]。升于太行，还绝河济[⑦]，已到通天台。如此良夜，可无佳客。那些从官们，一个个能言快论，只是他把世间兴废，看得淡了，倒觉没趣。譬如贾生不哭[⑧]，扬子无愁[⑨]，纵有嵚崎历落之气[⑩]，怎能够感发出来？所以数百年来，天下逗留几篇文字，反被后生批驳，说道上边笔路，渐觉寻常。俺仔细思量，只因不比人世愁多，非是关俺神仙才尽，不如这班参不透、耐不得的汉子，哀吟狂叫，听将去反觉动人。适才有个江南沈秀才[⑪]，哭哭啼啼，为着老萧何子孙梁武帝[⑫]，诉出个天大来的不平，不知他是古佛化身，那要你孤臣洒涕？只是一片心肠，也不要埋没了他。从官，拿他表文上来。（杂递表文介）（外）这表章尽是去得。咳，我做一世帝王，怎般雄才大略，惯被那不识时务的儒生，轻轻薄薄，说

---

③ 辇路：天子车驾常经之路。④ 忆卖玉箱曾入市：据《汉武帝内传》，西胡康渠王曾向武帝献玉箱，帝甚爱之，后宫人以之陪葬。过若干年，有人于扶风市中买卖此箱。⑤ 铜狄：即铜人、金人，古时多铸于宫庙间。传说汉代咸阳宫有金人十二，魏明帝景初元年拟迁往洛阳，折时“金狄或泣，因留灞垒”。见《汉晋春秋》。⑥ “穆天子觞我于盘石之上”四句：穆天子即周穆王。盘石，厚而扁的大石。吉光裘，西域献给汉武帝的珍贵裘服，据说“入水不濡”。见《西京杂记》卷一。巨灵，神名，传说曾受武帝爱悦。渠黄小驷，周穆王八骏之一。以上所说汉武帝与周穆王“戏赌”事，所据不详，疑为作者杜撰。⑦ 绝：渡过。河济：黄河与济水。⑧ 贾生不哭：贾生，汉贾谊。年少有才，文帝时任太中大夫，后为权贵所忌，出为长沙王太傅，迁梁怀王太傅。梁王坠马死，贾谊自感未尽到责任，终日哭泣，不久身亡，年仅三十三岁。⑨ 扬子无愁：扬子即汉扬雄，曾依屈原《离骚》作《畔牢愁》。⑩ 嵚崎历落之气：不平之气。嵚崎，高峻貌。历落，参差疏落。⑪ 沈秀才：即沈炯，字初明，吴兴武康（今浙江德清县西）人。南朝梁时为尚书左户侍郎、吴令，元帝时封原乡侯，领尚书左丞。后为西魏所掳。曾独行经汉武帝通天台，为表奏之。本剧即据史书有关记载敷衍而成。⑫ 老萧何子孙

一句秦皇汉武，一笔丢下了。这沈秀才倒肯做著表文，拜告我这失势的官家，煞是可敬。田丞相引他上殿[13]！（田）领旨。沈先生，我主有请。（生惊起）老先生高姓？（田）学生姓田，名千秋。（生）这是田老丞相，素昧平生，知是睡里梦里？（田）学生亏做一个梦，便做了丞相。这一派传将下来，如今做官的都是做梦哩！老先生，你还不知吾主，等待久了。（生）梁朝原乡侯尚书左丞沈炯见驾。（外）沈卿羁旅悲秋，一何憔悴至此？（生）微臣异乡失路，亡国兴哀，仰动圣怀，不胜惶悚。（外）沈卿，你家梁武帝，原是个西方古佛，恐怕那因缘缠绕，倒亏了一阵罡风[14]，把有为世界，一齐放倒，然后撒手逍遥[15]，天然自在。这些兴亡陈迹，不过他蒲团上一回睡觉[16]，竹篦子几句话头[17]。你只管替他烦恼，为著甚来？（生）吃棒如来，原无真相[18]。就他一人身上，只索罢了。只是世界之内，不宜有此，那天公主意，却是为何？（外）若论人世沧桑，那个不到这个田地？便是孤家，何等英雄。虽然宗庙园陵，粗成结果；究竟哀蝉落叶，仍痛故姬[19]。归来望思，空伤爱子[20]。刀磨石上，雍门之鼓瑟堪哀[21]；碗出人间，隧路之模金可

孙梁武帝：据《梁书·武帝纪》，梁武帝萧衍是汉初萧何的后代。衍性佞佛，三次到同泰寺舍身出家，故下文说他是“古佛化身”。⑬ 田丞相：即田千秋。昭帝时因年老许乘小车入朝，又称车千秋。据《汉书·车千秋传》，武帝时有人谮言太子，田千秋上疏武帝，称梦中有白头老翁教他为太子辩冤。帝感其忠，数月后拜为丞相。故下文说“学生亏做一个梦，便做了丞相”。⑭ 罡（gāng）风：高空的风。⑮ 撒手：死的委婉说法。一说指出家。⑯ 蒲团：僧人坐禅或跪拜时用的圆形草垫。⑰ 竹篦子：又作金篦、金錍，佛教为接受灌顶者明目而使用的器具。一说为佛家使用的罚具。⑱ 吃棒如来，原无真相：佛家对初学者常当头一棒或大喝一声，提出问题令答，以考验其悟境，后来也用“棒喝”指警醒人们的迷误。这句说，按佛祖如来提醒，四大皆空，没什么现实真相可言。⑲ 哀蝉落叶，仍痛故姬：汉武帝宠妃李夫人死后，帝哀伤不已，曾作《落叶哀蝉曲》。故姬，指李夫人。⑳ 归来望思，空伤爱子：汉武帝戾太子刘据为江充所谮，自缢。武帝明白真相后，“乃作思子宫，为归来望思之台于湖”。见《汉书·武五子传》。㉑ “刀磨石上”两句：据《太平御览》卷八八引《汉武故

畏[22]。岂必台城之树，独有悲风；只此长安之宫，止余明月。沈卿，你听我道来。

【双调新水令】 叹西风峭紧暮林凋，把江山几番吹老。偏是你黄花逢卧病，斗酒读《离骚》。那旧垒新巢，斜阳外知多少。

这篇文字，自古如此，何足多恨！我想古人违齐处鲁，不居一邦。今上帝命朕为华胥国主[23]，还住此台，沈卿客游到此，不如拣像意的官，做一个儿罢！

【驻马听】 俺仙仗逍遥，高枕华胥拥二崤[24]。你客卿清要，吹台禁选借枚皋[25]。展油幢插起侍中貂[26]，据胡床斜侧参军帽[27]。（白）沈卿，你在梁朝做官，有许多年月了？（生唱）凑上些旧年劳，算得来三四考[28]。

臣炯负义苟活之人，岂可受上客之礼，以忘老母哉？陛下所谕，臣不敢受命。（外）这样不识抬举的！

事》，武帝死后，吏卒常用其陵墓旁的方石磨刀。雍门，指战国时齐人雍门周。他善鼓琴，曾令孟尝君闻而涕下。见刘向《说苑·善说》。这两句说汉武帝死后亦很凄凉悲哀。㉒“碗出人间”两句：语出沈炯《经通天台奏汉武帝表》。碗，食具。隧路，墓道。摸金，谓掘墓盗宝。这两句说，即使死去也难免遭人掘挖坟墓。㉓ 华胥国，古代传说中的理想国。传黄帝曾梦游华胥国，其国无为而治。㉔ 二崤（yáo），指崤山，在今河南洛宁西北。因分东崤、西崤，故称。㉕“吹台”句：吹台，在今河南开封东南，相传为春秋时师旷吹乐之台。枚皋，汉枚乘子，武帝时拜为郎。这两句说，你可像枚皋那样任个清要官职，到吹台上奏奏乐。㉖ 展油幢插起侍中貂：油幢，舟车上经油涂饰的帷幕。侍中貂，侍中官帽上的饰物。㉗ 据胡床斜侧参军帽：胡床，一种可以折叠的轻便坐具。由胡地传入，故名。参军，官名，为皇帝或将帅参谋军务的属官。㉘ 三四考：即十年左右。考，指考功，古代三年考核官员政绩一次。

【搅筝琶】 好一个呆才料，倒是咱甜句儿紧相邀，反惹他腆着胸脯，气哏哏将言回报。有甚么通天才学，不肯的屈脊低腰。你要回去呵，便做马牌勘合都填著㉙，也要待十日三朝。

（从官上）吾主再四殷勤，左丞何无留意？（生）沈炯国破家亡，蒙恩不死，为幸多矣。陛下纵怜而爵我，我独不愧于心乎？如必不得已，情愿效死，刎颈于前。（从官）臣等苦言劝勉，他涕泗横流，以死自誓，执意不从。（外）这个也不要怪他，受遇两朝，违乡万里，悲愁侘傺㉚，分固宜然。只是他无国无家，欲归何处？沈卿，我这台上，那江南光景，尽望得见来。

【沉醉东风】 这一带半天嵩少㉛，那一搭两点金焦㉜。（生白）果然是江南风景。（外唱）好风吹，梦落广陵潮㉝。听钟声，敲破匡庐晓㉞。沈卿你看，都是些澹烟衰草。（生白）好感伤也！（外唱）只怕你，故国莺花总寂寥；若回去呵，可怜煞断鸿缥缈㉟。

（生）臣一望家乡，心如摧割，求陛下速加矜允，早就归程。（外笑介）偌大一个汉皇帝，难道别酒不能备办一杯？叫光禄寺摆饭㊱，与沈左丞饯行。传话后宫，唤丽娟出来送酒㊲。（旦上）画眉犹未了，汉帝使人催。来了。

㉙ 马牌：也称起马牌，出入关口的凭证。㉚ 侘傺（chā chì）：因失意而精神恍惚的样子。㉛ 嵩少：嵩山。在今河南登封北。㉜ 金焦：指金山与焦山。两山均在今江苏镇江附近长江边。㉝ 广陵：地名，即今江苏扬州。枚乘《七发》有观广陵潮语。㉞ 匡庐：即庐山。㉟ 断鸿缥缈：断鸿，离群孤雁。缥缈，高远隐约。这是设想沈炯回到故园后孤单的样子。㊱ 光禄寺：官署名，负责皇室祭品、膳食及招待酒宴的部门。㊲ 丽娟：汉武帝曾宠幸的宫

【得胜令】 只得向帘前走一遭，大古里秀才家馋眼脑[38]。为甚面庞迸定胡遮调[39]？教我脚步腾挪懒去瞧。(外叫丽娟女伴催介)(旦唱)唠叨，是这等苦支喳，闲厮叫。蹊跷，倒为着酸黄齑[40]，冷气淘。

丽娟叩头。万岁爷；那吾丘司马，陪宴柏梁[41]，从未唤丽娟侍酒。今日请个酸溜溜的秀才，唤丽娟怎的？(外)他是江东才士，失路思家，你唱一支解闷曲儿，与他把盏者。(旦)理会的。(取盏上)

【乔牌儿】 只为你沈婆儿会作乔[42]，唤了俺汉宫人忙来到。便算是秀才惯病难医饱，也莫把酒杯儿放忒高。

万岁，他只管短叹长吁，持杯不饮。(生)微臣闻此幽渺之音，倍增流离之感。只为着宝剑飘零，空负了玉钗敲断。一声《何满》，不觉涕垂[43]，委实不能饮了。(旦)我道他是粗笨秀才，这句话儿，倒也可人心意。便是俺丽娟，一去人间，犀沉玉冷[44]，看那市朝迁改，黯地伤神；何况他南国香销，美人黄土[45]。正是人言愁，我亦欲愁矣！

女。见郭宪《洞冥记》。㊳ 大古里：大概。馋眼脑：由于好色而眼光不正。㊴ 胡遮调：愁眉苦脸的意思。㊵ 酸黄齑(jī)：腌酸菜，此指穷酸秀才。旧时读书人多贫寒，常以酸咸菜为食，故云。㊶ 吾丘司马，陪宴柏梁：吾丘司马，即吾丘寿王，武帝时拜东郡都尉，后征为光禄大夫。陪宴柏梁，汉武帝建柏梁台，尝置酒其上，诏群臣和诗。㊷ 作乔：装模作样。㊸ "一声《何满》"两句：唐张祜《宫词》："一声何满子，双泪落君前。"何满子，曲调名。据白居易《何满子》诗自注，唐开元时，乐工何满子临刑前进此曲以赎罪，终不免。后多用以指哀伤的曲调。㊹ 犀沉玉冷：指往事成空。㊺ 南国香销，美人黄土：指沈炯妻被侯景所杀一事。详见《南史·沈炯传》。

【挂玉钩】 俺便做燕子桥边柳万条，也遮不住愁来到，尽教他肠断东风碧玉箫[46]。咳，沈郎，不要说你，便是我丽娟，闲点勘春愁稿，那漏迟迟、人悄悄也，不禁占定阑干[47]，只落得泪摘花稍。

万岁爷，这秀才愁闷如此，倒不如早些放他回去。（外）我叫你劝酒，倒替他说人情，只是便宜了你，唱不得几句曲儿。（生）微臣快睹天颜，优承礼遇，今日拜辞阙下，仰荷生成，世世生生，不知所报。（外）沈卿，此上界瑶居[48]，卿以宿缘，合当到此，数十年后，当待子于三十六峰[49]。（指丽娟道）此妮子因窥吾炼药，偷绛雪丹一粒，得成仙果，在王母第三女玉卮娘子位下，今日一见沈卿，不无留恋，合是夙缘，卿若重过此台，当以妮子相赠。咳，左丞，我甚不惜放卿还，但不审何时复至耳。（旦）这一天凉月，万岁爷何不到黄山下[50]，打猎一回，就送左丞归去？（外）说得有理，换了我的衣服，侍女们携了乐器，多带些酒来。

【折桂令】 急忙里，袅金鞭[51]，走送河桥。换矫帽轻衫，背杆拨檀槽[52]。古道荒郊，猎痕青烧[53]，玉兔媒娇[54]。（白）丽娟，你手制的锦袍一袭，从官带得黄金三十斤，赐与沈卿。沈卿，（唱）赠征人鸦青响钞[55]，御秋风狐白轻袍。（生白）亲劳御驾相送，复赐路资，微臣叩谢天恩，拜辞去了。（外）沈卿不要就行，待我再猎一回，送你到函关外去。（唱）旅雁嘹嘹，别马萧萧。出秦关风引旌旗，射南山霜满弓刀。（众唱）

㊻ 肠断东风碧玉箫：用春秋时萧史吹箫与弄玉双双成仙之典。因炯妻被杀，故说肠断。㊼ 阑干：即栏杆。㊽ 瑶居：即传说中仙人所居之瑶台。㊾ 三十六峰：河南登封北面之少室山，有山峰三十六座。㊿ 黄山：在陕西武功。[51] 袅金鞭：形容鞭梢甩动盘旋，如青烟缭绕。[52] 杆拨檀槽：指琵琶。檀槽是琵琶上架弦的格子。[53] 青烧：野火。[54] 玉兔媒娇：意为让月亮为丽娟作媒。玉兔，代月亮。[55] 鸦青响钞：鸦青，宝名。响钞，谓钱。鸦青响钞即指钱钞。

【沽美酒】 做势儿围场绕，号头儿人丛叫[56]。叫女将穿围打花鸟，紧扣著狮蛮带小[57]，一辔头踹过山前哨。（又唱）

【太平令】 放苍鹰，星眸玉爪；叠凡禽，雨血风毛。到明朝归来平乐[58]，少不得三军齐犒。你呵，须自文豪兴豪，奏长杨赋草[59]。呀，才显得沈东阳文章马稍[60]。

（杂）这是函谷关上了。（外）从官叫他开关。（丑上）星霜严夜柝[61]，车马候晨鸡。自家函谷关把总便是。半夜三更，那个在此讨关？（杂）咄！有紧急文书，星夜前去的。（丑）拿文书我看。这是元封年号[62]，我在钱眼上不见有元封通宝，这是假的，我老爷睡了。（杂）他胡言乱话，说文书字号不对，不肯开关。（外唱）

【锦上花】 便算是虎头牌对差年号[63]，遮莫你狼牙峪刁蹬衣包[64]。这厮呵，黑睡齁齁[65]，惯噇烧刀[66]；多大官儿，语言胡哨。

（杂）还不开？（丑）毕竟那一家，也要问个来历。（外唱）

【么篇】 则问你这重关，起首谁家造？没眼敲材，盘问根苗。（白）叫左右的，

---

[56] 号头儿：头领。[57] 狮蛮带：装饰华丽的衣带。[58] 平乐：平乐宫，在未央宫北。[59] 奏长杨赋草：汉扬雄曾撰《长杨赋》，这里泛指辞赋。[60] 沈东阳文章马稍：沈东阳，指沈炯。他家距浙江金华近，金华古称东阳，故称他为沈东阳。马稍，长槊，比喻文笔犀利。[61] 柝：巡夜时敲的木梆。[62] 元封年号：汉武帝年号，自公元前115至前110年。[63] 虎头牌：原是元代皇帝颁发给官吏们得便宜行事的虎头金牌，这里指上文所说的“紧急文书”。[64] 遮莫：尽管。狼牙峪：泛指关口。刁蹬衣包：即刁难。[65] 黑睡齁齁（hōu）：睡得烂熟。[66] 惯噇（chuáng）烧刀：喝醉了酒。噇，无节制地喝酒。烧刀，烧酒。[67] 傍州厮照：依照旧例。傍

打开来罢。沈卿,只说你家萧公,但看孤家,一个关也讨不下来。(唱)失势官家,傍州厮照[67];道破关头,出门长笑。

关已大开,沈卿可以行矣。(旦)秀才前途保重,咱们随驾回了。(下)(生醒)奚童,我们出子函谷关,快些回去。(丑)甚么函谷关?(生)适才汉武帝送我过关的。(丑)这是通天台下酒店里,老爹睡著,奚童也打一个盹儿。(生)适才武皇置酒殷勤,就是丽娟,也裴回送别[68],难道都是一梦?呀!据此佳兆,我定归期有日了。只是一席闲谈,许多指点。他说我梁皇依然极乐,自家倒无限凄凉。正是一曲哀歌茂陵道,汉家天子葬秋风[69]。那见得玉匣珠襦,便胜著金戈铁马,总付之一江流水罢了。便是我沈初明,若使遭遇太平,出入将相,今日流离丧乱,困顿饥寒,到头来总是一场扯淡。何分得失,有甚争差?倒为他搅乱心肠,捶胸跌脚,岂不可笑?武皇,你教我多矣!(唱)

【鸳鸯煞】 俺便是三年狂走荒山道,那怕他一朝饿死填沟壑。黑海波涛,枯树猿猱。猛地里老黄龙棒头喝倒[70],还说甚苦李甜桃。好一个闷葫芦,今朝抛掉,都付与造化儿曹。哈哈,沈初明三十年读书,一些没用。刚亏了通天台,那一篇汉皇表。

州,即傍州例。⑱ 裴回:即徘徊,往返回旋,依依不舍。⑲ "一曲哀歌"两句:汉武帝曾作《秋风辞》,感叹人生易逝,如秋风中过客。⑳ 老黄龙棒头喝倒:意为被汉武帝警醒。老黄龙,佛教临济宗黄龙山普觉禅师,讲究棒喝顿悟。

(康保成)

李渔(1610—1680) 字笠鸿、谪凡,号笠翁。浙江兰溪人。著名戏曲理论家、作家。少游四方,晚居杭州西湖,自号湖上笠翁。负才子名,精通戏曲理论、创作与表演。所撰《闲情偶寄》,为古代戏剧理论著作之集大成者。《新传奇品》称其词如“桃源笑傲,别有天地”。他创作的戏剧作品《笠翁十种曲》均存,其中以《风筝误》成就最高。

风　筝　误[①]

【题解】

这是一出轻喜剧。书生韩世勋丧父,在父执戚补臣家读书。邻居詹烈侯有两女,爱娟奇丑,淑娟妍慧,分住东西两院。一日,戚子友先放风筝,落入淑娟院中,上有韩世勋题诗一首。淑娟和诗一首,写在旁边,世勋一见大喜,又另题一诗,欲令风筝落淑娟手中,岂知却为爱娟所得,又托淑娟名与世勋约会。世勋夜见爱娟,见她答非所问,索灯照看,见其貌丑,惊走。后世勋中式,戚补臣命与淑娟成婚。世勋百般推托,补臣强主婚事。洞房中,世勋方知所娶的正是才貌双全的詹淑娟。作品成功地运用了误会、巧合等戏剧手法,使全剧始终笼罩着笑声。全剧共三十出。这里选的第二十九出《诧美》,写韩世勋洞房中与詹淑娟相见的情形。

第二十九出　诧　　美

【传言玉女前】 (小旦带副净上)儿女温柔,佳婿少年衣绣,问邻家娘儿妒否?

---

①《风筝误》:本剧有清初刊本《笠翁十种曲》流传,今以之为底本,并以岳麓书社

妾身柳氏。前日老爷寄书回来，教我赘韩状元为婿。我想梅夫人与我各生一女，他的女婿是个白衣白丁②，我的女婿是个状元才子；我往常不理他，今日成亲，偏要请过来同拜，活活气死那个老东西！叫梅香去请二夫人过来，好等状元拜见。（副净应下）

【传言玉女后】（生冠带，末随上）姻缘强就，这恶况怎生经受？冤家未见，已先眉皱！

（见介）（副净上）夫人，二夫人说，他晓得你的女婿是个状元，他命轻福薄，受不得起拜，他不过来。（生）既是二夫人不来，今日免了拜堂罢。（小旦）说的什么话？小女原不是他所生，尽他一声不来就罢。叫傧相赞礼。（净扮掌礼上，请介）（副净、老旦扶旦上，照常行礼毕，共坐饮酒介）

【画眉序】（生闷坐不开口，众唱）配鸾俦，新妇新郎共含羞。喜两心相照，各自低头。合卺酒未易沾唇，合卺杯常思放手③。状元相度该如此④，端庄不轻开口。

【滴溜子】 笙歌沸，笙歌沸，欢情似酒。看银烛，看银烛，花开似斗。冬冬声传漏，早些撤华筵，停玉盏，好待他一双双，归房聚首。

（小旦）掌灯送入洞房。（行介）

1984版《李笠翁喜剧选》（黄天骥、欧阳光选注）参校。② 白衣：未做官的人。白丁：不识字的人。③ 合卺（jǐn）：旧时婚礼饮的交杯酒。把瓠分成两个瓢叫卺，新婚夫妇各拿一瓢来饮，谓之合卺。④ 相度：举止、风度。

【双声子】 新人幼，新人幼，看一捻腰肢瘦[5]。才郎秀，才郎秀，看雅称宫袍绣。神祜祐[6]，神祜祐；天辐辏[7]，天辐辏。问仙郎仙女，几世同修？

【隔尾】 这夫妻岂是人间偶？是一对蓬莱小友[8]，谪向人间作好逑[9]。

（众下）（生、旦对坐，旦用扇遮面介）（内发擂毕，打一更介）（生背介）他今日也一般良心发动，无颜见我，把扇子遮住了脸。（叹介）你这把小小扇子，怎遮得那许多恶状来！

【园林好】 （生）我笑你背银灯难遮昨羞，隔纨扇怎藏旧丑？他当初露出那些轻狂举止，见我厌恶他，故此今日假装这个端庄模样。（叹介）你就端庄起来也迟了！一任你把娇涩态千般装扭，怎当我愁见怪闭双眸，愁见怪闭双眸！

我若再一会不动，他就要手舞足蹈起来了。趁此时拿灯去睡。双炬台留孤独影，合欢人睡独眠床。（持灯下）（旦静坐介）（内打三更介）（旦觑生不见介）呸！我只说他坐在那边，只管遮住了脸；方才打从扇骨里面张了一张，才晓得是空空的一把椅子！（向内偷觑，大惊介）呀！他独自一个竟去睡了，这是甚么缘故？

【嘉庆子】 莫不是醉似泥多饮了几杯堂上酒？莫不是善病的相如体态柔[10]？

---

⑤ 一捻（niǎn）：一把。形容腰细。⑥ 祜（hù）祐：祜，福荫。祐，保佑。⑦ 辐辏（fú còu）：这里比喻新娘新郎聚集一处。辐，车轮半径上的直木。辏，车轮圆心。⑧ 蓬莱：神话传说中的海上三仙山之一。⑨ 好逑（qiú）：好配偶。《诗经·关雎》："窈窕淑女，君子好逑。"⑩ 善病的相如体态柔：相如即汉代文学家司马相如。《史记·司马相如列传》

莫不是昨夜酣眠花柳[11]，因此上神倦怠，气休囚[12]；神倦怠，气休囚？

他如今把我丢在这边，不偢不睬[13]，难道我好自己去睡不成？独自个冷冷清清，又坐不过这一夜，不免拿灯到母亲房里去睡。檀郎不屑松金钏[14]，阿母还堪卸翠翘[15]。（敲门介）母亲开门。（小旦持灯上）眼前增快婿，脚后失娇儿。（开门见旦，惊介）呀！我儿，你们良时吉日，正好成亲，要甚么东西，只该叫丫鬟来取，为甚么自己走出来？（旦）孩儿不要甚么东西，来与母亲同睡。（小旦大惊介）怎么不与女婿成亲，反来与我同睡？

【尹令】 你缘何黛痕浅皱[16]？缘何擅离佳偶？缘何把母阍重叩[17]？莫不是娇痴怕羞，因此上抱泣含愁把阿母投？

（旦）他不知为甚么缘故，进房之后，身也不动，口也不开，独自一个竟去睡了。孩儿独坐不过，故此来与母亲同睡。（小旦呆介）怎么有这等诧异的事？我看他一进门来，满脸都是怨气，后来拜堂饮酒，总是勉强支持。这等看起来，毕竟有甚么不慊意处[18]？我儿，你且坐一坐，待我去问个明白，再来唤你。叫梅香掌灯。（旦下）（副净上，持灯行介）（小旦）只道欢娱嫌夜短，谁知寂寞恨更长。

说他"常有消渴疾"，乃至"称病闲居"。⑪ 酣眠花柳：指嫖妓宿娼。⑫ 休囚：旧时算卦，以失时为休囚，这里指韩世勋神气沮丧。⑬ 不偢（chǒu）不睬：不理睬。偢，通"瞅"，看的意思。⑭ 檀郎：晋代潘岳，小名檀奴，相貌俊美，颇得妇人喜欢，后用檀郎代指美男子或情郎。⑮ 翠翘：翠鸟尾上的长毛叫翘，这里指形似翠尾的头饰。⑯ 黛痕：画眉的痕迹。黛，青黑色的颜料，古时女子用以画眉。⑰ 阍（hūn）：此处即指门。⑱ 不慊（qiàn）意：

来此已是。梅香，请他起来。（副净向内介）韩老爷，请起来，夫人在这里看你。（生上）令爱不堪偕伉俪[⑲]，老堂空自费调停。夫人到此何干？（小旦）贤婿请坐了，有话要求教。（坐介）贤婿，舍下虽则贫寒，小女纵然丑陋，即蒙贤婿不弃，结了朱陈之好[⑳]，就该俯就姻盟。为甚的愁眉怨气，全没些燕尔之容[㉑]？独宿孤眠，成甚么新婚之体？贤婿自有缘故，毕竟为着何来？（生）下官不与令爱同庆，自然有些缘故。明人不须细说，岳母请自参详。（小旦）莫非为寒家门户不对么？（生）都是仕宦人家，门户有甚么不对？（小旦）这等，为小女容貌不佳？（生）容貌还是小事。（小旦）哦，我知道了。是怪舍下妆奁不齐整[㉒]？老身曾与戚年伯说过，家主不在家，无人料理，待老爷回来，从头办起未迟。难道这句话，贤婿不曾听见？（生微笑介）妆奁甚么大事，也拿来讲起？

【品令】 便是荆钗布裙，只要德配也相投。况如今珠围翠绕，还堪度春秋。（小旦）这等为甚么？（生）只为伊家令爱，有声扬中冓[㉓]。我笑你府上呵，妆奁都备，只少个扫茨除墙的佳帚。我只怕荆棘牵衣，因此上刻刻堤防不举头。

（小旦大惊介）照贤婿这等说起来，我家有甚么闺门不谨的事了？自古道："眼见是实，耳闻是虚。"贤婿所闻的话，焉知不出于仇口？（生）别人的话，那里信得？是我亲眼见的。（小旦大惊介）我家闺阃的事[㉔]，贤婿怎么看见？是何

慊即满意，不慊意即不满意。⑲ 伉俪（kàng lì）：配偶，妻子。⑳ 朱陈之好：即联姻。唐白居易《白氏长庆集·朱陈村》诗："徐州古丰县，有村曰朱陈……一村唯两姓，世世为婚姻。"㉑ 燕尔：指新婚。《诗经·邶风·谷风》："宴尔新婚，如兄如弟。"原诗指弃旧再娶，后反用其意，用作庆贺新婚之词。"宴尔"一般作"燕尔"。㉒ 妆奁（lián）：即嫁妆。㉓ 中冓（gòu）：内室。全句用《诗经·鄘风·墙有茨》意："中冓之言，不可道也。"意为内室中

年、何月？那一桩事？快请讲来。(生)事到如今，我也不得不说了。去年清明，戚公子拿个风筝，来央我画。我题一首诗在上面，不想他放断了线，落在贵府之中。(小旦)这是真的。老身与小女同拾到的。(生)后来着人来取去，令爱和一首诗在后面。(小旦)这也是真的，是老身叫他和的。(生)后来我自家也放风筝，不想也落在府上；及至着小价来取㉕，谁知令爱教个老妪，约我说起话来。(小旦惊介)这就是他瞒我做的事了。或者是他怜才的意思，也不可知。这等贤婿来了不曾？(生)我当晚进来，只说面订婚姻之约，待央媒说合过了，然后明婚正娶的。不想走进来的时节，我手还不曾动，口还不曾开，多蒙令爱的盛情，不待仰攀，竟来俯就。如今在夫人面前，不便细述，只好言其大概而已。我心上思量，妇人家所重在德，所戒在淫；况且是个处子，怎么"廉耻"二字全然不顾？彼时被我洒脱袖子，跑了出去，方才保得自己的名节，不曾敢污令爱的尊躯。

【豆叶黄】 亏得我把衣衫洒脱，才得干休。险些做了个轻薄儿郎，险些做了个轻薄儿郎，到如今，这个清规也难守。(小旦)既然如此，贤婿就该别选高门，另偕伉俪了，为甚么又来聘这个不肖的东西？(生)我在京中，哪里知道是戚老伯背后聘的。如今悔又悔不得，只得勉强应承。不敢瞒夫人说，这一世与令爱只好做个名色夫妻，若要同床共枕，只怕不能够了。名为夫妇，实为寇仇。若要做实在夫妻，若要做实在夫妻，纵掘到黄泉㉖，也相见还羞。

的丑恶之事不可言。茨，一种有刺的植物。下句"扫茨除墙"仍用此诗意，比喻整肃闺门。㉔ 闺阃(kǔn)：即闺门。㉕ 小价：自家奴仆的谦称。㉖ 黄泉：地下深处，指坟墓。春秋时郑庄公与母姜氏不和，发誓说："不及黄泉，无相见也！"见《左传·隐公元年》。这里是韩

（小旦）这等说起来，是我家的孽障不是了。怪不得贤婿见绝。贤婿请便，待老身去拷问他。（生）慈母尚难含忍，怎教夫婿相容？（下）（小旦）他方才说来的话，字字顶真，一毫也不假。后面那一段事，他瞒了我做，我哪里知道？千不是、万不是，是我自家的不是！当初教他做甚么诗，既做了诗，怎么该把外人拿去？我不但治家不严，又且诱人犯法了。日后老爷回来知道，怎么了得！（行到介）不争气的东西在哪里！（闷坐气介）（内打四更介）

【玉交枝】（旦上）呼声何骤？好教人惊疑费筹。（见小旦介）母亲为何这等恼？（小旦）你瞒了我做得好事！（旦惊介）孩儿不曾瞒母亲做甚么事。（小旦）去年风筝的事，你忘了？（旦背想介）是了，去年风筝上的诗，拿了出去，或者韩郎看见，说我与戚公子唱和，疑我有什么私情，方才对母亲说了。（对小旦介）去年风筝上的诗，是母亲叫孩儿做的；后来戚家来取，又是母亲把还他的，干孩儿甚么事？（小旦）我把他拿去，难道教你约他来相会的？（旦大惊介）怎么，我几时把人约黄昏后㉗？向母亲求个分剖。（小旦）你还要赖！起先戚家风筝上的诗是韩郎做的；后来韩郎也放一个风筝进来，你教人约他相会，做出许多丑态，被他看破，他如今怎么肯要你！（旦大惊，呆视介）这些话是哪里来的？莫非是他见了鬼？（高声哭介）天哪！我和他有甚么冤仇，平空造这样的谤言来玷污我！今生与伊无甚仇，为甚的擅开含血喷人口！（小旦掩旦口介）你还要高声，不怕隔壁娘儿两个听见？今日喜得那老东西不曾过来，若过来看见，我今晚就要吊死！我细思量如何盖羞！细思量如何盖羞！

（内打五更介）料想今晚做不成亲了，你且去睡，待明日再做道理。粪缸越搂越臭。（旦）奇冤不雪不明。（下）（小旦）这桩事好不明白。照女婿说来，千真万真；

世勋发誓不与詹女相好。㉗ 人约黄昏后：宋欧阳修《生查子》词："月上柳梢头，人约黄昏后。"后用为男女幽会之辞。

照他说来，一些影响也没有。就是真的，他自己怎么肯承认？我有道理，只拷问是哪个丫环约他进来的就是了。（对副净介）是你引进来的么？（副净）阿弥陀佛！我若引他进采，教我明日嫁个男子，也像这样不肯成亲。（小旦）掌灯！我再去问。（行介）（副净请介）（生上）说明分散去，何事又来缠？（小旦）方才的事，据贤婿说，确然不假；据小女说，影响全无。这“莫须的”三字也难定案。请问贤婿去年进来，可曾看见小女么？（生）怎么不曾见？（小旦）这等还记得小女的面貌么？（生）怎么不记得？世上那里还有第二个像令爱的尊容？（小旦）这等方才进房的时节，可曾看看小女不曾？（生）也不消看得，看了倒要难过起来。（小旦）这等待我教小女出来，请贤婿认一认，若果然是他，莫说贤婿不要他为妻，连老身也不要他为女了。恐怕事有差讹，也不见得。（生）这等就教出来认一认。（小旦）叫丫环，多点几支蜡烛，去照小姐出来。（丑应下）（生）只怕认也是这样，不认也是这样。（小旦背介）天哪！保佑他眼睛花一花，认不出也好。（老旦、副净持灯，照旦上）请将见鬼疑神眼，来认冰清玉洁人。（小旦）小女出来了，贤婿请认。（老旦、副净擎灯高照；生遥认，惊背介）呀！怎么竟变做一个绝世佳人？难道是我眼睛花了？（拭目介）

【六幺令】 把双睛重揉。（近身细认，又惊，背介）逼真是一个绝世佳人！那里是幻影空花，眩我昏眸。谁知今日醉温柔？真娇艳，果风流！不枉我铁鞋踏破寻佳偶，铁鞋踏破寻佳偶！

（小旦）贤婿，可是去年那一个么？（生摇手介）不是，不是，一些也不是！（小旦）这等看起来，与我小女无干，是贤婿认错了人了。（生）岂但认错了人，竟是活见了鬼！小婿该死一千年了！（小旦）这等老身且去，你们成了亲罢。（生）岳母快请回。小婿暂且告罪，明日还要负荆[28]。（小旦笑介）不是一番疑彻骨，怎得千重喜上眉？（老旦、副净随下）（生急闭门，向旦温存介）小姐，夜深了，请安置罢。（旦不理介）（生）是下官认错了人，冒犯小姐，告罪了。（长揖介）（旦背立，不理介）

【江儿水】 （生）虽则是长揖难辞谴，须念我低头便识羞。我劝你层层展却眉间皱，盈盈拭却腮边溜[29]，纤纤松却胸前扣。请听耳边更漏，已是丑末寅初[30]，休猜做半夜三更时候。

（内作鸡鸣介）（生慌介）小姐，鸡都鸣了，还不快睡！下官没奈何，只得下全礼了。（跪介）（旦扶起介）

【川拨棹】 （生）蒙慈宥[31]，把前情一笔勾，霁红颜渐展眉头[32]，霁红颜渐展眉头。也亏我屈黄金先陪膝头[33]。请宽衣，莫怕羞，急吹灯，休逗留。

【尾声】 良宵空把长更守，那晓得佳人非旧，被一个作孽的风筝误到头！

鸳鸯对面不相亲，好事从来磨杀人。

临到手时犹费口，最伤情处忽迷神。

㉘ 负荆：背负荆条。此用廉颇身负荆条向蔺相如请罪之事，出《史记·廉颇蔺相如列传》。㉙ 盈盈：泪水充溢的样子。㉚ 丑末寅初：约凌晨三时左右。古时记时用天干地支，每一时辰相当于现在的两个小时。子、丑、寅三个时辰相接，相当于夜十一点到凌晨五点。㉛ 宥（yòu）：宽恕，原谅。㉜ 霁（jì）：雨过天晴。此处指怒气消释，脸色转和。㉝ 屈黄金，先陪膝头：俗谚有“男儿膝下有黄金”句，表示男人不轻易下跪。这里说，亏我屈尊下跪陪罪，才得到宽恕。

（康保成）

洪昇(1645—1707)　字昉思，号稗畦、南屏樵者。浙江钱塘（今杭州）人。清初最有成就的戏曲家之一。与孔尚任齐名，世称“南洪北孔”。做了二十多年国子监生，一直未获官职。后因国忌日演所著《长生殿》获罪，被革除国子监名籍。又遭家难，流寓困穷，坎壈终身。年六十，道经浔溪，堕水而没。戏曲作品今存《长生殿》和《四婵娟》。初游京师，受业于王士祯，又得诗法于施闰章，诗歌亦有成就，著有《啸月楼集》、《稗畦集》、《稗畦续集》。

长　生　殿[①]

【题解】

本剧写唐玄宗李隆基与杨玉环的爱情故事。全剧共五十出。前半部分写李、杨定情，长生殿盟誓，安史乱起，马嵬之变，杨玉环命殒黄沙的经过。后半部分大都采自野史传闻，写安史乱后玄宗思念贵妃，派人上天入地，到处寻觅她的灵魂；杨玉环也深深想念玄宗，并为自己生前的罪愆忏悔。他们的精诚感动了上天，在织女星等的帮助下，终于在月宫中团圆。《长生殿》乃三易其稿而成，凝结着作者的心血。作品刻画了具有典型意义的人物形象，描绘出宏伟的历史场面，曲词也非常优美。作品上演后，在社会上产生了广泛的影响，以至有“家家‘收拾起’，户户‘不提防’”的说法（“不提防”即《长生殿·弹词》的唱词“不提防余年值乱离”）。

这里选的第二十二出《密誓》，写李隆基、杨玉环在长生殿对天盟誓的情形；第

---

① 长生殿：本剧有多种刊本流行。今以文学古籍刊行社影印的稗畦草堂本为底本，并

二十八出《骂贼》,写长安陷落后,乐工雷海青怒骂安禄山的场面;第三十八出《弹词》,写曾为李、杨演奏乐曲的李龟年流落江南,弹唱天宝遗事的动人场景。

第二十二出　密　　誓

【浪淘沙】(贴扮织女,引二仙女上)云护玉梭儿,巧织机丝。天宫原不着相思,报道今宵逢七夕,忽忆年时②。

【鹊桥仙】"纤云弄巧,飞星传信,银汉秋光暗度。金风玉露一相逢,便胜却人间无数。柔肠似水,佳期如梦,遥指鹊桥前路。两情若是久长时,又岂在朝朝暮暮③"。吾乃织女是也。蒙上帝玉敕,与牛郎结为天上夫妇。年年七夕,渡河相见。今乃下界天宝十载④,七月七夕。你看明河无浪⑤,乌鹊将填,不免暂撤机丝,整妆而待。(内细乐扮乌鹊上,绕场飞介)(前场设一桥,乌鹊飞止桥两边介)(二仙女)鹊桥已驾,请娘娘渡河。(贴起行介)

【山桃红】【下山虎头】 俺这里乍抛锦字,暂驾香辎⑥。趁碧落无云滓⑦,新凉暮飔⑧,(作上桥介)踹上这桥影参差,俯映着河光净泚⑨。【小桃红】更喜杀新月纤,华露滋,低绕着乌鹊双飞翅也,【下山虎尾】陡觉的银汉秋生别样姿。(做过桥介)(二仙女)启娘娘,已渡过河来了。(贴)星河之下,隐隐望见香烟一簇,摇飏腾空,却是何处?(仙女)是唐天子的贵妃杨玉环,在宫中乞巧哩⑩。(贴)生受他一片诚心⑪,不免同了牛郎,到彼一看。(合)天上留佳会,年年在斯,却笑他人世情缘顷刻时。(齐下)

参以人民文学出版社1958年排印本(徐朔方校注)。② 年时:以前,从前。③ 这首【鹊桥仙】乃宋人秦观作,作了稍许改动,使其更适合剧情。④ 天宝十载:即公元751年。天宝,唐玄宗年号。把本出戏发生的事情定在天宝十载,并不符合史实,这是根据剧情需要安排的。⑤ 明河:即银河。⑥ 香辎(zī):香车。辎是一种有帷盖可坐卧载物的车。⑦ 此句谓广阔天空没有一丝云埃。碧落,天空高处。⑧ 飔(sī):微风。⑨ 净泚(cǐ):光洁鲜明。⑩ 乞巧:旧俗农历七月初七夜,妇女在院子里陈设瓜果,向织女星祈祷,请求保佑赐福,叫乞巧。⑪ 生受:难为,

【二郎神】 （二内侍挑灯，引生上）秋光静，碧沉沉轻烟送暝。雨过梧桐微做冷，银河宛转，纤云点缀双星[12]。（内作笑声，生听介）顺着风儿还细听，欢笑隔花阴树影。内侍，是那里这般笑语？（内侍问介）万岁爷问，那里这般笑语？（内）是杨娘娘到长生殿去乞巧哩。（内侍回介）杨娘娘到长生殿去乞巧，故此笑语。（生）内侍每不要传报，待朕悄悄前去。撤红灯，待悄向龙墀觑个分明[13]。（虚下）

【前腔】【换头】 （旦引老旦、贴同二宫女各捧香盒、纨扇、瓶花、化生金盆上[14]）宫廷，金炉篆霭，烛光掩映。米大蜘蛛厮抱定[15]，金盘种豆[16]，花枝招飐银瓶。（老旦、贴）已到长生殿中，巧筵齐备，请娘娘拈香。（作将瓶花、化生盆设桌上，老旦捧香盒，旦拈香介）妾身杨玉环，虔爇心香[17]，拜告双星，伏祈鉴祐。愿钗盒情缘长久订，（拜介）莫使做秋风扇冷[18]。（生潜上窥介）觑娉婷，只见他拜倒在瑶阶，暗祝声声。

（老旦、贴作见生介）呀，万岁爷到了。（旦急转，拜生介）（生扶起介）妃子在此，作何勾当？（旦）今乃七夕之朝，陈设瓜果，特向天孙乞巧。（生笑介）妃子巧夺天工，何须更乞。（旦）惶愧。（生、旦各坐介）（老旦、贴同二宫女暗下）（生）妃子，朕想牵牛、织女隔断银河，一年才会得一度，这相思真非容易也。

【集贤宾】 秋空夜永碧汉清，甫灵驾逢迎[19]，奈天赐佳期刚半顷，耳边厢容易

难得。⑫ 双星：指牛郎、织女两星。农历七月七日又称“双星节”。⑬ 龙墀（chí）：官殿里的台阶。墀，台阶。⑭ 化生金盆：七夕乞巧时，妇女以蜡作的婴儿放水盆中，以此求子，这个水盆叫化生金盆。⑮ 米大蜘蛛厮抱定：七夕乞巧时把一种米粒大小的蜘蛛捉到小盒子里，第二天看它结的网有多少，以此测定乞巧的多少。厮抱定，互相围抱在一起。⑯ 金盘种豆：七夕之夜，以绿豆浸在盆里，待发芽时，用彩色丝线扎束起来，叫种豆。⑰ 爇（ruò）：点燃。⑱ 秋风扇冷：传班昭被帝冷落，作《怨歌行》，以纨扇设譬，自抒牢愁。中有“常恐秋节至，凉飙夺炎热。弃捐箧笥中，恩情中道绝”句。后因以秋扇指宠爱不长。⑲ 甫，刚，才。

鸡鸣。云寒露冷，又趱上经年孤另[20]。(旦)陛下言及双星别恨，使妾凄然。只可惜人间不知天上的事。如打听，决为了相思成病。

(做泪介)(生)呀，妃子为何掉下泪来？(旦)妾想牛郎织女，虽则一年一见，却是地久天长。只恐陛下与妾的恩情，不能够似他长远。(生)妃子说那里话！

【黄莺儿】 仙偶纵长生，论尘缘也不恁争[21]。百年好占风流胜，逢时对景，增欢助情，怪伊底事反悲哽？(移坐近旦低介)问双星，朝朝暮暮，争似我和卿！

(旦)臣妾受恩深重，今夜有句话儿，……(住介)(生)妃子有话，但说不妨。(旦对生呜咽介)妾蒙陛下宠眷，六宫无比。只怕日久恩疏，不免白头之叹[22]！

【莺簇一金罗】【黄莺儿】 提起便心疼，念寒微侍掖庭[23]，更衣傍辇多荣幸。【簇御林】瞬息间，怕花老春无剩，【一封书】宠难凭。(牵生衣泣介)论恩情，【金凤钗】若得一个久长时，死也应；若得一个到头时，死也瞑。【皂罗袍】抵多少平阳歌舞，恩移爱更[24]；长门孤寂[25]，魂销泪零：断肠枉泣红颜命！

---

⑳ 趱(zǎn)上：赶上。趱，快走、赶行。㉑ 不恁争：差不了多少。㉒ 白头之叹：为夫妻爱情不能始终如一而发的感叹。相传汉代司马相如想娶妾，他的妻子卓文君写了一篇《白头吟》抒发悲叹。见《西京杂记》卷三。㉓ 掖(yē)庭：皇宫中妃嫔居处。㉔ 平阳歌舞，恩移爱更：汉武帝的皇后卫子夫原是平阳公主的歌女，在公主家得到宠幸后，一年多没见到武帝，后又受宠封为皇后，多年后又因年老色衰而失宠。这里借指喜新厌旧，反复无常。㉕ 长门孤寂：汉武帝时，陈皇后失宠，退居长门宫，过着孤苦寂寞的生活。后以重金请司马相如作《长门赋》，武帝读后受了感动，陈皇后复得宠幸。见《文选》司马相如《长门赋序》。

（生举袖与旦拭泪介）妃子，休要伤感。朕与你的恩情，岂是等闲可比。

【簇御林】 休心虑，免泪零，怕移时，有变更。（执旦手介）做酥儿拌蜜胶粘定，总不离须臾顷。（合）话绵藤，花迷月暗，分不得影和形。

（旦）既蒙陛下如此情浓，趁此双星之下，乞赐盟约，以坚终始。（生）朕和你焚香设誓去。（携旦行介）

【琥珀猫儿坠】 （合）香肩斜靠，携手下阶行。一片明河当殿横，（旦）罗衣陡觉夜凉生。（生）惟应和你悄语低言，海誓山盟。

（生上香揖同旦福介）双星在上，我李隆基与杨玉环，（旦合）情重恩深，愿世世生生，共为夫妇，永不相离。有渝此盟，双星鉴之。（生又揖介）在天愿为比翼鸟，（旦拜介）在地愿为连理枝。（合）天长地久有时尽，此誓绵绵无绝期。（旦拜谢生介）深感陛下情重，今夕之盟，妾死生守之矣。（生携旦介）

【尾声】 长生殿里盟私订。（旦）问今夜有谁折证㉖？（生指介）是这银汉桥边，双双牛、女星。（同下）

【山桃红】 （小生扮牵牛，云巾、仙衣，同贴引仙女上）只见他誓盟密矢㉗，拜祷孜孜，两下情无二，口同一辞。（小生）天孙，你看唐天子与杨玉环，好不恩爱也！悄相偎，

㉖ 折证：对证，作证。

倚着香肩，没些缝儿。我与你既缔天上良缘，当作情场管领[28]。况他又向我等设盟，须索与他保护。见了他恋比翼，慕并枝，愿生生世世情真至也，合令他长作人间风月司[29]。(贴)只是他俩劫难将至，免不得生离死别。若果后来不背今盟，决当为之绾合[30]。(小生)天孙言之有理。你看夜色将阑，且回斗牛宫去[31]。(携贴行介)(合)天上留佳会，年年在斯，却笑他人世情缘顷刻时！

何用人间岁月催，　罗邺
星桥横过鹊飞回。　李商隐
莫言天上稀相见，　李郢
没得心情送巧来。　罗隐

㉗ 矢：通"誓"。㉘ 情场管领：管领恋爱的神，即爱神。㉙ 人间风月司：掌管人世间男女恋爱的人。㉚ 绾(wǎn)合：使之结合，即成全之意。绾，贯联。㉛ 斗牛宫：神话中牛郎的住所。

第二十八出　骂　贼[1]

(外扮雷海青抱琵琶上)"武将文官总旧僚，恨他反面事新朝。纲常留在梨园

---

① 骂贼：本出取材于唐郑处诲《明皇杂录》中的一则记载："天宝末群贼陷两京，……相与大会于凝碧池，宴伪官十数人。……乐既作，梨园旧人不觉歔欷，相对泣下。群贼皆露刃持满以胁之，而悲不能已。有乐工雷海青者，投乐器于地，西向恸哭。逆党乃缚雷海青于戏马殿，肢解以示众。"

内[2]，那惜伶工命一条。”自家雷海青是也。蒙天宝皇帝隆恩[3]，在梨园部内做一个供奉[4]。不料禄山作乱，破了长安，皇帝驾幸西川去了。那满朝文武，平日里高官厚禄，荫子封妻，享荣华，受富贵，那一件不是朝廷恩典！如今却一个个贪生怕死，背义忘恩，争去投降不迭。只图安乐一时，那顾骂名千古。唉，岂不可羞！岂不可恨！我雷海青虽是一个乐工，那些没廉耻的勾当，委实做不出来。今日禄山与这一班逆党，大宴凝碧池头[5]，传集梨园奏乐。俺不免乘此，到那厮跟前，痛骂一场，出了这口愤气。便粉骨碎身，也说不得了。且抱着琵琶，去走一遭也呵！

【北仙吕村里迓鼓】 虽则俺乐工卑滥，硁硁愚暗[6]，也不曾读书献策，登科及第，向鹓班高站[7]。只这血性中，胸脯内，倒有些忠肝义胆。今日个睹了丧亡，遭了危难，值了变惨，不由人痛切齿，声吞恨衔。

【元和令】 恨子恨泼腥膻莽将龙座渰[8]，癞蛤蟆妄想天鹅啖，生克擦直逼的个官家下殿走天南[9]。你道恁胡行堪不堪？纵将他寝皮食肉也恨难劖[10]。谁想那一班儿没掂三[11]，歹心肠，贼狗男。

【上马娇】 平日价张着口将忠孝谈，到临危翻着脸把富贵贪。早一齐儿摇尾受新衔，把一个君亲仇敌当作恩人感。咱，只问你蒙面可羞惭？

---

② 纲常：三纲五常，本为封建道德的基本规范，这里引申为忠贞的气节。③ 天宝皇帝：即唐玄宗。玄宗从公元742年起以天宝为年号。④ 供奉：旧时宫廷中供帝王使唤的文人或艺人。⑤ 凝碧池：唐禁苑中池名，在长安。一说在东都洛阳。⑥ 硁（kēng）硁：固执不化。汉桓宽《盐铁论·论儒》："今硁硁然守一道。"⑦ 鹓（yuān）班：喻朝班。鹓是一种鸟类，飞行时很有秩序，故比喻官员上朝时排列站立。⑧ 泼腥膻（shān）：泼，表示蔑视的詈词。腥膻，古时对北方游牧民族的蔑称，这里指安禄山。⑨ 生克擦：活生生。⑩ 劖（chǎn）：通"铲"，消除、铲除的意思。⑪ 没掂三：不掂量，没头脑。

【胜葫芦】 眼见的去做忠臣没个敢。雷海青呵，若不把一肩担，可不枉了戴发含牙人是俺[12]。但得纲常无缺，须眉无愧[13]，便九死也心甘。（下）

【南中吕引子】【绕红楼】 （净引二军士上）抢占山河号大燕，袍染赭，冠戴冲天[14]。凝碧清秋，梨园小部，歌舞列琼筵。

孤家安禄山，自从范阳起兵[15]，所向无敌。长驱西入，直抵长安。唐家皇帝，逃入蜀中去了，锦绣江山归吾掌握。（笑介）好不快活。今日聚集百官，在凝碧池上做个太平筵宴，洒乐一回[16]。内侍每，众官可曾到齐？（杂）都在外殿伺候。（净）宣过来。（军）领旨。（宣介）主上宣百官进见！（四伪官上）今日新天子，当时旧宰臣。同为识时者，不是负恩人。（见介）臣等朝见。愿主上万岁，万万岁！（净）众卿平身。孤家今日政务稍闲，特设宴在凝碧池上，与卿等共乐太平。（四伪官）万岁！（军）筵宴完备，请主上升宴。（内奏乐，四伪官跪送酒介）（净）

【中吕过曲】【尾犯序】 龙戏碧池边，正五色云开，秋气澄鲜。紫殿逍遥，暂停吾玉鞭。开宴，走绯衣鸾刀细割[17]，揎锦袖犀盘满献[18]。（四伪官献酒再拜介）瑶池下，熊罴鹓鹭[19]，拜送酒如泉。

---

⑫ 戴发含牙：人的特征。全句谓，我雷海青岂不枉为人。⑬ 须眉无愧：不愧为堂堂男子汉。须眉，指男人。⑭ 袍染赭，冠戴冲天：赭黄袍、冲天冠，都是皇帝的服饰。⑮ 范阳：地名，在今河北省大兴、宛平一带。安禄山造反前曾任范阳节度使。⑯ 洒乐：快乐，耍乐。⑰ 走绯衣鸾刀细割：走绯衣，身穿红色衣服的宫女在奔走侍候。鸾刀，镶有铃铛的小刀，古代祭祀时用来割祭品。晋嵇康《与山巨源绝交书》："手荐鸾刀，漫之膻腥。"安禄山是少族民族，故用鸾刀。⑱ 揎（xuān）：卷。⑲ 熊罴鹓鹭：指文武百官。熊罴指武官，鹓鹭指文官。

(净)内侍每,传旨唤梨园子弟奏乐。(军)领旨。(向内介)主上有旨,着梨园子弟奏乐。(内应,奏乐介)(军送净酒介)(合)

【前腔】【换头】 当筵,众乐奏钧天⑳。旧日霓裳,重按歌遍㉑。半入云中,半吹落风前。稀见,除却了清虚洞府㉒,只有那沉香亭院㉓。今日个,仙音法曲㉔,不数大唐年。

(净)奏得好。(四伪官)臣想天宝皇帝,不知费了多少心力,教成此曲,今日却留与主上受用。真乃齐天之福也。(净笑介)众卿言之有理。再上酒来。(军送酒介)(外在内泣唱介)

【前腔】【换头】 幽州鼙鼓喧㉕,万户蓬蒿,四野烽烟。叶堕空宫,忽惊闻歌弦。奇变,真个是天翻地覆,真个是人愁鬼怨。(大哭介)我那天宝皇帝呵,金銮上,百官拜舞,何日再朝天㉖?

(净)呀,什么人啼哭?好奇怪!(军)是乐工雷海青。(净)拿上来。(军拉外上,

---

⑳ 钧天:原意指天上的音乐,此处泛指音乐之美妙。㉑ 旧日霓裳,重按歌遍:意谓往日唐玄宗所喜欢的《霓裳羽衣曲》,在这里重新演出了。遍,乐曲的段落。㉒ 清虚洞府:传说中神仙居住的地方。㉓ 沉香亭院:沉香亭,唐宫中亭名。唐玄宗曾命移植牡丹于沉香亭前,与杨贵妃共赏,使李龟年持金花笺召李白,命作新词,成《清平乐》三章。见宋乐史《太真外传》。㉔ 法曲:佛教音乐,唐时从西域传入中原。这里泛指美妙的乐曲。㉕ 幽州鼙鼓喧:幽州,今河北北部、辽宁南部一带地区。安禄山即从这里起兵。鼙鼓,指军中战鼓。㉖ 朝天:即朝见唐朝天子。此句化用王维《菩提寺禁……私成口号诵示裴迪》:"万户伤心生野

见介)(净)雷海青,孤家在此饮太平筵宴,你敢擅自啼哭,好生可恶!(外骂介)唉,安禄山,你本是失机边将,罪应斩首。幸蒙圣恩不杀,拜将封王㉗。你不思报效朝廷,反敢称兵作乱,秽污神京,逼迁圣驾。这罪恶贯盈,指日天兵到来诛戮,还说什么太平筵宴!(净大怒介)唉,有这等事。孤家入登大位,臣下无不顺从。量你这一个乐工,怎敢如此无礼!军士看刀伺候。(二军作应,拔刀介)(外一面指净骂介)

【扑灯蛾】 怪伊忒负恩,兽心假人面,怒发上冲冠。我虽是伶工微贱也,不似他朝臣腼腆㉘。安禄山,你窃神器㉙,上逆皇天,少不得顷刻间尸横血溅。(将琵琶掷净介)我掷琵琶,将贼臣碎首报开元。

(军夺琵琶介)(净)快把这厮拿去砍了。(军应,拿外砍下)(净)好恼,好恼!(四伪官)主上息怒。无知乐工,何足介意。(净)孤家心上不快,众卿且退。(四伪官)领旨。臣等恭送主上回宫。(跪送介)(净)酒逢知己千盅少,话不投机半句多。(怒下)(四伪官起介)杀得好,杀得好。一个乐工,思量做起忠臣来,难道我每吃太平宴的,倒差了不成!

【尾声】 大家都是花花面,一个忠臣值甚钱。(笑介)雷海青,雷海青,毕竟你未戴乌纱识见浅㉚!

烟,百官何日更朝天。”㉗ “你本是失机边将,罪应斩首”四句:据史载,唐玄宗开元二十四年(736),安禄山与契丹交战时失败,应被处死。时幽州节度使张守珪是他的义父,为使他有从轻发落的可能,把他解到京师问罪。玄宗宽恕了他,仍叫他带兵。㉘ 腼腆:羞耻、心中有愧的意思。㉙ 窃神器:抢帝位。神器,指帝位。㉚ 未戴乌纱:指未作官。乌纱即官员头

三秦流血已成川，　　罗　隐
为虏为王事偶然[31]。　　李山甫
世上何人怜苦节，　　陆希声
直须行乐不言旋[32]。　　薛　稷

戴的乌纱帽。㉛ 为虏为王事偶然：此句有“成则为王，败则为寇”的意思，为降臣自我解嘲之语。㉜ 旋：回还。

第三十八出　弹　词

（末白须、旧衣帽抱琵琶上）一从鼙鼓起渔阳，宫禁俄看蔓草荒[1]。留得白头遗老在，谱将残恨说兴亡。老汉李龟年，昔为内苑伶工，供奉梨园，蒙万岁爷十分恩宠。自从朝元阁教演《霓裳》，曲成奏上，龙颜大悦，与贵妃娘娘，各赐缠头[2]，不下数万。谁想禄山造反，破了长安，圣驾西巡，万民逃窜。俺每梨园部中，也都七零八落，各自奔逃。老汉来到江南地方，盘缠都使尽了。只得抱着这面琵琶，唱个曲儿糊口。今日乃青溪鹫峰寺大会[3]，游人甚多，不免到彼卖唱。（叹科）哎，想起当日天上清歌，今日沿门鼓板，好不颓气人也。（行科）

【南吕一枝花】　不提防余年值乱离，逼拶得歧路遭穷败[4]。受奔波风尘颜面

① 俄看：顷刻间看到。俄，片刻，顷刻。② 缠头：旧时给演员的赏钱。③ 青溪鹫峰寺：青溪，古水名，发源于南京钟山西南，入秦淮河。鹫峰寺，佛家寺院，在青溪边。④ 逼拶

黑，叹衰残霜雪鬓须白。今日个流落天涯，只留得琵琶在。揣羞脸[5]，上长街，又过短街。那里是高渐离击筑悲歌[6]，倒做了伍子胥吹箫也那乞丐[7]。

【梁州第七】 想当日奏清歌趋承金殿，度新声供应瑶阶。说不尽九重天上恩如海：幸温泉骊山雪霁[8]，泛仙舟兴庆莲开[9]，玩婵娟华清宫殿[10]，赏芳菲花萼楼台[11]。正担承雨露深泽，蓦遭逢天地奇灾。剑门关尘蒙了凤辇鸾舆[12]，马嵬坡血污了天姿国色，江南路哭杀了瘦骨穷骸[13]。可哀落魄，只得把《霓裳》御谱沿门卖，有谁人喝声采！空对着六代园陵草树埋[14]，满目兴衰。

(虚下)(小生巾服上)“花动游人眼，春伤故国心。《霓裳》人去后，无复有知音。”小生李謩[15]，向在西京留滞，乱后方回。自从宫墙之处，偷按《霓裳》数叠，未能得其全谱。昨闻有一老者，抱着琵琶卖唱。人人都说手法不同，像个梨园旧人。今日鹫峰寺大会，想他必在那里，不免前去寻访一番。一路行来，你看游人好不盛也。(外巾服，副净衣帽，净长帽、帕子包首，扮山西客，携丑扮妓上)(外)闲步寻芳惜好春，(副净)且看盛会逐游人。(净)大姐，咱和你“及

(zá)：逼迫。⑤ 揣羞脸：因害羞而把脸藏起来。揣，此处是藏的意思。⑥ 高渐离击筑悲歌：战国时荆轲去秦国行刺秦王，出发时，他的朋友高渐离在易水边击筑悲歌送别。筑，古代的一种乐器。⑦ 伍子胥吹箫也那乞丐：战国时伍子胥的父兄被楚王杀害，他逃到吴国，吹箫行乞。也那，衬字，无义。以上两句说，不是慷慨悲歌，只是忍辱求生。⑧ 骊山：在今陕西临潼东南，唐玄宗在这里建华清宫。⑨ 兴庆：兴庆池，与兴庆宫均属玄宗旧邸。⑩ 玩婵娟：此指赏月。⑪ 花萼楼：唐宫殿名，在兴庆宫西南。⑫ 剑门关尘蒙了凤辇鸾舆：指唐玄宗逃难到四川。剑门关，在四川剑阁县北。尘蒙，旧指皇帝逃难为蒙尘。凤辇鸾舆，皇室乘坐的车马，代指皇帝。⑬“江南路”句：指李龟年为李杨遭难而痛哭。瘦骨穷骸，指李龟年自己。⑭ 六代园陵：指南京。六代即吴、东晋、宋、齐、梁、陈六个朝代，这六代都建都于南京。⑮ 李謩(mó)：人名，唐玄宗时长安善吹笛的少年。据元稹《连昌宫词》自注，謩曾

时行乐休空过”，（丑）客官，“好听琵琶一曲新”。（小生向副净科）老兄请了。动问这位大姐，说什么“琵琶一曲新”？（副净）老兄不知，这里新到一个老者，弹得一手好琵琶。今日在鹫峰寺赶会，因此大家同去一听。（小生）小生正要去寻他，同行如何？（众）如此极好。（同行科）行行去去，去去行行，已到鹫峰寺了。就此进去。（同进科）（副净）那边一个圈子，四围板凳，想必是波。我每一齐捱进去，坐下听者。（众作坐科）（末上见科）列位请了，想都是听曲的。请坐了，待在下唱来请教波。（众）正要领教。（末弹琵琶唱科）

【转调货郎儿】 唱不尽兴亡梦幻，弹不尽悲伤感叹，大古里凄凉满眼对江山[16]。我只待拨繁弦传幽怨，翻别调写愁烦，慢慢的把天宝当年遗事弹。

（外）“天宝遗事”，好题目波。（净）大姐，他唱的是什么曲儿，可就是咱家的西调么[17]？（丑）也差不多儿。（小生）老丈，天宝年间遗事，一时那里唱得尽者。请先把杨贵妃娘娘，当时怎生进宫，唱来听波。（末弹唱科）

【二转】 想当初庆皇唐太平天下，访丽色把蛾眉选刷[18]。有佳人生长在弘农杨氏家[19]，深闺内端的玉无瑕。那君王一见了欢无那[20]，把钿盒金钗亲纳，评跋做昭阳第一花[21]。

于天津桥听玄宗度新曲而记之，第二天用笛子演奏，玄宗闻而大惊。本剧第十四出《偷曲》即演此事。⑯ 大古里：这里作“总是”解。⑰ 西调：指西北地区流行的曲调。⑱ 选刷：选取。⑲ 弘农杨氏：弘农，郡名，包括今河南西部、陕西东部一些地区。据宋乐史《杨太真外传》，杨玉环是弘农华阴人。⑳ 欢无那：乐不可支。㉑ 昭阳：汉代宫殿名，赵飞燕曾居于此，这里泛指唐代皇宫。

（丑）那贵妃娘娘，怎生模样波？（净）可有咱家大姐这样标致么？（副净）且听唱出来者。（末弹唱科）

【三转】 那娘娘生得来仙姿佚貌[22]，说不尽幽闲窈窕，真个是花输双颊柳输腰。比昭君增妍丽，较西子倍风标，似观音飞来海峤[23]，恍嫦娥偷离碧霄。更春情韵饶，春酣态娇，春眠梦悄。总有好丹青[24]，那百样娉婷难画描。

（副净笑科）听这老翁说的杨娘娘标致，恁般活现，倒像是亲眼见的，敢则谎也。（净）只要唱得好听，管他谎不谎。那时皇帝怎么样看待她来，快唱下去者。（末弹唱科）

【四转】 那君王看承得似明珠没两，镇日里高擎在掌，赛过那汉宫飞燕倚新妆[25]。可正是玉楼中巢翡翠[26]，金殿上锁着鸳鸯。宵偎昼傍，直弄得个伶俐的官家颠不剌、懵不剌[27]，撇不下心儿上。弛了朝纲，占了情场，百支支写不了风流帐[28]。行厮并，坐厮当[29]。双，赤紧的倚了御床，博得个月夜花朝同受享。

（净倒科）哎呀，好快活，听的咱似雪狮子向火哩。（丑扶科）怎么说？（净）

㉒ 佚（yì）貌：美貌。佚即美。㉓ 海峤（qiáo）：海上仙山。峤，山尖而高。㉔ 丹青：图画，这里引申为画家。㉕ 汉宫飞燕倚新妆：汉宫飞燕，指汉成帝的宠妃赵飞燕。倚新妆，形容她新妆后神态姿容。李白《清平调》有“可怜飞燕倚新妆”句。㉖ 巢翡翠：巢，这里用作动词，窝里关着的意思，与下文“锁着”相对。翡翠，一种漂亮的鸟儿。㉗ 颠不剌、懵不剌：颠颠倒倒，懵懵懂懂。不剌，语助词，无义。下文“破不剌”即破烂不堪。㉘ 百支支：形容话多。㉙ 坐厮当：相对而坐。

化了。（众笑科）（小生）当日宫中有《霓裳羽衣》一曲，闻说出自御制，又说是贵妃娘娘所作，老丈可知其详？请唱与小生听咱。（末弹唱科）

【五转】 当日呵，那娘娘在荷庭把宫商细按，谱新声将《霓裳》调翻。昼长时亲自教双鬟[30]。舒素手，拍香檀，一字字都吐自朱唇皓齿间。恰便似一串骊珠[31]，声和韵闲，恰便似莺与燕弄关关[32]，恰便似鸣泉花底流溪涧，恰便似明月下泠泠清梵[33]，恰便似缑岭上鹤唳高寒[34]，恰便似步虚仙珮夜珊珊[35]。传集了梨园部、教坊班，向翠盘中高簇拥着个娘娘，引得那君王带笑看。

（小生）一派仙音，宛然在耳，好形容波。（外叹科）哎，只可惜当日天子宠爱了贵妃，朝欢暮乐，致使渔阳兵起。说起来令人痛心也！（小生）老丈，休只埋怨贵妃娘娘。当日只为误任边将，委政权奸，以致庙谟颠倒[36]，四海动摇。若使姚、宋犹存[37]，那见得有此。（外）这也说的是波。（末）嗨，若说起渔阳兵起一事，真是天翻地覆，惨目伤心。列位不嫌絮烦，待老汉再慢慢弹唱出来者。（众）愿闻。（末弹唱科）

【六转】 恰正好呕呕哑哑《霓裳》歌舞，不提防扑扑突突渔阳战鼓。刬地里出出律律纷纷攘攘奏边书[38]，急得个上上下下都无措。早则是喧喧嗾嗾、惊惊遽遽、仓

㉚ 双鬟：指宫女。㉛ 一串骊珠：形容歌声清脆悦耳，如珍珠撞击。骊珠，黑龙颔下之珠，形容珍贵难得。㉜ 关关：莺燕啼叫的声音。㉝ 清梵：佛教徒诵经的清音。㉞ 缑（gōu）岭：即缑氏山，传说周灵王太子晋在这里驾鹤成仙。㉟ 步虚：指神仙在天上行走的缥缈轻举之态。㊱ 庙谟：朝政。㊲ 姚、宋：指姚崇和宋璟，玄宗前期名臣，开创“开元之治”的重要人物。㊳ 刬（chǎn）地里：突然地。

仓卒卒、挨挨挷挷出延秋西路㊴，銮舆后携着个娇娇滴滴贵妃同去。又只见密密匝匝的兵，恶恶狠狠的语，闹闹炒炒、轰轰剨剨四下喳呼㊵，生逼散恩恩爱爱、疼疼热热帝王夫妇。霎时间画就了这一幅惨惨凄凄绝代佳人绝命图。

（外、副净同叹科）（小生泪科）哎，天生丽质，遭此惨毒。真可怜也！（净笑科）这是说唱，老兄怎么认真掉下泪来！（丑）那贵妃娘娘死后，葬在何处？（末弹唱科）

【七转】 破不剌马嵬驿舍，冷清清佛堂倒斜。一代红颜为君绝，千秋遗恨滴罗巾血。半棵树是薄命碑碣，一抔土是断肠墓穴。再无人过荒凉野，莽天涯谁吊梨花谢！可怜那抱幽怨的孤魂，只伴着呜咽咽的望帝悲声啼夜月㊶。

（外）长安兵火之后，不知光景如何？（末）哎呀，列位，好端端一座锦绣长安，自被禄山破陷，光景十分不堪了。听我再弹波。（弹唱科）

【八转】 自銮舆西巡蜀道，长安内兵戈肆扰。千官无复紫宸朝㊷，把繁华顿消，顿消。六宫中朱户挂蟏蛸㊸，御榻傍白日狐狸啸。叫鸱鸮也么哥㊹，长蓬蒿也么哥。野鹿儿乱跑，苑柳宫花一半儿凋。有谁人去扫，去扫！玳瑁空梁燕泥儿抛，只留得缺月黄昏照。叹萧条也么哥，染腥臊也么哥！染腥臊，玉砌空堆马粪高。

㊴ 延秋西路：长安西南有延秋门，此指长安西南方向。㊵ 轰轰剨（huō）剨：形容声音喧闹。㊶ 望帝：古代神话中蜀国的国君，被迫让出帝位，其魂化成杜鹃鸟，终日悲啼。㊷ 紫宸：宫殿名，也用作帝王的代称。㊸ 蟏蛸（xiāo shāo）：一种身体细长的蜘蛛。㊹ 鸱鸮（chī xiāo）：鸟名，古人以为恶鸟。一说即猫头鹰。

(净)呸,听了半日,饿得慌了。大姐,咱和你喝烧刀子,吃蒜包儿去。(做腰边解钱与末,同丑诨下)(外)天色将晚,我每也去罢。(送银科)酒资在此。(末)多谢了。(外)无端唱出兴亡恨,(副净)引得傍人也泪流。(同外下)(小生)老丈,我听你这琵琶,非同凡手。得自何人传授?乞道其详。(末)

【九转】 这琵琶曾供奉开元皇帝,重提起心伤泪滴。(小生)这等说起来,定是梨园部内人了。(末)我也曾在梨园籍上姓名题,亲向那沉香亭花里去承值,华清宫宴上去追随。(小生)莫不是贺老㊺?(末)俺不是贺家的怀智。(小生)敢是黄旛绰?(末)黄旛绰同咱皆老辈。(小生)这等想必是雷海青?(末)我虽是弄琵琶却不姓雷。他呵,骂逆贼久已身死名垂。(小生)这等,想必是马仙期了。(末)我也不是擅场方响马仙期㊻,那些旧相识都休话起。(小生)因何来到这里?(末)我只为家亡国破兵戈沸,因此上孤身流落在江南地。(小生)毕竟老丈是谁波?(末)您官人絮叨叨苦问俺为谁,则俺老伶工名唤做龟年身姓李。

(小生揖科)呀,原来却是李教师。失瞻了。(末)官人尊姓大名,为何知道老汉?(小生)小生姓李,名暮。(末)莫不是吹铁笛的李官人么?(小生)然也。(末)幸会,幸会。(揖科)(小生)请问老丈,那《霓裳》全谱可还记得波?(末)也还记得,官人为何问他?(小生)不瞒老丈说,小生性好音律,向客西京。老丈在朝元阁演习《霓裳》之时,小生曾傍着宫墙,细细窃听,已将铁笛偷写数段。只是未得全谱,各处访求,无有知者。今日幸遇老丈,不识肯赐教

㊺ 贺老:即下文所说的贺怀智,与黄旛绰、马仙期都是当时著名乐工。㊻ 方响:一种铜制的打击乐器,磬类,由上下两排十六枚金属片组成,以小铜槌击之。

否？（末）既遇知音，何惜末技。（小生）如此多感，请问尊寓何处？（末）穷途流落，尚乏居停[47]。（小生）屈到舍下暂住，细细请教何如？（末）如此甚好。

【煞尾】 俺一似惊乌绕树向空枝外，谁承望做旧燕寻巢入画栋来。今日个知音喜遇知音在，这相逢，异哉！恁相投，快哉！李官人呵，待我慢慢的传与你这一曲《霓裳》播千载。

（末）桃蹊柳陌好经过，　张　籍
（小生）聊复回车访薜萝。　白居易
（末）今日知音一留听，　刘禹锡
（小生）江南无处不闻歌。　顾　况

㊼ 居停：寓所。

（康保成）

孔尚任（1648—1718） 字季重，一字聘之，号东塘、岸堂，自称云亭山人。山东曲阜人。康熙时杰出的戏曲作家，与洪昇并称“南洪北孔”。37岁前在家过着养亲、读书的生活。37岁时为康熙御前讲经，得到赏识，被破格任命为国子监博士。后奉命到江南治水，足迹踏遍南明故地，结识了一些明朝遗老。康熙三十八年(1699)写成《桃花扇》传奇，次年三月被免职。可能因写作《桃花扇》得祸。此后，他回老家隐居，直到71岁时辞世。他工诗擅文，著有《岸塘文集》、《湖海诗集》等。戏曲方面，还与顾彩合著《小忽雷》传奇，今并传世。

桃　花　扇[①]

【题解】

《桃花扇》借复社文人侯方域与秦淮名妓李香君的爱情故事来反映南明弘光朝覆亡的历史。桃花扇原是侯、李定情的诗扇。阉党余孽阮大铖逼迫香君改嫁党羽田仰，香君誓死不从，血溅定情诗扇。友人杨龙友将扇上血迹勾成桃花图。清兵南下，攻破扬州、南京。国已破，何以家为？侯、李撕破了桃花扇，分别出家。《桃花扇》历来被称作是严格意义上的历史剧。全剧共四十二出，每出出目下均注有该出事件发生的年月。但剧中所写的侯、李爱情，却多有艺术加工。作品在人物塑造、结构、语言等方面，都取得了突出的成就。《桃花扇》脱稿后，即风行一时。在北京上演时，一些明朝遗老“掩袂独坐”，“唏嘘而散”。这说明了作品的巨大感染力。

---

①《桃花扇》：本剧有多种版本流传，今据人民文学出版社1959年排印本（王季思等校注）选录。

这里选的第七出《却奁》，写李香君毅然退还阮大铖所助妆奁，并帮助侯方域认清大义；第二十四出《骂筵》，写她痛骂马士英、阮大铖一伙腐败误国；第三十八出《沉江》，写史可法在扬州城陷后，自沉殉国；续四十出《余韵》，写老赞礼、柳敬亭、苏昆生三人重游南京，抒发悲凉凄惨的亡国之恨。

第七出　却　　奁②

癸未三月③

（杂扮保儿掇马桶上）龟尿龟尿④，撒出小龟；鳖血鳖血，变成小鳖。龟尿鳖血，看不分别；鳖血龟尿，说不清白。看不分别，混了亲爹，说不清白，混了亲伯。（笑介）胡闹，胡闹！昨日香姐上头⑤，乱了半夜；今日早起，又要刷马桶，倒溺壶，忙个不了。那些孤老、表子⑥，还不知搂到几时哩。（刷马桶介）

【夜行船】（末）人宿平康深柳巷⑦，惊好梦门外花郎⑧。绣户未开，帘钩才响，春阻十层纱帐。

---

② 却奁：侯朝宗《李姬传》载，阮大铖为清议所斥，欲借侯朝宗疏通复社陈贞慧、吴应箕等人，使不再与他为难，乃托王将军日载酒与侯游，以伺机游说。此计为李姬识破，使阮不能售其奸。此出即根据这一记载点染而成。③ 癸未：即明崇祯十六年(1643)。④“龟尿龟尿”以下十二句：这是一段科诨，笑骂那些嫖客的行径。⑤ 上头：指结婚。旧时女子未出嫁时梳辫子，临出嫁才把头发拢上去，结为发髻，叫做上头。⑥ 孤老、表子：妓女称长期固定的嫖客为孤老，表子即妓女。⑦ 平康：唐代长安里名，妓女聚居之处，后多泛指妓院。⑧ 花郎：此处应是杨龙友自指，下文“惊却好梦”可证。又，元明戏曲写定情高卧，每有被卖花声唤醒事，此花郎解为卖花人亦通。

下官杨文骢[9]，早来与侯兄道喜[10]。你看院门深闭，侍婢无声，想是高眠未起。（唤介）保儿，你到新人窗外，说我早来道喜。（杂）昨夜睡迟了，今日未必起来哩。老爷请回，明日再来罢。（末笑介）胡说！快快去问。（小旦内问介[11]）保儿！来的是那一个？（杂）是杨老爷道喜来了。（小旦忙上）倚枕春宵短，敲门好事多。（见介）多谢老爷，成了孩儿一世姻缘。（末）好说。（问介）新人起来不曾？（小旦）昨晚睡迟，都还未起哩。（让坐介）老爷请坐，待我去催他。（末）不必，不必。（小旦下）

【步步娇】（末）儿女浓情如花酿，美满无他想，黑甜共一乡[12]。可也亏了俺帮衬，珠翠辉煌，罗绮飘荡，件件助新妆，悬出风流榜。

（小旦上）好笑，好笑！两个在那里交扣丁香[13]，并照菱花[14]，梳洗才完，穿戴未毕。请老爷同到洞房，唤他出来，好饮扶头卯酒[15]。（末）惊却好梦，得罪不浅。（同下）（生、旦艳妆上[16]）

【沉醉东风】（生、旦）这云情接着雨况，刚搔了心窝奇痒，谁搅起睡鸳鸯。被翻红浪，喜匆匆满怀欢畅。枕上余香，帕上余香，消魂滋味，才从梦里尝。

---

⑨ 杨文骢：字龙友，贵阳人，崇祯时任知县，弘光朝任常、镇两府巡抚，后从唐王聿键抗清，兵败被杀。他善书画，有文才。⑩ 侯兄：即侯方域，字朝宗，河南商丘人，明末清初著名作家，复社重要成员。入清后应乡试，中副榜。本剧中由“生”扮，事迹有虚构处。⑪ 小旦：剧中扮李香君假母李贞丽。李贞丽为秦淮名妓，和复社人物陈贞慧最要好。⑫ 黑甜共一乡：一齐熟睡。俗以熟睡为黑甜乡。⑬ 丁香：花名，其蕾缠绕相结，故此代指衣纽。⑭ 菱花：指镜子。据说古代铜镜背面往往铸有菱花图案。⑮ 扶头卯酒：饮了使人清醒的酒。卯，卯时，晨5时到7时间。⑯ 旦：扮李香君。其原型为侯方域《李姬传》中之李香。剧中李香君经过艺术加工，与原型不同。

（末、小旦上）（末）果然起来了，恭喜，恭喜！（一揖，坐介）（末）昨晚催妆拙句[17]，可还说的入情么。（生揖介）多谢！（笑介）妙是妙极了，只有一件。（末）那一件？（生）香君虽小，还该藏之金屋[18]。（看袖介）小生衫袖，如何着得下？（俱笑介）（末）夜来定情，必有佳作。（生）草草塞责，不敢请教。（末）诗在那里？（旦）诗在扇头。（旦向袖中取出扇介）（末接看介）是一柄白纱宫扇。（嗅介）香的有趣。（吟诗介）妙，妙！只有香君不愧此诗。（付旦介）还收好了。（旦收扇介）

【园林好】（末）正芬芳桃香李香，都题在宫纱扇上；怕遇着狂风吹荡，须紧紧袖中藏，须紧紧袖中藏。

（末看旦介）你看香君上头之后，更觉艳丽了。（向生介）世兄有福，消此尤物[19]。（生）香君天姿国色，今日插了几朵珠翠，穿了一套绮罗，十分花貌，又添二分，果然可爱。（小旦）这都亏了杨老爷帮衬哩。

【江儿水】 送到缠头锦，百宝箱，珠围翠绕流苏帐[20]，银烛笼纱通宵亮，金杯劝酒合席唱。今日又早早来看，恰似亲生自养，赔了妆奁，又早敲门来望。

（旦）俺看杨老爷，虽是马督抚至亲[21]，却也拮据作客，为何轻掷金钱，来

---

⑰ 催妆拙：指本剧第六出《眠香》杨龙友送给侯、李二人的催妆诗。诗中有“怀中婀娜袖中藏”句，故下文有“小生衫袖，如何着得下”的说白。⑱ 藏之金屋：用汉武帝“金屋藏娇”的典故。武帝做太子时，其姑母想把女儿阿娇嫁给他，问他意思怎样，武帝答道：“若得阿娇，一定造金屋给她住。”⑲ 尤物：绝色美人。⑳ 流苏帐：以流苏为装饰的一种帐子。流苏，彩色丝线或羽毛做的垂饰。㉑ 马督抚：即马士英，字瑶草，贵阳人，当时任凤阳督抚。

填烟花之窟？在奴家受之有愧，在老爷施之无名；今日问个明白，以便图报。(生)香君问得有理，小弟与杨兄萍水相交，昨日承情太厚，也觉不安。(末)既蒙问及，小弟只得实告了。这些妆奁酒席，约费二百余金，皆出怀宁之手。(生)那个怀宁？(末)曾做过光禄的阮圆海。(生)是那皖人阮大铖么㉒？(末)正是。(生)他为何这样周旋？(末)不过欲纳交足下之意。

【五供养】 (末)羡你风流雅望，东洛才名，西汉文章㉓。逢迎随处有，争看坐车郎㉔。秦淮妙处，暂寻个佳人相傍，也要些鸳鸯被、芙蓉妆；你道是谁的，是那南邻大阮，嫁衣全忙。

(生)阮圆老原是敝年伯，小弟鄙其为人，绝之已久。他今日无故用情，令人不解。(末)圆老有一段苦衷，欲见白于足下。(生)请教。(末)圆老当日曾游赵梦白之门㉕，原是吾辈。后来结交魏党，只为救护东林，不料魏党一败，东林反与之水火。近日复社诸生，倡论攻击，大肆殴辱，岂非操同室之戈乎？圆老故交虽多，因其形迹可疑，亦无人代为分辩。每日向天大哭，说道："同类相残，伤心惨目，非河南侯君，不能救我。"所以今日谆谆纳交。(生)原来如此，俺看

后因拥戴福王有功，官建极阁大学士兼兵部尚书，引荐阮大铖等奸佞。㉒ 阮大铖：字圆海，安徽怀宁人，曾投靠魏忠贤。南明时拥戴福王，得马士英引荐为兵部尚书。有文才，作有《燕子笺》等四种传奇。㉓"东洛才名"两句：比喻侯方域才名大，文章写得好。东洛才名，指晋左思《三都赋》被争相传抄，使洛阳纸贵。西汉文章，指司马相如等人的文章。㉔ 争看坐车郎：此句说侯方域貌美。晋潘岳貌美，每次坐车出外，妇女争着看他，以果掷之盈车。㉕ 赵梦白：即赵南星，字梦白，明末高邑人。天启初拜吏部尚书，因得罪魏忠贤，遣戍大同，卒于戍所。

圆海情辞迫切，亦觉可怜。就便真是魏党，悔过来归，亦不可绝之太甚，况罪有可原乎。定生、次尾[26]，皆我至交，明日相见，即为分解。（末）果然如此，吾党之幸也。（旦怒介）官人是何说话，阮大铖趋附权奸，廉耻丧尽；妇人女子，无不唾骂。他人攻之，官人救之，官人自处于何等也？

【川拨棹】 不思想，把话儿轻易讲。要与他消释灾殃，要与他消释灾殃，也提防旁人短长。官人之意，不过因他助俺妆奁，便要徇私废公；那知道这几件钗钏衣裙，原放不到我香君眼里。（拔簪脱衣介）脱裙衫，穷不妨；布荆人，名自香。

（末）阿呀！香君气性，忒也刚烈。（小旦）把好好东西，都丢一地，可惜，可惜！（拾介）（生）好，好，好！这等见识，我倒不如，真乃侯生畏友也[27]。（向末介）老兄休怪，弟非不领教，但恐为女子所笑耳。

【前腔】 （生）平康巷，他能将名节讲；偏是咱学校朝堂，偏是咱学校朝堂，混奸贤不问青黄。那些社友平日重俺侯生者，也只为这点义气；我若依附奸邪，那时群起来攻，自救不暇，焉能救人乎？节和名，非泛常；重和轻，须审详。

（末）圆老一段好意，也还不可激烈。（生）我虽至愚，亦不肯从井救人[28]。（末）既然如此，小弟告辞了。（生）这些箱笼，原是阮家之物，香君不用，留之无

㉖ 定生、次尾：定生，陈贞慧字。次尾，吴应箕字。两人均为复社后期著名人物。㉗ 畏友：刚直的朋友。因多正言规劝人，不阿谀取容，令人敬畏，故称畏友。㉘ 从井救人：意为不识时度势，不顾自己的名节去救助别人。

益,还求取去罢。(末)正是"多情反被无情恼,乘兴而来兴尽还[29]"。(下)(旦恼介)(生看旦介)俺看香君天姿国色,摘了几朵珠翠,脱去一套绮罗,十分容貌,又添十分,更觉可爱。(小旦)虽如此说,舍了许多东西,倒底可惜。

【尾声】 金珠到手轻轻放,惯成了娇痴模样,辜负俺辛勤做老娘。

(生)些须东西,何足挂念,小生照样赔来。(小旦)这等才好。

(小旦)花钱粉钞费商量[30],(旦)裙布钗荆也不妨;
(生)只有湘君能解佩[31],(旦)风标不学世时妆。

㉙"多情反被无情恼"两句:上句是苏轼《蝶恋花·花褪残红》的句子,下句出自《世说新语》,言王子猷访戴安道,中途而返,对人说"乘兴而来,兴尽而返。"㉚ 花钱粉钞:妇女用于花粉的钱钞,此指妆奁之资。㉛湘君解佩:楚辞《九歌·湘君》:"遗余佩兮澧浦。"这里借来形容李香君的却奁。

第二十四出　骂　筵

乙酉正月[1]

【缕缕金】 (副净扮阮大铖吉服上[2])风流代,又遭逢,六朝金粉样,我偏通。

---

① 乙酉:清顺治二年(1645)。② 吉服:礼服,官服。

管领烟花，衔名供奉。簇新新帽乌衬袍红，皂皮靴绿缝，皂皮靴绿缝。

（笑介）我阮大铖，亏了贵阳相公破格提挈③，又取在内庭供奉；今日到任回来，好不荣耀。且喜今上性喜文墨，把王铎补了内阁大学士④，钱谦益补了礼部尚书⑤。区区不才，同在文学侍从之班；天颜日近，知无不言。前日进了四种传奇⑥，圣心大悦；立刻传旨，命礼部采选宫人，要将《燕子笺》被之声歌，为中兴一代之乐。我想这本传奇，精深奥妙，倘被俗手教坏，岂不损我文名。因而乘机启奏："生口不如熟口，清客强似教手。"圣上从谏如流，就命广搜旧院，大罗秦淮，拿了清客妓女数十余人，交与礼部拣选。前日验他色艺，都只平常；还有几个有名的，都是杨龙友旧交，求情免选，下官只得勾去。昨见贵阳相公说道："教演新戏是圣上心事，难道不选好的，倒选坏的不成？"只得又去传他，尚未到来。今乃乙酉新年人日佳节⑦，下官约同龙友，移樽赏心亭⑧；邀俺贵阳师相，饮酒看雪。早已吩咐把新选的妓女，带到席前验看。正是：花柳笙歌隋事业，谈谐裙屐晋风流⑨。（下）

【黄莺儿】 （老旦扮卞玉京道妆背包急上⑩）家住蕊珠宫⑪，恨无端业海风⑫，把

---

③ 贵阳相公：指马士英，他是贵阳人。④ 王铎：字觉斯，河南孟津人，弘光元年任大学士，后降清。⑤ 钱谦益：字受之，号牧斋，常熟人，崇祯时官至礼部侍郎，弘光元年补礼部尚书，后降清。⑥ 四种传奇：指阮大铖写的《燕子笺》、《春灯谜》、《狮子赚》、《双金榜》四种传奇。⑦ 人日：阴历正月初七。⑧ 赏心亭：在江苏江宁西，下临秦淮河。⑨ "花柳笙歌隋事业"两句：打诨语，谓自己干的是隋末君臣们纵情声色的事业，过的是晋朝士大夫清谈优游的生活。⑩ 卞玉京：名赛，秦淮名妓，善书画、鼓琴，后出家。事迹见《板桥杂记》。⑪ 蕊珠宫：传说中神仙居住的地方。⑫ 业海：佛教语。佛教谓人世间种种罪业可使人沉沦，犹如大海，故称业海。

人轻向烟花送。喉尖唱肿，裙腰舞松，一生魂在巫山洞[13]，俺下玉京，今日为何这般打扮？只因朝廷搜拿歌妓，逼俺断了尘心。昨夜别过姊妹，换上道妆，飘然出院，但不知那里好去投师。望城东，云山满眼，仙界路无穷。

（飘飒下）（副净、外、净扮丁继之、沈公宪、张燕筑三清客上[14]）

【皂罗袍】（副净）正把秦淮箫弄，看名花好月，乱上帘栊。凤纸签名唤乐工[15]，南朝天子春心动。我丁继之年过六旬；歌板久抛；前日托过杨老爷，免我前往，怎的今日又传起来了。（外净）俺两个也都是免过的，不知又传，有何话说。（副净拱介）两位老弟，大家商量，我们一班清客，感动皇爷，召去教歌，也不是容易的。（外净）正是。（副净）二位青年上进，该去走走，我老汉多病年衰，也不望甚么际遇了。今日我要躲过，求二位遮盖一二。（外）这有何妨，太公钓鱼，愿者上钩[16]。（净）是是！难道你犯了王法，定要拿去审问不成。（副净）既然如此，我老汉就回去了。（回行介）急忙回首，青青远峰；逍遥寻路，森森乱松。（顿足介）若不离了尘埃，怎能免得牵绊。（袖出道巾、黄绦换介）（转头呼介）二位看俺打扮罢，道人醒了扬州梦[17]。

（摇摆下）（外）咦！他竟出家去了，好狠心也。（净）我们且坐廊下晒暖，待他姊妹到来，同去礼部过堂。（坐地介）（小旦扮寇白门，丑扮郑妥娘[18]，杂扮差

---

⑬ 巫山洞：指妓院。“巫山”出自宋玉《高唐赋》，后多用为男女交欢之所。⑭ 丁继之、沈公宪、张燕筑：都是当时有名的演员。事迹均见《板桥杂记》。⑮ 凤纸：即凤诏，皇帝的诏书。⑯ “太公钓鱼”两句：当时歇后语。相传姜太公（吕望）曾在渭水边用直钩钓鱼，说“负命者上钩来”。⑰ 扬州梦：唐杜牧诗：“十年一觉扬州梦，赢得青楼薄幸名。”这里说他已从浑浑噩噩的歌舞繁华的生活中清醒过来。⑱ 寇白门、郑妥娘：均为秦淮名妓，事迹见《板桥杂记》。

役跟上)(小旦)桃片随风不结子。(丑)柳绵浮水又成萍[19]。(望介)你看老沈老张不约俺一声儿,先到廊下向暖,我们走去,打他个耳刮子。(相见,诨介)(外问杂介)又传我们到那里去?(杂)传你们到礼部过堂,送入内庭教戏。(外)前日免过俺们了。(杂)内阁大老爷不依,定要借重你们几个老清客哩。(净)是那几个?(杂)待我瞧瞧票子。(取票看介)丁继之、沈公宪、张燕筑。(问介)那姓丁的如何不见?(外)他出家去了。(杂)既出了家,没处寻他,待我回官罢!(向净、外介)你们到了的,竟往礼部过堂去。(净)等他姊妹到齐着。(杂)今日老爷们秦淮赏雪,吩咐带着女客,席上验看哩。(外、净)既是这等,我们先去了。正是:传歌留乐府,擫笛傍宫墙[20]。(下)(杂看票问小旦介)你是寇白门么?(小旦)是。(杂问丑介)你是卞玉京么?(丑)不是,我是老妥。(杂)是郑妥娘了。(问介)那卞玉京呢?(丑)他出家去了。(杂)咦!怎么出家的都配成对儿。(问介)后边还有一个脚小走不上来的,想是李贞丽了?(小旦)不是,李贞丽从良去了!(杂)我方才拉他下楼,他说是李贞丽,怎的又不是?(丑)想是他女儿顶名替来的。(杂)母子总是一般,只少不了数儿就好了。(望介)他早赶上来也。

【忒忒令】 (旦)下红楼残腊雪浓,过紫陌早春泥冻;不惯行走,脚儿十分痛。传凤诏,选蛾眉,把丝鞭,骑骄马;催花使乱拥。

奴家香君,被捉下楼,叫去学歌,是俺烟花本等,只有这点志气,就死不

---

⑲ 柳绵浮水又成萍:我国古代以为,浮萍是柳絮入水所化的。⑳ 擫(yá)笛傍宫墙:元稹《连昌宫词》:“李謩擫笛傍宫墙,偷得新翻数般曲。”这里仅用字面的意思,指沈、张二人到宫中教唱。擫笛,用手指按笛子。

磨。(杂喊介)快些走动!(旦到介)(小旦)你也下楼了,屈尊,屈尊。(丑)我们造化,就得服侍皇帝了。(旦)情愿奉让罢。(同行介)(杂)前面是赏心亭了,内阁马老爷、光禄阮老爷、兵部杨老爷,少刻即到。你们各人整理伺候。(杂同小旦、丑下)(旦私语介)难得他们凑来一处,正好吐俺胸中之气。

【前腔】 赵文华陪着严嵩,抹粉脸席前趋奉;丑腔恶态,演出真鸣凤㉑。俺做个女祢衡,挝渔阳,声声骂㉒;看他懂不懂。

(净扮马士英,副净扮阮大铖,末扮杨文骢,外、小生扮从人喝道上)(旦避下)(副净)琼瑶楼阁朱微抹。(末)金碧峰峦粉细勾㉓。(净)好一派雪景也。(副净)这座赏心亭,原是看雪之所。(净)怎么原是看雪之所?(副净)宋真宗曾出周昉雪图,赐与丁谓。说道:"卿到金陵,可选一绝景处张之㉔。"因建此亭。(净看壁介)这壁上单条,想是周昉雪图了。(末)非也。这是画友蓝瑛新来见赠的㉕。(净)妙妙!你看雪压钟山,正对图画,赏心胜地,无过此亭矣。(末吩咐介)就把炉、榼、游具,摆设起来。(外、小生设席坐介)(副净向净介)荒亭草具,

---

㉑"赵文华陪着严嵩"四句:赵文华,明嘉靖时工部尚书,奸相严嵩义子,性倾险。鸣凤,指明传奇《鸣凤记》。在这出戏中,赵文华卖身投靠严嵩,作尽坏事。这里比喻阮大铖阿谀马士英,丑态百出。㉒"俺做个女祢衡"三句:祢衡,三国时人。曹操为羞辱他,让他做鼓吏,他击《渔阳三挝》,声音悲壮,听者都受到感动,又当众痛骂曹操。这里写李香君欲像祢衡一样痛骂马、阮。㉓"琼瑶楼阁朱微抹"两句:写雪后楼台、山景。琼瑶,原是美玉,这里喻雪。朱,红色,形容阳光。抹和勾均是画家笔法,这里赞扬雪后楼阁、山景如图画一般。㉔"宋真宗曾出周昉雪图"五句:故事见《渑水燕谈录》。宋真宗赐给丁渭的是《袁安卧雪图》。㉕ 蓝瑛:明代著名画家,字田叔,钱塘人。

侍爱高攀，着实得罪了。(净)说那里话。可笑一班小人，奉承权贵，费千金盛设，十分丑态，一无所取，徒传笑柄。(副净)晚生今日扫雪烹茶，清谈攀教，显得老师相高怀雅量，晚生辈也免了几笔粉抹。(净)呵呀！那戏场粉笔，最是利害，一抹上脸，再洗不掉；虽有孝子慈孙，都不肯认做祖父的。(末)虽然利害，却也公道，原以儆戒无忌惮之小人，非为我辈而设。(净)据学生看来，都吃了奉承的亏。(末)为何？(净)你看前辈分宜相公严嵩，何尝不是一个文人，现今《鸣凤记》里抹了花脸，着实丑看。岂非赵文华辈奉承坏了。(副净打恭介)是是！老师相是不喜奉承的，晚生惟有心悦诚服而已。(末)请酒！(同举杯介)(副净问外介)选的妓女，可曾叫到了么？(外禀介)叫到了。(杂领众妓叩头介)(净细看介)(吩咐介)今日雅集，用不着他们，叫他礼部过堂去罢。(副净)特令到此伺候酒席的。(净)留下那个年小的罢。(众下)(净问介)他唤什么名字？(杂禀介)李贞丽。(净笑介)丽而未必贞也。(笑问副净介)我们扮过陶学士了，再扮一折党太尉何如㉖？(副净)妙妙！(唤介)贞丽过来斟酒唱曲。(旦摇头介)(净)为何摇头？(旦)不会。(净)呵呀！样样不会，怎称名妓。(旦)原非名妓。(掩泪介)(净)你有甚心事，容你说来。

【江儿水】（旦)妾的心中事，乱似蓬，几番要向君王控。拆散夫妻惊魂进，割开母子鲜血涌，比那流贼还猛。做哑装聋，骂着不知惶恐。

㉖ 陶学士、党太尉：陶学士即陶谷，字秀实，五代后周时为翰林学士。他曾得宋太尉党进的家姬，一天用雪水烹茶，问那家姬："党家有这样的风味吗？"家姬答："他是粗人，只知在销金帐下浅斟低唱，饮羊羔美酒，那有这种风味？"这里以陶学士、党太尉代表雅俗不同的两种风格。

（净）原来有这些心事。（副净）这个女子却也苦了。（末）今日老爷们在此行乐，不必只是诉冤了。（旦）杨老爷知道的，奴家的冤苦，也值当不的一诉。

【五供养】 堂堂列公，半边南朝，望你峥嵘。出身希贵宠，创业选声容，后庭花又添几种[27]。把俺胡撮弄[28]，对寒风雪海冰山，苦陪觞咏。

（净怒介）哇！这妮子胡言乱道，该打嘴了。（副净）闻得李贞丽，原是张天如、夏彝仲辈品题之妓[29]，自然是放肆的。该打该打！（末）看他年纪甚小，未必是那个李贞丽。（旦恨介）便是他待怎的！

【玉交枝】 东林伯仲[30]，俺青楼皆知敬重。乾儿义子从新用，绝不了魏家种。（副净）好大胆，骂的是那个，快快采去丢在雪中。（外采旦推倒介）（旦）冰肌雪肠原自同，铁心石腹何愁冻。（副净）这奴才，当着内阁大老爷，这般放肆，叫我们都开罪了。可恨可恨！（下席踢旦介）（末起拉介）（净）罢罢！这样奴才，何难处死，只怕妨了俺宰相之度。（末）是是！丞相之尊，娼女之贱，天地悬绝，何足介意。（副净）也罢！启过老师相，送入内庭，拣着极苦的脚色，叫他去当。（净）这也该的。（末）着人拉去罢！（杂拉旦介）（旦）奴家已拼一死，吐不尽鹃血满胸，吐不尽鹃血满胸。

㉗ 后庭花：乐曲名，即《玉树后庭花》，陈后主所作。陈后主沉湎于歌舞宴饮生活，不理朝政，以致亡国，故后人用“后庭花”指亡国之音。㉘ 胡撮弄：任意折磨摆弄。㉙ 张天如、夏彝仲：张天如，即张溥，字天如，明末文学家，复社组织者之一。夏彝仲，即夏允彝，字彝仲，明末文学家，几社组织者之一。㉚ 东林伯仲：东林党的伙伴。东林党，明末正直官员顾宪成被革职还乡，与高攀龙、钱一本等在东林书院讲学，议论朝政，品评人物，被称为东林党。伯仲，原指兄弟，这里指朋党、伙伴。

（拉旦下）（净）好好一个雅集，被这奴才搞乱坏了。可笑，可笑！（副净、末连三揖介）得罪，得罪！望乞海涵，另日竭诚罢。（净）兴尽宜回春雪棹。（副净）客羞应斩美人头[31]。（净、副净从人喝道下）（末吊场介）可笑香君才下楼来，偏撞两个冤对，这场是非免不了的；若无下官遮盖，香君性命也有些不妥哩。罢罢！选入内庭，倒也省了几日悬挂；只是媚香楼无人看守，如何是好？（想介）有了，画友蓝瑛托俺寻寓，就接他暂住楼上；待香君出来，再作商量。

赏心亭上雪初融，煮鹤焚琴宴巨公[32]；
恼杀秦淮歌舞伴，不同西子入吴宫。

㉛ 客羞应斩美人头：战国时平原君的美人在楼上看见一个跛子，不觉大笑。这跛子将此事告诉了平原君，平原君就斩了那美人，以向跛子谢罪。事见《史记·平原君列传》。
㉜ 煮鹤烧琴宴巨公：煮鹤烧琴，比喻杀风景之事。

第三十八出　沉　江[1]

乙酉五月

【锦缠道】（外扮史可法，毡笠急上）（回头望介）望烽烟，杀气重，扬州沸喧；生

---

① 根据历史记载，顺治二年(1645)清兵攻陷扬州。史可法被俘，不屈而死。本剧把史可法之死改为自沉殉国。

灵尽席卷,这屠戮皆因我愚忠不转。兵和将,力竭气喘,只落了一堆尸软。俺史可法率三千子弟,死守扬州,那知力尽粮绝,外援不至。北兵今夜攻破北城,俺已满拚自尽。忽然想起明朝三百年社稷,只靠俺一身撑持,岂可效无益之死,舍孤立之君。故此缒下南城,直奔仪真[②],幸遇一只报船,渡过江来。(指介)那城阙隐隐,便是南京了;可恨老腿酸软,不能走动,如何是好?(惊介)呀!何处走来这匹白骡,待俺骑上,沿江跑去便了。(骑骡,折柳作鞭介)跨上白骡鞯,空江野路,哭声动九原。日近长安远,加鞭,云里指宫殿。

(副末扮老赞礼背包裹跑上[③])残年还避乱,落日更思家。(外撞倒副末介)(副介)呵哟哟!几乎滚下江去。(看外介)你这位老将爷好没眼色!(外下骡扶起介)得罪,得罪!俺且问你,从那里来的?(副末)南京来的。(外)南京光景如何?(副末)你还不知么,皇帝老子逃去两三日了。目下北兵过江,满城大乱,城门都关的。(外惊介)呵呀,这等去也无益矣!(大哭介)皇天后土,二祖列宗,怎的半壁江山也不能保住呀。(副末惊介)听他哭声,倒像是史阁部[④]。(问介)你是史老爷么?(外)下官便是。你如何认得?(副末)小人是太常寺一个老赞礼,曾在太平门外伺候过老爷的。(外认介)是呀!那日恸哭先帝,便是老兄了。(副末)不敢。请问老爷,为何这般狼狈?(外)今夜扬州失陷,才从城头缒下来的。(副末)要向那里去?(外)原要南京保驾,不想圣上也走了。(顿足哭介)

【普天乐】 撇下俺断篷船,丢下俺无家犬;叫天呼地千百遍,归无路,进又难前。

---

② 仪真:今江苏仪征,在扬州与南京之间,靠长江北岸。③ 赞礼:官名,是祭祀时司仪的人。
④ 史阁部:即史可法。他在南明时任内阁大学士,故称史阁部。

（登高望介）那滚滚雪浪拍天，流不尽湘纍怨[⑤]。（指介）有了，有了！那便是俺葬身之地。胜黄土，一丈江鱼腹宽展。（看身介）俺史可法亡国罪臣，那容得冠裳而去。（摘帽，脱袍、靴介）摘脱下袍靴冠冕。（副末）我看老爷竟像要寻死的模样。（拉住介）老爷三思，不可短见呀！（外）你看茫茫世界，留着俺史可法何处安放。累死英雄，到此日看江山换主，无可留恋。

（跳入江翻滚下介）（副末呆望良久，抱靴、帽、袍服哭叫介）史老爷呀！好一个尽节忠臣，若不遇着小人，谁知你投江而死呀！（大哭介）（丑扮柳敬亭[⑥]，携生忙上）偷生辞狱吏，避乱走天涯。（末扮陈贞慧，小生扮吴应箕，携手忙上）日日争门户，今年傍那家。（生呼介）定兄，次兄，日色将晚，快些走动。（末、小生）来了。（丑）我们出狱，不觉数日，东藏西躲，终无栖身之地。前面是龙潭江岸[⑦]，大家商量，分路逃生罢！（末）是，是。（见副末介）你这位老兄，为何在此恸哭？（副末）俺也是走路的，适才撞见史阁部老爷投江而死，由不的伤心哭他几声。（生）史阁部怎得到此？（副末）今夜扬州城陷，逃到此间，闻的皇帝已走，跺了跺脚[⑧]，跳下江去了。（生）那有此事？（副末指介）这不是脱下的衣服、靴、帽么！（丑看介）你看衣裳里面，浑身朱印。（生）待俺认来。（读介）“钦命总督江北等处兵马内阁大学士兼兵部尚书印”。（生惊哭介）果然是史老先生。（末）设上衣冠，大家哭拜一番。（副末设衣冠介）（众拜哭介）

【古轮台】（合）走江边，满腔愤恨向谁言。老泪风吹面，孤城一片，望救目穿。

---

⑤ 湘纍：指屈原。纍是无罪而被迫至死的人，屈原因投湘水而死，故称。⑥ 柳敬亭：江苏泰州人，因躲避仇人流落江湖，改姓柳。善说书，重侠义，常与复社中人来往。明亡后潦倒而死。⑦ 龙潭：镇名，濒临长江，在南京与镇江中间。⑧ 跺：顿足。

使尽残兵血战，跳出重围，故国苦恋，谁知歌罢剩空筵。长江一线，吴头楚尾路三千⑨，尽归别姓。雨翻云变，寒涛东卷，万事付空烟。精魂显，《大招》声逐海天远⑩。

（生拍衣冠大哭介）（丑）阁部尽节，成了一代忠臣。相公不必过哀，大家分手罢！（生指介）你看一望烟尘，叫小生从那里归去？（末）我两人绕道前来，只为送兄过江；今既不能北上，何不随俺南行。（生）这纷纷乱世，怎能终始相依。倒是各人自便罢！（小生）侯兄主意若何？（生）我和敬亭商议，要寻一深山古寺，暂避数日，再图归计。（副末）我老汉正要向栖霞山去⑪，那边地方幽僻，尽可避兵，何不同往？（生）这等极妙了。（末、小生）侯兄既有栖身之所，我们就此作别罢！（拜别介）伤心当此日，会面是何年。（末、小生掩泪下）（生问副末介）你到栖霞山中，有何公干？（副末）不瞒相公说，俺是太常寺一个老赞礼，只因太平门外哭奠先帝之日，那些文武百官，虚应故事；我老汉动了一番气恼，当时约些村中父老，捐施钱粮，趁着这七月十五日，要替崇祯皇帝建一个水陆道场⑫。不料南京大乱，好事难行，因此携着钱粮，要到栖霞山上，虔请高僧，了此心愿。（丑）好事，好事！（生）就求携带同行便了！（副末）待我收拾起这衣服、靴、帽着。（丑）这衣服、靴、帽，你要送到何处去？（副末）我想扬州梅花岭是他老人家点兵之所⑬，待大兵退后，俺去招魂埋葬，便有史阁部千秋佳城了⑭。（生）如此义

---

⑨ 吴头楚尾：原指春秋时吴、楚两国交界的地方，这里泛指南明国土。⑩“精魂显”二句：意为史可法虽然死了，但精神长留人间。剧中史可法自沉，与屈原相同。故上文提到“湘累”，此处提到《大招》，下场诗中又提到《招魂》。《大招》、《招魂》均为楚辞中篇名。⑪ 栖霞山：在南京东北约二十里。⑫ 水陆道场：佛教超度死者灵魂的法会。⑬ 梅花岭：在扬州广储门外。今有史可法衣冠冢。⑭ 千秋佳城：即坟墓。

举，更为难得。（副末背袍、靴等，生、丑随行介）

【余文】 山云变，江岸迁，一霎时忠魂不见，寒食何人知墓田。

（副末）千古南朝作话传，（丑）伤心血泪洒山川；（生）仰天读罢《招魂》赋，（副末）扬子江头乱瞑烟。

续四十出　余　韵

戊子九月[①]

〔西江月〕（净扮樵子挑担上）放目苍崖万丈，拂头红树千枝；云深猛虎出无时，也避人间弓矢。建业城啼夜鬼，维扬井贮秋尸[②]；樵夫剩得命如丝，满肚南朝野史。在下苏崑生[③]，自从乙酉年同香君到山，一住三载，俺就不曾回家，往来牛首[④]、栖霞，采樵度日。谁想柳敬亭与俺同志，买只小船，也在此捕鱼为业。且喜山深树老，江阔人稀；每日相逢，便把斧头敲着船头，浩浩落落，尽俺歌唱，好不快活。今日柴担早歇，专等他来促膝闲话，怎的还不见到。（歇担盹睡介）（丑扮渔翁摇船上）年年垂钓鬓如银，爱此江山胜富春[⑤]；歌舞丛中征战里，渔翁都是过来人。俺柳敬亭送侯朝宗修道之后，就这龙潭江畔，捕鱼三载，把些兴亡

① 戊子：清顺治五年（1648）。② “建业”两句：写清兵破南京、扬州后，两城百姓被屠杀的景象。建业，南京；维扬，扬州。③ 苏崑生：原名周松如，河南固始人，明末清初著名唱曲家。④ 牛首：即南京城南之牛头山。⑤ 富春：山名。濒临富春江，风景秀丽，东汉

旧事，付之风月闲谈。今值秋雨新晴，江光似练，正好寻苏崑生饮酒谈心。（指介）你看，他早已醉倒在地，待我上岸，唤他醒来。（作上岸介）（呼介）苏崑生。（净醒介）大哥果然来了。（丑拱介）贤弟偏杯呀！（净）柴不曾卖，那得酒来。（丑）愚兄也没卖鱼，都是空囊，怎么处？（净）有了，有了，你输水，我输柴，大家煮茗清谈罢。（副末扮老赞礼，提弦携壶上）江山江山，一忙一闲，谁赢谁输，两鬓皆斑。（见介）原来是柳、苏两位老哥。（净、丑拱介）老相公怎得到此？（副末）老夫住在燕子矶边[⑥]，今乃戊子年九月十七日，是福德星君降生之辰[⑦]；我同些山中社友，到福德神祠祭赛已毕，路过此间。（净）为何挟着弦子，提着酒壶？（副末）见笑见笑！老夫编了几句神弦歌[⑧]，名曰【问苍天】。今日弹唱乐神，社散之时，分得这瓶福酒。恰好遇着二位，就同饮三杯罢。（丑）怎好取扰。（副末）这叫做"有福同享"。（净、丑）好，好！（同坐饮介）（净）何不把神弦歌领略一回？（副末）使得！老夫的心事，正要请教二位哩。（弹弦唱巫腔）（净、丑拍手衬介）

【问苍天】 新历数，顺治朝，岁在戊子；九月秋，十七日，嘉会良时。击神鼓，扬灵旗，乡邻赛社[⑨]；老逸民，剃白发，也到丛祠。椒作栋，桂为楣[⑩]，唐修晋建；碧和金，丹间粉，画壁精奇。貌赫赫，气扬扬，福德名位；山之珍，海之宝，总掌无遗。超祖祢[⑪]，迈君师，千人上寿；焚郁兰，奠清醑[⑫]，夺户争墀[⑬]。草笠底，有一人，掀须长叹：

严子陵（光）曾隐居于此。⑥ 燕子矶：南京东北观音山上的一块大石，形如飞燕，为南京名胜之一。矶，突出的大石。⑦ 福德星君：传说中的财神。⑧ 神弦歌：祀神所用的歌曲，其名源出乐府。⑨ 赛社：即前文所说的"祭赛"，民间祭神的一种仪式。⑩ 椒作栋，桂为楣：形容庙宇的芳香、高洁。椒，古代用作装饰的香料。楣，房屋的横梁。⑪ 祖祢（nǐ）：祖宗的庙宇。祢，父死后在宗庙中立的牌位叫祢。⑫ 醑（xǔ）：美酒。⑬ 夺户争墀：形容祭赛

贫者贫，富者富，造命奚为[14]？我与尔，较生辰，同月同日；囊无钱，灶断火，不啻乞儿。六十岁，花甲周，桑榆暮矣[15]；乱离人，太平犬，未有亨期[16]。称玉斝[17]，坐琼筵，尔飡我看；谁为灵，谁为蠢，贵贱失宜。臣稽首，叫九阍[18]，开聋启聩；宣命司，检禄籍[19]，何故差池。金阙远，紫宸高，苍天梦梦[20]；迎神来，送神去，舆马风驰。歌舞罢，鸡豚收，须臾社散；倚枯槐，对斜日，独自凝思。浊享富，清享名，或分两例；内才多，外财少，应不同规。热似火，福德君，庸人父母；冷如冰，文昌帝[21]，秀士宗师。神有短，圣有亏，谁能足愿；地难填，天难补，造化如斯。释尽了，胸中愁，欣欣微笑；江自流，云自卷，我又何疑。

(唱完放弦介)出丑之极。(净)妙绝！逼真《离骚》、《九歌》了。(丑)失敬，失敬！不知老相公竟是财神一转哩。(副末让介)请干此酒。(净咂舌介)这寡酒好难吃也。(丑)愚兄倒有些下酒之物。(净)是什么东西？(丑)请猜一猜。(净)你的东西，不过是些鱼鳖虾蟹。(丑摇头介)猜不着，猜不着。(净)还有什么异味？(丑指口介)是我的舌头。(副末)你的舌头，你自下酒，如何让客。(丑笑介)你不晓得，古人以《汉书》下酒[22]；这舌头会说《汉书》，岂非

时人多拥挤。⑭ 造命奚为：老天为何这样？造命，造物主，一般指天。⑮ 桑榆暮矣：喻人到暮年。日落时，斜晖隐现桑榆之间，常用来比喻人的晚年。⑯“乱离人”三句：本自民间谚语：“宁作太平犬，莫作乱离人。”亨期，幸运的日子。⑰ 称玉斝（jiǎ）：举玉杯。斝，古代酒器，有三足，圆口平底，盛行于商代。⑱ 九阍：九天之门。此指上天。⑲ 宣命司，检禄籍：宣司命之神，检查他掌管的禄籍。禄籍，传说是注定人们福禄的籍册。⑳“金阙远”三句：是说天帝高高在上，昏聩不明。金阙、紫宸，此处均指天帝居住的宫殿。㉑ 文昌帝：传说中掌管人世科举功名的神。㉒ 汉书下酒：本北宋诗人苏舜钦故事。苏居岳父杜衍家，读《汉书·张良传》，一再赞叹，举杯痛饮。杜衍说：“有这样的下酒物，饮一斗不算多。”见宋龚明之《中吴纪闻》。

下酒之物?(净取酒斟介)我替老哥斟酒,老哥就把《汉书》说来。(副末)妙妙!只恐菜多酒少了。(丑)既然《汉书》大长,有我新编的一首弹词,叫做【秣陵秋】[23],唱来下酒罢。(副末)就是俺南京的近事么?(丑)便是!(净)这都是俺们耳闻眼见的,你若说差了,我要罚的。(丑)包管你不差。(丑弹弦介)六代兴亡,几点清弹千古慨;半生湖海,一声高唱万山惊。(照盲女弹词唱介)

【秣陵秋】 陈隋烟月恨茫茫,井带胭脂土带香[24];骀荡柳绵沾客鬓[25],叮咛莺舌恼人肠。中兴朝市繁华续[26],遗孽儿孙气焰张[27];只劝楼台追后主,不愁弓矢下残唐[28]。蛾眉越女才承选,燕子吴歈早擅场[29],力士签名搜笛步,龟年协律奉椒房[30]。西昆词赋新温李[31],乌巷冠裳旧谢王[32];院院宫妆金翠镜,朝朝楚楚雨云床[33]。五侯阃外空狼燧[34],二水洲边自雀舫[35];指马谁攻秦相诈,入林都畏阮

㉓ 秣陵秋:剧中杜撰的曲名。秣陵,即金陵,今南京市。㉔ 井带胭脂:即胭脂井。隋兵破金陵,陈后主将所宠二贵妃匿景阳宫井中,故名。㉕ 骀(dài)荡:舒缓飘荡。㉖ 中兴朝市:指南明王朝。㉗ 遗孽儿孙:指马士英、阮大铖辈。㉘ 不愁弓矢下残唐:借宋太祖灭南唐故事,讽刺福王沉溺欢娱,置南下清兵于不顾。㉙ 燕子吴歈:用昆曲演唱的《燕子笺》传奇。吴歈,吴地歌曲,此处指昆曲。㉚ "力士签名搜笛步"两句:意谓阮大铖等为阿谀取容,按名单征选旧院歌妓曲师,排演《燕子笺》给福王看。力士,唐玄宗时太监高力士,此处泛指太监。龟年,即李龟年,唐玄宗时乐师,这里泛指内廷供奉。㉛ 西昆词赋新温李:北宋初,杨亿等人模仿唐代温庭筠、李商隐的诗歌风格,互相唱和,编为《西昆酬唱集》。这些作品多数轻靡浮华。这里用来比喻弘光朝文风堕落。㉜ 乌巷冠裳旧谢王:东晋时,朝廷偏安江南,王、谢贵族世居南京乌衣巷。这里借指弘光朝的偏安与腐朽。㉝ "院院宫妆金翠镜"两句:形容后宫美人用心打扮,以求宠幸,供福王过荒淫无度的生活。㉞ 五侯阃外空狼燧:指弘光朝内部矛盾重重,握有兵权的武将们在阃外不受节制,互相残杀。五侯指左良玉、黄得功、刘良佐、刘泽清、高杰。左良玉为宁南侯,故下文称他为"左宁南"。㉟ 二水洲边自雀舫:二水洲,即南京白鹭洲。李白《登金陵凤凰台》诗:"二水中分白鹭洲。"雀舫,一种华丽的游船。

生狂[36]。春灯已错从头认，社党重钩无缝藏[37]；借手杀仇长乐老，胁肩媚贵半闲堂[38]。龙钟阁部啼梅岭[39]，跋扈将军噪武昌[40]。九曲河流晴唤渡，千寻江岸夜移防[41]。琼花劫到雕栏损，玉树歌终画殿凉；沧海迷家龙寂寞，风尘失伴凤彷徨[42]。青衣衔璧何年返[43]，碧血溅沙此地亡[44]；南内汤池仍蔓草，东陵辇路又斜阳[45]。全开锁钥淮扬泗[46]，难整乾坤左史黄[47]。建帝飘零烈帝惨，英宗困顿武宗荒[48]；那知还有福王一[49]，临去秋波泪数行。

（净）妙妙！果然一些不差。（副末）虽是几句弹词，竟似吴梅村一首长

㊱“指马谁攻秦相诈”两句：借用秦赵高指鹿为马、晋阮籍狂放不羁的典故，指马士英、阮大铖专权跋扈，朝中大臣无人敢反对，纷纷归隐山林。㊲“春灯已错从头认”两句：谓阮大铖在阉党受黜时埋头于戏曲创作，一旦重新得势，便大肆搜捕东林党人。春灯，即阮大铖写的《春灯谜》传奇，又名《十错认》。㊳“借手杀仇长乐老”两句：指阮大铖反复无常，献媚权贵，借福王、马士英之手迫害东林党人。长乐老是五代时冯道，历仕唐、晋、汉、周诸朝而不以为耻。半闲堂，南京奸臣贾似道在西湖葛岭修建的宅院。㊴龙钟阁部啼梅岭：指史可法在梅花岭召集将士，宣誓抗清，流下血泪事。㊵跋扈将军噪武昌：指原镇守在武昌的左良玉，率兵东下讨伐马士英事。㊶“九曲河流”两句：指马、阮为堵截左良玉的军队，竟将驻防在黄河一线的兵马移防江岸，使河防空虚，清兵得以顺利渡河。㊷“琼花劫到”四句：借隋炀帝到扬州看琼花和陈后主制《玉树后庭花》的故事，写南京、扬州遭清兵屠杀的景象。龙寂寞，凤彷徨，指帝王及其后妃、子孙仓皇奔窜的处境。㊸青衣衔璧：古时亡国之君，常用口衔璧玉自缚以请降。晋怀帝被掳时，敌方令改着青衣斟酒，表示对他的侮辱。这里借指福王被掳一事。㊹碧血溅沙：指黄得功血战沙场，兵败自杀。㊺“南内”两句：南内，即南京明故宫。汤池，宫中温泉。东陵，南京城东之明孝陵。㊻全开锁钥淮扬泗：指淮阴、扬州、泗阳诸地相继全部失守。锁钥，指关津要隘。㊼左史黄：即左良玉、史可法、黄得功。㊽“建帝”两句：建帝即明建文帝，传说明成祖攻破南京后，他飘零在外，作云游和尚。烈帝即崇祯皇帝，北京城陷后自缢于煤山。明英宗在与瓦剌的战争中曾兵败被俘。明武宗宠用刘瑾，是明代出名的荒淫皇帝。㊾福王一：意说福王在位仅一年。据应嘉臣《青燐屑》载，崇祯元年宫内五凤楼前发现小画一卷，上题：“天启七，崇

歌[50]。(净)老哥学问大进，该敬一杯。(斟酒介)(丑)倒叫我吃寡酒了。(净)愚弟也有些须下酒之物。(丑)你的东西，一定是山肴野蔌了。(净)不是，不是。昨日南京卖柴，特地带来的。(丑)取来共享罢。(净指口介)也是舌头。(副末)怎的也是舌头？(净)不瞒二位说，我三年没到南京，忽然高兴，进城卖柴。路过孝陵，见那宝城享殿，成了刍牧之场。(丑)呵呀呀！那皇城如何？(净)那皇城墙倒宫塌，满地蒿莱了。(副末掩泪介)不料光景至此。(净)俺又一直走到秦淮，立了半晌，竟没一个人影儿。(丑)那长桥旧院[51]，是咱们熟游之地，你也该去瞧瞧。(净)怎的没瞧，长桥已无片板，旧院剩了一堆瓦砾。(丑捶胸介)咳！恸死俺也。(净)那时疾忙回首，一路伤心；编成一套北曲，名为【哀江南】。待我唱来！(敲板唱弋阳腔介[52])俺樵夫呵！

【哀江南】【北新水令】 山松野草带花挑，猛抬头秣陵重到。残军留废垒，瘦马卧空壕；村郭萧条，城对着夕阳道。

【驻马听】 野火频烧，护墓长楸多半焦[53]。山羊群跑，守陵阿监几时逃[54]。鸽翎蝠粪满堂抛，枯枝败叶当阶罩；谁祭扫，牧儿打碎龙碑帽。

【沉醉东风】 横白玉八根柱倒，堕红泥半堵墙高。碎琉璃瓦片多，烂翡翠窗棂少，舞丹墀燕雀常朝，直入宫门一路蒿，住几个乞儿饿殍。

【折桂令】 问秦淮旧日窗寮，破纸迎风，坏槛当潮，目断魂消。当年粉黛，何处笙箫。罢灯船端阳不闹，收酒旗重九无聊。白鸟飘飘，绿水滔滔。嫩黄花有些

祯十七，还有福王一。”[50] 吴梅村：即吴伟业，字骏公，号梅村，善长篇歌行。详见本书《通天台》剧作者介绍。[51] 长桥旧院：明末南京歌妓聚居之处。[52] 弋阳腔：戏曲声腔的一种，源出江西弋阳，故名。[53] 长楸（qiū）：茎杆高耸的乔木。[54] 阿监：太监。

蝶飞，新红叶无个人瞧。

【沽美酒】 你记得跨青溪半里桥，旧红板没一条。秋水长天人过少。冷清清的落照，剩一树柳弯腰。

【太平令】 行到那旧院门，何用轻敲，也不怕小犬哰哰。无非是枯井颓巢，不过些砖苔砌草。手种的花条柳梢，尽意儿采樵；这黑灰是谁家厨灶？

【离亭宴带歇指煞】 俺曾见金陵玉殿莺啼晓，秦淮水榭花开早，谁知道容易冰消。眼看他起朱楼，眼看他宴宾客，眼看他楼塌了。这青苔碧瓦堆，俺曾睡风流觉，将五十年兴亡看饱。那乌衣巷不姓王，莫愁湖鬼夜哭，凤凰台栖枭鸟。残山梦最真，旧景丢难掉，不信这舆图换稿。诌一套哀江南，放悲声唱到老[55]。

（副末掩泪介）妙是绝妙，惹出我多少眼泪。（丑）这酒也不忍入唇了，大家谈谈罢。（副净时服[56]，扮皂隶暗上）朝陪天子辇，暮把县官门；皂隶原无种，通侯岂有根。自家魏国公嫡亲公子徐青君的便是[57]，生来富贵，享尽繁华。不料国破家亡，剩了区区一口。没奈何在上元县当了一名皂隶[58]，将就度日。今奉本官签票，访拿山林隐逸，只得下乡走走。（望介）那江岸之上，有几个老儿闲坐，不免上前讨火，就便访问。正是：开国元勋留狗尾，换朝逸老缩龟头[59]。（前行见介）老哥们有火借一个？（丑）请坐！（副净坐介）（副末问介）看你打扮，像一位公

---

[55] 以上【哀江南】套曲，转引明末清初贾应宠的《贾凫西木皮词》中的《历代史略鼓词·哀江南》，仅个别地方作了改动。原来每曲有一标题，首曲标《总起》，次曲标《吊金陵》，三曲标《吊故宫》，四曲标《吊秦淮》，五曲标《吊长桥》，六曲标《吊旧院》，末曲标《总吊金陵》。[56] 时服：指清代服装。[57] 徐青君：明开国元勋中山王徐达的后代，袭封魏国公。剧中说他入清做了皂隶，故下文有“开国元勋留狗尾”句。[58] 上元县：清代分南京为江宁、上元两县。[59] 换朝逸老缩龟头：意说明朝遗老们都像缩头的乌龟一样，不敢出头露面。

差大哥。(副净)便是!(净问介)要火吃烟么,小弟带有高烟,取出奉敬罢。(敲火取烟奉副净介)(副净吃烟介)好高烟,好高烟!(作晕醉卧倒介)(净扶介)(副净)不要拉我,让我歇一歇,就好了。(闭目卧介)(丑问副末介)记得三年之前,老相公捧着史阁部衣冠,要葬在梅花岭下,后来怎样?(副末)后来约了许多忠义之士,齐集梅花岭,招魂埋葬,倒也算千秋盛事,但不曾立得碑碣。(净)好事,好事,只可惜黄将军刎颈报主,抛尸路旁,竟无人埋葬。(副末)如今好了,也是我老汉同些村中父老,检骨殡殓,起了一座大大的坟茔,好不体面。(丑)你这两件功德,却也不小哩。(净)二位不知,那左宁南气死战船时,亲朋尽散,却是我老苏殡殓了他。(副末)难得,难得。闻他儿子左梦庚袭了前程,昨日扶柩回去了。(丑掩泪介)左宁南是我老柳知己。我曾托蓝田叔画他一幅影像,又求钱牧斋题赞了几句[60];逢时遇节,展开祭拜,也尽俺一点报答之意。(副净醒,作悄语介)听他说话,像几个山林隐逸。(起身问介)三位是山林隐逸么?(众起拱介)不敢,不敢,为何问及山林隐逸?(副净)三位不知么,现今礼部上本,搜寻山林隐逸。抚按大老爷张挂告示[61],布政司行文已经月余,并不见一人报名。府县着忙,差俺们各处访拿,三位一定是了,快快跟我回话去。(副末)老哥差矣,山林隐逸乃文人名士,不肯出山的。老夫原是假斯文的一个老赞礼,那里去得。(丑、净)我两个是说书唱曲的朋友,而今做了渔翁樵子,益发不中了。(副净)你们不晓得,那些文人名士,都是识时务的俊杰,从三年前俱已出山了。目下正要访拿你辈哩。(副末)啐,征求隐逸,乃朝廷盛典,公祖父母俱当以礼相聘[62],怎么要拿

---

⑥⓪ 钱牧斋题赞:钱谦益《有学集》中有《为柳敬亭题左宁南画像》诗,可知剧中这一细节是真实的。⑥① 抚按:巡抚与按察司,与下布政司同为管理一省事务的衙门。⑥② 公祖父母:

起来。定是你这衙役们奉行不善。(副净)不干我事,有本县签票在此,取出你看。(取看签票欲拿介)(净)果有此事哩。(丑)我们竟走开如何?(副末)有理,避祸今何晚,入山昔未深。(各分走下)(副净赶不上介)你看他登崖涉涧,竟各逃走无踪。

【清江引】 大泽深山随处找,预备官家要。抽出绿头签,取开红圈票[63],把几个白衣山人吓走了。

(立听介)远远闻得吟诗之声,不在水边,定在林下,待我信步找去便了。(急下)(内吟诗曰)

渔樵同话旧繁华,短梦寥寥记不差;
曾恨红笺衔燕子,偏怜素扇染桃花。
笙歌西第留何客?烟雨南朝换几家?
传得伤心临去语,年年寒食哭天涯。

公祖是知府的尊称,父母是知县的尊称。㊿ 绿头签、红圈票:绿头签是官府捕人用的竹签,用绿色漆签头。红圈票是捕人用的文据,上有被捕人姓名,并用朱笔圈明。

(康保成)

方成培(生卒年不详) 字仰松,别号岫云词逸,安徽歙县人。乾隆时戏曲作家。体弱多病,曾学医多年,出外游历时卒于汉口。作有《雷峰塔》、《双泉记》两种传奇,后者今不存。

雷 峰 塔①

【题解】

白蛇与许仙的故事,是我国四大民间故事之一,早在宋代已具雏形。方成培的《雷峰塔》传奇,是他在乾隆年间根据黄图珌和陈嘉言父女的两种本子改编而成的。剧叙在峨眉山修炼的白蛇的化身白云仙姑,因羡慕人间繁华,来到杭州,与在西湖修炼的青蛇约为主婢。一日,两人在游西湖时遇到男青年许宣。白对许产生爱慕之情,结为夫妇。金山寺和尚法海一再破坏白、许的婚姻。端午节,法海令许宣取雄黄酒回家。白娘子错饮,现出原形,许宣惊惧而死。白娘子求得仙草,救治许宣。法海仍不干休,将许宣禁闭在金山寺。白、青与法海兵戎相见,水漫金山寺。后来法海打败白娘子,把她镇压在雷峰塔下。这个改本在白蛇形象的转变中影响很大,后来许多剧种纷纷移植。全剧三十四出,这里选的《水斗》一出,即演白娘子、小青与法海正面冲突、水漫金山的情景。

第二十五出 水 斗

(旦上,贴摇船随上)(旦)

---

①《雷峰塔》:本剧有乾隆刊本、《缀白裘》选本,今以后者为底本。

【北黄钟醉花阴】 恩爱夫妻难撇掉，因此上慌忙来到。只怕他听萋斐把奴抛[②]，枉耽着一向勤劳。奴家只为许郎要往金山寺中拈香，不能劝止。虽经嘱咐，莫至讲堂听那法海之言，他虽允从而去，奴家到底不能放心。为此同着青儿，乘风鼓棹而来，接他回去。（贴）娘娘，官人的磨折，不是一次了，为何今番这般着急？（旦）你不知，这金山寺中有个法海禅师，法力无边，不比凡僧。许郎倘被他点悟，我终身就无结局了。（贴）娘娘，倘官人听信法海言语，竟不回釆，怎么处？我每想个计策，好歹弄他回来才好。（旦）我早已安排计较，且到彼再处。（贴）待我将船儿棹过去。（旦）咳，许郎！俺和你非关小，当面的嘱咐伊多遭，我只怕猛回头归佛教。

（贴）娘娘，已到金山了。（旦）把船儿挽住山前，你放喊叫官人出来便了。（贴）是。官人快些出来！娘娘在此迎接你回去，快些出来！（丑上）谁人山门前喊叫？原来是两位娘娘，你呵，是烧香个？（贴）不是。（丑）还愿个？（贴）也不是。（丑）介也差异哉[③]，弗是烧香，又弗是还愿，娘娘家到和尚寺做傣[④]？（贴）啐！我家官人在里面拈香，烦你快唤他出来。（丑）人多得极，晓得哪个是你官人？（贴）叫许宣。（丑）嗄，有个。我禅师弗肯叫渠下山哉。（旦、贴急介）却是为何？（丑）禅师说：渠有甚妖怪，（旦、贴）呵？（丑）勿是，有甚白蛇青蛇缠扰渠。你官人一心要出家，勿肯归来哉，你每归去罢。（旦）哇，胡说！人家夫妇，怎生擅自拆散？你快去报与法海知道，若不放出官人，叫你每一寺的和尚，（丑）敢是有傣布施？（旦）俱是个死！（丑）哎哟，凶得紧！我去报与禅师知道。禅师有请！

---

② 萋斐：谗言。语出《诗经·巷伯》："萋兮斐兮，成是具锦；彼谮人者，亦已太甚。"③ 介也差异哉：苏州方言，这就奇怪了。④ 傣：苏州方言，什么。

（外引生上）（外）

【南画眉序】 忽听语声嘈，想是此妖前来到。（丑）禅师，山门前有两个堂客[⑤]，要寻许官人的，口中好生利害。（生）此妖来了，怎么处？（外）不妨，你且躲在里面，待我去会他。（生）是。（下）（外）慧澄，取我随身的法宝来！（丑应介）（持体盂禅杖随上）（外）他便有毒龙般伎俩，俺只做蝘蜓相瞧[⑥]。（贴）秃驴！快唤俺官人出来！（外）唔？（旦）老禅师，快叫我官人出来回去。（外）孽畜呵，孽畜！你爱河里欲浪滔滔，早回头免生悲悼。（旦）你若不放我官人，决不与你干休！（外）劝伊休得胡厮闹，现形时被人惊笑。（旦）

【北喜迁莺】 您休把虚脾来掉[⑦]，您休把虚脾来掉。（外）你丈夫已皈依三宝了[⑧]。（旦）口咄咄装甚么的幺[⑨]？（转对贴介）怎不心焦！（贴）老师父，还俺官人罢。（外）此处是庄严佛地，休得在此胡缠。（旦）哎呀，急得我满胸中气恼，怎把俺恩爱儿夫来蔽着！秃驴，你快还我丈夫便罢！（外）不放便怎么？（旦）你若不放我丈夫，教你性命霎时休矣！（外）你有甚道术，辄敢大言？（旦）阿呀，心懊恼，你明欺俺道术细小。您如今自把灾招，您如今自把灾招。（外）

【南画眉序】 伊慢肆咆哮，一味逞能施强暴。（贴）老师父，还俺官人罢！（外）他被你妖氛缠惹，怎不想开交？叹孽缘数尽难逃，他似梦南柯被咱推觉[⑩]。（旦）快还俺官人的好。（外）自今休想仙郎面，不回头取祸非小。

（旦）秃驴这等无理，俺来擒你也。（外将拂一指介）哇！（丑暗下）护法神

---

⑤ 堂客：此处指妇女。⑥ 蝘（yǎn）蜓：蜥蜴之类的爬行动物。⑦ 虚脾：虚情假意。⑧ 三宝：佛教以佛、法、僧为三宝，此处即指佛教。⑨ 装甚么的幺：即装什么样子。⑩ 梦南柯：指许宣被白蛇迷惑，如在梦中。南柯，唐李公佐作《南柯太守传》，述

何在？（内应介）来也。（旦、贴作圆望[11]，上船，疾摇下）（杂扮众神将上）禅师有何法旨？（外）今有妖魔，在此作耗[12]，与我速速擒来！（众）领法旨。（旦、贴杀上，败下）（二神上）启禅师，妖魔遁去也。（内作水声介）（龟、蟹上，舞下）（旦、贴上）秃驴，快快还我官人来！（外）孽畜，凭你有甚妖法，何怯于汝？我已将他皈依三宝，再不回来了。（旦）真个？（外）真个。（旦）果然？（外）果然。（旦）咦，

【北出队子】 休得把胡言乱诡，为了俺意中人将你命轻抛。（贴）娘娘，还是好好去求他，或者肯放官人，亦未可知。（旦）也说的是吓。老禅师，你是佛门弟子，岂无菩提之心[13]？望您个发慈悲方便放渠曹。（拜介）俺这里，俺这里礼拜焚香折柳腰。（外）我已将你妖变的根由，一一点明。他害怕，不肯与你为夫妇，你只管苦苦缠他怎的？（旦、贴起介）（旦）呵唷，我这般哀求，只是不肯放还。你折散人家夫妻，天理何在？（外）你这妖孽，既知天理，为何在人间害人？（旦）我敬夫如天，何曾害他？你明明煽惑人心，使我夫妻离散。你既不仁，罢罢，我和你誓不两立也！（贴）娘娘，与这秃驴见个高下。（旦）只看俺女罗刹[14]，把您万剐凌迟，将皮来剥。

（外）妖孽，你这等猖狂，好生交架俺青龙禅杖者！（丢杖介，旦接旋下）（外、众合）

【南滴溜子】 一任你，一任你妖氛混绕，俺自有佛力至妙，何必向吾作耗？

淳于芬梦中当了南柯太守，醒来才知道南柯郡为槐树南枝下一蚁穴。后因称梦境为南柯。⑪ 圆望：四周观望。⑫ 作耗：作祟，作乱。⑬ 菩提：佛教语，原为明辨善恶，觉悟真理之意，这里当慈悲解。⑭ 女罗刹：罗刹是佛经中恶鬼的通称，女罗刹乃自言神通广大。

威风只么休[15],踊跃何堪诮[16]。宝杖降魔,怎肯轻饶了。

(旦、贴上)秃驴,你将青龙禅杖来降俺,俺岂惧汝!(外)俺佛力无边。(旦)呀,

【北刮地风】 您道佛力无边任逍遥,俺也能飞度冲霄。休言大觉无穷妙[17],只看俺怯身躯也不怕分毫。您是个出家人,为甚么铁心肠生擦擦拆散了俺凤友鸾交?把活泼泼好男儿坚牢闭着。把那佛道儿絮絮叨叨,我不耐吁喳喳这般烦挠[18]。你若放我夫妇团圆,万事全休。(外)我不放便怎么?(旦)咳,秃驴嗄!你若执意如此,管教您一寺尽嚎啕!(外)他如今似梦断方醒,(旦)只怕你要夜迢迢梦断魂消。(外)

【南滴滴金】 劝伊行不必心焦躁,似春蚕空吐情丝自缠扰。夫妻恩爱虽非小,你丈夫呵,悟邪魔在山中藏躲着。你便是钟情年少,何须恁殷勤来细讨。掘树寻根,枉想在这遭。

(旦)你不还我丈夫,咦,我恨不得食汝之肉!(外)只管胡缠,护法神与我将风火蒲团祭起空中者[19]!(众)领法旨。(风火神上,战介,败下)(旦、贴上)秃驴,你的法宝安在?(贴)老禅师,放还俺官人罢!(外)胡说!(旦)你这无知的秃驴呵!

【北四门子】 快送出共衾同枕人来到,快送出共衾同枕人来到。(外)你早早

---

⑮ 只么:句中语气词,无义。⑯ 何堪诮(qiào):不值一提。⑰ 大觉:佛教语,谓佛之觉悟。此处指佛教的法力。⑱ 吁喳喳:叫喊的声音。⑲ 风火蒲团:蒲团本是僧人坐禅或

回头，免生后悔。（旦）哎唷唷，我恨恨恨，恨，恁个不动摇，怪他个遮遮躲躲装圈套。怎怎怎，怎不容俺共人鲛绡。（外）你何苦执迷，快回峨眉修炼去罢！（旦）您教俺回峨眉别岫飘，把恩爱抛，便作您活弥陀也动不的俺心儿似漆胶。望您个放儿夫相会早。细思量，这牵情心肠怎掉。（外）

【南鲍老催】 直恁泪浇，翻波欲海孽浪高，泥犁堪悲苦怎敖[20]？渺茫茫多罪业难消缴，腾腾烈焰如焚燎。我把他迷途救出缘非眇，庶不负大悲心，如来教。

（旦）秃驴，你执意如此，罢，说不得了。水族每！（内应，蟹、虾、龟、蚌上）湖主有何吩咐？（旦）与我把水势大作，漫过金山，救俺官人便了。（众）得令。（合）

【北水仙子】 恨恨恨，恨佛力高，怎怎怎，怎教俺负此良宵好？悔悔悔，悔今朝放了他前来到。只只只，只为怀六甲把愿香还祷[21]。他他他，他点破了欲海潮。俺俺俺，俺恨妖僧谗口调刁。这这这，这痴心好意枉徒劳。是是是，是他负心自把恩情剿。苦苦苦，苦的咱两眼泪珠抛。（下）

（丑上）呵呀，禅师不好了！江中水势大作，一直漫上山来了。（外）不妨，此乃妖魔法术，把我这袈裟，罩住山头，水势自然退去矣。（丑应下）（外）护法神，速将水族驱除者！（二神将）领法旨。（追杀蟹虾龟蚌下）（外）护法神，与我将此钵盂罩住此妖！（众）领法旨。（旦、贴杀上，贴暗下。杂祭钵，净魁星上[22]，旦遁

跪拜时用的圆形草垫，这里的风火蒲团指一种燃烧着的圆形法器。⑳ 泥犁：佛教语，指地狱。㉑ 怀六甲：即怀孕。㉒ 魁星：即文曲星，主人间科举功名事。在本剧中，白娘子

下，净随下）（众）启禅师，才祭起宝钵，忽被文曲星托住，不能罩住此妖。（外）嗄，原来如此。与我收回宝钵者，速退。（众应下）（丑上）如今是好了，几乎做子汤团。（外）请许宣出来。（丑）许官人有请。（生上）禅师，可曾收那妖孽？（外）这孽畜，腹中怀孕，不能收取。（生）他如今往那里去了？（外）他此去，必往临安㉓，到你姐丈家中安身。待我送你到彼，了此孽缘。（生）阿呀，禅师，他此去必然怀恨于我，想此番见面，必然害我残生。弟子宁死江心，决不与他相聚的嘘！（外）不妨。你与他宿缘未满，决无相害之心。倘有甚言语，总推在老僧身上便了。待他到家分娩之后，可于净慈寺寻我㉔，那时我自有处。（生）多谢禅师。（外）

【双声子】 缘未了，缘未了，同六甲六星照。休急暴，休急暴，且速往佯陪告。待分娩满月到，付伊钵将他收罩，罩此妖娆。（生）

【尾声】 急急离了金山道，赴临安途路非遥，幸遇禅师将缘孽惊觉。

（外）妖精鬼魅斗神通， 许　碏
云水升沉一会中。 李商隐
（生）他日愿师容一榻， 夺　洞
满帆还有济川功。 韩　宗
（同下）

怀的胎儿后来中了状元，故此时文曲星前来保护她。㉓ 临安：即杭州，南宋时定都于此。㉔ 净慈寺：在杭州南屏山下。

（康保成）

杨潮观(1712—1791)　字宏度，号笠湖，江苏无锡人。清中叶著名戏曲作家。乾隆元年(1736)举人，后长期担任县令州官，为政廉明有声。任四川邛州知州时，曾就卓文君妆楼旧址筑“吟风阁”，所作戏曲名为《吟风阁杂剧》。其他著述尚有《左鉴》、《周礼指掌》、《易象举隅》等，诗文也颇有时誉。

吟风阁杂剧①

【题解】

《吟风阁杂剧》共收短剧三十二种，每剧一折，均为独立的故事。作品取材于史实与神话，通过想象，远譬近指，褒贬美刺，借以抒发作者自己的情怀。从形式上看，这些作品人物不多，情节简炼，和后世的独幕剧相似。每折戏前有小序，大致总结出该剧主题所在。在语言方面，宾白平易流畅，妙语叠出；曲文清新优美，富有诗意。其缺点是有案头化倾向。

这里选的一折戏原排第六，《穷阮籍醉骂财神》虚构了晋阮籍到钱神庙骂财神的故事。作品通过阮籍对钱神的嬉笑怒骂，痛快淋漓地嘲讽了封建时代金钱崇拜的现实。

穷阮籍醉骂财神②

钱神庙，思狂狷之士也③。丰啬由天，狂者胸中无物；若狂而不狷，君子奚取焉。

---

①《吟风阁杂剧》：原有乾隆、嘉庆两种刊本及1913年上海六艺书局排印本，1963年中华书局上海编辑所出版胡士莹先生校注本，今据后者转录。② 阮籍：字嗣宗，三国时陈留人。竹林七贤之一。为人放荡不羁，好老庄。嗜酒，卒年五十四。这里写他醉骂财神的故事，乃作者杜撰。③ 狂狷(juàn)：狂放而又洁身自守，不爱财。

（丑扮沙弥上[4]）油葫芦，醋葫芦，我做和尚觚不觚[5]。绫袈裟，缎袈裟，志公鞋上绣朵花[6]。自家钱神庙中一个小沙弥便是。这座殿廷，真乃物华天宝，有小僧在庙，就是人杰地灵[7]。我这一位神圣，法天象地[8]，火德金身[9]，还是当初夏禹王铸鼎开光[10]，姜太公安炉显圣[11]，福缘广大，法力无边。因此上，我们住庙的，凭仗威灵，也都摇摆得过。只是我的出家呵：荤酒充肠，五戒并无一戒；笑容满面，三皈倒有四皈。你道添那一皈？皈依佛，皈依僧，皈依法，不如皈依这位钱菩萨，可不有了四皈。闲话少说，吾神灵感，每日烧香上供的，教我们应接不暇；且喜晌午清闲，到山门外散步一回，有何不可。你看，来的一个醉汉，可不是阮相公。他是从不到此的，看他来做恁么。（生扮阮籍醉态披衣唱）

【北仙吕】【点绛唇】 漉酒巾歪[12]，竹风摇摆。休惊骇，醉眼看差，踹入红尘界[13]。

人道我阮籍狂，我阮籍并不狂。人道我阮籍醉，我阮籍并不醉。今日在竹林之下，与嵇康论养生，共刘伶颂酒德[14]，正在讲得有兴，不知怎么散场，来此山

---

④ 沙弥：和尚。⑤ 觚不觚：觚是古代饮器，"觚不觚"就是觚不成其为觚。语出《论语·雍也》。这句说小和尚不像个和尚的样子。⑥ 志公：原指梁时高僧宝志禅师，这里泛指僧人。⑦ 物华天宝，人杰地灵：语出唐王勃《滕王阁序》，意为物产华美有天生的珍宝，人物英俊而山川灵秀。⑧ 法天象地：指神通广大，可取法乎天，审象于地。⑨ 火德金身：指有帝王之象。火德是五德之一，五德即五行之德。古代以五行配帝王，相传炎帝始以火德王，唐尧亦为火德。⑩ 夏禹王铸鼎开光：传说夏禹铸九鼎，象九州。⑪ 姜太公安炉显圣：此事史书不载。疑指姜尚在封神台焚香封神之事。见《封神演义》第九十九回。⑫ 漉（lù）酒巾：头上戴的葛巾。据说东晋陶潜曾用头上葛巾滤去酒的渣滓，故名。⑬ 红尘界：佛道等称人世为红尘，阮籍隐居世外，故也这样说。⑭ "今日"三句：竹林，晋时阮籍与嵇康、山涛、向秀、刘伶、阮咸、王戎七人常集于竹林之下畅饮清谈，世人称为"竹林七贤"。嵇康，字叔夜，著有《养生

下。你看金碧辉煌，香烟缥缈，好个去处！（见丑问介）这里想是夫子庙？（丑）不是。（生）可是文昌宫[15]？（丑）不是。阮相公，你可不认识，这是生财发福的钱神庙。（生）呀！钱神，钱神，你自来与我无缘，今日倒要借这残步，进去看他一看。（丑）看仔细。（作到介）（生）财哥哥，久会久会！（丑）财神爷爷说："我从来不认得你这穷鬼，甚么久会久会！"（生）你须不要如此。我不是赖你做相与。我不见你也罢，我见了你，要大笑三声，大哭三声，还要骂你千声万声，骂之不尽。（丑）罪过罪过！且问你为甚要笑？（生）见了他，教我如何不要笑。

【混江龙】 则为你和而不介[16]，热烘烘，不分清浊，广招徕。哄的人香添烛换，酒去牲来。你簿儿上算定了子母权衡谁聚散[17]，你手儿里把住了乾坤宝藏自关开。（丑白）他的威权，好不大着哩：（生）且问你这个威权是谁付与你的？为甚（唱）缺了你，圣贤无乃[18]？仗着你，豪杰方才？响当当开金口，一文得济[19]；笑吟吟看薄面[20]，万事俱谐。要担承，只去怀儿里将他揣；没关节，要缝儿里把他揌[21]。打透了天罗地网，买通得鬼使神差。（丑白）你们读书君子，名义为重，不知甚么叫做名？（生）甚么名，（唱）腰缠万贯交游广。（丑白）甚么叫做义？（生）什么义，（唱）裘马千金意气开。（丑白）你看那从容的，（生唱）他活泼泼鱼游水面。（丑白）又看那厮趁的[22]，（生唱）都喜孜孜蜂上花腮。虽是我不贪夜识金银气[23]，却亏你有用深藏府库财。

论》，后被司马昭所杀。刘伶，字伯伦，嗜酒，著有《酒德颂》。⑮ 文昌宫：供奉文昌帝君的道官。文昌帝君，也叫文曲星，主人间功名。⑯ 和而不介：过分温和而不耿直。⑰ 子母权衡：指对少许钱财斤斤计较。母谓本金，子谓利息。⑱ 圣贤无乃：圣贤不再是圣贤了。无乃，不是了，没有了。⑲ 一文得济：传说卢乔游盂兰盆会，肚甚饥，道拾一文钱，买芝麻充饥。见《曲海总目提要》卷十一。⑳ 看薄面：看在钱的面子上。㉑ 揌：通"塞"。㉒ 厮趁：追逐、赶趁。㉓ 不贪夜识金银气：杜甫《题张氏隐居》诗中句，不贪财之义。这里阮籍用来表示清高。

休轻息，躬身下拜，笑口相陪。

（生作拜介）（丑背介白）我一向闻得这阮相公，是个骄傲不过的，谁知见了钱爷爷也不觉低心下气起来。想他定是穷怕了也！（转介）难得相公如此信心，你一面拜，我一面替你上香。（生）使得。今日我阮籍，顿首拜你几拜，是拜你的有权。还要稽首拜你百拜，是拜你的有德。（丑）请问相公，钱有几德？（生）若数他的圣德，他却多着哩。他能助人施舍，是其仁也；能救人缓急，是其义也；能厚人交际，是其礼也；能解人纷难，是其智也；能践人然诺，是其信也。只此一物，五德俱全；怎不教我敬之奉之，亲之爱之，寿之祝之，求之拜之！（丑）既如此，你为何要哭？（生）见了他，教我又如何不哭。财神呵！

【油葫芦】 你是怨府愁城实可哀，休喝采，腥膻招惹盗心来。若不是针头削铁将身备㉔，只怕你刀头饧蜜将人害㉕。想多藏他，是祸胎；拚乱挥他，如土块。又无奈空囊羞涩清高在㉖，逼死了多少豪杰隽贤才。

（生白）你舞弄得人好苦也！（哭介）（丑）罢了，哭也由你，笑也由你，只怕骂不得。你不得罪他，他还不照顾你哩。（生）你劝我不要骂，你怎知我的恨处嗄！是他一手掌握，教人两脚奔波。

㉔ 针头削铁：形容吝啬刻薄之极。㉕ 刀头饧蜜：喻所得极微而危险极大。㉖ 空囊羞涩：喻手头窘迫。据《韵府群玉·一钱囊》，晋阮孚曾携一囊游会稽，有人问囊中何物，他回答："但有一钱看囊，恐其羞涩。"

【天下乐】 说不尽市道纷争也那你为开，尽安排圈套来，则见你换人心都变成虎与豺。为刀锥[27]，把道义衰；竞锱铢，将骨肉猜。更有甚恩仇深似海。

（丑白）这都是人心不善，怎怨得神明！（生）他不但黑白不分，还重富欺贫，没一些公道。

【那吒令】 为甚的贤似颜回，教他掺瓢似丐[28]？为甚的廉似原思，教他捉衿没带[29]？为甚的节似黔敖，叫他嗟来受馁[30]？你把普天下怯书生、穷措大[31]，一个个都卧雪空斋[32]。

（丑白）这是他们都烧香不到哩！

【鹊踏枝】 （生）偏是那市儿胎，鄙夫才，一任将宝藏龙宫，添得他锦上花开。更逼拶出贫人的卖儿钱债，输与那权门内，去供他酒肉池台。

（丑白）这敢是他烧香烧得着也。（生）提起来，不由人不怒发冲冠而起。

㉗ 刀锥：喻微末之利。下文“锱铢”义并同。㉘“贤似颜回”两句：颜回，字子渊，亦称颜渊，是孔子的学生，贫而好学。《论语·雍也》：“一箪食，一瓢饮，在陋巷，人不堪其忧，回也不改其乐。”㉙“廉似原思”两句：原宪，字子思，孔子的学生，清贫有志，一日子贡见之，原宪正冠则缨绝，振襟则肘见。见《韩诗外传》。㉚“节似黔敖”两句：春秋时齐国大饥，黔敖煮了食给饥民吃。一天，他对一饿者说：“嗟，来食！”饿者说：“我只因不食嗟来之食，方至于此。”遂不食而死。见《礼记·檀弓下》。这里把守节者说成是黔敖，乃误用。㉛ 穷措大：即读书人。措大，亦作醋大，形容读书人穷酸。这里是自嘲的用法。㉜ 卧雪空斋：《汝南先贤传》载，东汉袁安有操行，有一次大雪天，他僵卧斋中，人问何以不出求食，他回

只因普天下没有人敢骂你，只我大阮特来骂你，毕竟无求于你。

【寄生草】 俺侧楞二扶瘦骨[33]，孤另另挺穷骸。有时节悲来泪向穷途洒[34]，有时节兴来啸向苏门外[35]，有时节醉来不觉乾坤隘。尽着你粧乔做势弄神通，我名高不用你金钱买。

（生白）呀，数说了一回，你怎么一言不答。待我撞钟击鼓，再从头骂起。（丑扯介）使不得！使不得！

【六么序】 （生）你休佯不睬，呆打孩[36]，听着我鸣鼓攻来。这不是金粟莲台[37]，法供清斋[38]。聚宝门开，挤挤挨挨，都不过鼻尖头嗅着铜臭而来[39]。你故意儿半空中筑住了金银赛，反教人费纸陌钱财。乱攘攘强吞弱肉无拘碍，翻道颜渊没福，盗跖多财[40]。

我要扯下来问他。（跌倒作介）扶我起来。（丑）悔气悔气！被他缠个不清。但这酸丁，是个大户人家，不好得罪他。（作扶起介）（生）我骂得气上来了，可扶我凭栏一望，散散闷儿。那山门外，是甚么桥？（丑）是点金桥。（生）

答说："大雪人皆饿，不宜干人。"㉝ 侧楞二：即侧稜，斜侧而硬挺貌。㉞ 悲来泪向穷途洒：据《晋书·阮籍传》，籍往往不问路径，驾车独行，"车迹所穷，辄恸哭而返。"㉟ 啸向苏门外：阮籍曾在苏门山遇孙登，跟他学长啸。㊱ 呆打孩：呆呆的样子。㊲ 金粟莲台：指如来佛的宝座。㊳ 法供清斋：佛家修行、讲经的净室。㊴ "聚宝门开"三句：指众人都为争夺财宝而拥挤不堪。聚宝门，传说元末明初江南首富沈万三有聚宝盆，其碎片埋于金陵南门下，故称聚宝门。㊵ 盗跖：即柳下跖，春秋时鲁国的大盗，据说"日杀不辜，肝人之肉"。见《史记·伯夷传》。

你看桥上桥下，人山人海，有这许多人。（丑）不多。只有两个。（生）你道我醉眼迷离。怎说只有两个？（丑）一个为名的，一个为利的。（生）如此说，我看只有一个，并无两个。（丑）怎说只有一个？（生）只有一个图利的。如今为名，也无非为利。

【么篇】 你看贸贸前来，并无几样人材。（丑白）怎的没有几样？也有经商的，（生）经商的，（唱）营运当该。（丑）匠作的，（生唱）筋骨磨揩。（丑）耕田的，（生唱）少米无柴。（丑）秀才们，（生唱）润笔书斋。（丑）官员们，（生唱）馈送盈阶。（丑）公人们，（生唱）他更巧文法卖。（丑）兵壮们，（生唱）摸金无赖㊶。（丑）军将们，（生唱）威名债帅。（丑）道士们，（生唱）神仙黄白㊷。（丑）如我等和尚们，（生唱）逢人喜舍，还酒肉之债。（丑）连我也骂在内了。更有妇女之辈，（生唱）那个活观音离得了善财！你把蠢金钱休乱筛，上至公台，下至舆佁㊸，普人间一语兼该，七盗八娼，并九儒十丐㊹，都总来热赶生涯。（生白）只为你财神呵，（生唱）弄虚头聚散无常态。（生白）咳，（生唱）我要把铜山踢倒㊺，金穴填埋㊻。

（生白）啊呀，我酒涌上来了。（作吐介）（丑）相公，这不是佛头浇粪？（生）我只见鬼脸装金。（丑）咳，无端的枉口恶舌。（生）抵多少梵呗钟音。吾今去

㊶ 摸金：即盗墓。㊷ 黄白：指道士炼丹化成金银的法术。㊸ 公台、舆佁：公台泛指高官，舆佁是贱役、奴仆的代称。㊹ 七盗八娼、九儒十丐：据说元代有把人分为十等之说，即一官、二吏、三僧、四道、五医、六工、七匠、八娼、九儒、十丐。见《郑所南集》。这里说各个行业、各个等级的人都热衷于钱财。㊺ 铜山：汉代邓通，人言当贫饿死，文帝赐通铜山，得自铸钱，遂富甲天下。见《汉书 · 邓通传》。㊻ 金穴：汉郭皇后弟郭况得刘秀赐金钱，富无人可比，当时人称郭家为金穴。见《后汉书 · 郭皇后传》。

也。请、请了(下)(丑)阿弥陀佛！这是那里说起。(下)

(名缰利锁二魔头跳舞下)(净扮钱神侍从随上)万壑云烟宝藏深，无星称上见天心。自从九府为圜法[47]，多少人间跃冶金[48]。吾乃钱神司令，大宝法王。庙祀于招宝山上，血食千年，万人瞻仰。今日忽有个穷鬼，自称大阮，无端闯入殿廷，乘醉发狂，嫚骂吾神，已差鬼卒们，勾取他生魂前来拷问，想就到来也。值日功曹何在？(末扮功曹上)启上大王，这个穷鬼，甚是难拿。(净)怎么说？(末)自来奉上帝之命，勾摄生人只有两件法器，一条是名缰，一把是利锁，那名缰发下文昌宫里收存，这利锁发在吾神部下听用。今番鬼卒们前去，谁知那大阮是不爱钱的，利锁锁他不住。(净)怎么处？(末)已经向文昌殿下，借取名缰，包管一牵就到。(杂扮鬼卒牵阮籍上)穷鬼大阮拿到。(生)只道文昌遣人来请我，谁知是你守钱卤[49]。(净)你无端狂醉渎吾神，把你套上名缰加利锁。(末)穷鬼尚敢昂然不跪庭！(生)男儿膝下有黄金[50]。(净)你也知道黄金贵重哩。(生)人把黄金托掌心，我撇黄金地上寻。(净)这厮尚然倔强，看来倒有些气骨。也罢，我想是神是佛，个个清高，偏我掌着几贯钱财，受人吐骂，呕气不过，没奈何施舍去些罢。穷鬼过来，念你生来寒素，吾神职掌，薄有微权。(生)你薄有微权，就要弄权。(净)莫乱道。我有天干十大库金银，地支十二库财宝，这是物各有主，擅动不得。另有闰余库，无碍库，我权将二库开来，任你

㊼ 九府为圜法：《汉书·食货志》下："太公为周定九府圜法。"九府，周代掌管财物的九种官。九府圜法即货币流通之法。㊽ 跃冶金：语出《庄子·大宗师》："今大冶铸金，金踊跃曰：'我且必为镆铘。'"以上两句说，自从货币产生之后，金钱就大出风头，人们纷纷铸冶。㊾ 守钱卤：即守财奴。㊿ 男儿膝下有黄金：言男儿不肯轻易下跪。

搬取受用，可不快活哩！

【般涉】【耍孩儿】 （净唱）救贫我亦无奇计，拼两库黄花袅蹄[51]。为怜君无命数儿奇，商量颇费权宜。从今后，你床边阿堵层层绕[52]，你头上青蚨片片飞[53]。休忘记，送穷文巧[54]，致富书奇[55]。

（生大笑介）我为天下人民抱不平，你却将这话儿来哄我，敢是你还骂不够哩！我命中所有，不怕你不替我守着，少我一分不得；要用时，不怕你不送来，迟我片时不能。我若得了你这横财呵！你好把水火盗贼、口舌官符、灾殃疾病，暗暗提来与我，那时节，弄得倾刻烟销，我依然一个穷鬼，还落得不干不净。你只好愚弄别人，休得来哄我。

【三煞】 （生唱）问阴阳理不齐，论公私义不欺，布金那有闲田地[56]？不是我天生富贵难消受，反着你鬼瞰高明惹是非[57]。休相戏，金珠粪土，轩冕尘泥。

（缰锁作自脱介）（末）大王，看这厮有甚符水法儿，一摇身，缰锁都自脱

---

[51] 黄花袅蹄：指马蹄金。黄花指金的颜色。[52] 床边阿堵层层绕：晋时王衍口未尝言钱，其妻欲试之，用钱绕床下，衍晨起，不得出，便对婢女说："举却阿堵物。"事见《晋书·王衍传》。阿堵本是六朝人俗语，犹云"这个"。后世因以"阿堵"为钱的代称。[53] 青蚨：本为一种虫，母子不分开，后作为钱的代称。[54] 送穷文：旧俗，农历正月初三将脏物扫出门外，叫送穷。韩愈曾作《送穷文》以自嘲。[55] 致富书：未详。疑泛指求富贵的文字。[56] 布金：用佛教故事。佛在王舍城说法时，给孤独长者欲购祇陀太子园林献佛，祇陀戏言布金满地，厚敷五寸即卖之。见《经律异相》。[57] 鬼瞰高明：扬雄，《解嘲》："高明之家，鬼瞰其室。"这是阮籍讥讽财神的话，意为用不着你用金钱收买。

了。(净)阮生阮生,你就甚般洒脱,你莫非就是竹林七贤之数?(生)不敢。(净起立拱手介)如此,失敬失敬!果然不愧为贤。看坐!(生)我并不贤,原是穷鬼。穷鬼告坐了。(净)只是你骂我不值,凡人穷通得丧,种种由天,强取强求,灾祸立至,我不过奉命而行,那一些自主得的。

【二煞】 值奇穷命不移,守清贫道在兹,乍相逢,休怪前言戏。你既是明知得马非为福[58],我不过聊试挥锄可拾遗[59]。(白)阮先生,你竟撒手空行也。(唱)从今起,翻嫌我簿书猥琐,带水拖泥。

(生)大王既如此说,我也岂不知道:

【一煞】 冷清清草生金谷蹊,热腾腾火燃郿坞脐,看盈虚消息旁州例[60]。我这里早知自命无承望,你那里空守他财不白肥。今日个我非无礼,只为问天不语,借你为题。

(净)理会得。适才唐突高贤,幸勿见罪。(生)大王,你看破书生狂态,定荷海涵。(净)就此定交。鬼卒们,送先生回阳去罢。(生)正是不打不相识。(净)

---

⑱ 得马非为福:《淮南子·人间》载,塞翁失马,他说"此何遽不为福乎?"后马带了一匹骏马回来,他又说:"此何遽不能为祸乎?"后他的儿子骑马跌断了腿。后因以此喻祸福无常。⑲ 聊试挥锄可拾遗:典出《世说新语·德行》。管宁与华歆一起在园中锄菜,看见地上有一块金子,管照样锄地,华把金子拾起来扔掉。这句说,我只不过试试你是否爱钱。⑳ "冷清清"三句:言富贵无常,盈虚变幻,前代不乏其例。金谷,晋石崇有金谷园,以豪侈著称。郿坞,汉末董卓在郿地建坞,储三十年谷物,自以为可常保富贵,未几败,郿坞被毁。

惺惺还惜惺惺[61]。(下)(杂)拿了来,还要我送了去。(生)你大王原拿错了。(杂)官差吏差,来人不差。钱来!(生)甚么钱?(杂)公门荡荡开,有理无钱莫进来。(生)我那有钱,还不知我是穷鬼。(杂)那怕你穷,快拿钱来!(生)我就见阎王,也只一双空手。(杂)如此我不送你前行。(生)我要你行。(杂)我不动。非钱不行[62]。(生)你大王太岁头上动土,你还想石人头上出汗[63]。(杂)我把你这石人推倒,看有汗没汗。(推倒生介下)(生作醒介)原来南柯一梦。

【煞尾】 梦耶非,醉耶非,我白眼圆睁青眼儿迷[64]。却看污了衫和履,悔在那摇钱树边倚。

---

⑥1 惺惺还惜惺惺:指才情相投,互相怜惜。⑥2 非钱不行:语出《朝野佥载》:唐郑愔为吏部侍郎,贪赃不法。铨选那天,有个候选的人用钱系在靴子上,走路发出响声,郑愔问他什么东西响,这人说:"当今赴选,非钱不行。"⑥3 石人头上出汗:石人本不会出汗,这句极言搜刮之甚。⑥4 我白眼圆睁青眼儿迷:据《晋书·阮籍传》,籍不拘礼教,能为青白眼。见凡俗之士,以白眼对之;嵇康赍酒挟琴来访,籍大悦,乃对以青眼。

(康保成)

舒位(1765—1815)　字立人，号铁云，直隶大兴(今北京大兴)人。清中叶戏曲作家和诗人。乾隆五十三年(1788)举人，家境贫寒，以馆幕为生。所作戏曲作品今存《瓶笙馆修箫谱》，收有杂剧4本，每本1折，即《卓女当垆》、《樊姬拥髻》、《酉阳修月》、《博望访星》，以前者成就较高。他以诗名，龚自珍曾以之与彭兆荪并举，称其诗歌风格"郁怒横逸"。著有《瓶水斋集》。

卓女当垆[1]

【题解】

剧叙汉代蜀郡临邛首富卓王孙邀县令王吉及司马相如饮酒，司马相如即席鼓琴，卓王孙新寡之女卓文君闻声相慕，与司马相如双双私奔。王孙怒，不分财产给文君，致使相如归里后家徒四壁，生计困难。文君摸透其父脾气，特意在临邛开个小酒店，相如亲涤器，文君自当垆，一县轰动。王吉闻知此事，令将卓王孙逮捕治罪。卓王孙迫于舆论与官威，只好将家产的一半分给卓文君。这段故事最早见于《史记·司马相如列传》，后屡经文人改写成小说、戏曲。舒位的剧本是其中比较成功的一种。作品在史书基础上增饰改编，成为一出富有情趣的喜剧。剧本的语言明快简洁，又富文采。

（场上先设垆、幌、酒器，旦艳装持扇上）

【黄钟】【醉花阴】　一曲琴声夜如水，为情人芳心欲醉。只落得抛绣阁，掩

---

①《卓女当垆》：此剧存《瓶笙馆修箫谱》中，有武林汪氏振绮堂刊本，今据以选录。

香闺，悄双双暗去明来，才酿就这恩爱[②]。皑如山上雪，皎若云间月[③]，嫁得有情郎，翻作无家客。奴家卓文君，本图聚族而居，不料望门而寡。飞龙药店，惆怅无端；走马兰台，娉婷不嫁[④]。前因吾翁要请县令到家饮酒，得窥司马长卿[⑤]，谁知绿绮一弹[⑥]，早把红丝双系[⑦]。可怪我家欺贫重富，奴家只得违礼私奔。长卿所有家财，早则为郎用尽，成都四壁，生事萧然[⑧]。为此两人来到临邛，开设酒肆，男亲涤器，女自当垆，要我家兄弟闻知，自然有个道理。猛可的绝艳与惊才，且向那蠢不剌把风情卖[⑨]。

【画眉序】（生秃衿短裈持涤器布上[⑩]）。词赋贱如灰，有句难偿酒家债。我羞穿犊鼻，（指旦介）他恨锁蛾眉。卑人司马相如，卖赋不成，去而卖酒。为凤鸾交，作牛马走。（插幌介）把青旗一角挑开，（拂垆介）仗翠袖十分遮盖。想我当日呵，赀郎身价嫌铜臭，到今日诰封裙带。

（相见介）（生）嗟乎文君，时耶命耶！（旦）嗟乎长卿，贫耶病耶！（生）文君，计策虽佳，只是委曲了你。（旦）长卿，说甚话来。

---

② “一曲琴声夜如水”六句：写卓文君回忆夜听司马相如弹琴，产生爱情，两人私奔的经过。事见《史记·司马相如列传》。③ “皑如山上雪”两句：出自汉乐府《白头吟》，形容爱情纯洁，如山上雪，云间月。④ “飞龙药店”四句：意为新寡以后心情不好，经常有病，即使有佳士求婚，也不想再嫁。飞龙药店，指经常来往于药店。飞龙，即飞龙使，本为官名，这里指代文君前往买药的佣人。兰台，即兰台令，官名，此处代地位颇高的求婚者。⑤ 司马长卿：即司马相如，字长卿。⑥ 绿绮：司马相如的琴名。傅玄《琴赋序》：“楚王有琴曰绕梁，司马相如有绿绮，蔡邕有焦尾，皆名器也。”⑦ 红丝：指姻缘。唐郭元振牵红丝线得娶宰相张嘉贞第三女，后因以红丝指婚姻。⑧ “长卿所有家财”四句：《史记·司马相如列传》载，相如“以赀为郎，事孝景帝为武骑常侍”，“文君夜奔相如，相如乃驰归成都，家居徒四壁立。”赀，钱财。郎，帝王的侍从官。徒四壁，只有四面墙壁，形容贫穷。⑨ “猛可的绝艳与惊才”两句：意为不顾自己的美貌与司马相如的奇才，向嗜酒的蠢货卖弄风情。⑩ 秃衿短裈：用被单撕成的围裙，即下文所说的“犊鼻”。

【喜迁莺】 觑着恁文章无对，觑着恁文章无对，犹兀自卖尽痴呆[11]，该也波该，何况咱残膏剩黛[12]。（生）我方沦落不偶，尚可游戏为之。卿家生长富豪，怎禁这般凌贱。（旦）咄！说甚么铜山金穴开，抵相思一寸灰，临了时烧不着纸钱半陌。闲话少说，我便扇起垆来。你去洗好器皿，怕有客来，日饮无何[13]。（生）我是妆龙像龙，妆虎像虎。（旦）俺就嫁鸡逐鸡，嫁犬逐犬。我则待艳处当招牌，总须要善走劝行杯。

（副净扮程郑[14]，丑扮门客，各骑马，杂家僮上）

【不是路】 （副）万贯家财，没奈银钱一大堆。（丑）小子呵，怎敢在钱眼里偷窥。（杂）小人呵，只好向银皮边细挨。（副）我乃临邛县第二名富人是也。产富者地方，致富者天命，琴棋书画，结下深仇；饮食男女，出于至性。任凭你学士笔精，便饶他将军弓劲，但说到蜀郡的最豪，更有那汉家的极盛，（冷笑介）止不过前有邓通，后有程郑。（丑）谨案邓通出身微贱，并且饿死，不名一钱，么当尊重[15]，不要比他。（副）我无非一事牵连，你不用十分考订，且共作半日闲游，不负却四时佳兴。（举鞭行指介）景奇哉，水边杨柳垂金线，山际芙蓉映绿苔。（丑）如此良辰美景，不可无酒浇之。（副）家僮，此是何处？（杂应介）前面已是阳昌里中，那柳阴之下，排着个青布幌子，乃是酒家。里面垆边，还坐着个标致女子哩。（副净望介）妙吓！青帘外，佳人锦瑟春无赖[16]。且图暂醉，（合）且图暂醉。

（副净、丑作下马入店，杂接鞭暂下）（副）酒家！（生应介）二位请坐，待

---

⑪ 卖尽痴呆：吴中旧俗，每岁除，小儿绕街呼叫，卖痴卖呆。宋范成大有《卖痴呆词》。此处借指卖酒。⑫ 残膏剩黛：指自己本是寡妇。膏、黛，都是古代妇女化妆用品。⑬ 无何：没有什么东西。⑭ 程郑：当时临邛的富人，有家僮数百人。见《史记·司马相如列传》。⑮ 么当：不值得。⑯ 佳人锦瑟：年华正当的美人。李商隐《锦瑟》诗："锦瑟无端五十弦，

我里面取好酒来奉敬。（虚下）（副净、丑对坐，副向丑耳语介）这当垆女子，十分美貌。（丑）如此何不唤来侑饮[17]。（副）未知肯否？我是有身家的，怕人讹诈，你试探问一回。（丑）动问小娘子，几时在此开设酒家，怎么向来不曾见过？（旦）客人听者：

【出队子】 须不是屠沽一派，只买些玉壶春把村店开[18]。（丑）男子何人？（旦）俏郎君，鸳鸯眷属凤凰媒。（丑）原来就是尊夫，一向作何生理？为甚忽然卖起酒来？（旦）俺夫君读书击剑，遭遇非时，既倦宦游，且杂庸保，因此上，把剑气书香和酒材。（丑）方今天子好贤，郎君多艺，何不东向长安，也图得一官半职？（旦）他消渴才[19]，却只怕不赐金茎露一杯[20]。（暂下）

（生持酒上，置副净、丑前，即下）（丑向副语介）听这女子口音，也是本县，那酒保就是他丈夫，看来不便唤他陪酒。（副）我早懂得，倒是那男子十分面善，好像在恁地见来。（想介）吓，是了！那年卓王孙请县令饮酒，邀我做陪。令有贵客司马相如后至，即席鼓琴，卓女闻声相慕，连夜奔去成都。王孙怒女不才，未分财产。想他夫妇穷苦无聊，来此游戏。那男子便是司马相如，这女子必是卓文君。（丑）难为你好记性，真乃一遍之资了[21]。只是相如车骑甚都[22]，何以一寒至此。（副）那是借于县令，因此哄动王孙。只是我与王孙财主齐名，物伤其

一弦一柱思华年。”后人以锦瑟比喻青春时代。⑰ 侑（yòu）饮：即劝酒、助饮。⑱玉壶春：酒名。⑲ 消渴才：指司马相如，他患有消渴病。⑳ 金茎露：汉武帝造的金铜仙人承露盘上的露水。这句说，恐怕司马相如暂时还得不到皇帝的赏识。㉑ 一遍之资：看一遍就能记住的天资。㉒ 甚都：甚为华美。《史记·司马相如列传》：“相如之临邛，从车骑雍

类。他女儿作此行径，耻笑必多，不免告诉与他，好作个区处。（起介）俺这里兔死狐悲。（丑）他那里夫唱妇随。（杂上，递鞭与副净、丑，作上马行介）（杂）酒钱留下，且请收好。（内应介）（同下）（老旦扮杨狗监[23]，杂随上）

【滴溜子】 （老）好一片青春，太平世界，看环城绕郭，山光水态，赏人莺花明媚。咱家杨得意，蜀郡人也。豢养上林，最叨恩宠。蒙赐休沐，暂假还乡。同邑司马相如，素来相识，昨在成都访问，知其已赴临邛。今日路出县门，正好打听他消息。我供奉有时还[24]，他飘零竟何在。吓，从者！（杂应介）（老）你去访着司马官人住居，即来通报。说下里巴人[25]，前来奉拜。

（杂）请问公公，要拜这司马官人，有何用处？（老）你却不知，当今万岁爷，雅好词赋，长卿此体最工，我要取他几篇旧作，携转长安，进呈御览。必将董仲舒、公孙弘辈[26]，空策陈言一齐压倒。那时万岁重用长卿，自然不忘荐主。他拜我为老师，我受他做弟子。怎见得蚕室狗监[27]，不强似麟阁龙门也。（笑下）（杂）原来如此，也算宏奖风流。只是偌大临邛，叫我从何问起？（行介）那边有座酒店，待我前去问来。（旦暗上，坐垆畔介）（杂）敢问小娘子，这里有个成都司马相如，寓馆何处？（旦）问他则甚？（杂）有人仰慕才名，特来求访。

容闲雅甚都。”㉓ 杨狗监：杨得意，蜀人，是替皇帝掌管猎犬的太监。《史记·司马相如列传》：“蜀人杨得意为狗监，侍上。上读《子虚赋》而善之，曰：‘朕独不得与此人同时哉！’得意曰：‘臣邑人司马相如自言为此赋。’上惊，乃召问相如。”㉔ 供奉：侍奉皇帝。㉕ 下里巴人：原为古代民间通俗歌曲，这里自谦地位低下。㉖ 董仲舒、公孙弘：皆为西汉哲学家。董仲舒提出“罢黜百家，独存儒术”的建议，被汉武帝采纳。公孙弘学《春秋》杂说，汉武帝时拜为博士。㉗ 蚕室：宫刑者所居之室，这里指宦官。

【刮地风】（旦）嗳呀！恁道司马相如绝世才，那知他，到今朝流落天涯。（杂）天涯去此几里？（旦）他也曾侍君王，执戟在郎官队。（杂）不错，他做过武骑常侍。后来呢？（旦）几年间病渴伤怀，到大梁国名亚邹枚[28]。（杂）这是旧游，不消细说，只问娘子是他何人？他今又在何处？（旦）都只咱三生石系住精魂[29]，可怜他万卷书化了糟粕。眼看着鹔鹴裘[30]、绿绮琴，一时都卖，向临邛，春旗一色开，再休提到成都衣锦荣归。

（杂）说了半日，到底茫然，身不读书，莫作才语相向。（旦）郎出，郎出，有人相访者。（杂）原来就在此处。（生上）

【滴滴金】是何人访问衡门在[31]，君子之交淡似水。（杂）我看你衣衫蓝缕形容秽，怎晓旧郎官，文苑客。（生）只我就是司马相如。（杂拜介）这等多多有罪了，须见恕言词狂悖。（生）请起，不妨。何人枉问？（杂）有上苑杨公公，与官人同里旧交，现今告假还乡，经过此地，要取官人词赋数篇，还奏天子哩。这的是好机缘将富贵。（生）原来杨监有此一番美意。但我混迹市廛，难以相见。兼之流离飘荡，著述散亡，只有《子虚赋》一篇，

㉘ 邹枚：即汉代文学家邹阳与枚乘。邹阳，齐人，初从吴王刘濞，反对濞起兵叛汉。后去为梁孝王客，被谗下狱，雪冤后为梁王上客。枚乘，淮阴人，作有辞赋《七发》，曾为梁王客。武帝即位后以安车蒲轮征其入京，死于途中。㉙ 三生石系住精魂：意说前生即与相如结下姻缘。传说唐代高僧圆观临死与李源说将托生为人子，生未几即卒，再十二年在杭州天竺寺可相见。十二年后李到寺前，有一牧童唱道："三生石上旧精魂，赏月吟风不要论。惭愧情人远相访，此身虽异性长存。"牧童就是圆观的后身。见唐袁郊《甘泽谣》。后来常把三生石作为因缘前定的典故。㉚ 鹔鹴裘：司马相如所穿的皮衣。《西京杂记》："司马相如初与卓文君还成都，居贫愁懑，以所着鹔鹴裘就市人阳昌贳酒，与文君为欢。"㉛ 衡门：横木为门，指简陋的房屋。

系昔游梁时所作，谨托使手转呈谒者。然此乃诸侯之事，未极天子之观。（作取赋奉付杂介）（杂接翻看介）高文满牍，奇字连篇。莫说杨监不能句读，就是当朝将相，多半牧羊牧猪的出身，何曾识一丁字？官人此赋，好煞也是枉然。不如将摘本中，胡乱凑些陈腐谄媚的词头儿，另拟几篇送去。不但雅俗共赏，将来官人亲策殿廷，还可夹带条答。（生）不妨。当今天子博极群书，求贤若渴，杨监果将此赋奏进，必动主知。那些腐儒蠢才，要他赏识则甚。相烦为我致意杨君，他日请念，把万斛春愁，付与蝶使蜂媒㉜。（杂下）

（旦）这杨监之意，却也可感。（生）怎见得？

【四门子】 （旦）恁揣摩成高文典册当时派，拖欠下高车驷马前生债。到今日也会怜才。（生）只恐所举非人，进身可耻。（旦）禁声！强似恁人赀纳粟将官拜，纸糊涂，纱帽胎㉝。（生）当年景庙不好词赋㉞，卑人因此游梁。今日一卷《子虚》，怕作九重口实。（旦）那是彼一时，这是今千载。抵多少贤良方正，孝弟力田来㉟。访遗书，举茂才，况今高爵，尚且蔽贤；难得刑余㊱，反知求士。他奏御回，早羞煞了同时朝贵。

（生）这等说来，卑人有一知音，便是娘子；得一知己，就算杨君。（旦）你赋手十年逢狗监。（生）我琴心一夜悦蛾眉。（内吆喝鸣锣介）（生）远远听得县令来了，你我里面暂避。（旦）与君相识，但见何妨。（生）车笠之间㊲，相形见绌。（生旦作避下）

㉜“把万斛春愁”两句：意为请杨得意饮酒。万斛春愁即酒，古人以酒解愁，故称。蝶使蜂媒，牵线人、使者，指杨得意。㉝ 纸糊涂、纱帽胎：用纸糊的纱帽，意为靠捐资得的官不牢靠。胎，指内层。㉞ 景庙：即汉景帝。㉟ 贤良方正、孝弟力田：都是汉代荐举、选拔人才的名目。 ㊱ 刑余：指宦官。㊲ 车笠之间：指地位不同。语本晋周处《风士记》：“卿虽

【鲍老催】（外扮临邛令，众执事人等引上）鸣驺去来[38]，堂堂百里老父台。眼看千秋雪，身为七品官，汉家自有制，蜀道不曾难[39]。下官王吉是也，作令临邛，也称富庶，所愧无以教之耳。顷因上林杨监，路出县疆，他是天子近臣，自应以时迎送。左右！（众应介）（外）取我名刺，到杨公行馆，看他起程也未？说要来相送。我且在此少待片时。（作出舆坐介）（门子持刺先下，余众暂下）（旦先暗上，坐背酒垆，回头见外，即仍作避下）（外）这又奇了，小小酒家，天生丽质。谁将好花枝，一县栽。为何入醉乡，酿春色，投香水。莫是我弦歌化出江皋佩，循良报入瑶池最[40]。（门子持刺上）启爷，杨公公正在起程，小人投刺道地，说将原刺谢承，多多拜上。（外）晓得了。我且问你，那边柳阴下，酒肆中，有个当垆女子，你可认识？（门）是富人卓王孙的女儿，名唤文君。（外惊介）文君已嫁长卿，为何在此？（门）这店就是司马官人新开的。（外）长卿与我至交，为何妄自菲薄。（门）启爷，那卓王孙是个蠢才，他见司马官人家贫，不肯分与财产，因此官人夫妇，来到此间，自食其力。（外）这长卿是博物君子，那文君乃绝世佳人，何物守财虏，敢于白眼相看！（作怒介）皂隶那里？（众应上）（外）与我把卓王孙这土豪老狗，立刻拿到县堂，从重究治者！（众应介）（外）一面打道回衙，等我处分定当，再请长卿相见便了。先除去豪强害（合）重洒遍穷交泪。（外作长舆，众引随下）

（生、旦同上）（旦）方才县令之言可曾细听？（生）王君至交，定相料理，恐怕造门，究竟外观不雅。须将酒肆暂收，正好更衣相见。（旦）当初你到我家，本从县令饮酒，如今沦落不偶，原该卖酒为生。酒始酒终，岂非一段佳话。

乘车我戴笠，后日相逢下车揖。”㊳ 鸣驺：显贵出行，随从的骑卒吆喝开道。㊴“汉家”两句：谓朝廷有法令制度，依法办事，在蜀地做官并不难。㊵“弦歌化出江皋佩”两句：意指把地方治理好，上界知道，出现江妃两女这样的美人。弦歌，《论语·阳货》载孔子弟子子游任武城宰，以弦歌为教民之具。江皋佩，用江妃两女的传说故事。《列女传》：“江妃二女，

【水仙子】 记，记，记，记筵夜开；听，听，听，听恁个琴丝心自揣；向，向，向，向隔窗儿悄悄怀人；便，便，便，便做了翩翩归妹㊶。泥，泥，泥，泥俺个沽酒拔金钗；好，好，好，好移做酒泉封拜㊷，恨，恨，恨，恨他们不重姻缘只重财；把，把，把，把佳人才子当村醪卖㊸。今日如此行径，正好羞辱他们。(生)毕竟收拾的好。(旦)也罢。且，且，且，且与俺除曲税㊹，毁糟台。(下)(生收幌子作掩门下)(净扮卓王孙上)气死我也！

【双声子】 真奇怪，难翻悔，这场丑事把家门败。刚才程郑兄来说，那犬子贤倩同这新寡千金㊺，来到此间开张酒店，男亲涤器，女自当垆。一县哄传，岂非话靶。我卓王孙闻知此信，犹如天打一般。如今只得亲去寻着他们，分与财产，叫他回去。好似我，好似我，犯下了弥天罪。(末扮皂役暗上，取锁锁净介)在这里了。且教你带上这朝天佩。(净)你是何人，敢来辱我。(末)奉县访拿，快跟我走。(净)为着何事？(末)案情重大，未便告知。(净惊介)这是什么流年㊻，遭此奇祸。(向末介)长哥，此非说话所在，须找个僻净地方，一罄衷曲。我有薄仪奉送何如㊼？(末)这么前面就是你家司马姑爷的宝铺，县官正为此事着恼。何不到彼处商量，或可消释。(净)我也为此而来。(末)如此快走。(净)请暂开锁。(末)且看薄仪分上。(作行到介)(末)呀，关了店门了。(净)想是生意不佳。(末敲门问介)(生衣巾上，开门介)(末指净介)官人认得这人么？(生)依稀。(净转介)惭愧。(末)请商量。(生)承挈带。(末)县令有言。(生)丈人无赖。(净)如今学楚囚㊽。(生)当日非秦赘㊾。(净

游于江滨，逢郑交甫，遂解佩与之。交甫受佩而去，数十步，怀中无佩，女亦不见。”㊶ 归妹：本为《易经》中的卦名。《疏》云：“妇人谓嫁曰归，归妹即嫁妹。”这里借指文君私奔相如。㊷ “泥俺个沽酒拔金钗”两句：前句用元稹《悼亡》诗：“泥他沽酒拔金钗”意，后句本杜甫《饮中八仙歌》：“恨不移封到酒泉。”泥，勉强相求。此两句说相如常求她卖金钗买酒，以图一醉。㊸ 村醪：不好的酒。㊹ 曲税：即酒税。㊺ 犬子贤倩：犬子，司马相如的小名。贤倩，对别人女婿的称呼。㊻ 流年：星相家称一年的运气。㊼ 薄仪：微薄的礼物。仪，指礼物。㊽ 楚囚：本指被俘的楚国人，后借指囚犯和处境窘迫的人。典出《左传》成公九年。㊾ 秦赘：春秋时秦俗，家富子壮即分户，家贫子壮即出赘。见《汉书·贾谊传》。后称入赘别家的女婿为秦赘。

向末）愿将家业平分。（末向生）可肯生涯略改。（生向净）三生有幸可依从。（末向净）一言既出休翻悔。（净）为我即日拜覆本官。（末）问你几时再添令爱。（各大笑介）（合）不枉了，国风好色，大学生财㊿。（净、末辞生下）

（生）文君快来！（旦上）长卿如今心满意足，便好向成都去也。

【随煞】 领取僮客大车载，念家山杜宇声催[51]。（指介）酒垆呵！这便是俺卓文君的精卫海[52]。（同生下）

㊿ 国风好色，大学生财：言司马相如既得文君，又得陪嫁。国风，《诗经》一个部分，序有“好色而不淫”句。大学，四书之一，讲治国修生之道。[51] 杜宇：即杜鹃鸟，传说为蜀王杜宇所化。[52] 精卫海：用精卫填海故事，表示文君已凭当垆沽酒，达到了自己的意愿。

（康保成）

无名氏

尼姑思凡[1]

【题解】

这个折子戏写青年女尼色空，自幼多病，被父母送进空门。她不堪寂寞，希望过俗间夫妻相爱的生活。经过反复的思想斗争，终于趁师父师兄不在寺的机会，逃下山来。明郑之珍《目连救母劝善》传奇中已有《尼姑下山》一折，清张照《劝善金科》有《动凡心空门水月》，二者有承传关系。《缀白裘》收的《思凡》一折，在《劝善金科》的基础上又有改动。在整本戏中，小尼姑是一个被否定的“淫尼”，但在这出单折戏里，却是一个勇于冲破佛教清规戒律、大胆追求幸福生活的叛逆。剧本的语言简炼而生动，堪称案头场上，两擅其美。

（贴上）

【佛曲】 昔日有个目连僧，救母亲临地狱门[2]。借问灵山多少路[3]？十万八千有余零。南无佛阿弥陀佛。

---

① 本剧选自《缀白裘》第六集第二卷，原属昆曲，题《孽海记》。② “昔日有个目连僧”两句：目连，也作目犍连、摩诃目键连，释迦牟尼十大弟子之一。母死，堕饿鬼道中，目连亲以十方威神之力，入狱，使母得脱饿鬼之苦。③ 灵山：即灵鹫山，在古印度摩揭陀国王舍城之东北。山中多鹫，故名。传说释迦牟尼曾在此处讲《法华经》、《无量寿经》。

削发为尼实可怜，禅灯一盏伴奴眠。光阴易过催人老，辜负青春美少年！小尼赵氏，法名色空；幼入空门，早年披剃[④]。咳！朝参暮拜，念佛看经，何时得了！正是：禅房寂静无人伴，鸟啼花落有谁知？好不伤感人也！

【山坡羊】 小尼姑年方二八正青春，被师父削去了头发。每日里，在佛殿上烧香换水，见几个子弟游戏在山门下。他把眼儿瞧着咱，咱把眼儿觑着他。他与咱，咱共他，两下里多牵挂。冤家！怎能个成就了姻缘，就死在阎王殿前，由他把那碓来舂，锯来解，磨来挨，放在油锅里去煠[⑤]。由他，只见那活人受罪，那曾见死鬼带枷？由他，火烧眉毛，且顾眼下！火烧眉毛，且顾眼下！

想我在此出家，原非本心。

【前腔】 只因俺父好看经，俺娘亲爱念佛，暮礼朝参，每日里在佛殿上烧香供佛。生下我来疾病多，因此上，把奴家舍入在空门，为尼过活。与人家追荐亡灵，不住口的念着弥陀。只听得钟声法鼓，不住手的击磬摇铃；击磬摇铃，擂鼓吹螺。平白地与地府阴司做功课！《多心经》[⑥]，多念过;《孔雀经》[⑦]，参不破；惟有那《莲经》七卷是最难学[⑧]，俺师父在眠里梦里多教过。念几声南无佛，哆呾哆，萨嘛诃的般若波罗[⑨]。念几声弥陀，哧，恨一声媒婆！念几声娑婆诃，叫，叫一声没奈何！念几声哆呾哆，怎知我感叹还多！

---

④披剃：披僧衣，剃头发。⑤ 煠（zhá）：把东西放入滚沸的油中一沸而出。⑥ 多心经：全名《般若波罗蜜多心经》。有七种汉文译本，其中唐玄奘译的最有名。⑦ 孔雀经：全名《佛母大孔雀明王经》，三卷，唐不空译。⑧ 莲经：全名《妙法莲华经》。有三种汉译本，通行的是后秦鸠摩罗什译本。⑨“哆呾哆”两句：小尼姑所念经文中梵语。

吓！不免到回廊下闲步一回，少遣闷怀则个。（下）（场上锣鼓，烟火，杂扮罗汉觔斗上，觔斗下）（内奏细乐，老旦扮观音，小生善财，旦龙女，生韦驮上）（老旦）

【新水令】 孤云出岫下瑶天，笑拈花飞来千片。金镵开觉路⑩，宝筏渡迷川⑪。法力无边，法力无边。慈悲愿普渡迷津汉。

救苦慈悲法力强，竹林鹦鹉弄笙簧。慧眼微开遍宇宙⑫，眉间放出白毫光。我乃南海洛迦山观音大士是也⑬。今日登座说法，你看众罗汉鼓舞而来也。（老旦坐台上，小生、旦立两旁，生立正中，众罗汉跳下，各参见，庄严坐介）（贴上）

【接前】 绕回廊，散闷则个。呀！你看两旁罗汉塑得来好不庄严也！又则见两旁罗汉塑得来有些傻角⑭。一个儿抱膝舒怀，口儿里念着我；一个儿手托香腮，心儿里想着我；一个儿眼倦眉开，朦胧的觑着我。惟有那布袋罗汉笑呵呵⑮：他笑我时光错，光阴过，有谁人，有谁人肯娶我这年老婆婆？降龙的，恼着我；伏虎的，恨着我⑯。那长眉大仙愁着我⑰：他愁我老来时有甚么结果？佛前灯，做不

---

⑩ 金镵（bì）：佛家为人清洗眼睛，使之觉悟的用具。⑪ 宝筏：佛教语，比喻引导人到达彼岸的佛法。筏，渡水工具。⑫ 慧眼：佛教所说的五眼之一，能看到过去和未来。⑬ 洛迦山：补陀洛迦山的简称，即普陀山。佛教四大名山之一，在今浙江定海，是观音下院。⑭ 傻角：此处意为傻样子。⑮ 布袋罗汉：五代梁时高僧，自称名契此。常以杖荷一布袋，四处化缘，人称布袋和尚。世传为弥勒佛化身。⑯ 降龙的、伏虎的：即降龙尊者与伏虎尊者，均为佛教中的十八罗汉之属。⑰ 长眉大仙：即佛教中的长眉僧，以眉长而得名。

得洞房花烛；香积厨，做不得玳筵东阁[18]；钟鼓楼，做不得望夫台；草蒲团，当不得芙蓉软褥。我本是女娇娥，又不是男儿汉，为何腰系黄绦，身穿直裰[19]？见人家夫妻们洒乐[20]，一对对着锦穿罗？阿呀！天呀！不由人心热如火！不由人心热如火！吓，也罢，今日趁师父师兄多不在家，不免逃下山去。倘有些机缘，亦未可知。有理吓有理。奴把袈裟扯破，埋了藏经，弃了木鱼，丢了铙钹。学不得罗刹女去降魔[21]；学不得南海水月观音座。夜深沉，独自卧；起来时，独自坐。有谁人，孤恓似我？是这等削发缘何？恨只恨，说谎的僧和俗：那里有天下园林树木佛？那里有枝枝叶叶光明佛？那里有江河两岸流沙佛？那里有八万四千弥陀佛？从今后，把钟楼佛殿远离却，下山寻一个少年哥哥。凭他打我，骂我，说我，笑我。一心不愿成佛，不念弥陀般若波罗！

好了！且喜被我逃下山来了！

【尾声】 但愿生下一个小孩儿，却不道是快活杀了我！（笑下）

（老旦）善哉！善哉！赵尼凡心顿起，逃下山去，这孽报何日得了也！众罗汉收拾庄严者。（下）（众跳下）

---

⑱“香积厨”两句：指寺院里的厨房做不了迎宾喜筵。香积厨，佛寺的食厨。玳筵东阁，指迎宾喜筵。古时以东阁为招待宾客的地方。⑲ 黄绦、直裰：均为僧尼服饰。黄绦，黄色的丝带。直裰，僧袍。⑳ 洒乐：潇洒快乐，无拘无束。㉑ 罗刹女：佛教说中的恶鬼，能变为美貌妇人，魅惑食人。这里指女僧人。

（康保成）

无名氏

庆 顶 珠[①]

【题解】

本剧又名《打渔杀家》、《讨渔税》，作者不可考。内容源于《水浒后传》第六回，但已作了较大改动。剧叙水浒英雄萧恩，在梁山起义失败后，与女桂英在太湖打鱼为生。渔霸扒山虎遣人催讨鱼税，又遣教师爷上门捕人。萧至县衙告状，反被责打，忍无可忍，携桂英黑夜过江，以献“庆顶珠”为名，杀了渔霸全家。本剧为京剧中的优秀剧目之一。全剧结构严谨，矛盾冲突尖锐，人物形象鲜明。汉剧、蒲剧、山东梆子、豫剧、川剧等均有此剧目。

(旦内唱)

【倒板】 太湖石上海水发，(末、旦同上，旦唱)

【西皮】 江水照得满眼花，青山绿水难描画，那个渔翁得在家？(末唱)父女们打鱼在江下，贫穷那怕人笑咱。松篷忙把网来下，(白)嗳吓，(旦白)爹爹看仔细！(末唱)怎奈我年迈苍苍，气力不加。

(旦白)爹爹年迈了，河下生意难做了。(末白)是吓，为父年迈了，河下生

---

① 《庆顶珠》：本剧有多种版本流行，今据早期的“京调义顺和班”的演出本排印，对个别错别字作了校改。庆顶珠为何物，剧中未交待，当是一种比较贵重的珍珠。

意也做不得了。儿吓，把那几尾鲜鱼收拾熟了，为父饮酒。（旦白）是。（生、付同上，生唱）

闲来无事江边走，（付唱）海水滔滔往东流。（生唱）钓竿须得南山竹，（付唱）不钓鳌鱼誓不休[2]。

（生白）来此已是河下了，知那是萧兄的船[3]，待我叫他一声，萧兄！（旦白）爹爹，岸上有人叫你。（末白）吓，是那一个叫我吓？岸上可是李俊贤弟么[4]？（生白）正是。（末白）莫非要到小舟上坐坐么？（生白）正是。（末白）少待，等我将船摇过来。搭上扶手，顺下跳板。（生白）有礼。（末白）还礼。（付白）这就是萧兄么？（生白）正是。（付白）久闻萧兄是好的，待我试他一试，试他的武艺如何。（末白）贤弟，这是何人？（生白）这就是卷毛虎倪荣[5]。（末白）吓，这就是倪荣贤弟吆！（付白）这就是萧兄，请来见礼。（末白）还礼。（付白）吓，招打！（末、付打介，末白）呔！（付白）哈，他的的的……（末白）儿吓，这是你二位叔父，上前见礼。（旦白）二位叔父，这厢有礼。（生、付同白）还礼。吓，萧兄，这是何人？（末白）这就是小女。（生、付同白）吓，原

---

② 不钓鳌鱼誓不休：喻抱负远大。《列子·汤问》记龙伯国有大人，一连钓起六条鳌鱼，使载在其上的大山沉于海底，后世遂以“钓鳌”喻抱负远大或举止豪迈。③ 萧兄：即萧恩。为作者虚构的人物，《水浒》及《水浒后传》中均无其人。④ 李俊：《水浒传》中有混江龙李俊，《后传》说他招集梁山英雄重举义旗，后成为暹罗国王。在《后传》第六回中，李俊反抗渔霸丁自燮，被捕入狱，后被乐和、倪荣等人救出。⑤ 倪荣：《水浒后传》中的人物，第六回中与乐和等人救出李俊，罚处渔霸丁自燮。

来就是令爱。(末白)不敢,就是小女。吓,二位贤弟来在小舟,无物可敬,只有小鱼美酒奉上。(生、付同白)吓,到此就要叨扰了。(旦白)爹爹,酒菜好了,(末白)看酒来!二位贤弟,在小舟上饮酒,比不得岸上,不许说“干旱”二字呢。如说“干旱”二字,是要罚酒一大杯。(生、付同白)使得呢。(末白)请!(生白)请!(末白)请!(付白)干!(末白)罚酒!(笑介)(丑上,唱)

昨日一梦到西霞,酒不酒来茶不茶。一步来在河崖下,船头上坐定一枝花。

(白)吓,船头上坐着这个女子真好,待我仔细瞧瞧他。(瞧介)(付白)呔,作什么的?(丑白)我是问路的。(末白)问的那一家?(丑白)问的丁家。(末白)那厢就是。(付白)去罢。(丑白)嗳呀,这个人好威势吓。(付白)他是作怎么的?(末白)他是问路的。(付白)我的哥,他那里是问路的,分明是观他的。(末白)那是什么话!(丑上白)走吓,(唱)

离了家中到河下,急忙寻他把话答。

(白)来此已是,呔,那可是萧恩的船吓?(末白)是那个吓?原来是丁府大叔。(丑白)不敢。(末白)做什么来了?(丑白)做什么?取渔税银子。(末白)吓,这几日天旱水浅,鱼不上网,等到河下有了生意,改日将银子送上府去。(丑白)你这个改日改得太多了,我来得有些不耐烦了。(末白)怎奈无有么,明日一准送去。(丑白)你要不送去,又待我来。(末白)有劳大叔的驾。(丑白)罢了。(生白)呔,走回来!(丑白)你瞧,叫我走过去走过来的,做什么?(生白)你是哪里来的?(丑白)你问我么?丁府上来的。(生白)来做什么？（丑白）做什么？要渔税银子的么！（生白）回去拜上你家爷，说萧恩乃是我好友，将这渔税银子免了便罢。（丑白）如不免，（生白）如若不免，下次与他个大大的不便。（丑白）嗳呀，你说这话，吓了我一跳。你叫什么名字？（生白）你问我？我就是混江龙李俊。（丑白）那个混江龙李俊就是你！（付白）呔！滚回来！（丑白）又一个！（付白）你是那里来的？（丑白）你大叔是丁府上来的！（付白）汰！作什么的？（丑白）我是要渔税银子的么。（付白）你回去拜上那扒山虎，说别人的渔税任他讨取，惟有萧兄是个好友，叫他将这渔税免了便罢。（丑白）要不免呢？（付白）要不免，挖他的眼，剥他的皮！（丑白）呵，好利害！你叫甚名字？（付白）我就是卷毛虎倪荣，是你爷爷！（丑白）你什么凑的？（付白）待我打这王八入的！（生、末拦介）（末白）贤弟，不要跟那小人一般见识。（付白）看在二位哥哥，饶了这个狗娘养的。（生、付同白）萧兄，令爱可曾许配人家无有？（末白）许配神箭手花荣之子，名叫花逢春[⑥]。（生、付同白）吓，门户倒也相对。萧兄年纪迈了，河下的生意不做也罢。（末白）二位贤弟，不做河下生意，家中如何度日？（生白）小弟送来。（末白）何劳贤弟费心。（生、付同白）我等告辞了。（末白）奉送。（生、付同白）不敢。（生唱）

听说令爱许花家，（付唱）久闻此人也不差。（生唱）待到令爱来岳家，（白）萧兄，（唱）准备彩礼来送嫁。（生、付同下）（旦白）爹爹，他是何人？（末白）儿呀，你若问他们，听了：（唱）

⑥ 花逢春：《水浒后传》中的人物，梁山英雄花荣之子，第六回中助乐和等人成功。

【西皮】 他本是水浒人豪杰，独擒方腊就是他；金带紫袍他不要[7]，情愿江河做生涯。（白）儿吓，天色已晚，将船摇回去罢。（旦白）是。（末唱）摇往太湖不到家，（旦唱）打渔父女做生涯；（末唱）恋醉不知红尘路，（旦唱）日出扶桑万里华[8]。（同下）

（郭上，白）自己丢别事，专与人儿忙。来此已是，里边有人么？（众杂白）来了，是那个？吓，原来是先生到了。（郭白）劳烦通报。（杂白）郭先生，老爷有请。（净白）家有万户粉，前合与后仓[9]。何事？（杂白）郭先生求见。（净白）请。（郭白）小弟有礼。（净白）请坐。（郭白）告坐。（净白）到此何事？（郭白）今有杭州太守催讨渔税。（净白）也曾差人去讨，想必就回。（丑白）走吓！参见老爷。（净白）回来了。（丑白）回来了。（净白）催讨渔税怎么样了？（丑白）小人前去催讨税银，萧恩说这几日天旱水浅，鱼不上网，再等几日差人送来。（净白）这还罢了。（丑白）然后又走两个人来，他问我："你是那里来的？"我说："丁府上的。"他说："回去拜上你家爷，说萧恩是他好友，将这渔税免了便罢。"我说："不免呢？"那一个就说："与你个大大的不便；"那一个就说："要挖你的眼，还要剥你的皮。"（净白）呀，他叫什么名字？（丑白）一个叫混江龙李俊，一个叫卷毛虎倪荣。（净白）吓，有这等事，待我前去会他。（郭白）些些小事，待小弟前去。（净白）怎敢劳动。（郭白）理当效劳。（净白）你们同郭先生前去打仗。（众白）是。（郭白）走罢。（众白）等等我邀教习哪[10]。（郭白）请你师父。（众白）有请师父。（杂白）叫我怎么？（众白）郭先生请你。（杂白）郭先生在那里？

---

⑦ 金带紫袍：谓官服。⑧ 扶桑：神树名，传说太阳升起的地方。⑨ 家有万户粉，前合与后仓：形容家业大，佃户多，装载粮食的仓库前后院落都有。⑩ 教习：大户人家花钱雇用的武术教师。

（众白）先生，我师父来了。（郭白）吓，教习爷么？（杂白）吓，你是郭先生？有礼。（郭白）还礼。（杂白）请我做什么？（郭白）请教习爷打仗。（杂白）怎么，打仗也用我们么？（众白）打仗就是打架。（郭白）吓，就是打架。（众白）提起了打架，是我们的本事，一天不滚蛋，如同无吃饭的一般。（杂白）这个事须要托付你了。（郭白）是交给我了。（众白）走吓。（郭白）擒你们的，你们要上那里去？（众白）找萧恩去。（净白）找萧恩你去罢，我不去。（众白）师父不去，我们也不敢去了。（郭白）吓，是了，你们不敢去，叫师父挨打去。（众白）师父去给我们大个胆子，也是好的。（郭白）那个自然。徒弟们，跟着师父走，找萧恩去。（众白）走吓。（同下）（末上唱）

【西皮】 昨夜晚吃醉酒和衣而卧，架上鸡惊醒了梦里南柯。二贤弟在河下相劝于我，他劝我打鱼事一旦去却。我本当不打鱼在家中闲坐，怎奈是家贫寒无计奈何。清早起推柴扉乌鸦飞过，飞过来叫过去却是为何？将身儿来至在草堂闷坐，叫英儿端茶来父解渴。（旦上，唱）我的母去了世丢儿难过，流落在江河上打鱼为活。见了人我只得藏藏躲躲，还是我女孩家对着谁说？我爹爹在草堂呼唤于我，急忙忙上前去问是为何？

（白）爹爹请茶。（末白）唔，为父的言过，不叫你渔家打扮，又是这样打扮。（旦白）孩儿生在渔家，长在渔家，怎么不叫孩儿渔家打扮？（末白）哦，你这不遵为父，就为不孝。（旦白）爹爹莫要生气，孩儿从今以后改过了。（末白）好，看茶来。（旦白）是。（众上白）走吓，吓，到了。（杂白）到了那是啦？（众白）到了萧恩这里。（杂白）这就是他家么？（众白）是他家。（杂白）前去叫门。（众白）谁去叫门？（杂白）你们去叫门。（众白）我们不敢去。（杂白）这块骨头石胎子么[11]？你们都走开，瞧师父的。（叫介，小声）萧恩哪，萧恩哪。（众白）你那大声的叫。（杂白）大声的叫，他听见呢？（众白）为的是叫他听见呢。（杂白）徒弟们都拿起架子来，要大声叫。吓，萧恩师哪！（末白）来了。（杂白）提防着，来了。（末白）你们是那里来的？（杂白）你问我们哪？丁府上来的。（末白）到此作甚？（杂白）要鱼税么，做什么！（末白）昨日言道，这几日天旱水浅，鱼不上网，再等几日有了生意，差人送上府去。怎么今日又来了。（杂白）我们来一趟说送去，来二趟说送去，左一趟右一趟，到底是有没有？（末白）没有。（杂白）我们今日要定了。（末白）且慢，我且问你，你们这要鱼税，可有圣上的旨意？（杂白）无有。（末白）六部的公文[12]？（杂白）无有。（末白）一无圣上旨意，二无六部公文，尔等凭着何来？（杂白）凭县太爷所断。（末白）那狗官俱是你们一党。（杂白）吓，萧恩哪！你今日不给鱼税银子，我们今要打架。（末白）幼年之间提起了打架，好有一比。（杂白）比作何来？（末白）好比小娃娃穿新鞋的一般。（杂白）怎么讲？（末白）越发的欢喜。（众白）如今呢？（末白）如今年迈了，是打不动架了。（杂白）徒弟们把家伙拿出来！（拿锁介，白）吓，萧恩，你看这是什么东西！（末白）吓，这是什么吓？（杂白）这是你姥姥怕你活不长，给你打来的百家锁[13]，要锁你！（末白）你要锁那个？（杂白）要锁你。（末白）当真的要锁？（杂白）当真的要锁。（末白）果然的要锁？（杂白）果然的要锁。（末白）来锁！（杂白）徒弟们，锁这东西！（打介，锁杂介。

---

⑪ 骨头石胎子：骨头硬，武艺好，不好惹。⑫ 六部的公文：泛指官府的公文。六部原指吏、户、兵、刑、礼、工六部。⑬ 百家锁：又称长命锁。旧时给小儿戴在胸前，以求富贵长命。这里其实是抓人用的锁链。

众拉介，白）锁上了，拉着走。（杂白）得啦，得啦，你们怎么把师父锁上了！（众白）如何把师父锁上了？快放开罢！（杂白）说不得，徒弟上手。一同闪开了。（末打杂介，唱）

提起来不由人七孔冒火。（众白）太爷八孔冒烟。（杂白）走开，瞧这一手！（打介，末唱）你在那江河上打探于我，（杂白）我亦早知道你。（末唱）俺萧恩最不怕虎狼一窝。（杂白）你也不认得太爷。（末唱）你本是奴下奴敢来欺我！（众白）师父，他骂咱们奴下奴。（杂白）咱们奴下奴是丁府上的，不是他萧恩的。（末白）呸！（唱）休得要闹嚷嚷倚仗人多。怒起来我这里一拳一个，管叫你臭屎蛋命见阎罗！（打介，众下。杂白）打了半天，也打不出了个名儿来[14]。（末白）怎么叫名儿？（杂白）你瞧这几抱写。（旦上，打介，下）（末唱）想不到遇见他们这是怎说？

（白）儿吓，看为父的衣帽来！（旦白）爹爹要上那里去？（末白）为父的要前去告他们。（旦白）爹爹，常言道："贫不与富斗，民不与官斗"，不去也罢。（末白）不要管为父，看衣帽过来。（旦白）吓，爹爹要小心了。（末白）好好看守门户。（末下）（众上，杂白）走吓。（众白）那里去？（杂白）回去养伤去。（众下）（旦上，唱）

恨只恨扒山虎势大皆犬，结交那狗赃官欺压黎民。我的父前去将他告，但不知那赃官怎样发落？（末上唱）到公堂原被告一概不讲，责打我四十板推出衙门，想

⑭ 名儿：指被打伤出血。"名儿"是要写出来的，"写"与"血"同音。下文杂白"你瞧这几抱写"，即指淤血未出。故说"打不出了个名儿来"。

起了扒山虎令人痛恨，今夜晚过江去杀他满门。（白）哎吓！

（旦白）爹爹回来了。（末白）回来了。（旦白）爹爹前去告他，怎么样了？（末白）哎呀，儿吓，为父上得堂去，那赃官不由分说，将为父责打四十。（旦白）哎呀，爹爹吓！（末白）儿吓，这还罢了，还叫为父过江赔罪。（旦白）吓，爹爹，还是去吓不去呢？（末白）为父的恨不能插翅飞过江去，我要刺……（旦白）吓，爹爹要刺什么？（末白）我要刺杀了丁家满门的！（旦白）孩儿也要前去。（末白）儿吓，只知闺中刺绣，如何知道杀人？不要前去。（旦白）儿虽不能杀人，与爹爹壮胆也是好的吓。（末白）儿，快收拾家伙，随为父前去。（旦白）是。（末白）儿吓，你将那婆家聘礼，还有那庆顶珠，一并带在身旁。（旦白）孩儿知道。爹爹，戒刀在此。（末白）儿吓，随为父走罢。（旦白）门还未关呢。（末白）那门关也罢，不关也罢。（旦白）还有家伙呢。（末白）那些家伙都不要了。（旦白）爹爹，孩儿还要回来呢。（末白）嗐，这不省事的冤家，他还要回来呢！儿吓，将铁锚倒上来。（旦白）是。（末白）儿吓，夜晚开船，比不得白天，儿要仔细了，随为父走。（旦白）孩儿知道。（末白）儿吓，那庆顶珠可曾带好了？（旦白）带好了。（末白）走！（唱）

扒山虎有银钱买官欺我，恨不能飞过江把他结果！船行在半江中因何不走，问桂英船不行却是为何？

（白）儿吓，船行半江之中，因何不走？（旦白）爹爹要刺杀丁家满门，还是真是假？（末白）为父恨不能飞过江去，杀了他的满门，方解我心头之恨，怎么问"真假"二字。

(旦白)孩儿心中害怕,我不去了。(末白)吓,先前言道不叫你去,儿一定要去,如今行至半江之中,敢是又要回去吓?(旦白)孩儿也不回去。(末白)却是为何?(旦白)儿舍不得爹爹年迈了。(末白)哎吓!(唱)

听儿说这句话如同刀割,他说我年纪迈发鬓皆白。思量起为父的却犯的过,可叹他无娘儿无倚无托。

(白)到了。儿吓,将衣放在岸上。(旦白)是。(末白)儿吓,撒下铁锚,上岸来罢。那庆顶珠可曾带好了?(旦白)带好了。(末白)为父杀人,儿要是害怕,带着庆顶珠从水路逃往花家去罢。(旦白)爹爹呢?(末白)为父呢,哎,少要你管。到了,开门来。(杂上,唱)

萧恩的武艺真不错,揍的教习赔膏药。

(白)吓,萧恩么,你又干什么来了?(末白)前来赔罪。(杂白)你还懂的赔罪呢!我说你不敢来。(末白)怎么不敢来?(杂白)既来了,我与你通报。(末白)你到容我进去。(杂白)随我进来,有请家主。(净上,唱)

昨夜一梦大不祥,有人请我见阎王。

(白)何事?(杂白)萧恩前来赔罪。(净白)传他进来。(杂白)老爷传你进去。(末白)儿随为父进去吓。(旦白)是。(末白)请了。(净白)萧恩,你是何等之人,敢与我拱手?(末白)我且问你,你要鱼税,可有圣上旨意?(净白)无有。(末白)可有六部公文?(净白)无有。(末白)一无圣上旨意,二无六部公文,要鱼税凭自何来?(净白)知州太爷所断。(末白)呵,就是那丁子地!(净白)你还不付?(末白)啐!(唱)

丁子地他为官多有不正,把着那三江口欺压黎民。

(白)儿吓,你与我骂!(旦白)奸贼子吓,(唱)

骂一声贼子太欺心,为什么把我父要税银?你仗着官宦家行事霸道,全不想贫民人怎度光阴?

(末白)闪开了!(唱)

提起了扒山虎令人可恨,今夜晚管叫你命见阎君!

(净白)大胆的萧恩敢来骂我,来吓,将他父女捆起来!(众白)呀!(末白)且慢!我在江中捞得一物,我父女前来献宝。(净白)拿来我看!(末白)夫奴甚多,不敢献出。(净白)你等退下。(末白)儿,还不动手,更待何时!(旦白)是。(末白)你来看宝刀!(杀净,众上打介,杀众下介)(末白)儿吓,将贼杀死,你我逃回去罢!(旦白)走!(末白)这才消我心头之火吓!走!(同下)

(康保成)

无名氏

打　面　缸[1]

【题解】

这也是选自《缀白裘》的一个滑稽小戏，作者不详。妓女周腊梅厌弃卖笑生涯，至县衙请判从良。县官将其配与衙役张才为妻，但又将张才派往山东公干。当晚，书吏、四衙、县官先后到张才家，挑逗腊梅。书吏躲避四衙，藏灶底；四衙躲避县官，藏面缸中；县官躲避张才，藏床下。张才翻开灶底，打破面缸，又从床下搜出县官。作品痛快淋漓地嘲弄了县官等三人的好色与虚伪，在民间极为流行。清唐英《古柏堂传奇》收有《面缸笑》杂剧，演同一事。

（老旦、外扮皂隶，副吏引净上）（净唱）

【引】　花花世界乾坤大，皂隶班房站立两边排。

（白）一棵树儿空又空，两头都用皮儿绷。老爷坐堂打三下，扑通扑通又扑通。自家糊涂县太爷是也。今日闲暇无事，叫皂隶抬放告牌出去。（贴上唱）

① 本剧选自《缀白裘》第十一集第四卷，原属梆子腔。

【梆子腔】 每每离了这花柳巷，来到这糊涂县里来。

（白）自家周腊梅便是。我想花柳巷中没个出头的日子，且到太爷衙门里去讨个花红，回去从良。来此已是衙门，不免竟入。太爷在上，周腊梅叩头。（净）你做什么的？（贴）禀上老爷，我是好人家儿女，想在花柳巷中没个出头的日子，求太爷赏个花红，回去从良。（净）你今愿从良？（贴）正是，情愿从良。（净）周腊梅，我如今堂中替你配个人罢。（贴）如此甚好，多谢老爷。（皂）小的没有妻子，赏与我罢。（净）吓！不好。有了，张才是个能干人，唤张才过来。（众）叫张才。（末上）来了。老爷有何吩叫？（净）张才，我把周腊梅配你，可念我老爷一点好心。（末）多谢老爷。（同贴拜介）（唱）

双双二人拜天地，这段姻缘天赐成。转身又把太爷谢，谢了太爷就回程。

（丑持公文上）（末、贴下）（丑）吓！那是周腊梅，今晚且到他家顽顽。堂翁在上，今有辕门上送来一角公文，要往山东投递。（净）罢了，请回。（丑下）（净）今日那个该差？（众）张才。（净）好！唤过来。（众）叫张才。（末上）来了。老爷，可是又与我一个老婆？（净）呔！今有公文一角，星夜往山东投递。（末）老爷，待小的成了亲去罢。（净）投了公文回来成亲。（末）求老爷宽限小人成了亲去投罢。（净）胡说！你若不去，我就打你二十，将周腊梅迁回院去。（末）小人愿去。（唱）

老爷差我往山东去，几时回来才成亲！（下）

（皂）启上老爷，皂隶告假。（净）为什么事情？（皂）小的家失了一条牛。

(净)几时失的?(皂)前日失的。(净)为什么前日不来报?要告几天?(皂)半个月。(净)为何要许多日子?完了,完了,去罢。(皂下)(副)书吏告假。(净)你是为什么事情?(副)书吏回家做亲。(净)做亲什么要紧事情?去罢,去罢。(副下)(净)完了,一堂书吏人役都没有了,叫我老爷怎么进去?罢了,自己退堂。(打鼓取竹爿拿介,自喝下)

(副上唱)

【引】 太爷退堂俺无事,偷个空儿看腊梅。

(白)自家王书吏。今日早堂,老爷将周腊梅配与张才为妻,又差他往山东去了,我且到张才家去走走。此间已是,开门,开门。(叩门介)(贴上)是那个?(开门见副)原来是王相公。老爷把我配与张才,如今不做这个勾当了吓。(副)我晓得。张才是老爷差往山东公干去了,我走这一遭儿,下次不来了。(贴)既如此,待我关上门儿。王相公请坐。(副)周大姐,今夜你独自一个在此,没有人陪你,我特来陪伴你,可好么?(贴)多谢王相公。但吃杯茶儿才好。我初到这里,也没有备得,有罪了,怎么处?(副)也不必了。大姐,你倒唱个曲儿我听听罢。(贴)奴家唱得不好。(副)唱得好,唱得好,快唱罢。(贴唱)

【小曲】 栀子花开白如霜,牡丹花开靠粉墙。月明和尚度柳翠[②],张生月下戏红娘。小情郎,跳粉墙,莺莺烧夜香。

---

② 月明和尚度柳翠:宋元人传说有月明和尚度妓女柳翠成道事,元杂剧《度柳翠》、明徐渭

（副）好！果然唱得好！（丑上）我做四衙没傝僿[③]，审起事来真乾䩺[④]。没有银钱来送我，原告被告多打杀。好好的一个周腊梅，配与张才去了。今日他往山东去投文了，且到他家去看看故人。这里是了，开门，开门。（贴）是谁？（丑）是我。（贴）你是那个？（丑）我是四老爷在此。（贴惊介）王相公，不好了，四老爷来了！（副惊介）阿呀！四爷来了，这便怎么处？（贴）且在灶前去躲一躲罢。（副）也罢，也罢。正是：情知难做伴，事急且相躲。（下）（贴开门见丑介）（贴）四老爷为何到此？（丑）那张才今日堂上老爷打发他山东去了，我为巡更过此，望望你。（贴）四爷见礼了。（丑）罢了，罢了。周腊梅，今日可冷么？（贴）冷得紧，得些热菜来与四爷挡寒才好。只是才到这里，没有备得，有罪四爷了。（丑笑介）酒倒带得一壶在此，同你吃一杯儿，何如？（贴）如此甚好，只是有扰四爷了。（丑身边取出酒介，纱帽内取出钟介）周腊梅，你的容颜一发标致了。（贴）不瞒四老爷说，黄瘦了。（丑）我有个西洋水晶眼镜在此，我戴上看看。（带手抽介）好吓！好得很！周腊梅，你唱个曲儿我听听，醒醒酒儿。（贴）四老爷，奴家唱得不好。（丑）唱得好，唱得好。（丑将扇子打板，贴唱介）

【西调寄生草】 恨冤家没有些真情义，全不管家中的柴和米。有了钱就往别处去，终朝坐在那茶馆里。东家去打牌，西家去下臭棋，丢得奴冷冷清清真没趣。如今新出一班油花的[⑤]，眼笑眉花绰我的趣。少不得有日做出话巴戏，少不得

《玉禅师翠乡一梦》均演此事。③ 四衙：即典史，主治安的吏员，位在于县令、县丞、主簿之下，故称四衙。没傝僿（tà sà）：没出息。④ 乾䩺：即疙瘩，这里作办事不利索解。⑤ 油花的：油头粉面的花花公子。

有朝做出话巴戏！

（丑）唱得好！我老爷曲兴发作起来了，我也来唱。（贴）好吓！（丑）只是老猫声，不要见笑。（贴）好说。（丑唱）

【前腔】 小兄弟，你生得好个模样，身材袅娜，真像姣娘。口香儿常在那腰间放[6]，金吹臂带在白臂膀[7]。我看了你，惹得我魂飘荡。一百个钱，今夜和你打个风流账，一百钱和你打个风流账。（贴唱）

【前腔】 老面皮！不想你是个什么东西！嚼舌根，讨我的便宜，且照管自己的妻。和尚道士，还有那些小魔子[8]，走来走去在你门前嬉，看你的姣妻，燥他的皮。乌龟号，只怕今朝轮到你；乌龟号，今朝只怕轮到你！（丑唱）

【前腔】 真晦气！遇着了你。看了你这娇滴滴的容颜，我又十分在意。恨不得拿碗水来，吞你在肚里。要穿要吃我也都肯依，没来由，放出这般狗臭屁！这叫做露水夫妻不到底，露水夫妻不到底！

（净执灯上，四边看介）可惜周腊梅，错配张才；差往山东去，那得就回来？奶奶不在家，私下走出来。且到他家去，落得把心开。这里是了，开门，开门。（贴）是那个？（丑）不拘那个，说我在此，那个敢来？（贴）你是那个？（净）我堂上老爷在此，快些开门。（贴）四老爷，不好了，堂上老爷来了！（丑惊跌介）这便怎么处？有后门的么？（贴）没有后门。（丑）这嘿，那里躲一躲才好。（贴）有支面缸在那里，且去躲一躲罢。（丑）也说不得了！（下）

---

⑥ 口香儿：化妆品，即口红。⑦ 金吹臂：围在臂上的金饰丝带。⑧ 小魔子：即小鬼头，

（净）怎么老早就睡了觉了么？开门。（贴）来了。（开门见介）老爷在上，周腊梅叩头。（净）起来，起来。（袖内取出红氈帽大脚鞋介）一块胭脂，一双大红鞋子，都是我奶奶的，我偷来送你，权当个贺礼。（贴）多谢老爷。（净又取出金锣锤介）还有一个广东消息子⑨，送与你杀痒。（贴）休得取笑。（净）周腊梅，你同那个在此吃酒？（贴）晓得老爷要来，特地烫下的。（净）难得有我的心。斟来，我和你吃一杯。吓！这把酒壶有些面善。（贴）也是人家送来的。（净）怪道有些认得。周腊梅，我老爷吃不惯闷酒，唱个小曲儿与我听听。（贴）唱得不好。（净）不要太谦了，唱罢。（贴唱）

【西调】 小乖乖，真扯淡！趁着你年纪小，弄着机关。顾着自己赚钱，放着妻子陪人眠，只图吃的现成饭。愁只愁，怕你捱不过三十二岁的韩信关⑩，只愁你捱不过这三十二岁的韩信关。

（净）唱得好吓！斟酒来。（末上）好事偏生多折磨，才得相逢又别离。今早太爷将周腊梅配与我为妻，又差我往山东去。我且回去成了亲，明日再去。开门，开门。（贴）是那个？（末）是我张才回来了。（贴）太老爷，张才回来了，怎么处？（净慌介）这便怎么好？躲在那里去好？（贴）床底下罢。（净）也没奈何了！（下）（末）快些开门。（贴）来了。（开门介）（末）有壶酒在此，拿去烫一烫。（贴）冷吃了罢。（末）你不去，待我自己去。（贴下）（末见副拜介）阿呀！灶君老爷下界了！

无赖汉。⑨ 消息子：即上文所说金锣锤。这是一句下流话，故下文说“送与你杀痒”。⑩ 挨不过三十二岁的韩信关：不详。疑为早晚会像韩信一样被降职、砍头。

吓，你是王书吏，到这里做什么？（副）来与你送行。（末）送行到灶边去的？（副）见你家灶里灰多，来与你爬灰。（末）呔！（拿棍打介）（副躲打破面缸，丑钻出介）（末）阿呀！你是四老爷，为何在此？（丑）查夜。（末）呔！胡说！（打介）（丑）不要，你听我说。（唱）

【包子带皮鞋】 你名叫张才。（末）呃，张才。（丑）差往山东怎便回？灶堂烧出王书吏，面缸里打出四爷来。清官难断家务事。请请请，（末）请什么？（丑）床底下请出大堂来。

（末）堂上老爷也在这里？快些出来。（净钻出介）张才，叫你山东去，怎么就回来了？（末）太爷为何到我家来？（净）我来寻你的。（末）同你到堂上去讲。（副）不要喊，我们三个多凑些银子与你罢。（末）这嘿，先是你来，出多少？（副）三十两罢了。（末）拿来。（副）明日送来。（末）那个保？（副）四老爷保一保。（丑）在我处罢了。（副下）（末）四老爷出多少？（丑）我出五十两。（末）拿来。（丑）没有带得，堂翁替我保了罢。（净）罢了，在我处。（丑下）（净）我也与你一百两，明日早堂来领。（末）不相干，把冠带剥了来做当头。（净）嗳，嗳，嗳，留些体面。（末）不管你！（剥衣探纱帽，推净下）（贴上）这事不关我事。（末唱）

【吹调】 休笑我家多奇事，落得个袍帽当钱银。（贴）只为他殷勤来意厚，唱一支曲子做人情。（末）良辰美景休错过，快上床儿去做亲。（勾贴颈笑下）

（康保成）

无名氏

挡　　马[1]

【题解】

这是一出杨家将故事戏。剧写杨家部将焦赞之弟焦光普，在征辽时陷于辽邦，在柳叶镇开了一个小酒店。一天，乔扮男装入辽勘探军情的杨八姐想混出关去，来到酒店中落脚。焦光普经试探，得知杨八姐真实身份，为掩护八姐出关，他杀掉自己的儿子，让八姐顶替。作品集中刻画了焦光普的机智性格和自我牺牲精神，结构紧凑，语言富有个性而又诙谐有趣。

（付上）

【急口令】 笑呵呵，笑呵呵，一心要做一个打喇哥[2]。好不啰苏！铡马草，喂骆驼，装袋烟儿，伏事这个，伏事那个。若有些儿不称意，鞭子打了无其数，靴尖踢了几百多。仔细思量起，再也不做这个打喇哥！

家住南朝数十秋，撇却爹娘两泪流。生在中华长胡地，柳叶镇上做酒头。

---

① 本剧选自《缀白裘》第十一集第四卷，原属乱弹腔。② 打喇哥：指开酒店的店主。女真、蒙古等北方少数民族把酒叫“打喇酥”。

咱焦光普，只因那年杨家八虎闯幽州[③]，大破唐二府，将俺失落此地，被萧太后拿住[④]，带到泥鳅殿上要将我斩首。那时我就心生一计，就大笑三声，大哭三声。娘娘问道："临斩的孩子，为何又笑又哭？"我说道："哭的是舍不得家中老母；笑的是可惜我这一双好手。"娘娘又道："好手要他怎么？"我说道："好手，好手，能造清香的美酒。"那时娘娘龙心大悦，赏了俺五十两银子，叫俺在这柳叶镇上开了一个酒店。天色已明，不免打开铺面。

【拔子】 听得笼鸡报过三声晓，惨惨昏昏天又明。家家户户开了店，个个人家开了门。来来往往都是小蛮子[⑤]，并没有南朝一个人。我将那招牌挂在门儿外，字字行行写得清。上写着羊羔共美酒，下写着腊白共元红[⑥]。相逢不饮空归去，洞口桃花也笑人。怀抱琵琶拦门坐，等待南来北往人。（旦上）

【前腔】 杨八姐打马过北关[⑦]，地北天南总一般。来来往往都是萧邦汉，女娘怀抱着小婴孩。耳边厢忽听得琵琶声响，我且打马儿闯过了关。（付）

【小曲】 昔日昭君和北番，怀抱琵琶在马上弹；一心舍不得刘天子，声声哭出了雁门关[⑧]。

【又】 雁门关，雁门关上无人家，多见树木少见花；前面几棵酸枣树，后面几棵桃杏花。乌里咦呀里古罗咱不儿哇。

---

③ 杨家八虎闯幽州：小说中写杨继业和他的七个儿子，曾在幽州大战辽军。见《杨家府演义》第六回。④ 萧太后：辽主贤卒，子梁王隆绪立，生有脚疾，尊母萧氏为太后，参决国事。在《杨家府演义》中，萧太后为辽国之主，后幽州城破，自缢于后殿。⑤ 小蛮子：蛮为古时对南方少数民族的称呼，辽金时北方人对南方人亦蔑称蛮子，这里用以称辽人。⑥ 腊白、元红：均为酒名。腊白即腊月酿造的白酒，元红即状元红，一种米酒。⑦ 杨八姐：小说中杨继业的长女，有七个哥哥。明《杨家府演义》中称八娘，后来的作品改称八姐。⑧ 雁门关：在山西代

【披子】 耳边厢听得鸾铃响，丢掉了琵琶往前行。焦光普举眼抬头看，见一个将军少年人。我上前挡住了将军的马，请问将军往那里行？（旦）我是萧后娘娘钦差将，差我关外去探军情。（付）你既是萧后娘娘钦差将，且请你下马饮杯巡[9]。（旦）我和你又非亲来又非故，怎好无故扰店东？（付）将军说话理欠通，自古道：山在西来水在东，五湖四海皆朋友，人生何处不相逢。（旦）听得此言就下了能行马。（付）我将马儿拴在马棚中。

（旦）低头进酒店。（付）将军四下观。（旦）上边有佛像。（付）供奉关大王。（旦）两傍挂古画。（付）刘海戏金蟾[10]。（旦）壁上有丝弦。（付）不敢，不敢。小弟会顽顽。将军见礼。（旦）你为何把我搂这么一搂？（付）将军，你南礼也不知，番礼也不晓。上前一抱，是个满礼；深深一恭，名为南礼。（旦）如此，只行南礼。（付）将军请坐。（旦）

【前腔】 上面坐下杨八姐。（付）焦光普提着酒壶瓶，满满的斟上一杯酒，叫声将军，与你接个风。（旦）我这里端起一杯酒，自幼不饮第一盅。（付）将军，你道我这酒有毒么？我每满洲人的良心最好，我就吃与你瞧。（吃介）我这里忙忙的再斟上第二杯酒，叫声将军，你请饮杯巡。（旦）（呀！）我这里不吃二杯酒，辜负东家一片心。只得干了这杯酒，叫声店家我要行。（付）叫一声将军你且住，姓甚名谁说我听。

县西北。地势险要，自古为戍守重地，为外三关之一。⑨ 饮杯巡：即饮一会儿酒。饮酒时称把酒一周为一巡。⑩ 刘海戏金蟾：刘海即刘海蟾，后梁时陕西人。《列仙传》言其修道成仙，化为鹤。《坚瓠集》载后世画刘海图，为蓬头跣足，手执一桃，持三足蟾弄之，称“刘海戏金蟾”。

（旦）你且不必问我，我且问你。（付）咱姓焦吓。（旦）姓高？（付）焦。（旦）敢是姓赵？（付）哟，将军不懂我的话么？我说这么一个比方儿你听：红红果儿，绿绿叶儿，放在锅里背啰就脆[11]，啰啰啰，胡啰就焦，啰啰啰。（旦）如此，姓焦？（付）着。将军，倒底你姓什么？

【前腔】 非是我店家盘问你，国舅单查外来人。光普睁开双凤眼，仔细看看这将军：他在马上似一个男儿汉，下马来分明是个女佳人。进店门一阵脂粉气，耳朵上还有两个大窟笼。莫不是宋朝的杨——

（旦）唻！住了！（拔剑介）什么杨？（付）我说羊皮袄儿反穿着，请将军吃个羊羔美酒。（旦）店家说话须要小心！（付）

【前腔】 我这里一个"杨"字未出口，他那里明明白白扯出了钢锋。呀！自古道：胆小难把将军做，贪生怕死是庸人。你莫不是宋朝的杨八姐？（旦）呀！大胆的哥儿走了风！（杀介）（付）叫声将军你且休动手，我也是南朝一个人。（旦）你既是南朝，家住那里？（付）我家住大国三原县[12]，焦家庄上有声名。（旦）你叫甚名字？（付）我名儿唤做焦光普。（旦）可认得焦赞么？（付）那焦赞是我的叔伯兄。（旦）你不说焦家犹自可，提起焦家我有亲。听说焦家有了后，我喜在眉梢笑在心。请问焦二哥因何来到此？你把情由说我听。（付）我本待要把真情来告诉你，又恐怕墙里说话墙外有人听。我且关起了鸳鸯门两扇，同你到后面去说分明。上前便把小妹问，你到番邦有甚情？（旦）只为父兄身有难，来到幽州探听情；遇着萧兵来战败，

---

⑪ 背：即焙，用微火慢慢烘烤。⑫ 三原县：今陕西三原。

因此上假妆番将出关门。(付)八妹，饶你纵有千般智，只恐怕难出这关门。我朝军师观星斗，说是南朝落下一将星。二国舅造下了排门册，要捉杨家一满门；有人拿得杨家将，一两骨头一两金。

(旦)如此，二哥救我！(付)我有一计，又恐说我讨了八妹的便宜。也罢。

【前腔】 焦光普跪在尘埃地，对了苍天把誓盟：上有神来下有神，日月三光作证明。焦光普若有三心并两意，死在千军万马营！要你把青丝来剃下，打个辫子坐在我店中存。(旦)二哥说话不中听，叫我剃掉青丝万不能。(付)你若不把青丝来剃下，教我如何救你身？

(旦)既如此，但凭二哥计议罢。(付)那年大破唐二府，将俺失落在此地，娶了一个老婆，养下了一个儿子，叫做焦立子，是个哑巴子。如今将他杀了，你却妆做我的儿子，住在此间，再作道理。(旦)话虽这等说，岂有为了救我杀你的儿子，做此忍心之事？(付)我真心救你，那顾得儿子？(旦)这个断难为情。(付)我且与你到后面去见了嫂嫂，再作商议。(旦)如此，二哥请。(付)八妹请。(同下)

(康保成)

汪笑侬(1858—1918)　满族人，名僢，一名德克津，或作德克金，字仰天，号孝农。清末著名戏曲作家、表演艺术家。曾任河南太康知县，因秉性刚正，被劾罢职，转而投身戏曲界。据说曾求教于著名京剧演员汪桂芬，被汪轻视，遂改名“汪笑侬”自勉。长期在上海演出，在唱法上自成一派。因不满清王朝的腐败无能，自编新戏以抒怀。1957年中国戏剧出版社出版的《汪笑侬戏曲集》，收入剧作18种。这些作品，大都思想进步，文采斐然。

洗　耳　记[①]

【题解】

晋皇甫谧《高士传》载：“尧让天下于许由……由于是遁耕于中岳颍水之阳，箕山之下，终身无经天下色。尧又召为九州长，由不欲闻之，洗耳于颍水浜。”本剧即据此类传说增饰而成。作品通过尧让帝位、许由拒受的描写，阐发“天下乃天下人之天下，非一人之天下”，“以一人压天下原非正道，到后来祸临头公理不饶”的看法。这反映出作者对清王朝倒行逆施、强暴专制的满腔激愤。“舍一姓之尊荣，保全国之安乐”，汪笑侬忧国忧民的思想，洋溢于剧作的字里行间。

（甲、乙、丙、丁四岳上[②]）（甲岳念）比户皆可封[③]，（乙岳念）尤存太古风；

---

①《洗耳记》：本剧根据中国戏剧出版社《汪笑侬戏曲集》选录。② 四岳：尧时分掌四时，主方岳巡守的官。③ 比户皆可封：家家都有德行，人人可以旌表，指教化的成就。陆贾《新语·无为》：“尧舜之民，可比屋而封；桀纣之民，可比屋而诛者，教化使然也。”

（丙岳念）唐尧称盛世[④]，（丁岳念）化育九州同。（四岳同白）我等四岳是也。（甲岳）列位请了，圣上登殿，分班侍立。（四侍臣引唐尧帝上）（尧帝引）传贤不传子，官天下，大公无私。（诗）土阶茅茨自辛勤[⑤]，也是国家一庶民；君臣共治安天下，元首股肱本一身[⑥]。孤，帝尧在位。自登基以来，励精图国，勤求民隐，数十年来四海乂治[⑦]，万民乐业；无如年迈，难以日理万机。朕若传位于子，怎奈我儿丹朱不肖，必然误尽苍生，酿纷争于天下，终有国破家亡之一日。朕欲传位于贤，上顺天心，下和民意，舍一姓之尊荣，保全国之安乐，岂不美哉。呵，众卿！（四岳）万岁！（尧帝）朕想天下乃天下人之天下，非一人之天下，有德者居之，无德者失之。朕之子不肖，不堪为君，意欲传位于贤，以让有德之人，岂不是一国之利，万民之福。朕在宫中不知外事，千里一俊，万里一贤，众卿必有所知，奏与朕躬以便奉请。万不可徒慕其名，不察其实，使朕传位非人，遗害于天下也！（四岳）万岁，以君位公于天下，传贤不传子，足证圣德高深，真万民之福也。臣等夙知布衣许由，乃当今贤者，品行清高，学识深远，敬奉此人以继帝位，天下幸甚！未知圣意如何？（尧帝）一人之智识有限，万民之舆论无私。既卿等同举此人，必名下不虚，但不知现居何地？（四岳）就在箕山居住[⑧]。（尧帝）好，吩咐卫士保驾，众卿随朕一同前去迎请便了！（四岳）臣等领旨。卫士走上！（四大铠、四武士持金瓜钺斧上[⑨]）（四岳）起驾。（尧帝唱）

---

④ 唐尧：古帝名。帝喾之子，姓伊祁，也作伊耆，名放勋。初封于陶，又封于唐，号陶唐氏。以其子丹朱不肖，传位于舜。⑤ 茅茨：茅草屋顶。《韩非子·五蠹》："尧之王天下也，茅茨不剪，采椽不斫。"⑥ 元首：君主。股肱：大腿和胳膊，常用来比喻辅佐君王的大臣。⑦ 乂（yì）治：太平无事。⑧ 箕山：山名，在河南登封东南。相传尧时许由、巢父均隐居于此，故又名许由山。⑨ 金瓜钺斧：古时皇帝仪仗队所持器具。

【西皮正板】 自登基，恶民所恶，好民所好，国承平，民安泰，快乐逍遥。朕有心传于子，奈儿不肖，为国民谋治安，传位于贤豪。可叹那无道君自私自保，全不想与百姓原是同胞。只为你一姓人富贵荣耀，怎忍得天下人鬼哭神嚎。谁能保子与孙，人人有道，反不如官天下免动枪刀[10]。有四岳在金殿把贤人荐了，因此上访许由亲到荒郊。但愿得将天下早早让掉，

【摇板】 也免得担重任国事勤劳。（众人同下）

（许由上，唱）

【西皮原板】 笑世人口圣贤心同贼盗，或争权或争利不让分毫。全不想国若亡家也难保，一霎时冰山倒火灭烟消。位愈尊身愈险你可知道，又何必争天下糜烂同胞。不如我淡风月山林啸傲，终日间无忧虑，自在逍遥。

（四岳、尧帝原人上）（尧帝唱）

【摇板】 离都城访箕山，眼前到了；为访贤朕不辞路远山遥。但愿得让贤人修明政教，从此后一身轻免把心操。向前去叩柴扉急忙通报！（许由唱）忽听得柴门外有人喊叫，马蹄乱人声众谁来寻找？（尧帝唱）朕亲身迎贤者同驾入朝。（许由唱）听此言不由我心惊肉跳，我怎肯自由身坠入笼牢！放民力、君无权，必然纷扰，重君权、民不利，烦恼自招。观时势万不能两面见好，这虚名真误人徒惹风潮。不如我脱身走不见为妙，且将这闭门羹款待帝尧！（暗暗从后门逃出，下）（尧帝唱）半晌

---

⑩ 官天下：即公天下。

时不见人开门来到，转面来问群臣事有蹊跷！朕立待许久，因何不开门相见？（四岳）那许由品行孤高，从不交结富贵之人。或闻车马声喧，从后门逃走，也未可知！（尧帝）卫士，看他家可有后门？（卫士）有后门，如今大开。（尧帝）好好替许先生看守门户。众卿随朕追赶许先生回来便了。（唱）许先生果然是性情高傲，为访贤顾不得跋涉勤劳。（众人同下）（许由上，唱）借羽毛任翱翔出笼飞鸟，笑燕雀怎知道鸿鹄高超⑪。看富贵如浮云不贪荣耀⑫，天子尊百姓卑，何必结交。因此上从后门急忙逃跑。（尧帝、四岳原人追上）（尧帝接唱）请先生且留步有事相邀。

许先生慢走！（许由）原来天子下降，待小民参拜。（尧帝）先生乃当世名贤，何拘这君臣俗礼。（许由）小民无德无才，何贤之有，不过虚名误人而已。（尧帝）先生不必太谦，朕年已迈，生子不肖，诚恐误国殃民，故别求贤士以继大位。询于群臣，共举先生。先生当以苍生为重，幸勿固辞，天下幸甚！（许由）万岁此言差矣！（唱）

【二六板】 闻此言不由我微微冷笑，为什么圣天子下询刍荛⑬！万岁你一席话太过谦了，有什么滔天祸如此心焦。你只当皇帝位有如重宝，在我看皇帝位不值分毫。遇荒旱就怨你赈济太少，遭兵燹又恨你无有略韬⑭。逢水灾总怪你治河未好，外国侵便说你不重邦交。哪一个帝王家富贵长保？反惹起普天下乱动枪刀。自古来成者王败者强盗，争权利自相残害死同胞。似这等危险位我不

---

⑪ 笑燕雀怎知道鸿鹄高超：《史记·陈涉世家》："陈涉太息曰：'燕雀安知鸿鹄之志哉！"这句是许由自比鸿鹄，蔑视富贵的意思。⑫ 富贵如浮云：语出《论语·述而》："不义而富且贵，于我如浮云。"言视富贵为微不足道。⑬ 下询刍荛：《诗经·大雅·板》："先民有言，询于刍荛。"后多用刍荛代草野之人。⑭ 兵燹（xiǎn）：兵火。

入圈套，居皇宫终日里如坐监牢。出宫门众文武前后围绕，心又惊胆又战魂魄皆消。以一人压天下原非正道，到后来祸临头公理不饶。不如我隐林泉烟霞啸傲，落一个无忧无虑、无是无非、无权无利、无仇无恨、无灾无祸，终日间饮酒看花乐陶陶！为君难，让天下我许由不要，请寻那非常人替你代劳！（尧帝接唱）你休学厌世人山林高蹈⑮，做一个救世者再莫辞劳。（许由接唱）我平生最恨那英雄自命，有几个圣贤君救济苍生。也不过口头禅骗人信任，似这等污秽话掩耳不听。纵说得天花坠我不担任，从此后风马牛各奔前程⑯！（下）（尧帝接唱）我一心让天下他不受任，莫不是无实学徒有虚名？众文武忙摆驾深宫前进，与群臣商议定再访贤人。

（四岳、尧帝等原人同下）

（巢父牵牛上⑰，唱）

【原板】 心比寒梅彻骨清，孤芳自赏乐天真；清高绝俗是本性，扑去污人三斗尘。

老汉巢父，自幼秉性清高，为人固执。生在如今世界，语言动静俱不合时宜；因此隐居山林，与世人不通往来，自种自食。日出而作，日入而息，任天行乐，却也逍遥自在。村中有一许由，也是个清洁君子。我与他为友，颇甚相得。看溪边水清，不免牵牛去饮便了！（唱）

---

⑮ 山林高蹈：指隐居山林。高蹈，此处指隐居。⑯ 风马牛：《左传》僖公四年："君处北海，寡人处南海，唯是风马牛不相及也。"风，放逸、走失之意。谓两地相处甚远，即使马牛走失，也不会跑到对方境内。⑰ 巢父：传说为尧时隐士，在树上筑巢而居。尧以天下让之，

【摇板】 牵牛去向西边饮，高唱一声河水清。（下）（许由上，唱）匆匆掩耳向前走，口出污言不自羞，溪边用水洗浊垢，（巢父牵牛走上，接唱）你因何洗耳说原由。许先生请了！（许由）原来是巢老先生。（巢父）何故在此洗耳？（许由）再休提起。今日我正在家中，忽听户外人声马嘶，叩门相访。想你我向不与人相交，况高车驷马富贵之人，忽然造访，岂不是一件大大的怪事？（巢父）真是件怪事，但不知何人来访？（许由）是我隔门偷觑，你道是谁，原来是皇帝亲到我家来了。（巢父）我却不知你几时与皇帝结交，以后我就不敢高攀了！（许由）我哪里与他结交，是他自来寻我。我和他素不相识，况且分隔云泥⑱，还是不见为妙，因此从后门逃走。（巢父）好朋友，真与我同心。他乃专制之君，我们是自由之民，薰莸不同器⑲，公私不两立，哪里能说到一处，不见的为妙。（许由）怎奈他赶到荒郊与我相见。他言道家天下不如官天下，天下乃人人之天下，非一人之天下，所以不传于子而传于贤，苦苦将天下让与我许由。这等污耳之言我那里能听！因此掩耳到此，用溪中清水洗我耳中污言。老先生，这件事岂不是一件大大的怪事！（巢父）唉！（唱）闻言不觉怒心头，顿足捶胸恨许由，只顾耳根清净洗污垢，全不管这浊水污我的牛。不饮此水牵牛走，可惜这清流变浊流！（气愤，牵牛走去）（许由唱）可笑巢父没来由，何以人而不如牛。似这等孤僻性情真少有，更比我清高胜一筹。叫声先生且慢走，你不争上流为何从下流！（下）

不受；又让许由，又不受。⑱ 分隔云泥：云在天，泥在地，喻悬殊极大。⑲ 薰莸不同器：语出《孔子家语·致思》：“薰莸不同器而藏，尧桀不共国而治，以其类异也。”薰是香草，莸是臭草，二物不能相混，故常用来比喻好人、坏人不能相处在一起。

（康保成）

梁启超(1873—1929)　字卓如，号任公，别署饮冰室主人，广东新会人。清末举人，康有为弟子，与康有为同为维新变法运动主要人物，并称“康梁”。戊戌变法失败后逃往日本，宣扬君主立宪，反对孙中山领导的革命。辛亥以后回国，任袁世凯政府司法总长，后又与蔡锷组织护国军反袁。晚年在清华大学讲学，并从事著作。他的诗、词、散文均有很高造诣，著有《饮冰室合集》。戏曲作品今存《劫灰梦·独啸》、《侠情记·纬忧》、《新罗马》3种。

新　罗　马①

【题解】

本剧是梁启超现存最长的一种剧本，原拟撰四十出，后仅完成《楔子》及前七出。剧本仿照孔尚任《桃花扇》，除第七出外，每出曲目下均注明事件发生的时间。其情节主要写19世纪初意大利烧炭党人和“少年意大利”前仆后继勇敢反抗奥地利殖民主义者的反动统治，争取国家独立、人民自由的动人事迹。据《楔子》交代，作者写此剧的目的是“忧国如焚，回天无术，借雕虫之小技，寓遒铎之微言”。欲借意大利革命事，唤醒读者，奋起医疗“东方病国”，使之跻身世界列强。全剧处处洋溢着爱国热情，语言奔放热烈，掷地有声。这里选的第三折《党狱》，写烧炭党人失败后被捕入狱，坚强不屈的场面。剧后的批注云：“党狱者，天下极哀惨之事也。读此出一遍，毫不觉其哀惨，惟觉其壮快。”

---

①《新罗马》：本剧有《饮冰室文集》本，今据阿英编《晚清文学丛钞·传奇杂剧卷》选录。

第三出　党　狱

（一千八百二十一年）

（外扮尼布士国宰相[②]，末扮撒的尼亚国宰相上[③]。）还他笑骂总何妨，（末）换我南柯梦一场。（外）无量头颅无量血，（末）为他人作嫁衣裳。（同坐介）我等今日受梅特涅公相之命[④]，会审烧炭党逆徒[⑤]，须则早到伺候。（净扮梅特涅上）热焰熏天可炙手，杀人如草不闻声。老夫梅特涅，自从维也纳会议之后[⑥]，与俄、普两皇结神圣同盟，合力压制民权，藉以长保富贵。五年以来，内外安谧。叵耐意大利烧炭党小丑，不安本分，搅动波兰，去年竟在尼布士、帕特门、伦巴的[⑦]、撒的尼亚各地方同时蜂起，意欲从我奥人手中夺回权利，发布宪法，做个自由自主的人民。（冷笑介）非是老夫夸口，你们意大利人只算是生前注定命里带来的奴才身分罢了。你们的祖宗做了我家奴才，已几百年，

---

② 尼布士国：今译那不勒斯王国，意大利南部的封建国家。当时是奥地利的殖民地，国王弗得南第一是奥地利王族。③ 撒的尼亚国：即撒丁王国，1720年建国，在地中海中部，维也纳会议后扩大了地盘，成为后来意大利的基础。④ 梅特涅：奥地利帝国首相兼外交大臣，公爵。维也纳会议的主要参加者之一。他一贯敌视自由和民主革命运动，力图恢复欧洲封建专制的统治，镇压欧洲革命和各国民族解放运动。1848年下台，1859年亡命英国。⑤ 烧炭党：意大利资产阶级的秘密革命组织。19世纪初在那不勒斯王国成立，因最初成员逃避在烧炭山区得名。旨在使意大利从法国（后为奥地利）奴役之下取得解放，发动多次起义均被镇压。三十年代为青年意大利党所代替。⑥ 维也纳会议：欧洲各国为结束反拿破仑战争而召开的重新瓜分欧洲领土的国际会议。1914—1915年在维也纳召开，参加会议的为英、奥、普、俄等国的君主或代表。会议后建立了旨在镇压欧洲资产阶级革命的神圣同盟。本剧第一出《会议》即演此事。⑦ 帕特门、伦巴的：均为意大利北部地名。维也纳会议将其割给奥地利，成其属国。

难道今日倒要不服劲吗？况且你们那豪门贵胄做官读书的上等人物，个个都做了我家吮痈舐痔一呼百诺的孝顺孙儿，尔等螳臂当车，岂非飞蛾送死！（大笑介）你看老夫出小小手段，早已叫他们自己杀起自己来。一语指挥，大局平定，前后拿到逆党一千余名。今日老夫要亲自拷讯，并檄调尼布士、撒的尼亚两国宰相齐来会审。一来显显俺的威风，二来假手意大利本族人，叫他自己杀个干净。正是：任伊从前瞎说人权贵，要你今日真知狱吏尊[8]。（外、末迎见介，净中坐，外、末旁坐介。外、末）老公相到了，就此开审。警官那里？（杂）有！（外、末）将那犯人十个一排，挨次带上。（杂）晓得。（杂带丑、小旦等十人蓬头跣足披枷带锁上）

【秋夜月】（丑）是男儿自有男儿性，霹雳临头心魂静。由来成败非由命，将头颅送定，把精神留定。

兄弟们，我们得做意大利第一次流血的人物，天公待我不薄，须是轰轰烈烈，不要垂头缩尾，堕丧了国民志气者。（小旦）正是。我们今日的言语举动，都要替意大利人造下一个大大纪念，播下一个大大种子来。

【前调】（小旦）鼾沉沉睡虎千年瞑，教我罗袂生寒芳心警。一声儿晨钟吼得人深省，将奸奴骂醒，把国民唤醒。

---

⑧ 真知狱吏尊：《史记·绛侯周勃世家》载，周勃被逮入狱，出狱后叹曰："吾尝将百万军，然安知狱吏之贵乎！"此用以指将使烧炭党人尝入狱的味道。

（同见净、外、末，直立怒视介。净拍惊堂介）尔等不服国法，同造逆谋，今日被我拿到，有何话说？（丑）说是有说的，你请定了你的耳神来听着。

【混江龙】 我是为民请命，将血儿洗出一国的大光明。便今日拼著个苌弘血三年化尽⑨，到将来总有那精卫冤东海填平。（白）只有你这老猾贼啊，（唱）倚仗著千百年将绝未绝的民贼余烬，结下了亿万人欲杀未杀的怨毒分明。你那外交政策，是要献媚列强，演出一手遮天大本领。你那内治经纶，是要挫抑民气，做到十层地狱老阎灵。你在匈牙利是一个杀人不眨眼的刽子手，你在日耳曼是两头儿捣鬼的妖魔星。（白）就是在你奥地利本国啊，（唱）你便假假地兴起教育，也是束缚言论自由、思想自由、出版自由，教那青年子弟，奄奄龊龊无生气。你更狠狠地讲求军备，添出许多纳税义务、当兵义务、守法义务，欲把人民权利，桩桩件件剥光精。政谈会是你三生九代的仇敌，新闻纸是你鲠喉碍眼的刺钉。黄白金是你棺材里心儿肉儿的亲眷，大小官是你铺子上高些低些的天秤。逆著你来便玉石同烬⑩，顺著你来又鸡犬不宁。你还把我意大利祖国，当作乃翁传下的遗产十一万方里。把我意大利同胞，认做拿钱买下的奴才三千万多名。你目下自然是热烘烘的尊荣安富，你将来总有日黑魆魆的恶贯满盈。（白）到那时候啊，（唱）千刀王莽⑪，刳尽你的臭皮袋；三冢蚩尤⑫，磔透你的恶魂灵⑬。你的头便是千人共饮的智瑶器⑭，你的腹便是永夜长明的董卓灯⑮。则那全欧洲人民，悬彩旗，放花爆，欢呼著

---

⑨ 苌弘血：苌弘，春秋时人，传说为周朝的忠臣，被冤杀，其血化为碧。⑩ 玉石同烬：此处比喻一同被害。《尚书·胤征》："火炎昆冈，玉石俱焚。"⑪ 王莽：字巨君，汉元帝皇后侄。西汉末以外戚掌权，公元5年毒死汉平帝，自称假皇帝，三年后立新朝。历来被称为窃国篡权者和奸臣的代表。⑫ 蚩尤：古代传说中九黎族部落的酋长，曾和黄帝交战，常用作恶人的代称。⑬ 磔（zhé）：分裂肢体，此处作剖、刺解。⑭ 智瑶器：智瑶，春秋时晋国大夫，意欲吞并赵、韩二族，被赵襄子打败，头被割下来作饮器。事见《史记·豫让列传》。⑮ 董卓灯：董卓，汉末人，劣迹甚多，后被王允设计杀掉。守尸人在他脐中放了一把火，一直烧

民权万岁。便有耶和华天使插双翼[16]，下尘寰，高叫道天下太平。我是播放自由的五瘟使[17]，我是点明独立的北辰星。今日里尽了我的责任，骖鸾归去[18]。他日啊飞下我的精神，搏虎功成。坦荡荡横刀向天笑，颤巍巍旁人何用惊。

（净）好毒骂，我其实听不得了，左右快与我拿下这厮砍了去罢。（杂扶丑下，外、末唤介）你们却有甚么辩诉来？（小旦）辩诉是不辩诉，话却多著呢。

【前调】 我是工愁善病，算世间儿女第一多情。我看不过那蜣螂似的腐败生涯[19]，故此蹙梅额颦蛾眉[20]，捧心无限啼红怨。我受不惯那牛马似的压制痛苦，故此损腰围懒茶饭，疾首时间娇喘声。（白）可恨你们这些狗奴才啊，（唱）将累代仇人认做重生的父母，把一国同胞当作上供的牺牲。任他践你土，食你毛，还说是深仁厚泽。你便舐他痈，吮他痔，图博个顶戴身荣[21]。（指梅特涅介）他本是个异族儿，也难怪舞爪张牙，迫得我上国愤泉秋沸[22]。（指陪审两相介）亏你是个神明胄[23]，却跟着燃箕煮豆[24]，煎得那同根瓦釜雷鸣[25]。他是蛇，你便是豢蛇自噬的人妖。他是虎，你便是为虎择肉的伥灵[26]。你的辣手段，靠著那厚面皮天生恶杀。你的黑心肝，映着那白胡子异样鲜明。你只要获得那一顶乌纱，怕什么呼牛应牛

到天亮。事见《后汉书·董卓传》。⑯ 耶和华：基督教徒对上帝的称呼。⑰ 五瘟使：本为传播瘟疫之神，这里反用其意，用为传播自由之神。⑱ 骖鸾：乘鸾鸟。骖，本意是马，此处作动词用。⑲ 蜣（qiāng）螂：虫名，俗称屎克螂。⑳ 梅额：妇女额头上所贴的梅花妆饰。㉑ 顶戴：用以区别官员等级的服饰，这里即指官位。㉒ 上国：春秋时称中原诸侯国为上国，这里是双关语，明指意大利，暗指中国。㉓ 神明胄：神的后裔，此指一国同胞。㉔ 燃箕煮豆：喻同胞手足互相残杀。相传三国时曹植被其兄曹丕所逼，七步成诗，诗中有“箕在釜下燃，豆在釜中泣”语。㉕ 瓦釜雷鸣：瓦釜，本义指人或物的卑贱者。《楚辞·卜居》：“黄钟毁弃，瓦釜雷鸣。”这里紧承上句，谓自己的同胞被折磨得叫苦连天。㉖ 为虎择肉的伥灵：传虎吃人，

呼马应马。你更使惯着那两条火腿，少不免贼多从贼兵多从兵。待与你讲廉耻，叵耐你是惯倚门的杨花水性。待与你讲利害，叵耐你是未凿窍的顽石无灵。与你讲天理人情，叵耐你是动物学上凉血部类的老龟鳖。与你说宗邦祖国，叵耐你是巫来由种认人为父的小螟蛉㉗。你的毒种，好像疫虫儿传染遍地。你的威风，好像瘈狗儿恐吓群首㉘。惹得一国上人心死尽，便似冢中枯骨。弄得千年来国威堕落，变做井底银瓶。我气不过那百千万没脸儿郎，辱没须眉受巾帼。我便冲起那三千丈无明业火㉙，辜负香衾事血腥㉚。我是个娇滴滴的闺秀儿，生来不解道夫婿封侯怨㉛。我贪着轰烈烈的从军事乐，梦里顾不得爷娘唤女声㉜。我要将红粉儿砌成那国民基础，我便把爆药儿炸开那世界文明。今日里拼着个颈血儿溅污桃花扇㉝，十年后少不免精魂儿再生牡丹亭㉞。坦荡荡横刀向天笑，颤巍巍旁人何用惊。

（净）我还有些公事，要先走一步了。（外、末拱介，净下。外向末介）骂是骂得狠，却真说着我们心坎的毛病，我听着由不得一阵阵间脸红耳热起来。（末）可不是吗！却是我们廿载萤窗，十年手版，好容易捱到今日这个地位，难道任着这些人胡闹，摔破了咱们饭碗不成！（外）少不免昧着良心，将他们定个死罪，回复老公相罢了。（末）正是。（同吩咐介）左右，将这厮们带往死囚牢

人死魂不敢他去，为虎奴隶，名伥。虎出求食，伥必为前导。㉗ 巫来由种：任人改变种族。巫，这里代指奥地利殖民主义者。㉘ 瘈（jì）狗：狂犬。㉙ 业火：怒火。㉚ 香衾：本是妇女的装束，这里代指女性。㉛ 生来不解道夫婿封侯怨：王昌龄《闺怨》诗："忽见陌头杨柳色，悔教夫婿觅封侯。"这里反用其义，言抱负之大。㉜ 梦里顾不得爷娘唤女声：《木兰辞》："旦辞爷娘去，暮宿黄河边，不闻爷娘唤女声，但闻黄河流水鸣溅溅。"㉝ 颈血儿溅污桃花扇：在《桃花扇》传奇中，李香君誓死不嫁田仰，以头撞地，鲜血洒在与侯方域的定情诗扇上，被杨友友勾成桃花图。㉞ 精魂再生牡丹亭：在《牡丹亭》传奇中，杜丽娘因情而亡，后又还魂重生。

中，候明日陆续审定，一齐处决。（杂）是。（外、末下）（小旦）兄弟们，我们抖擞精神，赶上首领哥哥的英魂，同赴天国则个。正是：

白马胥潮夜夜声，人豪初死鬼雄生。㉟
君看今夕瑶台上，风雨何曾败月明。㊱
（杂带小旦等九人同下）

㉟“白马胥潮”两句：传说春秋时伍子胥为吴王夫差所杀，尸投水中，成为潮神，常乘素车白马行于江中。后遂称潮为胥潮或胥涛。㊱ 瑶台：传说中神仙居住的地方。此处喻死后处所。这四句下场诗是乐观的说法，表示视死如归、从容就义。

（康保成）

吴梅(1884—1939)　字瞿安，号霜厓，又号梅道人，江苏长洲(今苏州市)人。近代著名戏曲理论家、作家、教育家。长期任教于北京、南京等地各大学，现代许多著名戏剧史家、戏剧理论家及一些昆曲演员，都出自他门下。戏曲理论方面的著作有《南北词简谱》、《曲学通论》、《中国戏曲概论》、《顾曲麈谈》等。作有传奇杂剧《风洞山》，《苌弘血》、《轩亭秋》、《湘真阁》等11种。又，刘世珩编刻的《暖红室汇刻传奇》，大部分经过他的校刊。

风　洞　山[①]

【题解】

《风洞山》传奇共二十四出，取材于瞿式耜后人瞿锡元所著《庚寅始安事略》。剧本写明末爱国将领瞿式耜拥立桂王抗清，终因势孤力单，各将领之间又不团结而兵败被俘，英勇就义。杨硕甫乃于桂林风洞山造坟安葬。剧中写滇营三将各怀私心。于元烨始将女绀珠许王承祚子王开宇，又背盟另许赵印选之子。三将以儿女婚姻事自相攻击。比致清兵一至，不可收拾。剧末，于绀珠愤而自杀，王开宇落发为僧。作品写于本世纪初，正当中华民族内忧外患灾难深重之时。因表彰民族气节，鞭挞以一己之私、内讧误国之人，具有强烈的现实意义。这里选的第十四出《拒诱》，写瞿式耜城陷被俘，坚强不屈的场面。

---

①《风洞山》：本剧原载于1903年《中国白话报》第4期，今据阿英编《晚清文学丛钞·传奇杂剧卷》选录。

第十四出　拒　诱

（副净时服引众上[②]）

【引】 打破南朝，定危乱功臣元老。

咱定南王便是[③]。桂林已破，瞿阁部早晚将到[④]，且在此等着者，（南面高坐介。众骑押外、小生上。小生）

【步步娇】 万古纲常留忠孝，一死应该早。雄心守护牢，两颗头颅，怎算奇宝。寻个好收梢[⑤]，（指外介）领了先生教。

（见副净背立介。副净起立介）那一位是瞿阁部先生？（外）我留守阁臣瞿式耜也。中国人不惯席地坐，城既陷矣，惟求速死耳！（副净）先生不必过虑，事到如今，降了就好。（外）这是那里说起？留守者，留守封疆也。封疆已失，我便是个罪臣，那有偷生之理。

【沉醉东风】 送江山骂名怎逃，问天地罪名非小。却要我辞故国，拜新朝。那

② 时服：满人服饰。③ 定南王：即孔有德。辽东人，明崇祯时参将，后降清。顺治初从清兵入关，封定南王。率兵攻取桂林，镇广西。顺治九年(1652)，被农民起义领袖李定国击败，自焚而死。④ 瞿阁部：即瞿式耜。明常熟人，万历末进士，崇祯初擢户科给事中，后罢官。福王时起右佥都御史，巡抚广西。与丁魁楚等拥立桂王，进东阁大学士兼掌吏部事。及桂王奔全州，自请留守。顺治七年(1650)，清兵破桂林，被俘，不屈而死。⑤ 好收梢：好结果，好下场。

知我守志坚牢，劝伊行，不烦开导。壮心已消，苦心暗焦，坚贞自守，不许君家再动摇。

如今别无他求，惟求速死耳。(副净)我在湖南，已知有留守在城中。我至此地，即知有两公不怕死的。我断不杀忠臣，何必求死。甲申闯贼之变，大清为先帝发丧，祭葬成礼[6]，固人人所当感谢者。今人事如此，天意可知，阁部毋自苦。今而后我掌钱粮，阁部掌兵马，无殊在明可耳。(外大怒介)我为永历帝供职[7]，岂为犬羊供职耶！(副净)我居王位，于阁部亦非轻。(外)禄山、朱泚[8]，皆自以为王，一何王之多也！

【金娥神】 你本是鸡鸣狗盗[9]，还说甚胙土分茅[10]！(副净)阁部怎同我玩起来，我封侯拜爵，汗马功绩高。因此圣眷重，你谅也知道。

况且我先圣之裔，势会所迫，已至今日，阁部何太执耶？(小生冷笑介)你要算先圣后裔么？我劝你不认的为妙。(副净)什么道理？(小生)你呵，

【月上海棠】 门第高，毛家父子堪依靠[11]。为甚的要算先圣的苗裔起来？况尼

---

⑥“甲申闯贼之变”三句：指崇祯甲申(1644)年闯王李自成攻陷北京，明亡。清兵入关后，为安民心，为自缢于煤山的崇祯皇帝发丧。⑦ 永历帝：指桂王朱由榔。1647年被瞿式耜等拥立为帝，年号永历(1647—1662)。⑧ 禄山、朱泚：安禄山与朱泚，两人均为唐王朝叛将，最后均被杀。这是瞿式耜嘲弄孔有德，说他最终没有好下场。⑨ 鸡鸣狗盗：战国时齐孟尝君好客，一次被秦王拘留，客有能为狗盗者，盗千金狐裘献秦王宠姬，姬说秦王放孟尝君归。至关时方夜，规定鸡鸣出客，客有能为鸡鸣者，一鸣而群鸡鸣，遂得出关。见《史记·孟尝君列传》。这里指不正当的伎俩。⑩ 胙(zuò)土分茅：指任方面要员。胙土，赐土分封的意思。胙即赐。分茅，古代帝王分封诸侯时，用白茅包取某方面的土授予。⑪ 毛家父子堪

山风雨⑫，久已萧条。你想孔圣人的清苦，怎及那毛文龙的富贵呢？便是你考宗支，把谱牒推敲，怎比得依声势，将身家荣耀？定计应须早，两处徘徊，那就差了。

（副净大怒介）竖儒，怎敢揭吾短处！左右，将他绑下！（众绑小生介，小生挣脱介。众执小生臂，小生挣不脱介，臂断介。众向小生乱敲介，小生左目受伤介。外向副净介）此宫詹司马张同敞也⑬。与我同来，当与我同死，尔等焉可无礼！（副净佯惊介）原来就是张先生。（喝众住手介，向小生施礼介）适才冒犯，尚祈恕罪。（小生）何前倨而后恭也⑭？（副净）二公皆聪明人，还是降了罢。（小生长叹介）咳！

【五供养】 半生潦倒，故国河山，满地枪刀。天心无定局，人事也徒劳。果然给我一死，就感恩不浅了。孤忠自矢，我钝司马也黄泉含笑⑮。做一个他乡鬼，也只为大明朝，把纲常名教一肩挑。

（副净皱眉介，向外介）阁部究竟如何？（外）你何苦如此，我是至死不变的。

【玉抱肚】 坚持贞操，莽男儿忠心自宝。（副净）依阁部之言，只是要死，岂不可惜。（外）生死关不妨参透，戏文场就此收梢。可怜我流离困苦太无聊，不妨的为着朝廷吃一刀。

依靠：指孔有德曾经投靠过毛文龙，并做过毛的干儿子。毛文龙，明叛将，仁和人。曾以都司赴辽东，后从海道逃回，袭杀清镇江守将，最终为袁崇焕所杀。⑫ 尼山：山名，在山东曲阜东南，一名尼丘山。据说叔梁纥与颜氏在此祈祷，才生下孔子，故取名丘，字仲尼。⑬ 张同敞：字别山，万历时名相张居正的曾孙，桂王时授兵部侍郎，和瞿式耜一同被捕，英勇就义。⑭ 前倨后恭：先时傲慢后来有礼。⑮ 钝司马：张同敞自指。钝，愚钝，这里是自谦。

（副净）二公苦心，咱已知道，再不敢相强了。左右，取酒饭来，咱同二位爷，要欢叙一番哩。（向外介，又向小生介）

【水红花】 你枯肠聊借酒杯浇，醉醇醪何妨谈笑。你欢场休把泪珠抛，荐佳肴，何须烦恼。可知悲欢无定，消长似春潮。二位呵，及时行乐莫心焦也啰。

（外）犬豕之食，如何污我！（副净）阁部太使性了！

【侥侥令】 心思多执拗，意气太粗豪。况且是酒食追陪无妨碍，可怪你书生忒絮叨。

既然如此，且将酒席撤去。（众撤席介。副净）左右，把二位押将进去，须要小心管待。（众押外、小生下。副净）咳！两个人可敬也。

【尾声】 虽则是擎天铜柱从今倒，他万年自然声名好，试看这桂林城外将星高[16]。

千古忠臣不肯降，孤怀苦节世无双。
岁寒松柏谁人识[17]，岂是惺惺妆假腔。（下）

---

⑯ 将星：古人认为帝王将相与天上的星星相对应，将星即大将之星。⑰“岁寒”句：《论语·子罕》：“岁寒，然后知松柏之后凋也。”后世常以岁寒松柏比喻在艰难处境中能保持节操的人。

（康保成）

图书在版编目（CIP）数据

明清戏曲观止 /《明清戏曲观止》编委会编. —上海：学林出版社，2015.8
（中华传统文化观止丛书）
ISBN 978 - 7 - 5486 - 0917 - 9

Ⅰ. ①明… Ⅱ. ①明… Ⅲ. ①古代戏曲—剧本—作品集—中国—明清时代 Ⅳ. ①I237

中国版本图书馆CIP数据核字（2015）第158494号

明清戏曲观止

编　　者—— 本书编委会
责任编辑—— 许钧伟　薛　莹
封面设计—— 周剑峰

出　　版—— 上海世纪出版股份有限公司 学林出版社
地址：上海市钦州南路81号　电话/传真：021 - 64515005
网址：www.xuelinpress.com
发　　行—— 上海世纪出版股份有限公司发行中心
地址：上海市福建中路193号　网址：www.ewen.co
排　　版—— 南京展望文化发展有限公司
印　　刷—— 上海叶大印务发展有限公司
开　　本—— 710 × 1020　1/16
印　　张—— 20.75
字　　数—— 28万
版　　次—— 2015年8月第1版
2015年8月第1次印刷
书　　号—— ISBN 978-7-5486-0917-9/I · 129
定　　价—— 58.00元